老舍作品精选

我这一辈子：老舍中短篇小说选

老舍——著

人民文学出版社

图书在版编目(CIP)数据

我这一辈子：老舍中短篇小说选/老舍著．—北京：人民文学出版社，2017（2024.1 重印）
（老舍作品精选）
ISBN 978-7-02-012220-2

Ⅰ.①我… Ⅱ.①老… Ⅲ.①中篇小说-小说集-中国-现代 ②短篇小说-小说集-中国-现代 Ⅳ.①I246.7

中国版本图书馆 CIP 数据核字(2016)第 297588 号

责任编辑 **卜艳冰 邱小群**
封面插画 **杨 猛**
封面设计 **李苗苗**

出版发行 **人民文学出版社**
社 址 **北京市朝内大街 166 号**
邮政编码 **100705**

印 制 **山东临沂新华印刷物流集团有限责任公司**
经 销 **全国新华书店等**

字 数 **309 千字**
开 本 **890 毫米×1240 毫米 1/32**
印 张 **12.5**
版 次 **2017 年 2 月北京第 1 版**
印 次 **2024 年 1 月第 9 次印刷**

书 号 **978-7-02-012220-2**
定 价 **55.00 元**

出版说明

为纪念老舍先生逝世五十周年，特别推出“老舍作品精选”丛书。

老舍先生是中国现代文学史上的文学大家，其行文习惯和用词可能与当下的规范不一致，为尊重历史原貌，一律不作改动。

目录

月牙儿

一

是的，我又看见月牙儿了，带着点寒气的一钩儿浅金。多少次了，我看见跟现在这个月牙儿一样的月牙儿；多少次了。它带着种种不同的感情，种种不同的景物，当我坐定了看它，它一次一次的在我记忆中的碧云上斜挂着。它唤醒了我的记忆，像一阵晚风吹破一朵欲睡的花。

二

那第一次，带着寒气的月牙儿确是带着寒气。它第一次在我的云中是酸苦，它那一点点微弱的浅金光儿照着我的泪。那时候我也不过是七岁吧，一个穿着短红棉袄的小姑娘。戴着妈妈给我缝的一顶小帽儿，蓝布的，上面印着小小的花，我记得。我倚着那间小屋的门垛，看着月牙儿。屋里是药味，烟味，妈妈的眼泪，爸爸的病；我独自在台阶上看着月牙，没人招呼我，没人顾得给我作晚饭。我晓得屋里的惨凄，因为大家说爸爸的病……可是我更感觉自己的悲惨，我冷，饿，没人理我。一直的我立到月牙儿落下去。什么也没有了，我不能不哭。可是我的哭声被妈妈的压下去；爸，不出声了，面上蒙了块白布。我要掀开白布，再看看爸，可是我不敢。屋里只是那么点点地方，都被爸占了去。妈妈穿上白衣，我的红袄上也罩了个没缝襟边的白袍，我记得，因为不断地撕扯襟边上的白丝儿。大家都很忙，嚷嚷的声儿很高，哭得很恸，可是事情并不多，也似乎值不得嚷：爸爸就装入那么一个四块薄板的棺材里；到处都是缝子。然后，五六个人把他抬了走。妈和我在后边哭。我记得爸，记得爸的木匣。那个木匣结束了爸的一切：每逢我想起爸来，我就想到非打开那个木匣不能见着他。但是，那木匣是深深地埋在地里，我明知在城外哪个地方埋着它，可又像落在地上的一个雨点，似乎永难找到。

三

妈和我还穿着白袍，我又看见了月牙儿。那是个冷天，妈妈带我出城去看爸的坟。妈拿着很薄很薄的一摞儿纸。妈那天对我特别的好，我走不动便背我一程，到城门上还给我买了一些炒栗子。什么都是凉的，只有这些栗子是热的；我舍不得吃，用它们热我的手。走了多远，我记不清了，总该是很远很远吧。在爸出殡的那天，我似乎没觉得这么远，或者是因为那天人多；这次只是我们娘儿俩，妈不说话，我也懒得出声，什么都是静寂的；那些黄土路静寂得没有头儿。天是短的，我记得那个坟：小小的一堆儿土，远处有一些高土岗儿，太阳在黄土岗儿上头斜着。妈妈似乎顾不得我了，把我放在一旁，抱着坟头儿去哭。我坐在坟头的旁边，弄着手里那几个栗子。妈哭了一阵，把那点纸焚化了，一些纸灰在我眼前卷成一两个旋儿，而后懒懒地落在地上；风很小，可是很够冷的。妈妈又哭起来。我也想爸，可是我不想哭他；我倒是为妈妈哭得可怜而也落了泪。过去拉住妈妈的手："妈不哭！不哭！"妈妈哭得更恸了。她把我搂在怀里。眼看太阳就落下去，四外没有一个人，只有我们娘儿俩。妈似乎也有点怕了，含着泪，扯起我就走，走出老远，她回头看了看，我也转过身去：爸的坟已经辨不清了；土岗的这边都是坟头，一小堆一小堆，一直摆到土岗底下。妈妈叹了口气。我们紧走慢走，还没有走到城门，我看见了月牙儿。四外漆黑，没有声音，只有月牙儿放出一道儿冷光。我乏了，妈妈抱起我来。怎样进的城，我就不知道了，只记得迷迷糊糊的天上有个月牙儿。

四

刚八岁，我已经学会了去当东西。我知道，若是当不来钱，我们娘儿俩就不要吃晚饭；因为妈妈但分有点主意，也不肯叫我去。我准知道她每逢交给我个小包，锅里必是连一点粥底儿也看不见了。我们的锅有时干净得像个体面的寡妇。这一天，我拿的是一面镜子。只有这件东西似乎是不必要的，虽然妈妈天天得用它。这是个春天，我们的棉衣都刚脱下来就入了当铺。我拿着这面镜子，我知道怎样小心，小心而且要走得快，当铺是老早就上门的。我怕当铺的那个大红门，那个大高长柜台。一看见那个门，我就心跳。可是我必须进去，似乎是爬进去，那个高门坎儿是那么高。我得用尽了力量，递上我的东西，还得喊："当当！"得了钱和当票，我知道怎样小心的拿着，快快回家，晓得妈妈不放心。可是这一次，当铺不要这面镜子，告诉我再添一号来。我懂得什么叫"一号"。把镜子搂在胸前，我拚命的往家跑。妈妈哭了；她找不到第二件东西。我在那间小屋住惯了，总以为东西不少；及至帮着妈妈一找可当的衣物，我的小心里才明白过来，我们的东西很少，很少。妈妈不叫我去了。可是“妈妈咱们吃什么呢？”妈妈哭着递给我她头上的银簪——只有这一件东西是银的。我知道，她拔下过来几回，都没肯交给我去当。这是妈妈出门子时，姥姥家给的一件首饰。现在，她把这末一件银器给了我，叫我把镜子放下。我尽了我的力量赶回当铺，那可怕的大门已经严严地关好了。我坐在那门墩上，握着那根银簪。不敢高声地哭，我看着天，啊，又是月牙儿照着我的眼泪！哭了好久，妈妈在黑影中来了，她拉住了我的手，呕，多么热的手。我忘了一切的苦处，连饿也忘了，只要有妈妈这只热手拉着我就好。我抽抽搭搭地说：“妈！咱们回家睡觉吧。明儿早上再来！”妈一声没出。又走了一会儿：“妈！你看这个月牙；爸死的那天，它就是这么斜斜着。为什么它老这么斜斜着呢？”妈还是一声没出，她的手有点颤。

五

妈妈整天地给人家洗衣裳。我老想帮助妈妈，可是插不上手。我只好等着妈妈，非到她完了事，我不去睡。有时月牙儿已经上来，她还哼哧哼哧地洗。那些臭袜子，硬牛皮似的，都是买卖地的伙计们送来的。妈妈洗完这些“牛皮”就吃不下饭去。我坐在她旁边，看着月牙，蝙蝠专会在那条光儿底下穿过来穿过去，像银线上穿着个大菱角，极快的又掉到暗处去。我越可怜妈妈，便越爱这个月牙，因为看着它，使我心中痛快一点。它在夏天更可爱，它老有那么点凉气，像一条冰似的。我爱它给地上的那点小影子，一会儿就没了；迷迷糊糊的不甚清楚，及至影子没了，地上就特别的黑，星也特别的亮，花也特别的香——我们的邻居有许多花木，那棵高高的洋槐总把花儿落到我们这边来，像一层雪似的。

六

妈妈的手起了层鳞，叫她给搓搓背顶解痒痒了。可是我不敢常劳动她，她的手是洗粗了的。她瘦，被臭袜子熏的常不吃饭。我知道妈妈要想主意了，我知道。她常把衣裳推到一边，楞着。她和自己说话。她想什么主意呢？我可是猜不着。

七

妈妈嘱咐我不叫我别扭，要乖乖地叫“爸”：她又给我找到一个爸。这是另一个爸，我知道，因为坟里已经埋好一个爸了。妈嘱咐我的时候，眼睛看着别处。她含着泪说：“不能叫你饿死！”呕，是因为不饿死我，妈才另给我找了个爸！我不明白多少事，我有点怕，又有点希望——果然不再挨饿的话。多么凑巧呢，离开我们那间小屋的时候，天上又挂着月牙。这次的月牙比哪一回都清楚，都可怕；我是要离开这住惯了的小屋了。妈坐了一乘红轿，前面还有几个鼓手，吹打得一点也不好听。轿在前边走，我和一个男人在后边跟着，他拉着我的手。那可怕的月牙放着一点光，仿佛在凉风里颤动。街上没有什么人，只有些野狗追着鼓手们咬；轿子走得很快。上哪去呢？是不是把妈抬到城外去，抬到坟地去？那个男人扯着我走，我喘不过气来，要哭都哭不出来。那男人的手心出了汗，凉得像个鱼似的，我要喊“妈”，可是不敢。一会儿，月牙像个要闭上的一道大眼缝，轿子进了个小巷。

八

我在三四年里似乎没再看见月牙。新爸对我们很好，他有两间屋子，他和妈住在里间，我在外间睡铺板。我起初还想跟妈妈睡，可是几天之后，我反倒爱“我的”小屋了。屋里有白白的墙，还有条长桌，一把椅子。这似乎都是我的。我的被子也比从前的厚实暖和了。妈妈也渐渐胖了点，脸上有了红色，手上的那层鳞也慢慢掉净。我好久没去当当了。新爸叫我去上学。有时候他还跟我玩一会儿。我不知道为什么不爱叫他“爸”，虽然我知道他很可爱。他似乎也知道这个，他常常对我那么一笑；笑的时候他有很好看的眼睛。可是妈妈偷告诉我叫爸，我也不愿十分的别扭。我心中明白，妈和我现在是有吃有喝的，都因为有这个爸，我明白。是的，在这三四年里我想不起曾经看见过月牙儿；也许是看见过而不大记得了。爸死时那个月牙，妈轿子前面那个月牙，我永远忘不了。那一点点光，那一点寒气，老在我心中，比什么都亮，都清凉，像块玉似的，有时候想起来仿佛能用手摸到似的。

九

我很爱上学。我老觉得学校里有不少的花，其实并没有；只是一想起学校就想到花罢了，正像一想起爸的坟就想起城外的月牙儿——在野外的小风里歪歪着。妈妈是很爱花的，虽然买不起，可是有人送给她一朵，她就顶喜欢的戴在头上。我有机会便给她折一两朵来；戴上朵鲜花，妈的后影还很年轻似的。妈喜欢，我也喜欢。在学校里我也很喜欢。也许因为这个，我想起学校便想起花来？

十

当我要在小学毕业那年，妈又叫我去当当了。我不知道为什么新爸忽然走了。他上了哪儿，妈似乎也不晓得。妈妈还叫我上学，她想爸不久就会回来的。他许多日子没回来，连封信也没有。我想妈又该洗臭袜子了，这使我极难受。可是妈妈并没这么打算。她还打扮着，还爱戴花；奇怪！她不落泪，反倒好笑；为什么呢？我不明白！好几次，我下学来，看她在门口儿立着。又隔了不久，我在路上走，有人"嗨"我了："嗨！给你妈捎个信儿去！""嗨！你卖不卖呀？小嫩的！"我的脸红得冒出火来，把头低得无可再低。我明白，只是没办法。我不能问妈妈，不能。她对我很好，而且有时候极庄重的说我："念书！念书！"妈是不识字的，为什么这样催我念书呢？我疑心；又常由疑心而想到妈是为我才作那样的事。妈是没有更好的办法。疑心的时候，我恨不能骂妈妈一顿。再一想，我要抱住她，央告她不要再作那个事。我恨自己不能帮助妈妈。所以我也想到：我在小学毕业后又有什么用呢？我和同学们打听过了，有的告诉我，去年毕业的有好几个作姨太太的。有的告诉我，谁当了暗门子。我不大懂这些事，可是由她们的说法，我猜到这不是好事。她们似乎什么都知道，也爱偷偷地谈论她们明知是不正当的事——这些事叫她们的脸红红的而显出得意。我更疑心妈妈了，是不是等我毕业好去作……这么一想，有时候我不敢回家，我怕见妈妈。妈妈有时候给我点心钱，我不肯花，饿着肚子去上体操，常常要晕过去。看着别人吃点心，多么香甜呢！可是我得省着钱，万一妈妈叫我去……我可以跑，假如我手中有钱。我最阔的时候，手中有一毛多钱！在这些时候，即使在白天，我也有时望一望天上，找我的月牙儿呢。我心中的苦处假若可以用个形状比喻起来，必是个月牙儿形的。它无倚无靠的在灰蓝的天上挂着，光儿微弱，不大会儿便被黑暗包住。

十一

叫我最难过的是我慢慢地学会了恨妈妈。可是每当我恨她的时候，我不知不觉地便想起她背着我上坟的光景。想到了这个，我不能恨她了。我又非恨她不可。我的心像——还是像那个月牙儿，只能亮那么一会儿，而黑暗是无限的。妈妈的屋里常有男人来了，她不再躲避着我。他们的眼像狗似地看着我，舌头吐着，垂着涎。我在他们的眼中是更解馋的，我看出来。在很短的期间，我忽然明白了许多的事。我知道我得保护自己，我觉出我身上好像有什么可贵的地方，我闻得出我已有一种什么味道，使我自己害羞，多感。我身上有了些力量，可以保护自己，也可以毁了自己。我有时很硬气，有时候很软。我不知怎样好。我愿爱妈妈，这时候我有好些必要问妈妈的事，需要妈妈的安慰；可是正在这个时候，我得躲着她，我得恨她；要不然我自己便不存在了。当我睡不着的时节，我很冷静地思索，妈妈是可原谅的。她得顾我们俩的嘴。可是这个又使我要拒绝再吃她给我的饭菜。我的心就这么忽冷忽热，像冬天的风，休息一会儿，刮得更要猛；我静候着我的怒气冲来，没法儿止住。

十二

事情不容我想好方法就变得更坏了。妈妈问我，“怎样？”假若我真爱她呢，妈妈说，我应该帮助她。不然呢，她不能再管我了。这不像妈妈能说得出的话，但是她确是这么说了。她说得很清楚：“我已经快老了，再过二年，想白叫人要也没人要了！”这是对的，妈妈近来擦许多的粉，脸上还露出摺子来。她要再走一步，去专伺候一个男人。她的精神来不及伺候许多男人了。为她自己想，这时候能有人要她——是个馒头铺掌柜的愿要她——她该马上就走。可是我已经是个大姑娘了，不像小时候那样容易跟在妈妈轿后走过去了。我得打主意安置自己。假若我愿意“帮助”妈妈呢，她可以不再走这一步，而由我代替她挣钱。代她挣钱，我真愿意；可是那个挣钱方法叫我哆嗦。我知道什么呢，叫我像个半老的妇人那样去挣钱?！妈妈的心是狠的，可是钱更狠。妈妈不逼着我走哪条路，她叫我自己挑选——帮助她，或是我们娘儿俩各走各的。妈妈的眼没有泪，早就干了。我怎么办呢?

十三

我对校长说了。校长是个四十多岁的妇人，胖胖的，不很精明，可是心热。我是真没了主意，要不然我怎会开口述说妈妈的……我并没和校长亲近过。当我对她说的时候，每个字都像烧红了的煤球烫着我的喉，我哑了，半天才能吐出一个字。校长愿意帮助我。她不能给我钱，只能供给我两顿饭和住处——就住在学校和个老女仆作伴儿。她叫我帮助书记员写写字，可是不必马上就这么办，因为我的字还需要练习。两顿饭，一个住处，解决了天大的问题。我可以不连累妈妈了。妈妈这回连轿也没坐，只坐了辆洋车，摸着黑走了。我的铺盖，她给了我。临走的时候，妈妈挣扎着不哭，可是心底下的泪到底翻上来了。她知道我不能再找她去，她的亲女儿。我呢，我连哭都忘了怎么哭了，我只咧着嘴抽达，泪蒙住了我的脸。我是她的女儿，朋友，安慰。但是我帮助不了她，除非我得作那种我决不肯作的事。在事后一想，我们娘儿俩就像两个没人管的狗，为我们的嘴我们得受着一切的苦处，好像我们身上没有别的，只有一张嘴。为这张嘴，我们得把其余一切的东西都卖了。我不恨妈妈了，我明白了。不是妈妈的毛病，也不是不该长那张嘴，是粮食的毛病，凭什么没有我们的吃食呢？这个别离，把过去一切的苦楚都压过去了。那最明白我的眼泪怎流的月牙这回会没出来，这回只有黑暗，连点萤火的光也没有。妈妈就在暗中像个活鬼似的走了，连个影子也没有。即使她马上死了，恐怕也不会和爸埋在一处了，我连她将来的坟在哪里都不会知道。我只有这么个妈妈，朋友。我的世界里剩下我自己。

十四

妈妈永不能相见了，爱死在我心里，像被霜打了的春花。我用心地练字，为是能帮助校长抄写些不要紧的东西。我必须有用，我是吃着别人的饭。我不像那些女同学，她们一天到晚注意别人，别人吃了什么，穿了什么，说了什么；我老注意我自己，我的影子是我的朋友。“我”老在我的心上，因为没人爱我。我爱我自己，可怜我自己，鼓励我自己，责备我自己；我知道我自己，仿佛我是另一个人似的。我身上有一点变化都使我害怕，使我欢喜，使我莫名其妙。我在我自己手中拿着，像捧着一朵娇嫩的花。我只能顾目前，没有将来，也不敢深想。嚼着人家的饭，我知道那是晌午或晚上了，要不然我简直想不起时间来；没有希望，就没有时间。我好像钉在个没有日月的地方。想起妈妈，我晓得我曾经活了十几年。对将来，我不像同学们那样盼望放假，过节，过年；假期，节，年，跟我有什么关系呢？可是我的身体是往大了长呢，我觉得出。觉出我又长大了一些，我更渺茫，我不放心我自己。我越往大了长，我越觉得自己好看，这是一点安慰；美使我抬高了自己的身分。可是我根本没身分，安慰是先甜后苦的，苦到末了又使我自傲。穷，可是好看呢！这又使我怕：妈妈也是不难看的。

十五

我又老没看月牙了，不敢去看，虽然想看。我已毕了业，还在学校里住着。晚上，学校里只有两个老仆人，一男一女。他们不知怎样对待我好，我既不是学生，也不是先生，又不是仆人，可有点像仆人。晚上，我一个人在院中走，常被月牙给赶进屋来，我没有胆子去看它。可是在屋里，我会想象它是什么样，特别是在有点小风的时候。微风仿佛会给那点微光吹到我的心上来，使我想起过去，更加重了眼前的悲哀。我的心就好像在月光下的蝙蝠，虽然是在光的下面，可是自己是黑的；黑的东西，即使会飞，也还是黑的，我没有希望。我可是不哭，我只常皱着眉。

十六

我有了点进款：给学生织些东西，她们给我点工钱。校长允许我这么办。可是进不了许多，因为她们也会织。不过她们自己急于要用，而赶不来，或是给家中人打双手套或袜子，才来照顾我。虽然是这样，我的心似乎活了一点，我甚至想到：假若妈妈不走那一步，我是可以养活她的。一数我那点钱，我就知道这是梦想，可是这么想使我舒服一点。我很想看看妈妈。假若她看见我，她必能跟我来，我们能有方法活着，我想——不十分相信，可是。我想妈妈，她常到我的梦中来。有一天，我跟着学生们去到城外旅行，回来的时候已经是下午四点多了。为是快点回来，我们抄了个小道。我看见了妈妈！在个小胡同里有一家卖馒头的，门口放着个元宝筐，筐上插着个顶大的白木头馒头。顺着墙坐着妈妈，身儿一仰一弯地拉风箱呢。从老远我就看见了那个大木馒头与妈妈，我认识她的后影。我要过去抱住她。可是我不敢，我怕学生们笑话我，她们不许我有这样的妈妈。越走越近了，我的头低下去，从泪中看了她一眼，她没看见我。我们一群人擦着她的身子走过去，她好像是什么也没看见，专心地拉她的风箱。走出老远，我回头看了看，她还在那儿拉呢。我看不清她的脸，只看到她的头发在额上披散着点。我记住这个小胡同的名儿。

十七

像有个小虫在心中咬我似的，我想去看妈妈，非看见她我心中不能安静。正在这个时候，学校换了校长。胖校长告诉我得打主意，她在这儿一天便有我一天的饭食与住处，可是她不能保险新校长也这么办。我数了数我的钱，一共是两块七毛零几个铜子。这几个钱不会叫我在最近的几天中挨饿，可是我上哪儿呢？我不敢坐在那儿呆呆地发愁，我得想主意。找妈妈去是第一个念头。可是她能收留我吗？假若她不能收留我，而我找了她去，即使不能引起她与那个卖馒头的吵闹，她也必定很难过。我得为她想，她是我的妈妈，又不是我的妈妈，我们母女之间隔着一层用穷作成的障碍。想来想去，我不肯找她去了。我应当自己担着自己的苦处。可是怎么担着自己的苦处呢？我想不起。我觉得世界很小，没有安置我与我的小铺盖卷的地方。我还不如一条狗，狗有个地方便可以躺下睡；街上不准我躺着。是的，我是人，人可以不如狗。假若我扯着脸不走，焉知新校长不往外撵我呢？我不能等着人家往外推。这是个春天。我只看见花儿开了，叶儿绿了，而觉不到一点暖气。红的花只是红的花，绿的叶只是绿的叶，我看见些不同的颜色，只是一点颜色；这些颜色没有任何意义，春在我的心中是个凉的死的东西。我不肯哭，可是泪自己往下流。

十八

我出去找事了。不找妈妈，不依赖任何人，我要自己挣饭吃。走了整整两天，抱着希望出去，带着尘土与眼泪回来。没有事情给我作。我这才真明白了妈妈，真原谅了妈妈。妈妈还洗过臭袜子，我连这个都作不上。妈妈所走的路是唯一的。学校里教给我的本事与道德都是笑话，都是吃饱了没事时的玩艺。同学们不准我有那样的妈妈，她们笑话暗门子；是的，她们得这样看，她们有饭吃。我差不多要决定了：只要有人给我饭吃，什么我也肯干；妈妈是可佩服的。我才不去死，虽然想到过；不，我要活着。我年轻，我好看，我要活着。羞耻不是我造出来的。

十九

这么一想，我好像已经找到了事似的。我敢在院中走了，一个春天的月牙在天上挂着。我看出它的美来。天是暗蓝的，没有一点云。那个月牙清亮而温柔，把一些软光儿轻轻送到柳枝上。院中有点小风，带着南边的花香，把柳条的影子吹到墙角有光的地方来，又吹到无光的地方去；光不强，影儿不重，风微微地吹，都是温柔，什么都有点睡意，可又要轻软地活动着。月牙下边，柳梢上面，有一对星儿好像微笑的仙女的眼，逗着那歪歪的月牙和那轻摆的柳枝。墙那边有棵什么树，开满了白花，月的微光把这团雪照成一半儿白亮，一半儿略带点灰影，显出难以想到的纯净。这个月牙是希望的开始，我心里说。

二十

我又找了胖校长去，她没在家。一个青年把我让进去。他很体面，也很和气。我平素很怕男人，但是这个青年不叫我怕他。他叫我说什么，我便不好意思不说；他那么一笑，我心里就软了。我把找校长的意思对他说了，他很热心，答应帮助我。当天晚上，他给我送了两块钱来，我不肯收，他说这是他婶母——胖校长——给我的。他并且说他的婶母已经给我找好了地方住，第二天就可以搬过去。我要怀疑，可是不敢。他的笑脸好像笑到我的心里去。我觉得我要疑心便对不起人，他是那么温和可爱。

二十一

他的笑唇在我的脸上，从他的头发上我看着那也在微笑的月牙。春风像醉了，吹破了春云，露出月牙与一两对儿春星。河岸上的柳枝轻摆，青蛙唱着恋歌，嫩蒲的香味散在春晚的暖气里。我听着水流，像给嫩蒲一些生力，我想象着蒲梗轻快地往高里长。小蒲公英在潮暖的地上似乎正往叶尖花瓣上灌着白浆。什么都在溶化着春的力量，把春收在那微妙的地方，然后放出一些香味，像花蕊顶破了花瓣。我忘了自己，像四外的花草似的，承受着春的透入；我没了自己，像化在了那点春风与月的微光中。月儿忽然被云掩住，我想起来自己，我觉得他的热力在压迫我。我失去那个月牙儿，也失去了自己，我和妈妈一样了！

二十二

我后悔，我自慰，我要哭，我喜欢，我不知道怎样好。我要跑开，永不再见他；我又想他，我寂寞。两间小屋，只有我一个人，他每天晚上来。他永远俊美，老那么温和。他供给我吃喝，还给我作了几件新衣。穿上新衣，我自己看出我的美。可是我也恨这些衣服，又舍不得脱去。我不敢思想，也懒得思想，我迷迷糊糊的，腮上老有那么两块红。我懒得打扮，又不能不打扮，太闲在了，总得找点事作。打扮的时候，我怜爱自己；打扮完了，我恨自己。我的泪很容易下来，可是我设法不哭，眼终日老那么湿润润的，可爱。我有时候疯了似的吻他，然后把他推开，甚至于破口骂他；他老笑。

二十三

我早知道，我没希望；一点云便能把月牙遮住，我的将来是黑暗。果然，没有多久，春便变成了夏，我的春梦作到了头儿。有一天，也就是刚晌午吧，来了一个少妇。她很美，可是美得不玲珑，像个磁人儿似的。她进到屋中就哭了。不用问，我已明白了。看她那个样儿，她不想跟我吵闹，我更没预备着跟她冲突。她是个老实人。她哭，可是拉住我的手："他骗了咱们俩！"她说。我以为她也只是个"爱人"。不，她是他的妻。她不跟我闹，只口口声声的说："你放了他吧！"我不知怎么才好，我可怜这个少妇。我答应了她。她笑了。看她这个样儿，我以为她是缺个心眼，她似乎什么也不懂，只知道要她的丈夫。

二十四

我在街上走了半天。很容易答应那个少妇呀，可是我怎么办呢？他给我的那些东西，我不愿意要；既然要离开他，便一刀两断。可是，放下那点东西，我还有什么呢？我上哪儿呢？我怎么能当天就有饭吃呢？好吧，我得要那些东西，无法。我偷偷的搬了走。我不后悔，只觉得空虚，像一片云那样的无倚无靠。搬到一间小屋里，我睡了一天。

二十五

我知道怎样俭省，自幼就晓得钱是好的。凑合着手里还有那点钱，我想马上去找个事。这样，我虽然不希望什么，或者也不会有危险了。事情可是并不因我长了一两岁而容易找到。我很坚决，这并无济于事，只觉得应当如此罢了。妇女挣钱怎这么不容易呢！妈妈是对的，妇人只有一条路走，就是妈妈所走的路。我不肯马上就往那么走，可是知道它在不很远的地方等着我呢。我越挣扎，心中越害怕。我的希望是初月的光，一会儿就要消失。一两个星期过去了，希望越来越小。最后，我去和一排年轻的姑娘们在小饭馆受选阅。很小的一个饭馆，很大的一个老板；我们这群都不难看，都是高小毕业的女子们，等皇赏似的，等着那个破塔似的老板挑选。他选了我。我不感谢他，可是当时确有点痛快。那群女孩子们似乎很羡慕我，有的竟自含着泪走去，有的骂声“妈的！”女人够多么不值钱呢！

二十六

我成了小饭馆的第二号女招待。摆菜，端菜，算账，报菜名，我都不在行。我有点害怕。可是“第一号”告诉我不用着急，她也都不会。她说，小顺管一切的事；我们当招待的只要给客人倒茶，递手巾把，和拿账条；别的不用管。奇怪！“第一号”的袖口卷起来很高，袖口的白里子上连一个污点也没有。腕上放着一块白丝手绢，绣着“妹妹我爱你”。她一天到晚往脸上拍粉，嘴唇抹得血瓢似的。给客人点烟的时候，她的膝往人家腿上倚；还给客人斟酒，有时候她自己也喝了一口。对于客人，有的她伺候得非常的周到；有的她连理也不理，她会把眼皮一搭拉，假装没看见。她不招待的，我只好去。我怕男人。我那点经验叫我明白了些，什么爱不爱的，反正男人可怕。特别是在饭馆吃饭的男人们，他们假装义气，打架似的让座让账；他们拚命的猜拳，喝酒；他们野兽似的吞吃，他们不必要而故意的挑剔毛病，骂人。我低头递茶递手巾，我的脸发烧。客人们故意的和我说东说西，招我笑；我没心程说笑。晚上九点多钟完了事，我非常的疲乏了。到了我的小屋，连衣裳没脱，我一直地睡到天亮。醒来，我心中高兴了一些，我现在是自食其力，用我的劳力自己挣饭吃。我很早的就去上工。

二十七

“第一号”九点多才来，我已经去了两点多钟。她看不起我，可也并非完全恶意地教训我：“不用那么早来，谁八点来吃饭？告诉你，丧气鬼，把脸别搭拉得那么长；你是女跑堂的，没让你在这儿送殡玩。低着头，没人多给酒钱；你干什么来了？不为挣子儿吗？你的领子太矮，咱这行全得弄高领子，绸子手绢，人家认这个！”我知道她是好意，我也知道设若我不肯笑，她也得吃挂落，少分酒钱；小账是大家平分的。我也并非看不起她，从一方面看，我实在佩服她，她是为挣钱。妇女挣钱就得这么着，没第二条路。但是，我不肯学她。我仿佛看得很清楚：有朝一日，我得比她还开通，才能挣上饭吃。可是那得到了山穷水尽的时候；“万不得已”老在那儿等我们女子，我只能叫它多等几天。这叫我咬牙切齿，叫我心中冒火，可是妇女的命运不在自己手里。又干了三天，那个大掌柜的下了警告：再试我两天，我要是愿意往长了干呢，得照“第一号”那么办。“第一号”一半嘲弄，一半劝告的说：“已经有人打听你，干吗藏着乖的卖傻的呢？咱们谁不知道谁是怎着？女招待嫁银行经理的，有的是；你当是咱们低搭呢？闯开脸儿干呀，咱们也他妈的坐几天汽车！”这个，逼上我的气来，我问她：“你什么时候坐汽车？”她把红嘴唇撇得要掉下去：“不用你耍嘴皮子，干什么说什么；天生下来的香屁股，还不会干这个呢！”我干不了，拿了一块另五分钱，我回了家。

二十八

最后的黑影又向我迈了一步。为躲它，就更走近了它。我不后悔丢了那个事，可我也真怕那个黑影。把自己卖给一个人，我会。自从那回事儿，我很明白了些男女之间的关系。女人把自己放松一些，男人闻着味儿就来了。他所要的是肉，他所给的也是肉。他咬了你，压着你，发散了兽力，你便暂时有吃有穿；然后他也许打你骂你，或者停止了你的供给。女人就这么卖了自己，有时候还很得意，我曾经觉到得意。在得意的时候，说的净是一些天上的话；过了会儿，你觉得身上的疼痛与丧气。不过，卖给一个男人，还可以说些天上的话；卖给大家，连这些也没法说了，妈妈就没说过这样的话。怕的程度不同，我没法接受“第一号”的劝告；“一个”男人到底使我少怕一点。可是，我并不想卖我自己。我并不需要男人，我还不到二十岁。我当初以为跟男人在一块儿必定有趣，谁知道到了一块他就要求那个我所害怕的事。是的，那时候我像把自己交给了春风，任凭人家摆布；过后一想，他是利用我的无知，畅快他自己。他的甜言蜜语使我走入梦里；醒过来，不过是一个梦，一些空虚；我得到的是两顿饭，几件衣服。我不想再这样挣饭吃，饭是实在的，实在地去挣好了。可是，若真挣不上饭吃，女人得承认自己是女人，得卖肉！一个多月，我找不到事作。

二十九

我遇见几个同学，有的升入了中学，有的在家里作姑娘。我不愿理她们，可是一说起话儿来，我觉得我比她们精明。原先，在学校的时候，我比她们傻；现在，"她们"显着呆傻了。她们似乎还都作梦呢。她们都打扮得很好，像铺子里的货物。她们的眼溜着年轻的男子，心里好像作着爱情的诗。我笑她们。是的，我必定得原谅她们，她们有饭吃，吃饱了当然只好想爱情，男女彼此织成了网，互相捕捉；有钱的，网大一些，捉住几个，然后从容地选择一个。我没有钱，我连个结网的屋角都找不到。我得直接地捉人，或是被捉，我比她们明白一些，实际一些。

三十

有一天，我碰见那个小媳妇，像磁人似的那个。她拉住了我，倒好像我是她的亲人似的。她有点颠三倒四的样儿。"你是好人！你是好人！我后悔了，"她很诚恳地说，"我后悔了！我叫你放了他，哼，还不如在你手里呢！他又弄了别人，更好了，一去不回头了！"由探问中，我知道她和他也是由恋爱而结的婚，她似乎还很爱他。他又跑了。我可怜这个小妇人，她也是还作着梦，还相信恋爱神圣。我问她现在的情形，她说她得找到他，她得从一而终。要是找不到他呢？我问。她咬上了嘴唇，她有公婆，娘家还有父母，她没有自由，她甚至于羡慕我，我没有人管着。还有人羡慕我，我真要笑了！我有自由，笑话！她有饭吃，我有自由；她没自由，我没饭吃，我俩都是女子。

三十一

自从遇上那个小磁人，我不想把自己专卖给一个男人了，我决定玩玩了；换句话说，我要“浪漫”地挣饭吃了。我不再为谁负着什么道德责任，我饿。浪漫足以治饿，正如同吃饱了才浪漫，这是个圆圈，从哪儿走都可以。那些女同学与小磁人都跟我差不多，她们比我多着一点梦想，我比她们更直爽，肚子饿是最大的真理。是的，我开始卖了。把我所有的一点东西都折卖了，作了一身新行头，我的确不难看。我上了市。

三十二

我想我要玩玩，浪漫。啊，我错了。我还是不大明白世故。男人并不像我想的那么容易勾引。我要勾引文明一些的人，要至多只赔上一两个吻。哈哈，人家不上那个当，人家要初次见面便摸我的乳。还有呢，人家只请我看电影，或逛逛大街，吃杯冰激凌；我还是饿着肚子回家。所谓文明人，懂得问我在哪儿毕业，家里作什么事。那个态度使我看明白，他若是要你，你得给他相当的好处；你若是没有好处可贡献呢，人家只用一角钱的冰激凌换你一个吻。要卖，得痛痛快快的，拿钱来，我陪你睡。我明白了这个。小磁人们不明白这个。我和妈妈明白，我很想妈了。

三十三

据说有些女人是可以浪漫地挣饭吃，我缺乏资本；也就不必再这样想了。我有了买卖。可是我的房东不许我再住下去，他是讲体面的人。我连瞧他也没瞧，就搬了家，又搬回我妈妈和新爸爸曾经住过的那两间房。这里的人不讲体面，可也更真诚可爱。搬了家以后，我的买卖很不错。连文明人也来了。文明人知道了我是卖，他们是买，就肯来了；这样，他们不吃亏，也不丢身分。初干的时候，我很害怕，因为我还不到廿岁。及至作过了几天，我也就不怕了，身体上哪部分多运动都可以发达的。况且我不留情呢，我身上的各处都不闲着，手，嘴……都帮忙。他们爱这个。多咱他们像了一摊泥，他们才觉得上了算，他们满意，还替我作义务的宣传。干过了几个月，我明白的事情更多了，差不多每一见面我就能断定他是怎样的人。有的很有钱，这样的人一开口总是问我的身价，表示他买得起我。他也很嫉妒，总想包了我；逛暗娼他也想独占，因为他有钱。对这样的人，我不大招待。他闹脾气，我不怕，我告诉他，我可以找上他的门去，报告给他的太太。在小学里念了几年书，到底是没白念，他唬不住我。教育是有用的，我相信了。有的人呢，来的时候，手里就攥着一块钱，唯恐上了当。对这种人，我跟他细讲条件，干什么多少钱，干什么多少钱，他就乖乖地回家去拿钱，很有意思。最可恨的是那些油子，不但不肯花钱，反倒要占点便宜走，什么半盒烟卷呀，什么一小瓶雪花膏呀，他们随手拿去。这种人还是得罪不的，他们在地面上很熟，得罪了他们，他们会叫巡警跟我捣乱。我不得罪他们，我喂着他们；及至我认识了警官，才一个个的收拾他们。世界就是狼吞虎咽的世界，谁坏谁就有便宜。顶可怜的是那像中学学生样儿的，袋里装着一块钱，和几十铜子，叮当地直响，鼻子上出着汗。我可怜他们，可是也照常卖给他们。我有什么办法呢！还有老头子呢，都是些规矩人，或者家中已然儿孙成群。对他们，我不知道怎样好；但是我知道他们有钱，想在死前买些快乐，我只好供给他们所需要的。这些经验叫我认识了“钱”与“人”。钱比人更厉害一些，人若是兽，钱就是兽的胆子。

三十四

我发现了我身上有了病。这叫我非常的苦痛，我觉得已经不必活下去了。我休息了，我到街上去走；无目的，乱走。我想去看看妈，她必能给我一些安慰，我想象着自己已是快死的人了。我绕到那个小巷，希望见着妈妈；我想起她在门外拉风箱的样子。馒头铺已经关了门。打听，没人知道搬到哪里去。这使我更坚决了，我非找到妈妈不可。在街上丧胆游魂地走了几天，没有一点用。我疑心她是死了，或是和馒头铺的掌柜的搬到别处去，也许在千里以外。这么一想，我哭起来。我穿好了衣裳，擦上了脂粉，在床上躺着，等死。我相信我会不久就死去的。可是我没死。门外又敲门了，找我的。好吧，我伺候他，我把病尽力地传给他。我不觉得这对不起人，这根本不是我的过错。我又痛快了些，我吸烟，我喝酒，我好像已是三四十岁的人了。我的眼圈发青，手心发热，我不再管；有钱才能活着，先吃饱再说别的吧。我吃得并不错，谁肯吃坏的呢！我必须给自己一点好吃食，一些好衣裳，这样才稍微对得起自己一点。

三十五

一天早晨，大概有十点来钟吧，我正披着件长袍在屋中坐着，我听见院中有点脚步声。我十点来钟起来，有时候到十二点才想穿好衣裳，我近来非常的懒，能披着件衣服呆坐一两个钟头。我想不起什么，也不愿想什么，就那么独自呆坐。那点脚步声向我的门外来了，很轻很慢。不久，我看见一对眼睛，从门上那块小玻璃向里面看呢。看了一会儿，躲开了；我懒得动，还在那儿坐着。待了一会儿，那对眼睛又来了。我再也坐不住，我轻轻的开了门。“妈！”

三十六

我们母女怎么进了屋，我说不上来。哭了多久，也不大记得。妈妈已老得不像样儿了。她的掌柜的回了老家，没告诉她，偷偷地走了，没给她留下一个钱。她把那点东西变卖了，辞了房，搬到一个大杂院里去。她已找了我半个多月。最后，她想到上这儿来，并没希望找到我，只是碰碰看，可是竟自找到了我。她不敢认我了，要不是我叫她，她也许就又走了。哭完了，我发狂似的笑起来：她找到了女儿，女儿已是个暗娼！她养着我的时候，她得那样；现在轮到我养着她了，我得那样！女子的职业是世袭的，是专门的！

三十七

我希望妈妈给我点安慰。我知道安慰不过是点空话，可是我还希望来自妈妈的口中。世上的妈妈都最会骗人，我们把妈妈的诓骗叫作安慰。我的妈妈连这个都忘了。她是饿怕了，我不怪她。她开始检点我的东西，问我的进项与花费，似乎一点也不以这种生意为奇怪。我告诉她，我有了病，希望她劝我休息几天。没有；她只说出去给我买药。“我们老干这个吗？”我问她。她没言语。可是从另一方面看，她确是想保护我，心疼我。她给我作饭，问我身上怎样，还常常偷看我，像妈妈看睡着了的小孩那样。只是有一层她不肯说，就是叫我不用再干这行了。我心中很明白——虽然有一点不满意她——除了干这个，还想不到第二个事情作。我们母女得吃得穿——这个决定了一切。什么母女不母女，什么体面不体面，钱是无情的。

三十八

妈妈想照应我，可是她得听着看着人家蹂躏我。我想好好对待她，可是我觉得她有时候讨厌。她什么都要管管，特别是对于钱。她的眼已失去年轻时的光泽，不过看见了钱还能发点光。对于客人，她就自居为仆人，可是当客人给少了钱的时候，她张嘴就骂。这有时候使我很为难。不错，既干这个还不是为钱吗？可是干这个的也似乎不必骂人。我有时候也会慢待人，可是我有我的办法，使客人急不得恼不得。妈妈的方法太笨了，很容易得罪人。看在钱的面上，我们不应当得罪人。我的方法或者出于我还年轻，还幼稚；妈妈便不顾一切的单单站在钱上了，她应当如此，她比我大着好些岁。恐怕再过几年我也就这样了，人老心也跟着老，渐渐老得和钱一样的硬。是的，妈妈不客气。她有时候劈手就抢客人的皮夹，有时候留下人家的帽子或值钱一点的手套与手杖。我很怕闹出事来，可是妈妈说的好：“能多弄一个是一个，咱们是拿十年当作一年活着的，等七老八十还有人要咱们吗？”有时候，客人喝醉了，她便把他架出去，找个僻静地方叫他坐下，连他的鞋都拿回来。说也奇怪，这种人倒没有来找账的，想是已人事不知，说不定也许病一大场。或者事过之后，想过滋味，也就不便再来闹了，我们不怕丢人，他们怕。

三十九

妈妈是说对了：我们是拿十年当一年活着。干了二三年，我觉出自己是变了。我的皮肤粗糙了，我的嘴唇老是焦的，我的眼睛里老灰不溜的带着血丝。我起来的很晚，还觉得精神不够。我觉出这个来，客人们更不是瞎子，熟客渐渐少起来。对于生客，我更努力的伺候，可是也更厌恶他们，有时候我管不住自己的脾气。我暴躁，我胡说，我已经不是我自己了。我的嘴不由的老胡说，似乎是惯了。这样，那些文明人已不多照顾我，因为我丢了那点“小鸟依人”——他们唯一的诗句——的身段与气味。我得和野鸡学了。我打扮得简直不像个人，这才招得动那不文明的人。我的嘴擦得像个红血瓢，我用力咬他们，他们觉得痛快。有时候我似乎已看见我的死，接进一块钱，我仿佛死了一点。钱是延长生命的，我的挣法适得其反。我看着自己死，等着自己死。这么一想，便把别的思想全止住了。不必想了，一天一天地活下去就是了，我的妈妈是我的影子，我至好不过将来变成她那样，卖了一辈子肉，剩下的只是一些白头发与抽皱的黑皮。这就是生命。

四十

我勉强地笑，勉强地疯狂，我的痛苦不是落几个泪所能减除的。我这样的生命是没什么可惜的，可是它到底是个生命，我不愿撒手。况且我所作的并不是我自己的过错。死假如可怕，那只因为活着是可爱的。我决不是怕死的痛苦，我的痛苦久已胜过了死。我爱活着，而不应当这样活着。我想象着一种理想的生活，像作着梦似的；这个梦一会儿就过去了，实际的生活使我更觉得难过。这个世界不是个梦，是真的地狱。妈妈看出我的难过来，她劝我嫁人。嫁人，我有了饭吃，她可以弄一笔养老金。我是她的希望。我嫁谁呢？

四十一

因为接触的男子很多了，我根本已忘了什么是爱。我爱的是我自己，及至我已爱不了自己，我爱别人干什么呢？但是打算出嫁，我得假装说我爱，说我愿意跟他一辈子。我对好几个人都这样说了，还起了誓；没人接受。在钱的管领下，人都很精明。嫖不如偷，对，偷省钱。我要是不要钱，管保人人说爱我。

四十二

正在这个期间，巡警把我抓了去。我们城里的新官儿非常地讲道德，要扫清了暗门子。正式的妓女倒还照旧作生意，因为她们纳捐；纳捐的便是名正言顺的，道德的。抓了去，他们把我放在了感化院，有人教给我作工。洗，做，烹调，编织，我都会；要是这些本事能挣饭吃，我早就不干那个苦事了。我跟他们这样讲，他们不信，他们说我没出息，没道德。他们教给我工作，还告诉我必须爱我的工作。假如我爱工作，将来必定能自食其力，或是嫁个人。他们很乐观。我可没这个信心。他们最好的成绩，是已经有十几多个女的，经过他们感化而嫁了人。到这儿来领女人的，只须花两块钱的手续费和找一个妥实的铺保就够了。这是个便宜。从男人方面看；据我想，这是个笑话。我干脆就不受这个感化。当一个大官儿来检阅我们的时候，我唾了他一脸唾沫。他们还不肯放了我，我是带危险性的东西。可是他们也不肯再感化我。我换了地方，到了狱中。

四十三

狱里是个好地方，它使人坚信人类的没有起色；在我作梦的时候都见不到这样丑恶的玩艺。自从我一进来，我就不再想出去，在我的经验中，世界比这儿并强不了许多。我不愿死，假若从这儿出去而能有个较好的地方；事实上既不这样，死在哪儿不一样呢。在这里，在这里，我又看见了我的好朋友，月牙儿！多久没见着它了！妈妈干什么呢？我想起来一切。

原载 1935 年 4 月 1 日至 15 日《国闻周报》第十二卷第十二至十四期

新时代的旧悲剧

一

“老爷子！”陈廉伯跪在织锦的垫子上，声音有点颤，想抬起头来看看父亲，可是不能办到；低着头，手扶在垫角上，半闭着眼，说下去：“儿子又孝敬您一个小买卖！”说完这句话，他心中平静一些，可是再也想不出别的话来，一种渺茫的平静，像秋夜听着点远远的风声那样无可如何的把兴奋、平静、感慨与情绪的激动，全融化在一处，不知怎样才好。他的两臂似乎有点发麻，不能再呆呆的跪在那里；他只好磕下头去。磕了三个，也许是四个头，他心中舒服了好多，好像又找回来全身的力量，他敢抬头看看父亲了。

在他的眼里，父亲是位神仙，与他有直接关系的一位神仙；在他拜孔圣人、关夫子，和其他的神明的时节，他感到一种严肃与敬畏，或是一种敷衍了事的情态。唯有给父亲磕头的时节他才觉到敬畏与热情联合到一处，绝对不能敷衍了事。他似乎觉出父亲的血是在他身上，使他单纯得像初生下来的小娃娃，同时他又感到自己的能力，能报答父亲的恩惠，能使父亲给他的血肉更光荣一些，为陈家的将来开出条更光洁香热的血路；他是承上起下的关节，他对得起祖先，而必定得到后辈的钦感！

他看了父亲一眼，心中更充实了些，右手一拄，轻快的立起来，全身都似乎特别的增加了些力量。陈老先生——陈宏道，——仍然端坐在红木椅上，微笑着看了儿子一眼，没有说什么；父子的眼睛遇到一处已经把心中的一切都倾洒出来，本来不须再说什么。陈老先生仍然端坐在那里，一部分是为回味着儿子的孝心，一部分是为等着别人进来贺喜——每逢廉伯孝敬给老先生一所房，一块地，或是——像这次——一个买卖，总是先由廉伯在堂屋里给父亲叩头，而后全家的人依次的进来道喜。

陈老先生的脸是红而开展，长眉长须还都很黑，头发可是有些白的了。大眼睛，因为上了年纪，眼皮下松松的搭拉着半圆的肉口袋；口袋上有些灰红的横纹，颇有神威。鼻子不高，可是宽，鼻孔向外撑着，身量高。手脚都很大；手扶着膝在那儿端坐，背还很直，好似座小山儿：庄严、硬朗、高傲。

廉伯立在父亲旁边，嘴微张着些，呆呆的看着父亲那个可畏可爱的旁影。他自己只有老先生的身量，而没有那点气度。他是细长，有点水蛇腰，每逢走快了的时候自己都有些发毛咕。他的模样也像老先生，可是脸色不那么红；虽然将近四十岁，脸上还没有多少须子茬；对父亲的长须，他只有羡慕而已。立在父亲旁边，他又渺茫的感到常常袭击他的那点恐惧。他老怕父亲有个山高水远，而自己压不住他的财产与事业。从气度上与面貌上看，他似乎觉得陈家到了他这一辈，好像兑了水的酒，已经没有那么厚的味道了。在别的方面，他也许比父亲还强，可是他缺乏那点神威与自信。父亲是他的主心骨，像个活神仙似的，能暗中保佑他。有父亲活着，他似乎才敢冒险，敢见钱就抓，敢和人们结仇作对，敢下毒手。每当他遇到困难，迟疑不决的时候，他便回家一会儿。父亲的红脸长须给他胆量与决断；他并不必和父亲商议什么，看看父亲的红脸就够了。现今，他又把刚置买了的产业献给父亲，父亲的福气能压得住一切；即使产业的来路有些不明不白的地方，也被他的孝心与父亲的福分给镇下去。

头一个进来贺喜的是廉伯的大孩子，大成，十一岁的男孩，大脑袋，大嗓门，有点傻，因为小时候吃多了凉药。老先生看见孙子进来，本想立起来去拉他的小手，继而一想大家还没都到全，还不便马上离开红木椅子。

“大成，”老先生声音响亮的叫，“你干什么来了？”

大成摸了下鼻子，往四围看了一眼：“妈叫我进来，给爷道，道……”傻小子低下头去看地上的锦垫子。马上弯下身去摸垫子四围的绒绳，似乎把别的都忘了。

陈老先生微微的一笑，看了廉伯一眼，“痴儿多福！”连连的点头。廉伯也陪着一笑。

廉仲——老先生的二儿子——轻轻的走进来。他才有二十多岁，个子很大，脸红而胖，很像陈老先生，可是举止显着迟笨，没有老先生的气派与身分。

没等二儿子张口，老先生把脸上的微笑收起去。叫了声：“廉仲！”

廉仲的胖脸上由红而紫，不知怎样才好，眼睛躲着廉伯。

“廉仲！”老先生又叫了声。“君子忧道不忧贫，你倒不用看看你哥哥尽孝，心中不安，不用！积善之家自有余福，你哥哥的顺利，与其说是他有本事，还不如说是咱们陈家过去几代积成的善果。产业来得不易，可是保守更难，此中消息，”老先生慢慢摇着头，“大不易言！箪食瓢饮，那乃是圣道，我不能以此期望你们；腾达显贵，显亲扬名，此乃人道，虽福命自天，不便强求，可是彼丈夫也，我丈夫也，有为者亦若是。我不求你和你哥哥一样的发展，你的才力本来不及他，况且又被你母亲把你惯坏；我只求你循规蹈矩的去作人，帮助父兄去守业，假如你不能自己独创的话。你哥哥今天又孝敬我一点产业，这算不了什么，我并不因此——这点产业——而喜欢；可是我确是喜欢，喜欢的是他的那点孝心。”老先生忽然看了孙子一眼：“大成，叫你妹妹去！”

廉仲的胖脸上见了汗，不知怎样好，乘着父亲和大成说话，慢慢的转到老先生背后，去看墙上挂着的一张山水画。大成还没表示是否听明白祖父的话，妈妈已经携着妹妹进来了。女人在陈老先生心中是没有一点价值的，廉伯太太大概早已立在门外，等着传唤。

廉伯太太有三十四五岁，长得还富泰。倒退十年，她一定是个漂亮的小媳妇。现在还不难看，皮肤很细，可是她的白胖把青春埋葬了，只是富泰，而没有美的诱力了。在安稳之中，她有点不安的神气，眼睛偷偷的，不住的，往四下望。胖脸上老带着点笑容；似乎是给谁道歉，又似乎是自慰，正像个将死了婆婆，好脾气，而没有多少本事的中年主妇。她一进屋门，陈老先生就立了起来，好似传见的典礼已经到了末尾。

“爷爷大喜！”廉伯太太不很自然的笑着，眼睛不敢看公公，可又不晓得去看什么好。

“有什么可喜！有什么可喜！”陈老先生并没发怒，脸上可也不带一点笑容，好似个说话的机器在那儿说话，一点也不带感情，公公对儿媳是必须这样说话的，他仿佛是在表示。“好好的相夫教子，那是妇人的责任；就是别因富而骄惰，你母家是不十分富裕的，哎，哎……”老先生似乎不愿把话说到家，免得使儿媳太难堪了。

廉伯太太胖脸上将要红，可是就又挂上了点无聊的笑意，拉了拉小女儿，意思是叫她找祖父去。祖父的眼角撩到了孙女，可是没想招呼她。女儿都是赔钱的货，老先生不愿偏疼孙子，但是不由的不肯多亲爱孙女。

老先生在屋里走了几步，每一步都用极坚实的脚力放在地上，作足了昂举阔步。自己的全身投在穿衣镜里，他微停了一会儿，端详了自己一下。然后转过身来，向大儿子一笑。

“冯唐易老，李广难封！才难，才难；但是知人惜才者尤难！我已六十多了……”老先生对着镜子摇了半天头。“怀才不遇，一无所成……”他捻着须梢儿，对着镜子细端详自己的脸。

老先生没法子不爱自己的脸。他是个文人，而有武相。他有一切文人该有的仁义礼智，与守道卫教的志愿，可是还有点文人所不敢期冀的，他自比岳武穆。他是，他自己这么形容，红脸长髯高吟“大江东去”的文人。他看不起普通的白面书生。只有他，文武兼全，才担得起翼教爱民的责任。他自信学问与体魄都超乎人，他什么都知道，而且知道的最深最好。可惜，他只是个候补知县而永远没有补过实缺。因此，他一方面以为自己的怀才不遇是人间的莫大损失；在另一方面，他真喜欢大儿子——文章经济，自己的文章无疑的是可以传世的，可是经济方面只好让给儿子了。

廉伯现在作侦探长，很能抓弄些个钱。陈老先生不喜欢“侦探长”，可是侦探长有升为公安局长的希望，公安局长差不多就是原先的九门提督正堂，那么侦探长也就可以算作……至少是三品的武官吧。自从革命以后，官衔往往是不见经传的，也就只好承认官便是官，虽然有的有失典雅，可也没法子纠正。况且官总是“学优而仕”，名衔纵管不同，道理是万世不变的。老先生心中的学问老与作官相联，正如道德永远和利益分不开。儿子既是官，而且能弄钱，又是个孝子，老先生便没法子不满意。只有想到自己的官运不通，他才稍有点忌妒儿子，可是这点牢骚正好是作诗的好材料，那么作一两首律诗或绝句也便正好是哀而不伤。

老先生又在屋中走了两趟，哀意渐次发散净尽。“廉伯，今天晚上谁来吃饭。”

“不过几位熟朋友。”廉伯笑着回答。

“我不喜欢人家来道喜！”老先生的眉皱上一些。“我们的兴旺是父慈子孝的善果；是善果，他们如何能明白……”

“熟朋友，公安局长，还有王处长……”廉伯不愿一一的提名道姓，他知道老人的脾气有时候是古怪一点。

老先生没再说什么。过了一会儿：“别都叫陈寿预备，外边叫几个菜，再由陈寿预备几个，显着既不太难看，又有家常便饭的味道。”老先生的眼睛放了光，显出高兴的样子来，这种待客的计划，在他看，也是“经济”的一部分。

“那么老爷子就想几个菜吧；您也同我们喝一盅？”

“好吧，我告诉陈寿；我当然出来陪一陪；廉仲，你也早些回来！”

二

陈宅西屋的房脊上挂着一钩斜月，阵阵小风把院中的声音与桂花的香味送走好远。大门口摆着三辆汽车，陈宅的三条狼狗都面对汽车的大鼻子趴着，连车带狗全一声不出，都静听着院里的欢笑。院里很热闹：外院南房里三个汽车夫，公安局长的武装警卫，和陈廉伯自用的侦探，正推牌九。里院，晚饭还没吃完。廉伯不是正式的请客，而是随便约了公安局局长，卫生处处长，市政府秘书主任，和他们的太太们来玩一玩；自然，他们都知道廉伯又置买了产业，可是只暗示出道喜的意思，并没送礼，也就不好意思要求正式请客。菜是陈寿作的，由陈老先生外点了几个，最得意的是个桂花翅子——虽然是个老菜，可是多么迎时当令呢。陈寿的手艺不错，客人们都吃得很满意；虽然陈老先生不住的骂他混蛋。老先生的嘴能够非常的雅，也能非常的野，那要看对谁讲话。

老先生喝了不少的酒，眼皮下的肉袋完全紫了；每干一盅，他用大手慢慢的捋两把胡子，检阅军队似的看客人们一眼。

“老先生海量！”大家不住的夸赞。

“哪里的话！”老先生心里十分得意，而设法不露出来，他似乎知道虚假便是涵养的别名。可是他不完全是个瘦弱的文人，他是文武双全，所以又不能不表示一些豪放的气概：“几杯还可以对付，哈哈！请，请！”他又灌下一盅。

大家似乎都有点怕他。他们也许有更阔或更出名的父亲，可是没法不佩服陈老先生的气派与神威。他们看出来，假若他们的地位低卑一些，陈老先生一定不会出来陪他们吃酒。他们懂得，也自己常应用，这种虚假的应酬方法，可是他们仍然不能不佩服老先生把这个运用得有声有色，把儒者、诗人、名士、大将，所该有的套数全和演戏似的表现得生动而大气。

饭撤下去，陈福来放牌桌。陈老先生不打牌，也反对别人打牌。可是廉伯得应酬，他不便干涉。看着牌桌摆好，他闭了一会儿眼，好似把眼珠放到肉袋里去休息。而后，打了个长的哈欠。廉伯赶紧笑着问：

“老爷子要是——”

陈老先生睁开眼，落下一对大眼泪，看着大家，腮上微微有点笑意。

“老先生不打两圈？两圈？”客人们问。

“老矣，无能为矣！”老先生笑着摇头，仿佛有无限的感慨。又坐了一会儿，用大手连抹几把胡子，唧唧的咂了两下嘴，慢慢的立起来："不陪了。陈福，倒茶！"向大家微一躬身，马上挺直，扯开方步，一座牌坊似的走出去。

男女分了组：男的在东间，女的在西间。廉伯和弟弟一手，先让弟弟打。

牌打到八圈上，陈福和刘妈分着往东西屋送点心。廉伯让大家吃，大家都眼看着牌，向前面点头。廉伯再让，大家用手去摸点心，眼睛完全用在牌上。卫生处处长忘了卫生，市政府秘书主任差点把个筹码放在嘴里。廉仲不吃，眼睛钉着面前那个没用而不敢打出去的白板，恨不能用眼力把白板刻成个么筒或四万。

廉仲无论如何不肯放手那张白板。公安局长手里有这么一对儿宝贝。廉伯让点心的时节，就手儿看了大家的牌，有心给弟弟个暗号，放松那个值钱的东西，因为公安局长已经输了不少。叫弟弟少赢几块，而讨局长个喜欢，不见得不上算。可是，万一局长得了一张牌而幸起去呢？赌就是赌，没有谦让。他没通知弟弟。设若光是一张牌的事，他也许不这么狠。打给局长，讨局长的喜欢，局长，局长，他不肯服这个软儿。在这里，他自信得了点父亲的教训：应酬是手段，一往直前是陈家的精神；他自己将来不止于作公安局长，可是现在他可以，也应当作公安局长。他不能退让，没看起那手中有一对白板的局长，弟弟手里那张牌是不能送礼的。

又摸了两手，局长把白板摸了上来，和了牌。廉仲把牌推散，对哥哥一笑。廉伯的眼把弟弟的笑整个的瞪了回去。

局长自从掏了白板，转了风头，马上有了闲话："处长，给你张卫生牌吃吃！"顶了处长一张九万。可是，八圈完了，大家都立起来。

"接着来！"廉伯请大家坐下："早得很呢！"

卫生处处长想去睡觉，以重卫生，可是也想报复，局长那几张卫生牌顶得他出不来气。什么早睡晚睡，难道卫生处长就不是人，就不许用些感情？他自己说服了自己。

秘书长一劲儿谦虚，纯粹为谦虚而谦虚，不愿挑头儿继续作战，也不便主张散局，而只说自己打得不好。

只等局长的命令。“好吧，再来；廉伯还没打呢！”

大家都迟迟的坐下，心里颇急切。廉仲不敢坐实在了，眼睛瞟着哥哥，心中直跳。一边瞟着哥哥，一边鼓逗骰子，他希望廉伯还让给他——哪怕是再让一圈呢。廉伯决定下场，廉仲像被强迫爬起来的骆驼，极慢极慢的把自己收拾起来。连一句“五家来，作梦，”都没人说一声！他的脸烧起来，别人也没注意。他恨这群人，特别恨他的哥哥。可是他舍不得走开。打不着牌，看看也多少过点瘾。他坐在廉伯旁边。看了两把，他的茄子色慢慢的降下去，只留下两小帖红而圆的膏药在颧骨上，很傻而有点美。

从第九圈上起，大家的语声和牌声比以前加高了一倍。礼貌、文化、身分、教育，都似乎不再与他们相干，或者向来就没和他们发生过关系。越到夜静人稀，他们越粗暴，把细心全放在牌张的调动上。他们用最粗暴的语气索要一个最小的筹码。他们的脸上失去那层温和的笑意，眼中射出些贼光，瞟着别人的手而掩饰自己的心情变化。他们的唇被香烟烧焦，鼻上结着冷汗珠，身上放射着湿潮的臭气。

西间里，太太们的声音并不比东间里的小，而且非常尖锐。可是她们打得慢一点，东间的第九圈开始，她们的八圈还没有完。毛病是在廉伯太太。显然的，局长太太们不大喜欢和她打，她自己也似乎不十分热心的来。可是没有她便成不上局，大家无法，她也无法。她打的慢，算和慢，每打一张她还得那么抱歉的、无聊的、无可奈何的笑一笑，大家只看她的张子，不看她的笑；她发的张子老是很臭：吃上的不感激她，吃不上的责难她。她不敢发脾气，也不大会发脾气，她只觉得很难受，而且心中嘀嘀咕咕，惟恐丈夫过来检查她——她打的不好便是给他丢人。那三家儿都是牌油子。廉伯太太对于她们的牌法如何倒不大关心，她羡慕她们因会打牌而能博得丈夫们的欢心。局长太太是二太太，可是打起牌来就有了身分，而公然的轻看廉伯太太。

八圈完了，廉伯太太缓了一口气，可是不敢明说她不愿继续受罪。刘妈进来伺候茶水，她忽然想起来，胖胖的一笑："刘妈，二爷呢?"

局长太太们知道廉仲厉害，可是不反对他代替嫂子；要玩就玩个痛快，在赌钱的时节她们有点富于男性。廉仲一坐下，仿佛带来一股春风，大家都高兴了许多。大家都长了精神，可也都更难看了，没人再管脸上花到什么程度；最美的局长二太太的脸上也黄一块白一块的，有点像连阴天时的壁纸。屋中潮渌渌的有些臭味。

廉伯太太心中舒服了许多，但还不能马上躲开。她知道她的责任是什么，一种极难堪，极不自然，而且不被人钦佩与感激的责任。她坐在卫生处长太太旁边，手放在膝上，向桌子角儿微笑。她觉到她什么也不是，只是廉伯太太，这四个字把她捆在那里。

廉仲可是非常的得意。"赌"是他的天才所在，提到打牌，推牌九，下棋，抽签子，他都不但精通，而且手里有花活。别的，他无论怎样学也学不会；赌，一看就明白。这个，使他在家里永远得不着好气，可是在外边很有人看得起他，看他是把手儿。他恨陈老先生和廉伯，特别是在陈老先生说"都是你母亲惯坏了你"的时候。他爱母亲，设若母亲现在还活着，他绝不会受他们这么大的欺侮，他老这样想。母亲是死了，他只能跟嫂子亲近，老嫂比母，他对嫂子十分的敬爱。因此，陈老先生更不待见他，陈家的男子都是轻看妇女的，只有廉仲是个例外，没出息。

他每打一张俏皮的牌，必看嫂子一眼，好似小儿耍俏而要求大人夸奖那样。有时候他还请嫂子过来看看他的牌，虽然他明知道嫂子是不很懂得牌经的。这样作，他心中舒服，嫂子的笑容明白的表示出她尊重二爷的技巧与本领，他在嫂子眼中是“二爷”，不是陈家的“吃累”。

三

快天亮了。凉风儿在还看不出一定颜色的云下轻快的吹着，吹散了院中的桂香，带来远处的犬声。风儿虽然清凉，空中可有些潮湿，草叶上挂满还没有放光的珠子。墙根下处处虫声，急促而悲哀。陈家的牌局已完，大家都用喷过香水的热毛巾擦脸上的油腻，跟着又点上香烟，烫那已经麻木了的舌尖，好似为赶一赶内部的酸闷。大家还舍不得离开牌桌。可是嘴中已不再谈玩牌的经过，而信口的谈着闲事，谈得而且很客气，仿佛把礼貌与文化又恢复了许多；廉伯太太的身分在天亮时节突然提高，大家都想起她的小孩，而殷勤的探问。陈福和刘妈都红着眼睛往屋里端鸡汤挂面，大家客气了一番，然后闭着眼往口中吞吸，嘴在运动，头可是发沉，大家停止了说话。第二把热毛巾递上来，大家才把脸上的筋肉活动开，咬着牙往回堵送哈欠。

“局长累了吧？”廉伯用极大的力量甩开心中的迷忽。

“哪！哪累！”局长用热手巾捂着脖梗。

“陈太太，真该歇歇了，我们太不客气了！”卫生处长的手心有点发热，渺茫的计划着应回家吃点什么药。

廉伯太太没说出什么来，笑了笑。

局长立起来，大家开始活动，都预备着说“谢谢”。局长说了；紧跟着一串珠似的“谢谢”。陈福赶紧往外跑，门外的汽车喇叭响成一阵，三条狼狗打着欢儿咬，全街的野狗家狗一致响应。大家仍然很客气，过一道门让一次，话很多而且声音洪亮。主人一定叫陈福去找毛衣，一定说天气很凉；客人们一定说不凉，可是都微微有点发抖。毛衣始终没拿来，汽车的门啷啷关好，又是一阵喇叭，大家手中的红香烟头儿上下摆动，“谢谢！”“慢待；”嘟嘟的响成一片。陈福扯开嗓子喊狗。大门雷似的关好，上了闩。院中扯着几个长而无力的哈欠，一阵桂花香，天上剩了不几个星星。

草叶上的水珠刚刚发白，陈老先生起来了。早睡早起，勤俭兴家，他是遵行古道的。四外很安静，只有他自己的声音传达到远处，他摔门、咳嗽、骂狗、念诗……四外越安静，他越爱听自己的声音，他是警世的晨钟。

陈老先生的诗念得差不多，大成——因为晚饭吃得不甚合适——起来了，起来就嚷肚子饿。老先生最关心孩子，高声喊陈寿，想法儿先治大成的饿。陈寿已经一夜没睡，但是听见老主人喊他，他不敢再多迟延一秒钟。熬了一夜，可是得了“头儿钱”呢；他晓得这句是在老主人的嘴边上等着他，他不必找不自在。他晕头打脑的给小主人预备吃食，而且假装不困，走得很快，也很迷忽。

听着孙子不再叫唤了，老先生才安心继续读诗。天下最好听的莫过于孩子哭笑与读书声，陈家老有这两样，老先生不由的心中高兴。

陈寿喂完小主人，还不敢去睡，在老主人的屋外脚不出声的来回走；他怕一躺下便不容易再睁开眼。听着老主人的诗声落下一个调门来，他把香片茶、点心端进去。出来，就手儿喂了狗，然后轻轻跑到自己屋中，闭上了眼。

陈老先生吃过点心，到院中看花草。他并不爱花，可是每遇到它们，他不能不看，而且在自己家中是早晚必找上它们去看一会儿，因为诗中常常描写花草霜露，他可以不爱花，而不能表示自己不懂得诗。秋天的朝阳把多露的叶子照得带着金珠，他觉得应当作诗，泄一泄心中的牢骚。可是他心中，在事实上，是很舒服、快活，而且一心惦记着那个新买过来的铺子。诗无从作起。牢骚可不能去掉，不管有诗没有。没有牢骚根本算不了个儒生、诗人、名士。是的，他觉得他的六十多岁是虚度，满腹文章，未曾施展过一点。“不才明主弃！”想不起来全句。老杜、香山、东坡……都作过官；饶作过官，还那么牢骚抑郁，况且陈老先生，惭愧、空虚。他想起那个买卖。儿子孝敬给他的产业，实在的，须用心经营的，经之营之……他决定到铺子去看看。他看不起作买卖，可是不能不替儿子照管一下，再说呢，“道”在什么地方也存在着。子贡也是贤人！书须活念，不能当书痴。他开始换衣服。刚换好了鞋，廉伯自用的侦探兼陈家的门房冯有才进来请示：

“老先生，”冯有才——四十多岁，嘴像鲇鱼似的——低声的说：“那个，他们送来，那什么，两个封儿。”

“为什么来告诉我？”老先生的眼睛瞪得很大。

“不是那个，大先生还睡觉哪吗，”鲇鱼嘴试着步儿笑：“我不好，不敢去惊动他，所以——”

陈老先生不好意思去思索，又得出个妥当的主意：“他们天亮才散，我晓得！”缓了口气。“你先收下好啦，回头交给大爷：我不管，我不管！”走过去，把那本诗拿在手中，没看冯有才。

冯有才像从鱼网的孔中漏了出去，脚不擦地的走了。老先生又把那本诗放下，看了一眼：“凉风起天末，君子意如何?!”“君子——意——如——何——”老先生心中茫然，惭愧，没补上过知县，连个封儿都不敢接；冯有才，混蛋，必定笑我呢！送封儿是自古有之，可是应当什么时候送呢？是不是应当直接的说来送封儿，如邮差那样喊“送信”？说不清，惭愧！文章经济，自己到底缺乏经验，空虚——“意如何！”对着镜子看了看：“养拙干戈际，全生麋鹿群！”细看看镜中的老眼有没有泪珠，没有；古人的性情，有不可及者！

老先生换好衣服，正想到铺子去看看，冯有才又进来了：“老先生，那什么，我刚才忘记回了：钱会长派人来送口信，请您今天过去谈谈。”

“什么时候？”

“越早越好。”

老先生的大眼睛闭了闭，冯有才退出去。老先生翻眼回味着刚才那一闭眼的神威，开始觉到生命并不空虚，一闭眼也有作用；假如自己是个“重臣”，这一闭眼应当有多么大的价值？可惜只用在冯有才那混蛋的身上；白废！到底生命还是不充实，儒者三月无君……

他决定先去访钱会长。没坐车，为是活动活动腿脚。微风吹斜了长须，触着一些阳光，须梢闪起金花。他端起架子，渐渐的忘记是自己的身体在街上走，而是一个极大极素美的镜框子，被一股什么精神与道气催动着，在街上为众人示范——镜框子当中是个活圣贤。走着走着，他觉得有点不是味儿：知道那两封儿里是支票呢，还是现款呢？交给冯有才那个混蛋收着……不能，也许不能……可是，钱若是不少，谁保得住他不携款潜逃！世道人心！他想回去，可是不好意思，身分、礼教，都不准他回去。然而这绝不是多虑，应当回去！自己越有修养，别人当然越不可靠，不是过虑。回去不呢？没办法！

四

花厅里坐着两位，钱会长和武将军。钱会长从前作过教育次长和盐运使，现在却愿意人家称呼他会长，国学会的会长。武将军是个退职的武人，自从退隐以后，一点也不像个武人，肥头大耳的倒像个富商，近来很喜欢读书。

陈老先生和他们并非旧交，还是自从儿子升了侦探长以后才与他们来往。他对钱子美钱会长有相当的敬意，一来因为会长的身分，二来因为会长对于经学确是有研究，三来因为会长沉默寡言而又善于理财——文章经济。对武将军，陈老先生很大度的当个朋友待，完全因为武将军什么也不知道而好向老先生请教。

三人打过招呼，钱会长一劲儿咕噜着水烟，两只小眼专看着水烟袋，一声不出。武将军倒想说话，而不知说什么好，在文人面前他老有点不自然。陈老先生也不便开口，以保持自己的尊严。

坐了有十分钟，钱会长的脚前一堆一堆的烟灰已经像个义冢的小模型。他放下了烟袋，用右手无名指的长指甲轻轻刮了刮头。小眼睛从心里透出点笑意，像埋在深处的种子顶出个小小的春芽。用左手小指的指甲剔动右手的无名指，小眼睛看着两片指甲的接触，笑了笑：

“陈老先生，武将军要读《春秋》；怎样？我以为先读《尚书》，更根本一些；自然《春秋》也好，也好！”

“一以贯之，《十三经》本是个圆圈，”陈老先生手扶在膝上，看着自己的心，听着自己的声音：“从哪里始，于何处止，全无不可！子美翁？”

武将军看着两位老先生，觉得他们的话非常有意思，可是又不甚明白。他搭不上嘴，只好用心的听着，心中告诉自己：“这有意思，很深！”

“是的，是的！”会长又拿起水烟袋，揉着点烟丝，暂时不往烟筒上放。想了半天：“宏道翁，近来以甲骨文证《尚书》者，有无是处。前天——”

“那——”

会长点头相让。陈老先生觉得差点沉稳，也不好不接下去：“那，离经叛道而已。经所以传道，传道！见道有深浅，注释乃有不同，而无伤于经；以经为器，支解割裂，甲骨云乎哉！哈哈哈哈！”

“卓见！”咕噜咕噜。“前天，一个少年来见我，提到此事，我也是这么说，不谋而合。”

武将军等着听个结果，到底他应当读《春秋》还是《书经》，两位老先生全不言语了，好像刚斗过一阵的俩老鸡，休息一会儿，再斗。

陈老先生非常的得意，居然战胜了钱会长。自己的地位、经验，远不及钱子美，可是说到学问，自己并不弱，一点不弱。可见学问与经验也许不必互相关联？或者所谓学问全在嘴上，学问越大心中越空？他不敢决定，得意的劲儿渐次消散，他希望钱会长，哪怕是武将军呢，说些别的。

武将军忽然想起来：“会长，娘们是南方的好，还是北方的好？”

陈老先生的耳朵似乎被什么猛的刺了一下。

武将军傻笑，脖子缩到一块，许多层肉摺。

钱会长的嘴在水烟袋上，小眼睛挤咕着，唏唏的笑。“武将军，我们谈道，你谈妇人，善于报复！”

武将军反而扬起脸来：“不瞎吵，我真想知道哇。你们比我年纪大，经验多，娘们，谁不爱娘们？”

“这倒成了问题！”会长笑出了声。

陈老先生没言语，看着钱子美。他真不爱听这路话，可是不敢得罪他们；地位的优越，没办法。

“陈老先生？”武将军将错就错，闹哄起来。

“武将军天真，天真！食色性也，不过——”陈老先生假装一笑。

“等着，武将军，等多喒咱们喝几盅的时候，我告诉你；你得先背熟了《春秋》！”会长大笑起来，可依然没有多少声音，像狗喘那样。

陈老先生陪着笑起来。讲什么他也不弱于会长，他心里说，学问、手段……不过，他也的确觉到他是跟会长学了一招儿。文人所以能驾驭武人者在此，手段。

可是他自己知道，他笑得很不自然。他也想到：假若他不在这里，或者钱会长和武将军就会谈起妇女来。他得把话扯到别处去，不要大家楞着，越楞着越会使会长感到不安。

“那个，子美翁，有事商量吗？我还有点别的……”

“可就是。”钱会长想起来：“别人都起不了这么早，所以我只约了你们二位来。水灾的事，马上需要巨款，咱先凑一些发出去，刻不容缓。以后再和大家商议。”

“很好！”武将军把话都听明白，而且非常愿意拿钱办善事。“会长分派吧，该拿多少！”

“昨天晚上遇见吟老，他拿一千。大家量力而为吧。”钱会长慢慢的说。

“那么，算我两千吧。”武将军把腿伸出好远，闭上眼养神，仿佛没了他的事。

陈老先生为了难。当仁不让，不能当场丢人。可是书生，没作过官的书生，哪能和盐运使与将军比呢。不错，他现在有些财产，可是他没觉到富裕，他总以为自己还是个穷读书的；因为感觉到自己穷，才能作出诗来。再说呢，那点财产都是儿子挣来的，不容易；老子随便挥霍——即使是为行善——岂不是慷他人之慨？父慈子孝，这是两方面的。为儿子才拉拢这些人！可是没拉拢出来什么，而先倒出一笔钱去，儿子的，怎对得起儿子？自然，也许出一笔钱，引起会长的敬意。对儿子不无好处；但是希望与拿现钱是两回事。引起他们的敬意，就不能少拿，而且还得快说，会长在那儿等着呢！乐天下之乐，忧天下之忧，常这么说；可谁叫自己连个知县也没补上过呢！陈老先生的难堪甚于顾虑，他恨自己。他捋了把胡子，手微有一点颤。

“寒士，不过呢，当仁不让，我也拿吟老那个数儿吧。唯赈无量不及破产！哈哈！”他自己听得出哈哈中有点颤音。

他痛快了些，像把苦药吞下去那样，不感觉舒服，而是减少了迟疑与苦闷。

武将军两千，陈老先生一千，不算很小的一个数儿。可是会长连头也没抬，依然咕噜着他的水烟。陈老先生一方面羡慕会长的气度，一方面想知道到底会长拿多少呢。

“为算算钱数，会长，会长拿多少？”

会长似乎没有听见。待了半天，仍然没抬头：“我昨天就汇出去了，五千；你们诸公的几千，今天晌午可以汇了走；大家还方便吧？若是不方便的话，我先打个电报去报告个数目，一半天再汇款。”

“容我们一半天的工夫也好。”陈老先生用眼睛问武将军，武将军点点头。

大家又没的可说了。

武将军又忽然想起来：“宏老，走，上我那儿吃饭去！会长去不去？”

“我不陪了，还得找几位朋友去，急赈！”会长立起来，“不忙，天还早。”

陈老先生愿意离开这里，可是不十分热心到武宅去吃饭。他可没思索便答应了武将军，他知道自己心中是有点乱，有个地方去也好。他惭愧，为一千块钱而心中发乱；毛病都在他没作过盐运使与军长；他不能不原谅自己。到底心中还是发乱。

坐上将军的汽车，一会儿就到了武宅。

武将军的书房很高很大，好像个风雨操场似的，可是墙上挂满了字画，到处是桌椅，桌上挤满了摆设。字画和摆设都是很贵买来的，而几乎全是假古董。懂眼的人不好意思当着他的面说是假的，可是即使说了，将军也不在乎；遇到阴天下雨没事可作的时候，他不看那些东西，而一件件的算价钱：加到一块统计若干，而后分类，字画值多钱，铜器值若干，玉器……来回一算，他可以很高兴的过一早晨，或一后半天。

陈老先生不便说那些东西“都”是假的，也不便说“都”是真的，他指出几件不地道，而嘱咐将军：“以后再买东西，找我来；或是讲明了，付过了钱哪时要退就可以退，”他可惜那些钱。

“正好，我就去请你，买不买的，说会子话儿！”武将军马上想起话来。这所房子值五万；家里现在只剩了四个娘们，原先本是九个来着，裁去了五个，保养身体，修道。他有朝一日再掌兵权也不再多杀人，太缺德……

陈老先生搭不上话，可是这么想：假若自己是宰相，还能不和将军们来往么？自己太褊狭，因为没作过官；一个儒者，书生的全部经验是由作官而来。他把心放开了些，慢慢的觉到武将军也有可爱之处，就拿将军的大方说，会长刚一提赈灾，他就认两千，无论怎说，这是有益于人民的……至少他不能得罪了将军，儿子的前途——文王的大德，武王的功绩，相辅而成，相辅而成！

仆人拿进一封信来。武将军接过来，随手放在福建漆的小桌上。仆人还等着。将军看了信封一眼：“怎回事？”

“要将军的片子，要紧的信！”

“找张名片去，请王先生来！”王先生是将军的秘书。

“王先生吃饭去了，大概得待一会儿……”

将军撕开了信封。抽出信纸，顺手儿递给了陈老先生：“老先生给看一眼，就是不喜欢念信！那谁，抽屉里有名片。”

陈老先生从袋中摸出大眼镜，极有气势的看信：

“武将军仁兄阁下敬启者恭维
起居纳福金体康宁为盼舍侄之事前曾面托是幸今闻钱子美
次长与
将军仁兄交情甚厚次长与秦军长交情亦甚厚如蒙
鼎助与次长书通一声则薄酬六千二位平分可也次长常至军
长家中顺便一说定奏成功无任感激心照不宣祇祝
钧安　　　　　　　　　　　　　　　　如小弟马应龙顿首”

陈老先生的胡子挡不住他的笑了。文人的身分，正如文人的笑的资料，最显然的是来自文字。陈老先生永远忘不了这封信。

“怎回事?”武将军问。

老先生为了难；这样的信能高声朗诵的给将军念一过吗?他们俩并没有多大交情；他想用自己的话翻译给将军，可是六千元等语是没法翻得很典雅的；况且太文雅了，将军是否能听得明白，也是个问题。他用白话儿告诉了将军，深恐将军感到不安；将军听明白了，只说了声：

“就是别拜把子，麻烦!”态度非常的自然。

陈老先生明白了许多的事。

五

廉伯太太正在灯下给傻小子织毛袜子，嘴张着点，时时低声的数数针数。廉伯进来。她看了丈夫一眼，似笑非笑的低下头去照旧作活。廉伯心中觉得不合适，仿佛不大认识她了。结婚时的她忽然极清楚浮现在心中，而面前的她倒似乎渺茫不真了。他无聊的，慢慢的，坐在椅子上。不肯承认已经厌恶了太太，可也无从再爱她。她现在只是一堆肉，一堆讨厌的肉，对她没有可说的，没有可作的。

“孩子们睡了？”他不愿呆呆的坐着。

“刚睡，”她用编物针向西指了指，孩子们是由刘妈带着在西套间睡。说完，她继续的编手中的小袜子。似用着心，又似打着玩，嘴唇轻动，记着针数；有点傻气。

廉伯点上枝香烟，觉到自己正像个烟筒，细长，空空的，只会冒着点烟。吸到半枝上，他受不住了，想出去，他有地方去。可是他没动，已经忙了一天，不愿再出去。他试着找她的美点，刚找到便又不见了。不想再看。说点什么，完全拿她当个“太太”看，谈些家长里短。她一声不出，连咳嗽都是在嗓子里微微一响，恐怕使他听见似的。

“嗨！”他叫了声，低，可是非常的硬，“哑巴！”

“哟！”她将针线按在心口上，“你吓我一跳！”

廉伯的气不由的撞上来，把烟卷用力的摔在地上，蹦起一些火花。“别扭！”

“怎啦？”她慌忙把东西放下，要立起来。

他没言语；可是见她害了怕，心中痛快了些，用脚把地上的烟蹂灭。

她呆呆的看着他，像被惊醒的鸡似的，不知怎样才好。

“说点什么，”他半恼半笑的说，“老编那个鸡巴东西！离冬天还远着呢，忙什么！”

她找回点笑容来：“说冷可就也快；说吧。”

他本来没的可说，临时也想不出。这要是搁在新婚的时候，本来无须再说什么，有许多的事可以代替说话。现在，他必得说些什么，他与她只是一种关系；别的都死了。只剩下这点关系；假若他不愿断绝这点关系的话，他得天天回来，而且得设法找话对她说！

“二爷呢?”他随便把兄弟拾了起来。

“没回来吧;我不知道。”她觉出还有多说点的必要:“没回来吃饭,横是又凑上了。”

“得给他定亲了,省得老不着家。”廉伯痛快了些,躺在床上,手枕在脑后。“你那次说的是谁来着?”

“张家的三姑娘,长得仙女似的!”

“啊,美不美没多大关系。”

她心中有点刺的慌。她娘家没有陈家阔,而自己在作姑娘的时候也很俊。

廉伯没注意她。深感觉到廉仲婚事的困难。弟弟自己没本事,全仗着哥哥,而哥哥的地位还没达到理想的高度。说亲就很难:高不成,低不就。可是即使哥哥的地位再高起许多,还不是弟弟跟着白占便宜?廉伯心中有点不自在:以陈家全体而言,弟弟应当娶个有身分的女子,以弟弟而言,痴人有个傻造化,苦了哥哥!慢慢再说吧!

把弟弟的婚事这么放下,紧跟着想起自己的事。一想起来,立刻觉得屋中有点闭气,他想出去。可是……

“说,把小凤接来好不好?你也好有个伴儿。”

廉伯太太还是笑着,一种代替哭的笑:“随便。”

“别随便,你说愿意。”廉伯坐起来。“不都为我,你也好有个帮手;她不坏。”

她没话可说,转来转去还是把心中的难过笑了出来。

“说话呀,”他紧了一板:“愿意就完了,省事!”

“那么不等二弟先结婚啦?”

他觉出她的厉害。她不哭不闹,而拿弟弟来支应,厉害!设若她吵闹,好办;父亲一定向着儿子,父亲不能劝告儿子纳妾,可是一定希望再有个孙子,大成有点傻,而太太不易再生养。不等弟弟先结婚了？多么冠冕堂皇！弟弟算什么东西！十几年的夫妇，跟我掏鲇坏！他立起来，找帽子，不能再在这屋里多停一分钟。

“上哪儿？这早晚！”

没有回答。

六

微微的月光下，那个小门像图画上的，门楼上有些树影。轻轻的拍门，他口中有点发干，恨不能一步迈进屋里去。小凤的母亲来开，他希望的是小凤自己。老妈妈问了他一句什么，他只哼了一声，一直奔了北屋去。屋中很小，很干净，还摆着盆桂花。她从东里间出来：“你，哟？”

老妈妈没敢跟进来，到厨房去泡茶。他想搂住小凤。可是看了她一眼，心中凉了些，闻到桂花的香味。她没打扮着，脸黄黄的，眼圈有点发红，好似忽然老了好几岁。廉伯坐在椅上，想不起说什么好。

“我去擦把脸，就来！”她微微一笑，又进了东里间。

老妈妈拿进茶来，又闲扯了几句，廉伯没心听。老妈妈的白发在电灯下显着很松很多，蓬散开个白的光圈。他呆呆的看着这团白光，心中空虚。

不大一会儿，小凤回来了。脸上擦了点粉，换了件衣裳，年轻了些，淡绿的长袍，印着些小碎花。廉伯爱这件袍儿，可是刚才的红眼圈与黄脸仍然在心中，他觉得是受了骗。同时，他又舍不得走，她到底还有点吸力。无论如何，他不能马上又折回家去，他不能输给太太。老妈妈又躲出去。

小凤就是没擦粉，也不算难看；擦了粉，也不妖媚。高高的细条身子，长脸，没有多少血，白净。鼻眼都很清秀，牙非常的光白好看。她不健康，不妖艳，但是可爱。她身上有点什么天然带来的韵味，像春雾，像秋水，淡淡的笼罩着全身，没有什么特别的美点，而处处轻巧自然，一举一动都温柔秀气；衣服在她身上像遮月的薄云，明洁飘洒。她不爱笑，但偶尔一笑，露出一些好看的牙，是她最美的时候，可是仅仅那么一会儿，转眼即逝，使人追味，如同看着花草，忽然一个白蝶飞来，又飘然飞过了墙头。

“怎这么晚？”她递给他一枝烟，扔给他一盒洋火。

“忙！”廉伯舒服了许多。看着蓝烟往上升，他定了定神，为什么单单爱这个贫血的女人？奇怪，自从有了这个女人，把寻花问柳的事完全当作应酬，心上只有她一个人，为什么从烟中透过一点浓而不厌的桂香，对，她的味儿长远！

“眼圈又红了，为什么？”

“没什么，”她笑得很小，只在眼角与鼻翅上轻轻一逗，可是表现出许多心事：“有点头疼，吃完饭也没洗脸。”

“又吵了架？一定！”

“不愿意告诉你，弟弟又回来了！”她皱了一下眉。

“他在哪儿呢？”他喝了一大口茶，很关切的样子。

“走了，妈妈和我拿你吓唬他来着。”

“别遇上我，有他个苦子吃！”廉伯说得极大气。

“又把妈妈的钱……”她仿佛后悔了，轻轻叹了口气。

“我还得把他赶跑！”廉伯很坚决，自信有这个把握。

“也别太急了，他——”

“他还能怎样了陈廉伯？”

“不是，我没那么想；他也有好处。”

“他？”

“要不是他，咱俩还到不了一块，不是吗？”

陈廉伯哈哈的笑起来："没见过这样的红娘！"

"我简直没办法。"她又皱上了眉。"妈妈就有这么一个儿子，恨他，可是到底还疼他，作妈妈的大概都这样。只苦了我，向着妈妈不好，向着弟弟不好！"

"算了吧，说点别的，反正我有法儿治他！"廉伯其实很愿听她这么诉苦，这使他感到他的势力与身分，至少也比在家里跟夫人对楞着强；他想起夫人来："我说，今儿个我可不回家了。"

"你们也又吵了嘴，为我？"她要笑，没能笑出来。

"为你；可并没吵架。我有我的自由，我爱上这儿来别人管不着我！不过，我不愿意这么着；你是我的人，我得把你接到家中去；这么着别扭！"

"我看还是这么着好。"她低着头说。

"什么？"他看准了她的眼问。

她的眼光极软，可是也对准他的："还是这么着好。"

"怎么？"他的嘴唇并得很紧。

"你还不知道？"她还看着他，似乎没理会到他的要怒的神气。

"我不知道！"他笑了，笑得很冷。"我知道女人们别扭。吃着男人，喝着男人，吃饱喝足了成心气男人。她不愿意你去，你不愿意见她，我晓得。可是你们也要晓得，我的话才算话！"他挺了挺他的水蛇腰。

她没再说什么。

因为没有光明的将来，所以她不愿想那黑暗的过去。她只求混过今天。可是躺在陈廉伯的旁边，她睡不着，过去的图画一片片的来去，她没法赶走它们。它们引逗她的泪，可是只有哭仿佛是件容易作的事。

她并不叫"小凤"，宋凤贞才是她；"小凤"是廉伯送给她的，为是听着像个“外家”。她是师范毕业生，在小学校里教书，养活她的母亲。她不肯出嫁，因为弟弟龙云不肯负起养活老母的责任。妈妈为他们姐弟吃过很大的苦处，龙云既不肯为老人想一想，凤贞仿佛一点不能推脱奉养妈妈的义务；或者是一种权利，假如把“孝”字想到了的话。为这个，她把出嫁的许多机会让过去。

她在小学里很有人缘，她有种引人爱的态度与心路，所以大家也就喜欢她。校长是位四十多岁的老姑娘，已办了十几年的学，非常的糊涂，非常的任性，而且有一头假头发。她有钱，要办学，没人敢拦着她。连她也没挑出凤贞什么毛病来，可是她的弟弟说凤贞不好，所以她也以为凤贞可恶。凤贞怕失业，她到校长那里去说：校长的弟弟常常跟随着她，而且给她写信，她不肯答理他。校长常常辞退教员，多半是因为教员有了爱人。校长自己是老姑娘，不许手下的教员讲恋爱；因为这个，社会上对于校长是十二分尊敬的；大家好像是这样想：假若所有的校长都能这样，国家即使再弱上十倍，也会睡醒一觉就梦似的强起来。凤贞晓得这个，所以觉得跟校长说明一声，校长必会管教她的兄弟。

可是校长很简单的告诉凤贞：“不准诬赖好人，也不准再勾引男子，再有这种事，哼……”

凤贞的泪全咽在肚子里。打算辞职，可是得等找到了别的事，不敢冒险。

慢慢的，这件事被大家知道了，都为凤贞不平。校长听到了一些，她心中更冒了火。有一天朝会的时候，她教训了大家一顿，话很不好听，有个暴性子的大学生喊了句：“管教管教你弟弟好不好！”校长哈哈的笑起来：“不用管教我弟弟，我得先管教教员！”她从袋中摸出个纸条来：“看！收了我弟弟五百块钱，反说我兄弟不好。宋凤贞！我待你不错，这就是你待朋友的法儿，是不是？你给我滚！”

凤贞只剩了哆嗦。学生们马上转变过来，有的向她呸呸的啐。她不晓得怎样走回了家。到了家中，她还不敢哭；她知道那五百块钱是被弟弟使了，不能告诉妈妈；她失了业，也不能告诉妈妈。她只说不大舒服，请了两天假；她希望能快快的在别处找个事。

找了几个朋友，托给找事，人家都不大高兴理她。

龙云回来了，很恳切的告诉姐姐：

“姐，我知道你能原谅我。我有我的事业，我需要钱。我的手段也许不好，我的目的没有错儿。只有你能帮助我，正像只有你能养着母亲。为帮助母亲与我，姐，你须舍掉你自己，好像你根本没有生在世间过似的。校长弟弟的五百元，你得替我还上；但是我不希望你跟他去。侦探长在我的背后，你能拿住了侦探长，侦探长就拿不住了我，明白，姐？你得到他，他就会还那五百元的账，他就会给你找到事，他就会替你养活着母亲。得到他，替我遮掩着，假如不能替我探听什么。我得走了，他就在我背后呢！再见，姐，原谅我不能听听你的意见！记住，姐姐，你好像根本没有生在世间过！”

她明白弟弟的话。明白了别人，为别人作点什么，只有舍去自己。

弟弟的话都应验了，除了一句——他就会给你找到事。他没给凤贞找事，他要她陪着睡。凤贞没再出过街门一次，好似根本没有生在世间过。对于弟弟，她只能遮掩，说他不孝、糊涂、无赖；为弟弟探听，她不会作，也不想作，她只求混过今天，不希望什么。

七

陈老先生明白了许多的事。有本领的人使别人多懂些事，没有本事的人跟着别人学，惭愧！自己跟着别人学！但是不能不学，一事不知，君子之耻，活到老学到老！谁叫自己没补上知县呢！作官方能知道一切。自己的祖父作过道台，自己的父亲可是只作到了“坊里德表”，连个功名也没得到！父亲在族谱上不算个数，自己也差不多；可是自己的儿子……不，不能全靠着儿子，自己应当老当益壮，假若功名无望，至少得帮助儿子成全了伟大事业。自己不能作官，还不会去结交官员吗？打算帮助儿子非此不可！他看出来，作官的永远有利益，盐运使，将军，退了职还有大宗的入款。官和官声气相通，老相互帮忙。盟兄弟、亲戚、朋友，打成一片；新的官是旧官的枝叶；即使平地云雷，一步登天，还是得找着旧官宦人家求婚结友；一人作官，福及三代。他明白了这个。想到了二儿子。平日，看二儿子是个废物，现在变成了宝贝。廉伯可惜已经结了婚，廉仲大有希望。比如说武将军有个小妹或女儿，给了廉仲？即使廉仲没出息到底，可是武将军又比廉仲高明着多少？他打定了主意，廉仲必须娶个值钱的女子，哪怕丑一点呢，岁数大一点呢，都没关系。廉伯只是个侦探长，那么，丑与老便是折冲时的交换条件：陈家地位低些，可是你们的姑娘不俊秀呢！惭愧，陈家得向人家交换条件，无法，谁叫陈宏道怀才不遇呢！谈笑有鸿儒，往来无白丁，何等气概！老先生心里笑了笑。

他马上托咐了武将军，武将军不客气的问老先生有多少财产。老先生不愿意说，又不能不说，而且还得夸张着点儿说。由君子忧道不忧贫的道理说，他似乎应当这样的回答——方宅十余亩，草屋八九间。即使这是瞒心昧己的话，听着到底有些诗味。可是他现在不是在谈道，而是谈实际问题，实际问题永远不能作写诗的材料。他得多说，免得叫武将军看他不起：

“诗书门第，不过呢，也还有个十几万；先祖作过道台……”想给儿子开脱罪名。

“廉伯大概也抓弄不少？官不在大，缺得合适。”武将军很亲热的说。

“那个，还好，还好！”老先生既不肯像武人那样口直心快，又不愿说倒了行市。

“好吧，老先生，交给我了；等着我的信儿吧！”武将军答应了。

老先生吐了一口气，觉得自己并非缺乏实际的才干，只可惜官运不通；喜完不免又自怜，胡子嘴儿微微的动着，没念出声儿来：“耽酒须微禄，狂歌托圣朝……”

“哼！”武将军用力拍了大腿一下：“真该揍，怎就忘了呢！宝斋不是有个老妹子！”他看着陈老先生，仿佛老先生一定应该知道宝斋似的。

“哪个宝斋？”老先生没希望事来得这样快，他渺茫的有点害怕了。

“不就是孟宝斋，顶好的人！那年在南口打个大胜仗，升了旅长。后来邱军长倒戈，把他也连累上，撤了差，手中多也没有，有个二十来万，顶好的人。我想想看，他——也就四十一二，老妹子过不去二十五六，‘老’妹子。合适，就这么办了，我明天就去找他，顶熟的朋友。还真就是合适！”

陈老先生心中有点慌，事情太顺当了恐怕出毛病！孟宝斋究竟是何等样的人呢？婚姻大事，不是随便闹着玩的。可是，武将军的善意是不好不接受的。怎能刚求了人家又撤回手来呢！但是，跟个旅长作亲——难道儿子不是侦探长？儿孙自有儿孙福，廉仲有命呢，跟再阔一点的人联姻，也无不可；命不济呢，娶个蛾皇似的贤女，也没用。父亲只能尽心焉而已，其余的……再说呢，武将军也不一定就马到成功，试试总没什么不可以的。他点了头。

辞别了武将军，他可是又高兴起来，即使是试试，总得算是个胜利；假使武将军看不起陈家的话，他能这样热心给作媒么？这回不成，来日方长，陈家算是已打入了另一个圈儿，老先生的力量。廉仲也不坏，有点傻造化；希望以后能多给他点好脸子看！

把二儿子的事放下，想起那一千块钱来。告诉武将军自己有十来万，未免，未免，不过，一时的手段；君子知权达变。虽然没有十来万,一千块钱还不成问题。可是，会长与将军的捐款并不必自己掏腰包，一个买卖就回来三四千——那封信！为什么自己应当白白拿出一千呢？况且，焉知道他们的捐款本身不是一种买卖呢！作官的真会理财，文章经济。大概廉伯也有些这种本领，一清早来送封儿，不算什么不体面的事；自己不要，不过是便宜了别人；人不应太迂阔了。这一千块钱怎能不叫儿子知道，而且不白白拿出去呢？陈老先生极用心的想，心中似乎充实了许多：作了一辈子书生，现在才明白官场中的情形，才有实际的问题等着解决。儿子尽孝是种光荣，但究竟是空虚的，虽然不必受之有愧，可是并显不出为父亲的真本事。这回这一千元，不能由儿子拿，老先生要露露手段，儿子的孝心是儿子的，父亲的本事是父亲的，至少这两回事——廉仲的婚事和一千元捐款——要由父亲负责，也教他们年轻的看一看，也证实一下自己并不是酸秀才。

街上仿佛比往日光亮着许多，飞尘在秋晴中都显着特别的干爽，高高的浮动着些细小金星。蓝天上飘着极高极薄的白云，将要同化在蓝色里，鹰翅下悬着白白的长丝。老先生觉得有点疲乏，可是非常高兴，头上出了些汗珠，依然扯着方步。来往的青年男女都换上初秋的新衣，独行的眼睛不很老实，同行的手拉着手，或并着肩低语。老先生恶狠狠的瞪着他们，什么样子，男女无别，混帐！老先生想到自己设若还能作官，必须斩除这些混帐们。爱民以德，齐民以礼；不过，乱国重刑，非杀几个不可！国家将亡，必有妖孽，这种男女便是妖孽。只有读经崇礼，方足以治国平天下。

但是，自己恐怕没有什么机会作官了，顶好作个修身齐家的君子吧。“圣贤虽远诗书在，殊胜邻翁击磬声！”修身，自己生平守身如执玉；齐家，父慈子孝。俯仰无愧，耿耿此心！忘了街上的男女；我道不行，且独善其身吧。

他想到新铺子中看看，儿子既然孝敬给老人，老人应当在开市以前去看看，给他们出些主意，“为商为士亦奚异”，天降德于予，必有以用其才者。

聚元粮店正在预备开市，门匾还用黄纸封着，右上角破了一块，露出极亮的一块黑漆和一个鲜红的“民”字。铺子外卸着两辆大车，一群赤背的人往里边扛面袋，背上的汗湿透了披着的大布巾，头发与眉毛上都挂着一层白霜。肥骡子在车旁用嘴偎着料袋，尾巴不住的抡打秋蝇。面和汗味裹在一处，招来不少红头的绿蝇，带着闪光乱飞。铺子里面也很紧张，笸箩已摆好，都贴好红纸签，小伙计正按着标签往里倒各种粮食，糠飞满了屋中，把新油的绿柜盖上一层黄白色。各处都是新油饰的，大红大绿，像个乡下的新娘子，尽力打扮而怪难受的。面粉堆了一人多高，还往里扛，软软的，印着绿字，像一些发肿的枕头。最着眼的是悬龛里的关公，脸和前面的一双大红烛一样红，龛底下贴着一溜米色的挂钱和两三串元宝。

陈老先生立在门外，等着孙掌柜出来迎接。伙计们和扛面的都不答理他，他的气要往上撞。“借光，别挡着道儿！”扛着两个面的，翻着眼瞪他。

“叫掌柜的出来！”陈老先生吼了一声。

“老东家！老东家！”一个大点儿的伙计认出来。

“老东家！老东家！”传递过去，大家忽然停止了工作，脸在汗与面粉的底下露出敬意。

老先生舒服了些，故意不睬不闻。抬头看匾角露出的红“民”字。

孙掌柜胖胖的由内柜扭出来，脸上的笑纹随着光线的强度增多，走到门口，脸上满是阳光也满是笑纹。山东绸的裤褂在日光下起闪，脚下的新千层布底白得使人忽然冷一下。

“请吧，请吧，老先生。”掌柜的笑向老东家放射，眼角撩着面车，千层底躲着马尿，脑瓢儿指挥小徒弟去沏茶打手巾。一点不忙，而一切都作到了掌柜的身分。慢慢的向内柜走，都不说话，掌柜的胖笑脸向左向右，微微一抬，微微向后；老先生的眼随着胖笑脸看到了一切。

到了内柜，新油漆味，老关东烟味，后院的马粪味，前面浮进来的糠味，拌成一种很沉重而得体的臭味。老先生入了另一世界。这个味道使他忘了以前的自己，而想到一些比书生更充实更有作为的事儿。平日的感情是来自书中，平日的愿望是来自书中，空的，都是空的。现在他看着墙上斜挂着一溜蓝布皮的账簿，桌上的紫红的算盘，墙角放着的大钱柜，锁着放光的巨锁，贴着“招财进宝”……他觉得这是实在的、可捉摸的事业；这个事业未必比作官好，可是到底比向着书本发呆，或高吟“天生德于予”强的多。这是生命、作为、事业。即使不幸，儿子搁下差事，这里，这里！到底是有米有面有钱，经济！

他想起那一千块来。

“孙掌柜，比如说，闲谈，咱们要是能应下来一笔赈粮；今年各处闹灾，大概不久连这里也得收容不少灾民；办赈粮能赔钱不能？请记住，这可是慈善事儿！”

孙掌柜摸不清老东家的意思，只能在笑上努力：“赔不了，怎能赔呢？”

“闲谈；怎就不能赔呢？”

又笑了一顿，孙掌柜拿起长烟袋，划着了两根火柴，都倒插在烟上，而后把老玉的烟嘴放在唇间。“办赈粮只有赚，弄不到手的事儿！”撇着嘴咽了口很厚很辣的烟。“怎么说呢，是这么着：赈粮自然免税，白运，啊！——”

“还怎着？”老先生闭上眼，气派很大。

“谁当然也不肯专办赈；白运，这里头就有伸缩了。”他等了等，看老东家没作声，才接着说：“赶到粮来了，发的时候还有分寸。”

“那可——”老先生睁开了眼。

“不必一定那么办，不必；假如咱们办，实入实出；占白运的便宜，不苦害难民，落个美名，正赶上开市，也好立个名誉。买卖是活的，看怎调动。”孙掌柜叼着烟袋，斜看着白千层底儿。

“买卖是活的，”在老先生耳中还响着，跟作文章一样，起承转合……

“老先生，有路子吗？”孙掌柜试着步儿问。

“什么路子？”

“办赈粮。”

“我想想看。”

“运动费可也不小。”

“有人，有人；我想想看。”老先生慢慢觉得孙掌柜并不完全讨厌。武将军与孙掌柜都不像想象的那么讨厌，自己大概是有点太板了；道足以正身，也足以杀灭生机，仿佛是要改一改，自己有了财，有了身分，传道岂不更容易；汤武都是皇帝，富有四海，仍不失为圣人。拿那一千，再拿一二千去运动也无所不可，假如能由此买卖兴隆起来，日进斗金……

他和孙掌柜详细的计议了一番。

临走，孙掌柜想起来：

“老先生，内柜还短块匾，老先生给选两个好字眼，写一写；明天我亲自去取。”

“写什么呢？”老先生似乎很尊重掌柜的意见。

“老先生想吧，我一肚子俗字！”

老先生哈哈的笑起来，微风把长须吹斜了些，在阳光中飘着疏落落的金丝。

八

“大嫂！”廉仲在窗外叫：“大嫂！”

“进来，二弟。”廉伯太太从里间匆忙走出来。“哟，怎么啦？”

廉仲的脸上满是汗，脸蛋红得可怕，进到屋中，一下子坐在椅子上，好像要昏过去的样子。

“二弟，怎啦？不舒服吧？”她想去拿点糖水。

廉仲的头在椅背上摇了摇，好容易喘过气来。“大嫂！”叫了一声，他开始抽噎着哭起来，头捧在手里。

“二弟！二弟！说话！我是你的老嫂子！”

“我知道，”廉仲挣扎着说出话来，满眼是泪的看着嫂子：“我只能对你说，除了你，没人在这里拿我当作人。大嫂你给我个主意！”他净下了鼻子。

“慢慢说，二弟！”廉伯太太的泪也在眼圈里。

“父亲给我定了婚，你知道？”

她点了点头。

“他没跟我提过一个字；我自己无意中听到了，女的，那个女的，大嫂，公开的跟她家里的汽车夫一块睡，谁都知道！我不算人，我没本事，他们只图她的父亲是旅长，媒人是将军，不管我……王八……”

“父亲当然不知道她的……”

“知道也罢，不知道也罢，我不能受。可是，我不是来告诉你这个。你看，大嫂，”廉仲的泪渐渐干了，红着眼圈，“我知道我没本事，我傻，可是我到底是个人。我想跑，穷死，饿死，我认命，不再登陈家的门。这口饭难咽！”

“咱们一样，二弟！”廉伯太太低声的说。

“我很想玩他们一下，”他见嫂子这样同情，爽性把心中的话都抖落出来：“我知道他们的劣迹，他们强迫买卖家给送礼——乾礼。他们抄来‘白面’用面粉顶换上去，他们包办赈粮……我都知道。我要是揭了他们的盖儿，枪毙，枪毙！”

“呕，二弟，别说了，怕人！你跑就跑得了，可别这么办哪！于你没好处，于他们没好处。我呢，你得为我想想吧！我一个妇道人家……”她的眼又向四下里望了，十分害怕的样子。

“是呀，所以我没这么办。我恨他们，我可不恨你，大嫂；孩子们也与我无仇无怨。我不糊涂。”廉仲笑了，好像觉得为嫂子而没那样办是极近人情的事，心中痛快了些，因为嫂子必定感激他。“我没那么办，可是我另想了主意。我本打算由昨天出去，就不登这个门了，我去赌钱，大嫂你知道我会赌？我是这么打好了主意：赌一晚上，赢个几百，我好远走高飞。”

“可是你输了。”廉伯太太低着头问。

“我输了！”廉仲闭上了眼。

“廉仲，你预备输，还是打算赢？”宋龙云问。

“赢！”廉仲的脸通红。

“不赌；两家都想赢还行。我等钱用。”

那两家都笑了。

“没你缺一手。”廉仲用手指肚来回摸着一张牌。

"来也不打麻将，没那么大工夫。"龙云向黑的屋顶喷了一口烟。

"我什么也陪着，这二位非打牌不可，专为消磨这一晚上。坐下！"廉仲很急于开牌。

"好吧，八圈，多一圈不来？"

三家勉强的点头。"坐下！"一齐说。

"先等等，拍出钱来看看，我等钱用！"龙云不肯坐下。

三家掏出票子扔在桌上，龙云用手拨弄了一下："这点钱？玩你们的吧！"

"根本无须用钱；筹码！输了的，明天早晨把款送到；赌多少的？"廉仲立起来，拉住龙云的臂。

"我等两千块用，假如你一家输，输过两千，我只要两千，多一个不要；明天早上清账！"

"坐下！你输了也是这样？"廉仲知道自己有把握。

"那还用说，打座！"

八圈完了，廉仲只和了个末把，胖手哆嗦着数筹码，他输了一千五。

"再来四圈？"他问。

"说明了八圈一散。"龙云在裤子上擦擦手上的汗："明天早晨我同你一块去取钱，等用！"

"你们呢？"廉仲问那二家，眼中带着乞怜的神气。

"再来就再来，他一家赢，我不输不赢。"

"我也输，不多，再来就再来。"

"赢家说话！"廉仲还有勇气，他知道后半夜能转败为胜，必不得已，他可以要花活；似乎必得要花活！

"不能再续，只来四圈；打座！"龙云仿佛也打上瘾来。

廉仲的运气转过点来。

“等会儿!”龙云递给廉仲几个筹码。“说明白了，不带花招儿的!”

廉仲拧了下眉毛，没说什么。

打下一圈来，廉仲和了三把。都不小。

“抹好了牌，再由大家随便换几对儿，心明眼亮；谁也别掏坏，谁也别吃亏!”龙云用自己门前的好几对牌换过廉仲的几对来。

廉仲不敢说什么，瞪着大家的手。

可是第二圈，他还不错，虽然只和了一把，可是很大。他对着牌笑了笑。

“脱了你的肥袖小褂!”龙云指着廉仲的胖脸说。

“干什么?”廉仲的脸紧得很难看，用嘴唇干挤出这么三个字来。

“不带变戏法儿的，仙人摘豆，随便的换，哎?”

哗——廉仲把牌推了，“输钱小事，名誉要紧，太爷不玩啦!”

“你?你要打的；捡起来!”龙云冷笑着。

“不打犯法呀!”

“好啦，不打也行，这两圈不能算数，你净欠我一千五?”

“我一个子儿不欠你的?”廉仲立起来。

“什么?你以为还出得去吗?”龙云也立起来。

“绑票是怎着?我看见过!”廉仲想吓唬吓唬人。牌是不能再打了，抹不了自己的牌，换不了张，自己没有必赢的把握。凭气儿，他敌不住龙云。

“用不着废话，我输了还不是一样拿出钱?”

“我没钱!”廉仲说了实话。

“嗨，你们二位请吧，我和廉仲谈谈。”龙云向那两家说：“你不输不赢，你输不多；都算没事，明天见。”

那两家穿好长衣服，“再见。”

“坐下，”龙云和平了一些，“告诉我，怎回事。”

“没什么，想赢俩钱，作个路费，远走高飞。”廉仲无聊的，失望的，一笑。

“没想到输，即使输了，可以拿你哥哥唬事，侦探长。”

“他不是我哥哥！”廉仲可是想不起别的话来。他心中忽然很乱：回家要钱，绝对不敢。最后一次利用哥哥的势力，不行，龙云不是好惹的。再说呢，龙云是廉伯的对头，帮助谁也不好；廉伯拿住龙云至少是十年监禁，龙云得了手，廉伯也许吃不住。自己怎办呢？

“你干吗这么急着用钱？等两天行不行？”

“我有我的事，等钱用就是等钱用；想法拿钱好了，你！”龙云一点不让步。

“我告诉你了，没钱！”廉仲找不着别的话说。

“家里去拿。”

“你知道他们不能给我。”

“跟你嫂子要！”

“她哪有钱？”

“你怎知道她没钱？”

廉仲不言语了。

“我告诉你怎办，”龙云微微一笑，“到家对你嫂子明说，就说你输了钱，输给了我。我干吗用钱呢，你对嫂子这么讲：龙云打算弄俩钱，把妈妈姐姐都偷偷的带了走。你这么一说，必定有钱。明白不？”

“你真带她们走吗？”

“那你不用管。”

“好啦，我走吧？”廉仲立起来。

“等等！”龙云把廉仲拦住。“那儿不是张大椅子？你睡上一会儿，明天九点我放你走。我不用跟着你，你知道我是怎个人。你乖乖的把款送来，好；你一去不回头，也好；我不愿打死人，连你哥哥的命我都不想要。不过，赶到气儿上呢，我也许放一两枪玩！”龙云拍了拍后边的裤袋。

“大嫂，你知道我不能跟他们要钱？记得那年我为踢球挨那顿打？捆在树上！我想，他们想打我，现在大概还可以。”

“不必跟他们要，”廉伯太太很同情的说，“这么着吧，我给你凑几件首饰，你好歹的对付吧。”

“大嫂！我输了一千五呢！”

“二弟！”她咽了口气：“不是我说你，你的胆子可也太大了！一千五！”

“他们逼的我！我平常就没有赌过多大的耍儿。父亲和哥哥逼的我！”

“输给谁了呢？”

“龙云！他……”廉仲的泪又转起来。只有嫂子疼他，怎肯瞪着眼骗她呢？

可是，不清这笔账是不行的，龙云不好惹。叫父兄知道了也了不得。只有骗嫂子这条路，一条极不光明而必须走的路！

“龙云，龙云，”他把耻辱、人情，全咽了下去，“等钱用，我也等钱用，所以越赌越大。”

“宋家都不是好人，就不应当跟他赌！”她说得不十分带气，可是露出不满意廉仲的意思。

“他说，拿到这笔钱就把母亲和姐姐偷偷的带了走！”每一个字都烫着他的喉。

“走不走吧，咱们哪儿弄这么多钱去呢？”大嫂缓和了些。“我虽然是过着这份日子，可是油盐酱醋都有定数，手里有也不过是三头五块的。”

“找点值钱的东西呢！”廉仲像坐在针上，只求快快的完结这一场。

“哪样我也不敢动呀！”大嫂楞了会儿。“我也豁出去了！别的不敢动，私货还不敢动吗？就是他跟我闹，他也不敢嚷嚷。再说呢，闹我也不怕！看他把我怎样了！他前两天交给我两包‘白面’，横是值不少钱，我可不知道能清你这笔账不能？”

“哪儿呢？大嫂，快！”

九

已是初冬时节。廉伯带着两盆细瓣的白菊，去看“小凤”。菊已开足，长长的细瓣托着细铁丝，还颤颤欲堕。他嘱咐开车的不要太慌，那些白长瓣动了他的怜爱，用脚夹住盆边，唯恐摇动得太厉害了。车走的很稳，花依然颤摇，他呆呆的看着那些玉丝，心中忽然有点难过。太阳已压山了。

到了“小凤”门前，他就自搬起一盆花，叫车夫好好的搬着那一盆。门没关着，一直的进去；把花放在阶前，他告诉车夫九点钟来接。

“怎这么早？”小凤已立在阶上，“妈，快来看这两盆花，太好了！”

廉伯立在花前，手插着腰儿端详端详小凤，又看看花：“帘卷西风，人比黄菊瘦！大概有这么一套吧！”他笑了。

“还真亏你记得这么一套！”小凤看着花。

“哎，今天怎么直挑我的毛病？”他笑着问。“一进门就嫌我来得早，这又亏得我……”

“我是想你忙，来不了这么早，才问。”

“啊，反正你有的说；进来吧。”

桌上放着本展开的书，页上放着个很秀美的书签儿。他顺手拿起书来：“喝，你还研究侦探学？”

小凤笑了；他仿佛初次看见她笑似的，似乎没看见她这么美过。“无聊，看着玩。你横是把这个都能背过来？”

“我？就没念过！”还看着她的脸，好似追逐着那点已逝去的笑。

“没念过？”

“书是书，事是事：事是地位与威权。自要你镇得住就行。好，要是作事都得拉着图书馆，才是笑话！你看我，作什么也行，一本书不用念。”

“念念可也不吃亏？”

“谁管；先弄点饭吃吃。哟，忘了，我把车夫打发了。这么着吧，咱们出去吃？”

“不用，我们有刚包好了的饺子，足够三个人吃的。我叫妈妈去给你打点酒，什么酒？”

“嗯——一瓶佛手露。可又得叫妈妈跑一趟？”

“出口儿就是。佛手露、青酱肉、醉蟹、白梨果子酒，好不好？”

“小饮赏菊？好！”廉伯非常的高兴。

吃过饭，廉伯微微有些酒意，话来得很方便。

“凤”，他拉住她的手，“我告诉你，我有代理公安局局长的希望，就在这两天！”

“是吗，那可好。”

“别对人说！”

“我永远不出门，对谁去说？跟妈说，妈也不懂。”

“龙云没来？”

“多少日子了。”

“谁也不知道，我预备好了！”廉伯向镜子里看了看自己。“这两天，”他回过头来，放低了声音：“城里要出点乱子，局长还不知道呢！我知道，可是不管。等事情闹起来，局长没了办法，我出头，我知底，一伸手事就完。可是我得看准了，他决定辞职，不到他辞职我不露面。我抓着老根；也得先看准了，是不是由我代理；不是我，我还是不下手！”

“那么城里乱起来呢？”她皱了皱眉。

“乱世造英雄，凤！”廉伯非常郑重了。“小孩刺破手指，妈妈就心疼半天，妈妈是妇人。大丈夫拿事当作一件事看，当作一局棋看；历史是伟人的历史！你放心，无论怎乱，也乱不到你这儿来。遇必要的时候，我派个暗探来。”他的严重劲儿又灭去了许多。“放心了吧？”

她点点头，没说出什么来。

“没危险，”廉伯点上支烟，烟和话一齐吐出来。“没人注意我；我还不够个角儿，”他冷笑了一下，“内行人才能晓得我是他们这群东西的灵魂；没我，他们这个长那个员的连一天也作不了。所以，事情万一不好收拾呢，外间不会责备我；若是都顺顺当当照我所计划的走呢，局里的人没有敢向我摇头的。嗯？”他听了听，外面有辆汽车停住了。“我叫他九点来，钟慢了吧？”他指着桌上的小八音盒。

“不慢，是刚八点。”

院里有人叫：“陈老爷！”

“谁？”廉伯问。

“局长请！”

“老朱吗？进来！”廉伯开开门，灯光射在白菊上。

“局长说请快过去呢，几位处长已都到了。”

凤贞在后面拉了他一下：“去得吗？”

他退回来：“没事，也许他们扫听着点风声，可是万不会知底；

我去，要是有工夫的话，我还回来；过十一点不用等。”他匆匆的走出去。

汽车刚走，又有人拍门，拍得很急。凤贞心里一惊。“妈！叫门！”她开了屋门等着看是谁。

龙云三步改作一步的走进来。

“妈，姐，穿衣裳，走！”

“上哪儿？”凤贞问。

妈妈只顾看儿子，没听清他说什么。

“姐，九点的火车还赶得上，你同妈妈走吧。这儿有三百块钱，姐你拿着；到了上海我再给你寄钱去，直到你找到事作为止；在南方你不会没事作了。”

“他呢？”凤贞问。

“谁？”

“陈！”

“管他干什么，一半天他不会再上这儿来。”

“没危险？”

“妇女到底是妇女，你好像很关心他？”龙云笑了。

“他待我不错！”凤贞低着头说。

“他待他自己更不错！快呀，火车可不等人！”

“就空着手走吗？”妈妈似乎听明白了点。

“我给看着这些东西，什么也丢不了，妈！”他显然是说着玩呢。

“哎，你可好好的看着！”

凤贞落了泪。

“姐，你会为他落泪，真羞！”龙云像逗着她玩似的说。

“一个女人对一个男的，”她慢慢的说，“一个同居的男的，若是不想杀他，就多少有点爱他！”

“谁管你这一套，你不是根本就没生在世间过吗？走啊，快！”

十

陈老先生很得意。二儿子的亲事算是定规了，武将军的秘书王先生给合的婚，上等婚。老先生并不深信这种合婚择日的把戏，可是既然是上等婚，便更觉出自己对儿辈是何等的尽心。

第二件可喜的事是赈粮由聚元粮店承办，利益是他与钱会长平分。他自己并不像钱会长那样爱财，他是为儿孙创下点事业。

第三件事虽然没有多少实际上的利益，可是精神上使他高兴痛快。钱会长约他在国学会讲四次经，他的题目是“正心修身”，已经讲了两次。听讲的人不能算少，多数都是坐汽车的。老先生知道自己的相貌、声音，已足惊人；况且又句句出经入史，即使没有人来听，说给自己听也是痛快的。讲过两次以后，他再在街上闲步的时节，总觉得汽车里的人对他都特别注意似的。已讲过的稿子不但在本地的报纸登出来，并且接到两份由湖北寄来的报纸，转载着这两篇文字。这使老先生特别的高兴：自己的话与力气并没白费，必定有许多许多人由此而潜心读经，说不定再加以努力也许成为普遍的一种风气，而恢复了固有的道德，光大了古代的文化；那么，老先生可以无愧此生矣！立德立功立言，老先生虽未能效忠庙廊，可是德与言已足不朽；他想象着听众眼中看他必如“每为后生谈旧事，始知老子是陈人”，那样的可敬可爱的老儒生、诗客。他开始觉到了生命，肉体的、精神的，形容不出的一点像“西风白发三千丈”的什么东西！

“廉仲怎么老不在家？”老先生在院中看菊，问了廉伯太太——拉着小妞儿正在檐前立着——这么一句。

“他大概晚上去学英文，回来就不早了。”她眼望着远处，扯了个谎。

“学英文干吗？中文还写不通！小孩子！”看了孙女一眼，“不要把指头放在嘴里！”顺势也瞪了儿媳一下。

“大嫂！”廉仲忽然跑进来，以为父亲没在家，一直奔了嫂子去。及至看见父亲，他立住不敢动了：“爸爸！”

老先生上下打量了廉仲一番，慢慢的，细细的，厉害的，把廉仲的心看得乱跳。看够多时，老先生往前挪了一步，廉仲低下头去。

“你上哪儿啦？天天连来看看我也不来，好像我不是你的父亲！父亲有什么对不起你的地方，说！事情是我给你找的，凭你也一月拿六十元钱？婚姻是我给说定的，你并不配娶那么好的媳妇！白天不来省问，也还可以，你得去办公；晚上怎么也不来？我还没死！进门就叫大嫂，眼里就根本没有父亲！你还不如大成呢，他知道先叫爷爷！你并不是小孩子了；眼看就成婚生子；看看你自己，哪点儿像呢！”老先生发气之间，找不到文话与诗句，只用了白话，心中更气了。

“妈，妈！”小女孩轻轻的叫，连扯妈妈的袖子：“咱们上屋里去！”

廉伯太太轻轻搡了小妞子一下，没敢动。

“父亲，”廉仲还低着头，“哥哥下了监啦！您看看去！”

“什么？”

“我哥哥昨儿晚上在宋家叫局里捉了去，下了监！”

“没有的事！”

“他昨天可是一夜没回来！”廉伯太太着了急。

“冯有才呢？一问他就明白了。”老先生还不相信廉仲的话。

“冯有才也拿下去了！”

“你说公安局拿的？”老先生开始有点着急了：“自家拿自家的人？为什么呢？”

"我说不清，"廉仲大着胆看了老先生一眼："很复杂！"

"都叫你说清了，敢情好了，糊涂！"

"爷爷就去看看吧！"廉伯太太的脸色白了。

"我知道他在哪儿呢？"老先生的声音很大。他只能向家里的人发怒，因为心中一时没有主意。

"您见见局长去吧；您要不去，我去！"廉伯太太是真着急。

"妇道人家上哪儿去？"老先生的火儿逼了上来："我去！我去！有事弟子服其劳，废物！"他指着廉仲骂。

"叫辆汽车吧？"廉仲为了嫂子，忍受着骂。

"你叫去呀！"老先生去拿帽子与名片。

车来了，廉仲送父亲上去；廉伯太太也跟到门口。叔嫂见车开走，慢慢的往里走。

"怎回事呢？二弟！"

"我真不知道！"廉仲敢自由的说话了。"是这么回事，大嫂，自从那天我拿走那两包东西，始终我没离开这儿，我舍不得这些朋友，也舍不得这块地方。我自幼生在这儿！把那两包东西给了龙云，他给了我一百块钱。我就白天还去作事，晚上住在个小旅馆里。每一想起婚事，我就要走；可是过一会儿，又忘了。好在呢，我知道父亲睡得早，晚上不会查看我。廉伯呢一向就不注意我，当然也不会问。我倒好几次要来看你，大嫂，我知道你一定不放心。可是我真懒得再登这个门，一看见这个街门，我就连条狗也不如了，仿佛是。我就这么对付过这些日子，说不上痛快，也说不上不痛快，马马糊糊。昨天晚上我一个人无聊瞎走，走到宋家门口，也就是九点多钟吧。哥哥的汽车在门口放着呢。门是路北的，车靠南墙放着。院里可连个灯亮也没有。车夫在车里睡着了，我推醒了他，问大爷什么时候来的。他说早来了，他这是刚把车开回来接侦探长，等了大概有二十分钟了，不见动静。所以他打了个盹儿。”

把小女孩交给了刘妈，他们叔嫂坐在了台阶上，阳光挺暖和。廉仲接着说：

“我推了推门，推不开。拍了拍，没人答应。奇怪！又等了会儿，还是没有动静。我跟开车的商议，怎么办。他说，里边一定是睡了觉，或是都出去听戏去了。我不敢信，可也不敢再打门。车夫决定在那儿等着。”

“你那天不是说，龙云要偷偷把她们送走吗？”廉伯太太想起来。

“是呀，我也疑了心；莫非龙云把她们送走，然后把哥哥诓进去……”廉仲不愿说下去，他觉得既不应当这么关心哥哥，也不应当来惊吓嫂子。可是这的确是他当时的感情，哥哥到底是哥哥，不管怎样恨他，“我决定进去，哪怕是跳墙呢！我正在打主意，远远的来了几个人，走在胡同的电灯底下，我看最先的一个像老朱，公安局的队长。他们一定是来找哥哥，我想；我可就藏在汽车后面，不愿叫他们或哥哥看见我。他们走到车前，就和开车的说开了话。他们问他等谁呢，他笑着说，还能等别人吗？呕，他还不知道，老朱说。你大概是把陈送到这儿，找地方吃饭去了，刚才又回来？我没听见车夫说什么，大概他是点了点头。好了，老朱又说了，就用你的车吧。小凤也得上局里去！说着，他们就推门了。推不开。他们似乎急了，老朱上了墙，墙里边有棵不大的树。一会儿他从里面把门开开，大家都进去。我乘势就跑出老远去，躲在黑影里等着。好大半天，他们才出来，并没有她。汽车开了。我绕着道儿去找龙云。什么地方也找不着他，我一直找到夜里两点，我知道事情是坏了：‘小凤也得上局里去！’也得去！这不是说哥哥已经去了吗？他要是保护不了小凤，必定是他已顾不了自己！可是我不敢家来，我到底没得到确信。今天早晨，我给侦探队打电，找冯有才，他没在那儿。刚才我一到家，他也没在门房，我晓得他也完了。打完电，我更疑心了，可是究竟没个水落石出。我不敢向公安局去打听，我又不能不打听，乱碰吧，我找了聚元的孙掌柜去，他，昨天晚上也被人抓了去，便衣巡警把着门，铺子可是还开着，大概是为免得叫大家大惊小怪，同时又禁止伙计们出来。我假装问问米价，大伙计还精明，偷偷告诉了我一句：汽车装了走，昨晚上！”

“二弟，”廉伯太太脸上已没一点血色，出了冷汗。“二弟！你哥哥，”她哭起来。

“大嫂。别哭！咱们等爸爸回来就知道了。大概没多大关系！”

“他活不了，我知道，那两包白面！”她哭着说。

“不至于！大嫂！咱们快快想主意！”

傻小子大成拿着块点心跑来了：

“胖叔！你又欺侮妈哪？回来告诉爷爷，叫爷爷揍你！”

十一

要在平常日子，以陈老先生的服装气度，满可以把汽车开进公安局的里边去；这天门前加了岗，都持枪，上着刺刀；车一到就被拦住了。老先生要见局长，掏出片子来，巡警当时说局长今天不见客。老先生才知道事情是非常严重了，不敢发作，立刻坐上车去找钱会长。他知道了事情是很严重，可是想不出儿子犯了什么罪；儿子没有什么不好的地方。大概是在局里得罪了人，那么，有人出来调停一下也就完了。设若仍然不行呢，花上点钱，送上些礼，疏通疏通总该一天云雾散了。这么一想，他心中宽了些。

见着钱会长，他略把他所知道的说了一遍：

“子美翁你知道，廉伯是个孝子；未有孝悌而好犯上者也。他不会作出什么不体面的事来。我自己，你先生也晓得，在今日像我们这样的家庭有几个？恐怕只是廉伯于无意中开罪于人，那么我想请子美翁给调解一下，大概也就没什么了。”

“大概没多大关系，官场中彼此倾轧是常有的事，”钱会长一边咕噜着水烟，“我打听打听看。”

“会长若是能陪我到趟公安局才好，因为我到底还不知其详，最好能见见局长，再见见廉伯，然后再详为计划。”

“我想想看，”会长一劲儿点头，“事情倒不要这么急，想想看，总该有办法的。”

陈老先生心中凉了些。“子美翁看能不能代我设法去见见公安局长，我独自去，武将军能不能——”

“是的，武将军对地面的官员比我还接近，是的，找找他看！”

希望着武将军能代为出力，陈老先生忽略了钱会长的冷淡。

见着武将军，他完全用白话讲明来意，怕将军听不明白。武将军很痛快的答应与他一同去见局长。

在公安局门口，武将军递进自己的片子，马上被请进去，陈老先生在后面跟着。

局长很亲热的和将军握手，及至看见了陈老先生，他皱了一下眉，点了点头。

“刚才老先生来过，局长大概很忙，没见着，所以我同他来了。”武将军一气说完。

“啊，是的，”局长对将军说，没看老先生一眼，“对不起，适才有点紧要的公事。”

“廉伯昨晚没回去，”陈老先生往下用力的压着气，“听说被扣起来，我很不放心。”

“呕，是的，”局长还对着武将军说，“不过一种手续，没多大关系。”

“请问局长，他犯了什么法呢？”老先生的腰挺起来，语气也很冷硬。

“不便于说，老先生，”局长冷笑了一下，脸对着老先生：“公事，公事，朋友也有难尽力的地方！”

“局长高见，”陈老先生晓得事情是很难办了。可是他想不出廉伯能作出什么不规矩的事。一定这是局长的阴谋，他再也压不住气。“局长晓得廉伯是个孝子，老夫是个书生，绝不会办出不法的事来。局长也有父母，也有儿女，我不敢强迫长官泄露机要，我只以爱子的一片真心来格外求情，请局长告诉我到底是怎回事！士可杀不可辱，这条老命可以不要，不能忍受……”

“哎哎，老先生说远了！”局长笑得缓和了些。“老先生既不能整天跟着他，他作的事你哪能都知道？”

“我见见廉伯呢？”老先生问。

“真对不起！”局长的头低下去，马上抬起来。

“局长，”武将军插了嘴，“告诉老先生一点，一点，他是真急。”

“当然着急，连我都替他着急，”局长微笑了下，“不过爱莫能助！”

“廉伯是不是有极大的危险？”老先生的脑门上见了汗。

“大概，或者，不至于；案子正在检理，一时自然不能完结。我呢，凡是我能尽力帮忙的地方无不尽力，无不尽力！”局长立起来。

“等一等，局长，”陈老先生也立起来，脸上煞白，两腮咬紧，胡子根儿立起来。“我最后请求你告诉我个大概，人都有个幸不幸，莫要赶尽杀绝。设若你错待了个孝子，你知道你将遗臭万年。我虽老朽，将与君周旋到底！”

“那么老先生一定要知道，好，请等一等！”局长用力按了两下铃。

进来一个警士，必恭必敬的立在桌前。

“把告侦探长的呈子取来，全份！”局长的脸也白了，可是还勉强的向武将军笑。

陈老先生坐下，手在膝上哆嗦。

不大会儿，警士把一堆呈子送在桌上。局长随便推送在武将军与老先生面前，将军没动手。陈老先生翻了翻最上边的几本，很快的翻过，已然得到几种案由：强迫商家送礼；霸占良家妇女；假公济私，借赈私运粮米；窃卖赃货……老先生不能往下看了，手扶在桌上，只剩了哆嗦。哆嗦了半天，他用尽力量抬起头来，脸上忽然瘦了一圈，极慢极低的说：

“局长，局长！谁没有错处呢！他不见得比人家坏，这些状子也未必都可靠。局长，他的命在你手里，你积德就完了！你闭一闭眼，我们全家永感大德！”

“能尽力处我无不尽力！武将军，改天再过去请安！”

武将军把老先生搀了出来。将军把他送到家中，他一句话也没说。那些罪案，他知道，多半都是真的。而且有的是他自己给儿子造成的。可是，他还不肯完全承认这是他们父子的过错，局长应负多一半责任；局长是可以把那些状子压下不问的。他的怨怒多于羞愧，心中和火烧着似的，可是说不出话来。他恨自己的势力小，不能马上把局长收拾了。他恨自己的命不好，命给他带来灾殃，不是他自己的毛病，天命！

到了家中，他越想越怕了。事不宜迟，他得去为儿子奔走。幸而他已交结了不少有势力的朋友。第一个被想到的是孟宝斋，新亲自然会帮忙。可是孟宝斋的大烟吃上没完，虽然答应给设法，而始终不动弹。老先生又去找别人，大家都劝他不要着急，也就是表示他们不愿出力。绕到晚上，老先生明白了世态炎凉还不都是街上的青年男女闹的！与他为道义之交的人们，听他讲经的人们，也丝毫没有古道。但是他没心细想这个，他身上疲乏，心中发乱。立在镜前，他已不认识自己了。他的眼陷下好深，眼下的肉袋成了些鲇皮，像一对很大的瘪臭虫。他愤恨，渺茫，心里发辣。什么都可以牺牲，只要保住儿子的命。儿媳妇在屋中放声的哭呢！她带着大成去探望廉伯，没有见到。听着她哭，老先生的泪止不住了，越想越难过，他也放了声。

他只想喝水，晚饭没有吃。早早的躺下，疲乏，可是合不上眼。想起什么都想到半截便忘了，迷乱，心中像老映着破碎不全的电影片。想得讨厌了，心中仍不愿休息，还希望在心的深处搜出一半个好主意。没有主意，他只能低声的叫，叫着廉伯的乳名。一直到夜中三点，他迷忽过去，不是睡，是像飘在云里那样惊心吊胆的闭着眼。时时仿佛看见儿子回来了，又仿佛听见儿媳妇啼哭，也看见自己死去的老伴儿……可是始终没有睁开眼，恍惚像风里的灯苗，似灭不灭，顾不得再为别人照个亮儿。

十二

太阳出来好久，老先生还半睡半醒的忍着，他不愿再见这无望的阳光。

忽然，儿媳妇与廉仲都大哭起来，老先生猛孤仃的爬起来。没顾得穿长衣，急忙的跑过来，儿媳妇已哭背过气去，他明白了。他咬上了牙，心中突然一热，咬着牙把撞上来的一口黏的咽回去。扶住门框，他吼了一声：

“廉仲，你嫂子！”他蹲在了地上，颤成一团。

廉仲和刘妈，把廉伯太太撅巴起来，她闭着眼只能抽气。

“爸，送信来了，去收尸！”廉仲的胖脸浮肿着，黄蜡似的流着两条泪。

“好！好！”老先生手把着门框想立起来，手一软，蹲得更低了些。“你去吧，用我的寿材好了；我还得大办丧事呢！哈，哈，”他坐在地上狂号起来。

陈老先生真的遍发讣闻，丧事办得很款式。来吊祭的可是没有几个人，连孟宅都没有人过来。武将军送来一个鲜花圈，钱会长送来一对挽联；廉伯的朋友没来一个。老先生随着棺材，一直送到墓地。临入土的时候，老先生拍了拍棺材：“廉伯，廉伯，我还健在，会替你教子成名！”说完他亲手燃着自己写的挽联：

孝子忠臣，风波于汝莫须有；

孤灯白发，经史传孙知奈何？

事隔了许久，事情的真相渐渐的透露出来，大家的意见也开始显出公平。廉伯的罪过是无可置辩的，可是要了他的命的罪名，是窃卖“白面”——搜检了来，而用面粉替换上去。然而这究竟是个“罪名”，骨子里面还是因为他想“顶”公安局长。又正赶上政府刚下了严禁白面的命令，于是局长得了手。设若没有这道命令，或是这道命令已经下了好多时候，不但廉伯的命可以保住，而且局长为使自己的地位稳固，还得至少教廉伯兼一个差事。不能枪毙他，就得给他差事，局长只有这么两条路。他不敢撤廉伯的差，廉伯可以帮助局长，也可以随时倒戈，他手下有人，能扰乱地面。大家所以都这么说：廉伯与局长是半斤八两，不过廉伯的运气差一点，情屈命不屈。

有不少人同情于陈家：无论怎说，他是个孝子，可惜！这个增高了陈老先生的名望。那对挽联已经脍炙人口。就连公安局长也不敢再赶尽杀绝。聚元的孙掌柜不久就放了出来，陈家的财产也没受多少损失："经史传孙知奈何?"多么气势！局长不敢结世仇，而托人送来五百元的教育费，陈老先生没有收下。

陈家的财产既没受多少损失，亲友们慢慢的又转回来。陈老先生在国学会未曾讲完的那两讲——正心修身——在廉伯死的六七个月后，又经会中敦聘续讲。老先生瘦了许多，腰也弯了一些，可是声音还很足壮。听讲的人是很多，多数是想看看被枪毙的孝子的老父亲是什么样儿。老先生上台后，戴上大花镜，手微颤着摸出讲稿，长须已有几根白的，可是神气还十分的好看。讲着讲着，他一手扶着桌子，一手放在头上，楞了半天，好像忘记了点什么。忽然他摘下眼镜，匆忙的下了台。大家莫名其妙，全立起来。

会中的职员把他拦住。他低声的，极不安的说：

"我回家去看看，不放心！我的大儿子，孝子，死了。廉仲——虽然不肖——可别再跑了！他想跑，我知道！不满意我给他定下的媳妇；自由结婚，该杀！我回家看看，待一会儿再来讲：我不但能讲，还以身作则！不用拦我，我也不放心大儿媳妇。她，死了丈夫，心志昏乱；常要自杀，胡闹！她老说她害了丈夫，什么拿走两包东西咧，乱七八糟！无法，无法！几时能'买蓑山县云藏市，横笛江城月满楼'呢?"说完，他弯着点腰，扯开不十分正确的方步走去。

大家都争着往外跑，先跑出去的还看见了老先生的后影，肩头上飘着些长须。

原载 1935 年 10 月 1 日《文学》第八卷第四号

我这一辈子

一

我幼年读过书，虽然不多，可是足够读七侠五义与三国志演义什么的。我记得好几段聊斋，到如今还能说得很齐全动听，不但听的人都夸奖我的记性好，连我自己也觉得应该高兴。可是，我并念不懂聊斋的原文，那太深了；我所记得的几段，都是由小报上的“评讲聊斋”念来的——把原文变成白话，又添上些逗哏打趣，实在有个意思！

我的字写得也不坏。拿我的字和老年间衙门里的公文比一比，论个儿的匀适，墨色的光润，与行列的齐整，我实在相信我可以作个很好的“笔帖式”。自然我不敢高攀，说我有写奏折的本领，可是眼前的通常公文是准保能写到好处的。

凭我认字与写的本事，我本该去当差。当差虽不见得一定能增光耀祖，但是至少也比作别的事更体面些。况且呢，差事不管大小，多少总有个升腾。我看见不止一位了，官职很大，可是那笔字还不如我的好呢，连句整话都说不出来。这样的人既能作高官，我怎么不能呢？

可是，当我十五岁的时候，家里教我去学徒。五行八作，行行出状元，学手艺原不是什么低搭的事；不过比较当差稍差点劲儿罢了。学手艺，一辈子逃不出手艺人去，即使能大发财源，也高不过大官儿不是？可是我并没和家里闹别扭，就去学徒了；十五岁的人，自然没有多少主意。况且家里老人还说，学满了艺，能挣上钱，就给我说亲事。在当时，我想象着结婚必是件有趣的事。那么，吃上二三年的苦，而后大人似的去耍手艺挣钱，家里再有个小媳妇，大概也很下得去了。

我学的是裱糊匠。在那太平年月，裱糊匠是不愁没饭吃的。那时候，死一个人不像现在这么省事。这可并不是说，老年间的人要翻来覆去的死好几回，不干脆的一下子断了气。我是说，那时候死人，丧家要拚命的花钱，一点不惜力气与金钱的讲排场。就拿与冥衣铺有关系的事来说吧，就得花上老些个钱。人一断气，马上就得去糊“倒头车”——现在，连这个名词儿也许有好多人不晓得了。紧跟着便是“接三”，必定有些烧活：车轿骡马，墩箱灵人，引魂幡，灵花等等。要是害月子病死的，还必须另糊一头牛，和一个鸡罩。赶到“一七”念经，又得糊楼库，金山银山，尺头元宝，四季衣服，四季花草，古玩陈设，各样木器。及至出殡，纸亭纸架之外，还有许多烧活，至不济也得弄一对“童儿”举着。“五七”烧伞，六十天糊船桥。一个死人到六十天后才和我们裱糊匠脱离关系。一年之中，死那么十来个有钱的人，我们便有了吃喝。

裱糊匠并不专伺候死人，我们也伺候神仙。早年间的神仙不像如今晚儿的这样寒碜，就拿关老爷说吧，早年间每到六月二十四，人们必给他糊黄幡宝盖，马童马匹，和七星大旗什么的。现在，几乎没有人再惦记着关公了！遇上闹“天花”，我们又得为娘娘们忙一阵。九位娘娘得糊九顶轿子，红马黄马各一匹，九份凤冠霞帔，还得预备痘哥哥痘姐姐们的袍带靴帽，和各样执事。如今，医院都施种牛痘，娘娘们无事可作，裱糊匠也就陪着她们闲起来了。此外还有许许多多的“还愿”的事，都要糊点什么东西，可是也都随着破除迷信没人再提了。年头真是变了啊！

除了伺候神与鬼外，我们这行自然也为活人作些事。这叫作“白活”，就是给人家糊顶棚。早年间没有洋房，每遇到搬家，娶媳妇，或别项喜事，总要把房间糊得四白落地，好显出焕然一新的气象。那大富之家，连春秋两季糊窗子也雇用我们。人是一天穷似一天了，搬家不一定糊棚顶，而那些有钱的呢，房子改为洋式的，棚顶抹灰，一劳永逸；窗子改成玻璃的，也用不着再糊上纸或纱。什么都是洋式好，要手艺的可就没了饭吃。我们自已也不是不努力呀，洋车时行，我们就照样糊洋车；汽车时行，我们就糊汽车，我们知道改良。可是有几家死了人来糊一辆洋车或汽车呢？年头一旦大改良起来，我们的小改良全算白饶，水大漫不过鸭子去，有什么法儿呢！

二

上面交代过了：我若是始终仗着那份儿手艺吃饭，恐怕就早已饿死了。不过，这点本事虽不能永远有用，可是三年的学艺并非没有很大的好处，这点好处教我一辈子享用不尽。我可以撂下家伙，干别的营生去；这点好处可是老跟着我。就是我死后，有人谈到我的为人如何，他们也必须要记得我少年曾学过三年徒。

学徒的意思是一半学手艺，一半学规矩。在初到铺子去的时候，不论是谁也得害怕，铺中的规矩就是委屈。当徒弟的得晚睡早起，得听一切的指挥与使遣，得低三下四的伺候人，饥寒劳苦都得高高兴兴的受着，有眼泪往肚子里咽。像我学艺的所在，铺子也就是掌柜的家；受了师傅的，还得受师母的，夹板儿气！能挺过这么三年，顶倔强的人也得软了，顶软和的人也得硬了；我简直的可以这么说，一个学徒的脾性不是天生带来的，而是被板子打出来的；像打铁一样，要打什么东西便成什么东西。

在当时正挨打受气的那一会儿，我真想去寻死，那种气简直不是人所受得住的！但是，现在想起来，这种规矩与调教实在值金子。受过这种排练，天下便没有什么受不了的事啦。随便提一样吧，比方说教我去当兵，好哇，我可以作个满好的兵。军队的操演有时有会儿，而学徒们是除了睡觉没有任何休息时间的。我抓着工夫去出恭，一边蹲着一边就能打个盹儿，因为遇上赶夜活的时候，我一天一夜只能睡上三四点钟的觉。我能一口吞下去一顿饭，刚端起饭碗，不是师傅喊，就是师娘叫，要不然便是有照顾主儿来定活，我得恭而敬之的招待，并且细心听着师傅怎样论活讨价钱。不把饭整吞下去怎办呢？这种排练教我遇到什么苦处都能硬挺，外带着还是挺和气。读书的人，据我这粗人看，永远不会懂得这个。现在的洋学堂里开运动会，学生跑上两个圈就仿佛有了汗马功劳一般，喝！又是搀着，又是抱着，往大腿上拍火酒，还闹脾气，还坐汽车！这样的公子哥儿哪懂得什么叫作规矩，哪叫排练呢？话往回来说，我所受的苦处给我打下了作事任劳任怨的底子，我永远不肯闲着，作起活来永不晓得闹脾气，要别扭，我能和大兵们一样受苦，而大兵们不能像我这么和气。

再拿件实事来证明这个吧：在我学成出师以后，我和别的耍手艺的一样，为表明自己是凭本事挣钱的人，第一我先买了根烟袋，只要一闲着便捻上一袋吧唧着，仿佛很有身分，慢慢的，我又学了喝酒，时常弄两盅猫尿咂着嘴儿抿几口。嗜好就怕开了头，会了一样就不难学第二样，反正都是个玩艺吧咧。这可也就出了毛病。我爱烟爱酒，原本不算什么稀奇的事，大家伙儿都差不多是这样。可是，我一来二去的学会了吃大烟。那个年月，鸦片烟不犯私，非常的便宜；我先是吸着玩，后来可就上了瘾。不久，我便觉出手紧来了，作事也不似先前那么上劲了。我并没等谁劝告我，不但戒了大烟，而且把旱烟袋也撅了，从此烟酒不动！我入了“理门”。入理门，烟酒都不准动；一旦破戒，必走背运。所以我不但戒了嗜好，而且入了理门；背运在那儿等着我，我怎肯再犯戒呢？这点心胸与硬气，如今想起来，还是由学徒得来的。多大的苦处我都能忍受。初一戒烟戒酒，看着别人吸，别人饮，多么难过呢！心里真像有一千条小虫爬挠那么痒痒触触的难过。但是我不能破戒，怕走背运。其实背运不背运的，都是日后的事，眼前的罪过可是不好受呀！硬挺，只有硬挺才能成功，怕走背运还在其次。我居然挺过来了，因为我学过徒，受过排练呀！

提到我的手艺来，我也觉得学徒三年的光阴并没白费了。凡是一门手艺，都得随时改良，方法是死的，运用可是活的。三十年前的瓦匠，讲究会磨砖对缝，作细工儿活；现在，他得会用洋灰和包镶人造石什么的。三十年前的木匠，讲究会雕花刻木，现在得会造洋式木器。我们这行也如此，不过比别的行业更活动。我们这行讲究看见什么就能糊什么。比方说，人家落了丧事，教我们糊一桌全席，我们就能糊出鸡鸭鱼肉来。赶上人家死了未出阁的姑娘，教我们糊一全份嫁妆，不管是四十八抬，还是三十二抬，我们便能由粉罐油瓶一直糊到衣橱穿衣镜。眼睛一看，手就能模仿下来，这是我们的本事。我们的本事不大，可是得有点聪明，一个心窟窿的人绝不会成个好裱糊匠。

这样，我们作活，一边工作也一边游戏，仿佛是。我们的成败全仗着怎么把各色的纸调动的合适，这是要心路的事儿。以我自己说，我有点小聪明。在学徒时候所挨的打，很少是为学不上活来，而多半是因为我有聪明而好调皮不听话。我的聪明也许一点也显露不出来，假若我是去学打铁，或是拉大锯——老那么打，老那么拉，一点变动没有。幸而我学了裱糊匠，把基本的技能学会了以后，我便开始自出花样，怎么灵巧逼真我怎么作。有时候我白费了许多工夫与材料，而作不出我所想到的东西，可是这更教我加紧的去揣摸，去调动，非把它作成不可。这个，真是个好习惯。有聪明，而且知道用聪明，我必须感谢这三年的学徒，在这三年养成了我会用自己的聪明的习惯。诚然，我一辈子没作过大事，但是无论什么事，只要是平常人能作的，我一瞧就能明白个五六成。我会砌墙，栽树，修理钟表，看皮货的真假，合婚择日，知道五行八作的行话上诀窍……这些，我都没学过，只凭我的眼去看，我的手去试验；我有勤苦耐劳与多看多学的习惯；这个习惯是在冥衣铺学徒三年养成的。到如今我才明白过来——我已是快饿死的人了！——假若我多读上几年书，只抱着书本死啃，像那些秀才与学堂毕业的人们那样，我也许一辈子就糊糊涂涂的下去，而什么也不晓得呢！裱糊的手艺没有给我带来官职和财产，可是它让我活的很有趣；穷，但是有趣，有点人味儿。

刚二十多岁，我就成为亲友中的重要人物了。不因为我有钱与身分，而是因为我办事细心，不辞劳苦。自从出了师，我每天在街口的茶馆里等着同行的来约请帮忙。我成了街面上的人，年轻，利落，懂得场面。有人来约，我便去作活；没人来约，我也闲不住：亲友家许许多多的事都托咐我给办，我甚至于刚结过婚便给别人家作媒了。

给别人帮忙就等于消遣。我需要一些消遣。为什么呢？前面我已说过：我们这行有两种活，烧活和白活。作烧活是有趣而干净的，白活可就不然了。糊顶棚自然得先把旧纸撕下来，这可真够受的，没作过的人万也想不到顶棚上会能有那么多尘土，而且是日积月累攒下来的，比什么土都干，细，钻鼻子，撕完三间屋子的棚，我们就都成了土鬼。及至扎好了秫秸，糊新纸的时候，新银花纸的面子是又臭又挂鼻子。尘土与纸面子就能教人得痨病——现在叫作肺病。我不喜欢这种活儿。可是，在街上等工作，有人来约就不能拒绝，有什么活得干什么活。应下这种活儿，我差不多老在下边裁纸递纸抹浆糊，为的是可以不必上“交手”，而且可以低着头干活儿，少吃点土。就是这样，我也得弄一身灰，我的鼻子也得像烟筒。作完这么几天活，我愿意作点别的，变换变换。那么，有亲友托我办点什么，我是很乐意帮忙的。

再说呢，作烧活吧，作白活吧，这种工作老与人们的喜事或丧事有关系。熟人们找我定活，也往往就手儿托我去讲别项的事，如婚丧事的搭棚，讲执事，雇厨子，定车马等等。我在这些事儿中渐渐找出乐趣，晓得如何能捏住巧处，给亲友们既办得漂亮，又省些钱，不能窝窝囊囊的被人捉了“大头”。我在办这些事儿的时候，得到许多经验，明白了许多人情，久而久之，我成了个很精明的人，虽然还不到三十岁。

三

由前面所说过的去推测，谁也能看出来，我不能老靠着裱糊的手艺挣饭吃。像逛庙会忽然遇上雨似的，年头一变，大家就得往四散里跑。在我这一辈子里，我仿佛是走着下坡路，收不住脚。心里越盼着天下太平，身子越往下出溜。这次的变动，不使人缓气，一变好像就要变到底。这简直不是变动，而是一阵狂风，把人糊糊涂涂的刮得不知上哪里去了。在我小时候发财的行当与事情，许多许多都忽然走到绝处，永远不再见面，仿佛掉在了大海里头似的。裱糊这一行虽然到如今还阴死巴活的始终没完全断了气，可是大概也不会再有抬头的一日了。我老早的就看出这个来。在那太平的年月，假若我愿意的话，我满可以开个小铺，收两个徒弟，安安顿顿的混两顿饭吃。幸而我没那么办。一年得不到一笔大活，只仗着糊一辆车或两间屋子的顶棚什么的，怎能吃饭呢？睁开眼看看，这十几年了，可有过一笔体面的活？我得改行，我算是猜对了。

不过，这还不是我忽然改了行的唯一的原因。年头儿的改变不是个人所能抵抗的，胳臂扭不过大腿去，跟年头儿叫死劲简直是自己找别扭。可是，个人独有的事往往来得更厉害，它能马上教人疯了。去投河觅井都不算新奇，不用说把自己的行业放下，而去干些别的了。个人的事虽然很小，可是一加在个人身上便受不住；一个米粒很小，教蚂蚁去搬运便很费力气。个人的事也是如此。人活着是仗了一口气，多喒有点事儿，把这口气憋住，人就要抽风。人是多么小的玩艺儿呢！

我的精明与和气给我带来背运。乍一听这句话仿佛是不合情理，可是千真万确，一点儿不假，假若这要不落在我自己身上，我也许不大相信天下会有这宗事。它竟自找到了我；在当时，我差不多真成了个疯子。隔了这么二三十年，现在想起那回事儿来，我满可以微微一笑，仿佛想起一个故事来似的。现在我明白了个人的好处不必一定就有利于自己。一个人好，大家都好，这点好处才有用，正是如鱼得水。一个人好，而大家并不都好，个人的好处也许就是让他倒霉的祸根。精明和气有什么用呢！现在，我悟过这点理儿来，想起那件事不过点点头，笑一笑罢了。在当时，我可真有点咽不下去那口气。那时候我还很年轻啊。

哪个年轻的人不爱漂亮呢？在我年轻的时候，给人家行人情或办点事，我的打扮与气派谁也不敢说我是个手艺人。在早年间，皮货很贵，而且不准乱穿。如今晚的人，今天得了马票或奖券，明天就可以穿上狐皮大衣，不管是个十五岁的孩子还是二十岁还没刮过脸的小伙子。早年间可不行，年纪身分决定个人的服装打扮。那年月，在马褂或坎肩上安上一条灰鼠领子就仿佛是很漂亮阔气。我老安着这么条领子，马褂与坎肩都是青大缎的——那时候的缎子也不怎么那样结实，一件马褂至少也可以穿上十来年。在给人家糊棚顶的时候，我是个土鬼；回到家中一梳洗打扮，我立刻变成个漂亮小伙子。我不喜欢那个土鬼，所以更爱这个漂亮的青年。我的辫子又黑又长，脑门剃得锃光青亮，穿上带灰鼠领子的缎子坎肩，我的确像个“人儿”！

一个漂亮小伙子所最怕的恐怕就是娶个丑八怪似的老婆吧。我早已有意无意的向老人们透了个口话：不娶倒没什么，要娶就得来个够样儿的。那时候，自然还不时行自由婚，可是已有男女两造对相对看的办法。要结婚的话，我得自己去相看，不能马马虎虎就凭媒人的花言巧语。

二十岁那年，我结了婚，我的妻比我小一岁。把她放在哪里，她也得算个俏式利落的小媳妇；在定婚以前，我亲眼相看的呀。她美不美，我不敢说，我说她俏式利落，因为这四个字就是我择妻的标准；她要是不够这四个字的格儿，当初我决不会点头。在这四个字里很可以见出我自己是怎样的人来。那时候，我年轻，漂亮，作事麻利，所以我一定不能要个笨牛似的老婆。

这个婚姻不能说不是天配良缘。我俩都年轻，都利落，都个子不高；在亲友面前，我们像一对轻巧的陀螺似的，四面八方的转动，招得那年岁大些的人们眼中要笑出一朵花来。我俩竞争着去在大家面前显出个人的机警与口才，到处争强好胜，只为教人夸奖一声我们是一对最有出息的小夫妇。别人的夸奖增高了我俩彼此间的敬爱，颇有点英雄惜英雄，好汉爱好汉的劲儿。

我很快乐，说实话：我的老人没挣下什么财产，可是有一所儿房。我住着不用花租金的房子，院中有不少的树木，檐前挂着一对黄鸟。我呢，有手艺，有人缘，有个可心的年轻女人。不快乐不是自找别扭吗？

对于我的妻，我简直找不出什么毛病来。不错，有时候我觉得她有点太野；可是哪个利落的小媳妇不爽快呢？她爱说话，因为她会说；她不大躲避男人，因为这正是作媳妇所应享的利益，特别是刚出嫁而有些本事的小媳妇，她自然愿意把作姑娘时的腼腆收起一些，而大大方方的自居为“媳妇”。这点实在不能算作毛病。况且，她见了长辈又是那么亲热体贴，殷勤的伺候，那么她对年轻一点的人随便一些也正是理之当然；她是爽快大方，所以对于年老的正像对于年少的，都愿表示出亲热周到来。我没因为她爽快而责备她过。

她有了孕，作了母亲，她更好看了，也更大方了——我简直的不忍再用那个“野”字！世界上还有比怀孕的少妇更可怜，年轻的母亲更可爱的吗？看她坐在门坎上，露着点胸，给小娃娃奶吃，我只能更爱她，而想不起责备她太不规矩。

到了二十四岁，我已有一儿一女。对于生儿养女，作丈夫的有什么功劳呢！赶上高兴，男子把娃娃抱起来，耍巴一回；其余的苦处全是女人的。我不是个糊涂人，不必等谁告诉我才能明白这个。真的，生小孩，养育小孩，男人有时候想去帮忙也归无用；不过，一个懂得点人事的人，自然该使作妻的痛快一些，自由一些；欺侮孕妇或一个年轻的母亲，据我看，才真是混蛋呢！对于我的妻，自从有了小孩之后，我更放任了些；我认为这是当然的合理的。

再一说呢，夫妇是树，儿女是花；有了花的树才能显出根儿深。一切猜忌，不放心，都应该减少，或者完全消灭；小孩子会把母亲拴得结结实实的。所以，即使我觉得她有点野——真不愿用这个臭字——我也不能不放心了，她是个母亲呀。

四

直到如今，我还是不能明白那到底是怎么一回事。

我所不能明白的事也就是当时教我差点儿疯了的事，我的妻跟人家跑了。

我再说一遍，到如今我还不能明白那到底是怎回事。我不是个固执的人，因为我久在街面上，懂得人情，知道怎样找出自己的长处与短处。但是，对于这件事，我把自己的短处都找遍了，也找不出应当受这种耻辱与惩罚的地方来。所以，我只能说我的聪明与和气给我带来祸患，因为我实在找不出别的道理来。

我有位师哥，这位师哥也就是我的仇人。街口上，人们都管他叫作黑子，我也就还这么叫他吧；不便道出他的真名实姓来，虽然他是我的仇人。“黑子”，由于他的脸不白；不但不白，而且黑得特别，所以才有这个外号。他的脸真像个早年间人们揉的铁球，黑，可是非常的亮；黑，可是光润；黑，可是油光水滑的可爱。当他喝下两盅酒，或发热的时候，脸上红起来，就好像落太阳时的一些黑云，黑里透出一些红光。至于他的五官，简直没有什么好看的地方，我比他漂亮多了。他的身量很高，可也不见得怎么魁梧，高大而懈懈松松的。他所以不至教人讨厌他，总而言之，都仗着那一张发亮的黑脸。

我跟他是很好的朋友。他既是我的师哥，又那么傻大黑粗的，即使我不喜爱他，我也不能无缘无故的怀疑他。我的那点聪明不是给我预备着去猜疑人的；反之，我知道我的眼睛里不容砂子，所以我因信任自己而信任别人。我以为我的朋友都不至于偷偷的对我掏坏招数。一旦我认定谁是个可交的人，我便真拿他当个朋友看待。对于我这个师哥，即使他有可猜疑的地方，我也得敬重他，招待他，因为无论怎样，他到底是我的师哥呀。同是一门儿学出来的手艺，又同在一个街口上混饭吃，有活没活，一天至少也得见几面；对这么熟的人，我怎能不拿他当作个好朋友呢？有活，我们一同去作活；没活，他总是到我家来吃饭喝茶，有时候也摸几把索儿胡玩——那时候“麻将”还不十分时兴。我和蔼，他也不客气；遇到什么就吃什么，遇到什么就喝什么，我一向不特别为他预备什么，他也永远不挑剔。他吃的很多，可是不懂得挑食。看他端着大碗，跟着我们吃热汤儿面什么的，真是个痛快的事。他吃得四脖子汗流，嘴里西啦胡噜的响，脸上越来越红，慢慢的成了个半红的大煤球似的；谁能说这样的人能存着什么坏心眼儿呢！

一来二去，我由大家的眼神看出来天下并不很太平。可是，我并没有怎么往心里搁这回事。假若我是个糊涂人，只有一个心眼，大概对这种事不会不听见风就是雨，马上闹个天昏地暗，也许立刻把事情弄个水落石出，也许是望风捕影而弄一鼻子灰。我的心眼多，决不肯这么糊涂瞎闹，我得平心静气的想一想。

先想我自己，想不出我有什么不对的地方来，即使我有许多毛病，反正至少我比师哥漂亮，聪明，更像个人儿。

再看师哥吧，他的长像，行为，财力，都不能教他为非作歹，他不是那种一见面就教女人动心的人。

最后，我详详细细的为我的年轻的妻子想一想：她跟了我已经四五年，我俩在一处不算不快乐。即使她的快乐是假装的，而愿意去跟个她真喜爱的人——这在早年间几乎是不能有的——大概黑子也绝不会是这个人吧？他跟我都是手艺人，他的身分一点不比我高。同样，他不比我阔，不比我漂亮，不比我年轻；那么，她贪图的是什么呢？想不出。就满打说她是受了他的引诱而迷了心，可是他用什么引诱她呢，是那张黑脸，那点本事，那身衣裳，腰里那几吊钱？笑话！哼，我要是有意的话吗，我倒满可以去引诱引诱女人；虽然钱不多，至少我有个样子。黑子有什么呢？再说，就是说她一时迷了心窍，分别不出好歹来，难道她就肯舍得那两个小孩吗？

我不能信大家的话，不能立时疏远了黑子，也不能傻子似的去盘问她。我全想过了，一点缝子没有，我只能慢慢的等着大家明白过来他们是多虑。即使他们不是凭空造谣，我也得慢慢的察看，不能无缘无故的把自己，把朋友，把妻子，都卷在黑土里边。有点聪明的人作事不能鲁莽。

可是，不久，黑子和我的妻子都不见了。直到如今，我没再见过他俩。为什么她肯这么办呢？我非见着她，由她自己吐出实话，我不会明白。我自己的思想永远不够对付这件事的。

我真盼望能再见她一面，专为明白明白这件事。到如今我还是在个葫芦里。

当时我怎样难过，用不着我自己细说。谁也能想到，一个年轻漂亮的人，守着两个没了妈的小孩，在家里是怎样的难过；一个聪明规矩的人，最亲爱的妻子跟师哥跑了，在街面上是怎么难堪。同情我的人，有话说不出，不认识我的人，听到这件事，总不会责备我的师哥，而一直的管我叫“王八”。在咱们这讲孝悌忠信的社会里，人们很喜欢有个王八，好教大家有放手指头的准头。我的口闭上，我的牙咬住，我心中只有他们俩的影儿和一片血。不用教我见着他们，见着就是一刀，别的无须乎再说了。

在当时，我只想拚上这条命，才觉得有点人味儿。现在，事情过去这么多年了。我可以细细的想这件事在我这一辈子里的作用了。

我的嘴并没闲着，到处我打听黑子的消息。没用，他俩真像石沉大海一般。打听不着确实的消息，慢慢的我的怒气消散了一些；说也奇怪，怒气一消，我反倒可怜我的妻子。黑子不过是个手艺人，而这种手艺只能在京津一带大城里找到饭吃，乡间是不需要讲究的烧活的。那么，假若他俩是逃到远处去，他拿什么养活她呢？哼，假若他肯偷好朋友的妻子，难道他就不会把她卖掉吗？这个恐惧时常在我心中绕来绕去。我真希望她忽然逃回来，告诉我她怎样上了当，受了苦处；假若她真跪在我的面前，我想我不会不收下她的，一个心爱的女人，永远是心爱的，不管她作了什么错事。她没有回来，没有消息，我恨她一会儿，又可怜她一会儿，胡思乱想，我有时候整夜的不能睡。

过了一年多，我的这种乱想又轻淡了许多。是的，我这一辈子也不能忘了她，可是我不再为她思索什么了。我承认了这是一段千真万确的事实，不必为它多费心思了。

我到底怎样了呢？这倒是我所要说的，因为这件我永远猜不透的事在我这一辈子里实在是件极大的事。这件事好像是在梦中丢失了我最亲爱的人，一睁眼，她真的跑得无影无踪了。这个梦没法儿明白，可是它的真确劲儿是谁也受不了的。作过这么个梦的人，就是没有成疯子，也得大大的改变；他是丢失了半个命呀！

五

最初，我连屋门也不肯出，我怕见那个又明又暖的太阳。

顶难堪的是头一次上街：抬着头大大方方的走吧，准有人说我天生来的不知羞耻。低着头走，便是自己招认了脊背发软。怎么着也不对。我可是问心无愧，没作过一点对不起人的事。

我破了戒，又吸烟喝酒了。什么背运不背运的，有什么再比丢了老婆更倒霉的呢？我不求人家可怜我，也犯不上成心对谁要刺儿，我独自吸烟喝酒，把委屈放在心里好了。再没有比不测的祸患更能扫除了迷信的；以前，我对什么神仙都不敢得罪；现在，我什么也不信，连活佛也不信了。迷信，我咂摸出来，是盼望得点意外的好处；赶到遇上意外的难处，你就什么也不盼望，自然也不迷信了。我把财神和灶王的龛——我亲手糊的——都烧了。亲友中很有些人说我成了二毛子的。什么二毛子三毛子的，我再不给谁磕头。人若是不可靠，神仙就更没准儿了。

我并没变成忧郁的人。这种事本来是可以把人愁死的，可是我没往死牛犄角里钻。我原是个活泼的人，好吧，我要打算活下去，就得别丢了我的活泼劲儿。不错，意外的大祸往往能忽然把一个人的习惯与脾气改变了；可是我决定要保持住我的活泼。我吸烟，喝酒，不再信神佛，不过都是些使我活泼的方法。不管我是真乐还是假乐，我乐！在我学艺的时候，我就会这一招，经过这次的变动，我更必须这样了。现在，我已快饿死了，我还是笑着，连我自己也说不清这是真的还是假的笑，反正我笑，多咱死了多咱我并上嘴。从那件事发生了以后，直到如今，我始终还是个有用的人，热心的人，可是我心中有了个空儿。这个空儿是那件不幸的事给我留下的，像墙上中了枪弹，老有个小窟窿似的。我有用，我热心，我爱给人家帮忙，但是不幸而事情没办到好处，或者想不到的扎手，我不着急，也不动气，因为我心中有个空儿。这个空儿会教我在极热心的时候冷静，极欢喜的时候有点悲哀，我的笑常常和泪碰在一起，而分不清哪个是哪个。

这些，都是我心里头的变动，我自己要是不说——自然连我自己也说不大完全——大概别人无从猜到。在我的生活上，也有了变动，这是人人能看到的。我改了行，不再当裱糊匠，我没脸再上街口去等生意，同行的人，认识我的，也必认识黑子；他们只须多看我几眼，我就没法再咽下饭去。在那报纸还不大时行的年月，人们的眼睛是比新闻还要厉害的。现在，离婚都可以上衙门去明说明讲，早年间男女的事儿可不能这么随便。我把同行中的朋友全放下了，连我的师傅师母都懒得去看，我仿佛是要由这个世界一脚跳到另一个世界去。这样，我觉得我才能独自把那桩事关在心里头。年头的改变教裱糊匠们的活路越来越狭，但是要不是那回事，我也不会改行改得这么快，这么干脆。放弃了手艺，没什么可惜；可是这么放弃了手艺，我也不会感谢“那”回事儿！不管怎说吧，我改了行，这是个显然的变动。

决定扔下手艺可不就是我准知道应该干什么去。我得去乱碰，像一只空船浮在水面上，浪头是它的指南针。在前面我已经说过，我认识字，还能抄抄写写，很够当个小差事的。再说呢，当差是个体面的事，我这丢了老婆的人若能当上差，不用说那必能把我的名誉恢复了一些。现在想起来，这个想法真有点可笑；在当时我可是诚心的相信这是最高明的办法。“八”字还没有一撇儿，我觉得很高兴，仿佛我已经很有把握，既得到差事，又能恢复了名誉。我的头又抬得很高了。

哼！手艺是三年可以学成的；差事，也许要三十年才能得上吧！一个钉子跟着一个钉子，都预备着给我碰呢！我说我识字，哼！敢情有好些个能整本背书的人还挨饿呢。我说我会写字，敢情会写字的绝不算出奇呢。我把自己看得太高了。可是，我又亲眼看见，那作着很大的官儿的，一天到晚山珍海味的吃着，连自己的姓都不大认得。那么，是不是我的学问又太大了，而超过了作官所需要的呢？我这个聪明人也没法儿不显着糊涂了。

慢慢的，我明白过来。原来差事不是给本事预备着的，想做官第一得有人。这简直没了我的事，不管我有多么大的本事。我自己是个手艺人，所认识的也是手艺人；我爸爸呢，又是个白丁，虽然是很有本事与品行的白丁。我上哪里去找差事当呢？

事情要是逼着一个人走上哪条道儿，他就非去不可，就像火车一样，轨道已摆好，照着走就是了，一出花样准得翻车！我也是如此。决定扔下了手艺，而得不到个差事，我又不能老这么闲着。好啦，我的面前已摆好了铁轨，只准上前，不许退后。

我当了巡警。

巡警和洋车是大城里头给苦人们安好的两条火车道。大字不识而什么手艺也没有的，只好去拉车。拉车不用什么本钱，肯出汗就能吃窝窝头。识几个字而好体面的，有手艺而挣不上饭的，只好去当巡警；别的先不提，挑巡警用不着多大的人情，而且一挑上先有身制服穿着，六块钱拿着；好歹是个差事。除了这条道，我简直无路可走。我既没混到必须拉车去的地步，又没有作高官的舅舅或姐丈，巡警正好不高不低，只要我肯，就能穿上一身铜钮子的制服。当兵比当巡警有起色，即使熬不上军官，至少能有抢劫些东西的机会。可是，我不能去当兵，我家中还有俩没娘的小孩呀。当兵要野，当巡警要文明；换句话说，当兵有发邪财的机会，当巡警是穷而文明一辈子；穷得要命，文明得稀松！

以后这五六十年的经验，我敢说这么一句：真会办事的人，到时候才说话，爱张罗办事的人——像我自己——没话也找话说。我的嘴老不肯闲着，对什么事我都有一片说词，对什么人我都想很恰当的给起个外号。我受了报应：第一件事，我丢了老婆，把我的嘴封起来一二年！第二件是我当了巡警。在我还没当上这个差事的时候，我管巡警们叫作“马路行走”，“避风阁大学士”和“臭脚巡”。这些无非都是说巡警们的差事只是站马路，无事忙，跑臭脚。哼！我自己当上“臭脚巡”了！生命简直就是自己和自己开玩笑，一点不假！我自己打了自己的嘴巴，可并不因为我作了什么缺德的事；至多也不过爱多说几句玩笑话罢了。在这里，我认识了生命的严肃，连句玩笑话都说不得的！好在，我心中有个空儿；我怎么叫别人“臭脚巡”，也照样叫自己。这在早年间叫作“抹稀泥”，现在的新名词应叫着什么，我还没能打听出来。

我没法不去当巡警，可是真觉得有点委屈。是呀，我没有什么出众的本事，但是论街面上的事，我敢说我比谁知道的也不少。巡警不是管街面上的事情吗？那么，请看看那些警官儿吧：有的连本地的话都说不上来，二加二是四还是五都得想半天。哼！他是官，我可是“招募警”；他的一双皮鞋够开我半年的饷！他什么经验与本事也没有，可是他作官。这样的官儿多了去啦！上哪儿讲理去呢？记得有位教官，头一天教我们操法的时候，忘了叫“立正”，而叫了“闸住”。用不着打听，这位大爷一定是拉洋车出身。有人情就行，今天你拉车，明天你姑父作了什么官儿，你就可以弄个教官当当；叫“闸住”也没关系，谁敢笑教官一声呢！这样的自然是不多，可是有这么一位教官，也就可以教人想到巡警的操法是怎么稀松二五眼了。内堂的功课自然绝不是这样教官所能担任的，因为至少得认识些个字才能“虎”得下来。我们的内堂的教官大概可以分为两种：一种是老人儿们，多数都有口鸦片烟瘾；他们要是能讲明白一样东西，就凭他们那点人情，大概早就作上大官儿了；唯其什么也讲不明白，所以才来作教官。另一种是年轻的小伙子们，讲的都是洋事，什么东洋巡警怎么样，什么法国违警律如何，仿佛我们都是洋鬼子。这种讲法有个好处，就是他们信口开河瞎扯，我们一边打盹一边听着，谁也不准知道东洋和法国是什么样儿，可不就随他的便说吧。我满可以编一套美国的事讲给大家听，可惜我不是教官罢了。这群年轻的小人们真懂外国事儿不懂，无从知道；反正我准知道他们一点中国事儿也不晓得。这两种教官的年纪上学问上都不同，可是他们有个相同的地方，就是他们都高不成低不就，所以对对付付的只能作教官。他们的人情真不小，可是本事太差，所以来教一群为六块洋钱而一声不敢出的巡警就最合适。

教官如此，别的警官也差不多是这样。想想：谁要是能去作一任知县或税局局长，谁肯来作警官呢？前面我已交代过了，当巡警是高不成低不就，不得已而为之。警官也是这样。这群人由上至下全是“狗熊耍扁担，混碗儿饭吃”。不过呢，巡警一天到晚在街面上，不论怎样抹稀泥，多少得能说会道，见机而作，把大事化小，小事化无；既不多给官面上惹麻烦，又让大家都过得去；真的吧假的吧，这总得算点本事。而作警官的呢，就连这点本事似乎也不必有。阎王好作，小鬼难当，诚然！

六

我再多说几句，或者就没人再说我太狂傲无知了。我说我觉得委屈，真是实话；请看吧：一月挣六块钱，这跟当仆人的一样，而没有仆人们那些“外找儿”；死挣六块钱，就凭这么个大人——腰板挺直，样子漂亮，年轻力壮，能说会道，还得识文断字！这一大堆资格，一共值六块钱！

六块钱饷粮，扣去三块半钱的伙食，还得扣去什么人情公议儿，净剩也就是两块上下钱吧。衣服自然是可以穿官发的，可是到休息的时候，谁肯还穿着制服回家呢；那么，不作不作也得有件大褂什么的。要是把钱作了大褂，一个月就算白混。再说，谁没有家呢？父母——呕，先别提父母吧！就说一夫一妻吧：至少得赁一间房，得有老婆的吃，喝，穿。就凭那两块大洋！谁也不许生病，不许生小孩，不许吸烟，不许吃点零碎东西；连这么着，月月还不够嚼谷！

我就不明白为什么肯有人把姑娘嫁给当巡警的，虽然我常给同事的做媒。当我一到女家提说的时候，人家总对我一撇嘴，虽不明说，但是意思很明显，“哼！当巡警的！”可是我不怕这一撇嘴，因为十回倒有九回是撇完嘴而点了头。难道是世界上的姑娘太多了吗？我不知道。

由哪面儿看，巡警都活该是鼓着腮帮子充胖子而教人哭不得笑不得的。穿起制服来，干净利落，又体面又威风，车马行人，打架吵嘴，都由他管着。他这是差事；可是他一月除了吃饭，净剩两块来钱。他自己也知道中气不足，可是不能不硬挺着腰板，到时候他得娶妻生子，还是仗着那两块来钱。提婚的时候，头一句是说：“小人呀当差！”当差的底下还有什么呢？没人愿意细问，一问就糟到底。

是的，巡警们都知道自己怎样的委屈，可是风里雨里他得去巡街下夜，一点懒儿不敢偷；一偷懒就有被开除的危险；他委屈，可不敢抱怨，他劳苦，可不敢偷闲，他知道自己在这里混不出来什么，而不敢冒险搁下差事。这点差事扔了可惜，作着又没劲；这些人也就人儿似的先混过一天是一天，在没劲中要露出劲儿来，像打太极拳似的。

世上为什么应当有这种差事，和为什么有这样多肯作这种差事的人？我想不出来。假若下辈子我再托生为人，而且忘了喝迷魂汤，还记得这一辈子的事，我必定要扯着脖子去喊：这玩艺儿整个的是丢人，是欺骗，是杀人不流血！现在，我老了，快饿死了，连喊这么几句也顾不及了，我还得先为下顿的窝窝头着忙呀！

自然在我初当差的时候，我并没有一下子就把这些都看清楚了，谁也没有那么聪明。反之，一上手当差我倒觉出点高兴来：穿上整齐的制服，靴帽，的确我是漂亮精神，而且心里说：好吧歹吧，这是个差事；凭我的聪明与本事，不久我必有个升腾。我很留神看巡长巡官们制服上的铜星与金道，而想象着我将来也能那样。我一点也没想到那铜星与金道并不按着聪明与本事颁给人们呀。

新鲜劲儿刚一过去，我已经讨厌那身制服了。它不教任何人尊敬，而只能告诉人：“臭脚巡”来了！拿制服的本身说，它也很讨厌：夏天它就像牛皮似的，把人闷得满身臭汗；冬天呢，它一点也不像牛皮了，而倒像是纸糊的；它不许谁在里边多穿一点衣服，只好任着狂风由胸口钻进来，由脊背钻出去，整打个穿堂！再看那双皮鞋，冬冷夏热，永远不教脚舒服一会儿；穿单袜的时候，它好像是两大篓子似的，脚指脚踵都在里边乱抓弄，而始终找不到鞋在哪里；到穿棉袜的时候，它们忽然变得很紧，不许棉袜与脚一齐伸进去。有多少人因包办制服皮鞋而发了财，我不知道，我只知道我的脚永远烂着，夏天闹湿气，冬天闹冻疮。自然，烂脚也得照常的去巡街站岗，要不然就别挣那六块洋钱！多么热，或多么冷，别人都可以找地方去躲一躲，连洋车夫都可以自由的歇半天，巡警得去巡街，得去站岗，热死冻死都活该，那六块现大洋买着你的命呢！

记得在哪儿看见过这么一句：食不饱，力不足。不管这句在原地方讲的是什么吧，反正拿来形容巡警是没有多大错儿的。最可怜，又可笑的是我们既吃不饱，还得挺着劲儿，站在街上得像个样子！要饭的花子有时不饿也弯着腰，假充饿了三天三夜；反之，巡警却不饱也得鼓起肚皮，假装刚吃完三大碗鸡丝面似的。花子装饿倒有点道理，我可就是想不出巡警假装酒足饭饱有什么理由来，我只觉得这真可笑。

人们都不满意巡警的对付事，抹稀泥。哼！抹稀泥自有它的理由。不过，在细说这个道理之前，我愿先说件极可怕的事。有了这件可怕的事，我再反回头来细说那些理由，仿佛就更顺当，更生动。好！就这样办啦。

七

应当有月亮，可是教黑云给遮住了，处处都很黑。我正在个僻静的地方巡夜。我的鞋上钉着铁掌，那时候每个巡警又须带着一把东洋刀，四下里鸦雀无声，听着我自己的铁掌与佩刀的声响，我感到寂寞无聊，而且几乎有点害怕。眼前忽然跑过一只猫，或忽然听见一声鸟叫，都教我觉得不是味儿，勉强着挺起胸来，可是心中总空空虚虚的，仿佛将有些什么不幸的事情在前面等着我。不完全是害怕，又不完全气粗胆壮，就那么怪不得劲的，手心上出了点凉汗。平日，我很有点胆量，什么看守死尸，什么独自看管一所脏房，都算不了一回事。不知为什么这一晚上我这样胆虚，心里越要耻笑自己，便越觉得不定哪里藏着点危险。我不便放快了脚步，可是心中急切的希望快回去，回到那有灯光与朋友的地方去。

忽然，我听见一排枪！我立定了，胆子反倒壮起来一点；真正的危险似乎倒可以治好了胆虚，惊疑不定才是恐惧的根源。我听着，像夜行的马竖起耳朵那样。又一排枪，又一排枪！没声了，我等着，听着，静寂得难堪。像看见闪电而等着雷声那样，我的心跳得很快。啪，啪，啪，啪，四面八方都响起来了！

我的胆气又渐渐的往下低落了。一排枪，我壮起气来；枪声太多了，真遇到危险了；我是个人，人怕死；我忽然的跑起来，跑了几步，猛的又立住，听一听，枪声越来越密，看不见什么，四下漆黑，只有枪声，不知为什么，不知在哪里，黑暗里只有我一个人，听着远处的枪响。往哪里跑？到底是什么事？应当想一想，又顾不得想；胆大也没用，没有主意就不会有胆量。还是跑吧，糊涂的乱动，总比呆立哆嗦着强。我跑，狂跑，手紧紧的握住佩刀。像受了惊的猫狗，不必想也知道往家里跑。我已忘了我是巡警，我得先回家看看我那没娘的孩子去，要是死就死在一处！

要跑到家，我得穿过好几条大街。刚到了头一条大街，我就晓得不容易再跑了。街上黑黑忽忽的人影，跑得很快，随跑随着放枪。兵！我知道那是些辫子兵。而我才刚剪了发不多日子。我很后悔我没像别人那样把头发盘起来，而是连根儿烂真正剪去了辫子。假若我能马上放下辫子来，虽然这些兵们平素很讨厌巡警，可是因为我有辫子或者不至于把枪口冲着我来。在他们眼中，没有辫子便是二毛子，该杀。我没有了这么条宝贝！我不敢再动，只能藏在黑影里，看事行事。兵们在路上跑，一队跟着一队，枪声不停。我不晓得他们是干什么呢？待一会儿，兵们好像是都过去了，我往外探了探头，见外面没有什么动静，我就像一只夜鸟儿似的飞过了马路，到了街的另一边。在这极快的穿过马路的一会儿里，我的眼梢撩着一点红光。十字街头起了火。我还藏在黑影里，不久，火光远远的照亮了一片；再探头往外看，我已可以影影抄抄的看到十字街口，所有四面把角的铺户已全烧起来，火影中那些兵们来回的奔跑，放着枪。我明白了，这是兵变。不久，火光更多了，一处接着一处，由光亮的距离我可以断定：凡是附近的十字口与丁字街全烧了起来。

说句该挨嘴巴的话，火是真好看！远处，漆黑的天上，忽然一白，紧跟着又黑了。忽然又一白，猛的冒起一个红团，有一块天像烧红的铁板，红得可怕。在红光里看见了多少股黑烟，和火舌们高低不齐的往上冒，一会儿烟遮住了火苗；一会儿火苗冲破了黑烟。黑烟滚着，转着，千变万化的往上升，凝成一片，罩住下面的火光，像浓雾掩住了夕阳。待一会儿，火光明亮了一些，烟也改成灰白色儿，纯净，旺炽，火苗不多，而光亮结成一片，照明了半个天。那近处的，烟与火中带着种种的响声，烟往高处起，火往四下里奔；烟像些丑恶的黑龙，火像些乱长乱钻的红铁笋。烟裹着火，火裹着烟，卷起多高，忽然离散，黑烟里落下无数的火花，或者三五个极大的火团。火花火团落下，烟像痛快轻松了一些，翻滚着向上冒。火团下降，在半空中遇到下面的火柱，又狂喜的往上跳跃，炸出无数火花。火团远落，遇到可以燃烧的东西，整个的再点起一把新火，新烟掩住旧火，一时变为黑暗；新火冲出了黑烟，与旧火联成一气，处处是火舌，火柱，飞舞，吐动，摇摆，颠狂。忽然哗啦一声，一架房倒下去，火星，焦炭，尘土，白烟，一齐飞扬，火苗压在下面，一齐在底下往横里吐射，像千百条探头吐舌的火蛇。静寂，静寂，火蛇慢慢的，忍耐的，往上翻。绕到上边来，与高处的火接到一处，通明，纯亮，忽忽的响着，要把人的心全照亮了似的。

我看着，不，不但看着，我还闻着呢！在种种不同的味道里，我咂摸着：这是那个金匾黑字的绸缎庄，那是那个山西人开的油酒店。由这些味道，我认识了那些不同的火团，轻而高飞的一定是茶叶铺的，迟笨黑暗的一定是布店的。这些买卖都不是我的，可是我都认得，闻着它们火葬的气味，看着它们火团的起落，我说不上来心中怎样难过。

我看着，闻着，难过，我忘了自己的危险，我仿佛是个不懂事的小孩，只顾了看热闹，而忘了别的一切。我的牙打得很响，不是为自己害怕，而是对这奇惨的美丽动了心。

回家是没希望了。我不知道街上一共有多少兵，可是由各处的火光猜度起来，大概是热闹的街口都有他们。他们的目的是抢劫，可是顺着手儿已经烧了这么多铺户，焉知不就棍打腿的杀些人玩玩呢？我这剪了发的巡警在他们眼中还不和个臭虫一样，只须一搂枪机就完了，并不费多少事。

想到这个，我打算回到“区”里去，“区”离我不算远，只须再过一条街就行了。可是，连这个也太晚了。当枪声初起的时候，连贫带富，家家关了门；街上除了那些横行的兵们，简直成了个死城。及至火一起来，铺户里的人们开始在火影里奔走，胆大一些的立在街旁，看着自己的或别人的店铺燃烧，没人敢去救火，可也舍不得走开，只那么一声不出的看着火苗乱窜。胆小一些的呢，争着往胡同里藏躲，三五成群的藏在巷内，不时向街上探探头，没人出声，大家都哆嗦着。火越烧越旺了，枪声慢慢的稀少下来，胡同里的住户仿佛已猜到是怎么一回事，最先是有人开门向外望望，然后有人试着步往街上走。街上，只有火光人影，没有巡警，被兵们抢过的当铺与首饰店全大敞着门！……这样的街市教人们害怕，同时也教人们胆大起来；一条没有巡警的街正像是没有老师的学房，多么老实的孩子也要闹哄闹哄。一家开门，家家开门，街上人多起来；铺户已有被抢过的了，跟着抢吧！平日，谁能想到那些良善守法的人民会去抢劫呢？哼！机会一到，人们立刻显露了原形。说声抢，壮实的小伙子们首先进了当铺，金店，钟表行。男人们回去一趟，第二趟出来已搀夹上女人和孩子们。被兵们抢过的铺子自然不必费事，进去随便拿就是了；可是紧跟着那些尚未被抢过的铺户的门也拦不住谁了。粮食店，茶叶铺，百货店，什么东西也是好的，门板一律砸开。

我一辈子只看见了这么一回大热闹：男女老幼喊着叫着，狂跑着，拥挤着，争吵着，砸门的砸门，喊叫的喊叫，嗑喳！门板倒下去，一窝蜂似的跑进去，乱挤乱抓，压倒在地的狂号，身体利落的往柜台上蹿，全红着眼，全拚着命，全奋勇前进，挤成一团，倒成一片，散走全街。背着，抱着，扛着，曳着，像一片战胜的蚂蚁，昂首疾走，去而复归，呼妻唤子，前呼后应。

苦人当然出来了，哼！那中等人家也不甘落后呀！

贵重的东西先搬完了，煤米柴炭是第二拨。有的整坛的搬着香油，有的独自扛着两口袋面，瓶子罐子碎了一街，米面洒满了便道，抢啊！抢啊！抢啊！谁都恨自己只长了一双手，谁都嫌自己的腿脚太慢；有的人会推着一坛子白糖，连人带坛在地上滚，像屎壳郎推着个大粪球。

强中自有强中手，人是到处会用脑子的！有人拿出切菜刀来了，立在巷口等着：“放下！”刀晃了晃。口袋或衣服，放下了；安然的，不费力的，拿回家去。“放下！”不灵验，刀下去了，把面口袋砍破，下了一阵小雪，二人滚在一团。过路的急走，稍带着说了句：“打什么，有的是东西！”两位明白过来，立起来向街头跑去。抢啊，抢啊！有的是东西！

我挤在了一群买卖人的中间，藏在黑影里。我并没说什么，他们似乎很明白我的困难，大家一声不出，而紧紧的把我包围住。不要说我还是个巡警，连他们买卖人也不敢抬起头来。他们无法去保护他们的财产与货物，谁敢出头抵抗谁就是不要命，兵们有枪，人民也有切菜刀呀！是的，他们低着头，好像倒怪羞惭似的。他们唯恐和抢劫的人们——也就是他们平日的照顾主儿——对了脸，羞恼成怒，在这没有王法的时候，杀几个买卖人总不算一回事呢！所以，他们也保护着我。想想看吧，这一带的居民大概不会不认识我吧！我三天两头的到这里来巡逻。平日，他们在墙根撒尿，我都要讨他们的厌，上前干涉；他们怎能不恨恶我呢！现在大家正在兴高采烈的白拿东西，要是遇见我，他们一人给我一砖头，我也就活不成了。即使他们不认识我，反正我是穿着制服，佩着东洋刀呀！在这个局面下，冒而咕咚的出来个巡警，够多么不合适呢！我满可以上前去道歉，说我不该这么冒失，他们能白白的饶了我吗？

街上忽然清静了一些，便道上的人纷纷往胡同里跑，马路当中走着七零八散的兵，都走得很慢；我摘下帽子，从一个学徒的肩上往外看了一眼，看见一位兵士，手里提着一串东西，像一串儿螃蟹似的。我能想到那是一串金银的镯子。他身上还有多少东西，不晓得，不过一定有许多硬货，因为他走得很慢。多么自然，多么可羡慕呢！自自然然的，提着一串镯子，在马路中心缓缓的走，有烧亮的铺户作着巨大的火把，给他们照亮了全城！

兵过去了，人们又由胡同里钻出来。东西已抢得差不多了，大家开始搬铺户的门板，有的去摘门上的匾额。我在报纸上常看见“彻底”这两个字，咱们的良民们打抢的时候才真正彻底呢！

这时候，铺户的人们才有出头喊叫的：“救火呀！救火呀！别等着烧净了呀！”喊得教人一听见就要落泪！我身旁的人们开始活动。我怎么办呢？他们要是都去救火，剩下我这一个巡警，往哪儿跑呢？我拉住了一个屠户！他脱给了我那件满是猪油的大衫。把帽子夹在夹肢窝底下。一手握着佩刀，一手揪着大襟，我擦着墙根，逃回“区”里去。

八

我没去抢，人家所抢的又不是我的东西，这回事简直可以说和我不相干。可是，我看见了，也就明白了。明白了什么？我不会干脆的，恰当的，用一半句话说出来；我明白了点什么意思，这点意思教我几乎改变了点脾气。丢老婆是一件永远忘不了的事，现在它有了伴儿，我也永远忘不了这次的兵变。丢老婆是我自己的事，只须记在我的心里，用不着把家事国事天下事全拉扯上。这次的变乱是多少万人的事，只要我想一想，我便想到大家，想到全城，简直的我可以用这回事去断定许多的大事，就好像报纸上那样谈论这个问题那个问题似的。对了，我找到了一句漂亮的了。这件事教我看出一点意思，由这点意思我咂摸着许多问题。不管别人听得懂这句与否，我可真觉得它不坏。

我说过了：自从我的妻潜逃之后，我心中有了个空儿。经过这回兵变，那个空儿更大了一些，松松通通的能容下许多玩艺儿。还接着说兵变的事吧！把它说完全了，你也就可以明白我心中的空儿为什么大起来了。

当我回到宿舍的时候，大家还全没睡呢。不睡是当然的，可是，大家一点也不显着着急或恐慌，吸烟的吸烟，喝茶的喝茶，就好像有红白事熬夜那样。我的狼狈的样子，不但没引起大家的同情，倒招得他们直笑。我本排着一肚子话要向大家说，一看这个样子也就不必再言语了。我想去睡，可是被排长给拦住了："别睡！待一会儿，天一亮，咱们全得出去弹压地面！"这该轮到我发笑了；街上烧抢到那个样子，并不见一个巡警，等到天亮再去弹压地面，岂不是天大的笑话！命令是命令，我只好等到天亮吧！

还没到天亮，我已经打听出来：原来高级警官们都预先知道兵变的事儿，可是不便于告诉下级警官和巡警们。这就是说，兵变是警察们管不了的事，要变就变吧；下级警官和巡警们呢，夜间糊糊涂涂的照常去巡逻站岗，是生是死随他们去！这个主意够多么活动而毒辣呢！再看巡警们呢，全和我自己一样，听见枪声就往回跑，谁也不傻。这样巡警正好对得起这样警官，自上而下全是瞎打混的当"差事"，一点不假！

虽然很要困，我可是急于想到街上去看看，夜间那一些情景还都在我的心里，我愿白天再去看一眼，好比较比较，教我心中这张画儿有头有尾。天亮得似乎很慢，也许是我心中太急。天到底慢慢的亮起来，我们排上队。我又要笑，有的人居然把盘起来的辫子梳好了放下来，巡长们也作为没看见。有的人在快要排队的时候，还细细刷了刷制服，用布擦亮了皮鞋！街上有那么大的损失，还有人顾得擦亮了鞋呢。我怎能不笑呢！

到了街上，我无论如何也笑不出了！从前，我没真明白过什么叫作"惨"，这回才真晓得了。天上还有几颗懒得下去的大星，云色在灰白中稍微带出些蓝，清凉，暗淡。到处是焦糊的气味，空中游动着一些白烟。铺户全敞着门，没有一个整窗子，大人和小徒弟都在门口，或坐或立，谁也不出声，也不动手收拾什么，像一群没有主儿的傻羊。火已经停止住延烧，可是已被烧残的地方还静静的冒着白烟，吐着细小而明亮的火苗。微风一吹，那烧焦的房柱忽然又亮起来，顺着风摆开一些小火旗。最初起火的几家已成了几个巨大的焦土堆，山墙没有倒，空空的围抱着几座冒烟的坟头。最后燃烧的地方还都立着，墙与前脸全没塌倒，可是门窗一律烧掉，成了些黑洞。有一只猫还在这样的一家门口坐着，被烟熏的连连打嚏，可是还不肯离开那里。

平日最热闹体面的街口变成了一片焦木头破瓦，成群的焦柱静静的立着，东西南北都是这样，懒懒的，无聊的，欲罢不能的冒着些烟。地狱什么样？我不知道。大概这就差不多吧！我一低头，便想起往日街头上的景象，那些体面的铺户是多么华丽可爱。一抬头，眼前只剩了焦糊的那么一片。心中记得的景象与眼前看见的忽然碰到一处，碰出一些泪来。这就叫作“惨”吧？火场外有许多买卖人与学徒们呆呆的立着，手揣在袖里，对着残火发愣。遇见我们，他们只淡淡的看那么一眼，没有任何别的表示，仿佛他们已绝了望，用不着再动什么感情。

过了这一带火场，铺户全敞着门窗，没有一点动静，便道上马路上全是破碎的东西，比那火场更加凄惨。火场的样子教人一看便知道那是遭了火灾，这一片破碎静寂的铺户与东西使人莫名其妙，不晓得为什么繁华的街市会忽然变成绝大的垃圾堆。我就被派在这里站岗。我的责任是什么呢？不知道。我规规矩矩的立在那里，连动也不敢动，这破烂的街市仿佛有一股凉气，把我吸住。一些妇女和小孩子还在铺子外边拾取一些破东西，铺子的人不作声，我也不便去管；我觉得站在那里简直是多此一举。

太阳出来，街上显着更破了，像阳光下的叫化子那么丑陋。地上的每一个小物件都露出颜色与形状来，花哨的奇怪，杂乱得使人憋气。没有一个卖菜的，赶早市的，卖早点心的，没有一辆洋车，一匹马，整个的街上就是那么破破烂烂，冷冷清清，连刚出来的太阳都仿佛垂头丧气不大起劲，空空洞洞的悬在天上。一个邮差从我身旁走过去，低着头，身后扯着一条长影。我哆嗦了一下。

待了一会儿，段上的巡官下来了。他身后跟着一名巡警，两人都非常的精神在马路当中当当的走，好像得了什么喜事似的。巡官告诉我：注意街上的秩序，大令已经下来了！我行了礼，莫名其妙他说的是什么？那名巡警似乎看出来我的傻气，低声找补了一句：赶开那些拾东西的，大令下来了！我没心思去执行，可是不敢公然违抗命令，我走到铺户外边，向那些妇人孩子们摆了摆手，我说不出话来！

一边这样维持秩序，我一边往猪肉铺走，为是说一声，那件大褂等我给洗好了再送来。屠户在小肉铺门口坐着呢，我没想到这样的小铺也会遭抢，可是竟自成个空铺子了。我说了句什么，屠户连头也没抬。我往铺子里望了望：大小肉墩子，肉钩子，钱筒子，油盘，凡是能拿走的吧，都被人家拿走了，只剩下了柜台和架肉案子的土台！

我又回到岗位，我的头痛得要裂。要是老教我看着这条街，我知道不久就会疯了。

大令真到了。十二名兵，一个长官，捧着就地正法的令牌，枪全上着刺刀。呕！原来还是辫子兵啊！他们抢完烧完，再出来就地正法别人；什么玩艺呢？我还得给令牌行礼呀！

行完礼，我急快往四下里看，看看还有没有捡拾零碎东西的人，好警告他们一声。连屠户的木墩都搬了走的人民，本来值不得同情；可是被辫子兵们杀掉，似乎又太冤枉。

说时迟，那时快，一个十四五岁的男孩子没有走脱。枪刺围住了他，他手中还攥住一块木板与一只旧鞋。拉倒了，大刀亮出来，孩子喊了声“妈!”血溅出去多远，身子还抽动，头已悬在电线杆子上!

我连吐口唾沫的力量都没有了，天地都在我眼前翻转。杀人，看见过，我不怕。我是不平!我是不平!请记住这句，这就是前面所说过的，“我看出一点意思”的那点意思。想想看，把整串的金银镯子提回营去，而后出来杀个拾了双破鞋的孩子，还说就地正“法”呢!天下要有这个“法”，我 × “法”的亲娘祖奶奶!请原谅我的嘴这么野，但是这种事恐怕也不大文明吧?

事后，我听人家说，这次的兵变是有什么政治作用，所以打抢的兵在事后还出来弹压地面。连头带尾，一切都是预先想好了的。什么政治作用?咱不懂!咱只想再骂街。可是，就凭咱这么个“臭脚巡”，骂街又有什么用呢!

九

简直我不愿再提这回事了，不过为圆上场面，我总得把问题提出来；提出来放在这里，比我聪明的人有的是，让他们自己去细咂摸吧!

怎么会“政治作用”里有兵变?

若是有意教兵来抢，当初干吗要巡警?

巡警到底是干吗的?是只管在街上小便的，而不管抢铺子的吗?

安善良民要是会打抢，巡警干吗去专拿小偷?

人们到底愿意要巡警不愿意?不愿意吧!为什么刚要打架就喊巡警，而且月月往外拿“警捐”?愿意吧!为什么又喜欢巡警不管事：要抢的好去抢，被抢的也一声不言语?

好吧，我只提出这么几个“样子”来吧!问题还多得很呢!我既不能去解决，也就不便再瞎叨叨了。这几个“样子”就真够教我糊涂的了，怎想怎不对，怎摸不清哪里是哪里，一会儿它有头有尾，一会儿又没头没尾，我这点聪明不够想这么大的事的。

我只能说这么一句老话，这个人民，连官儿，兵丁，巡警，带安善的良民，都“不够本”！所以，我心中的空儿就更大了呀！在这群“不够本”的人们里活着，就是个对付劲儿，别讲究什么“真”事儿，我算是看明白了。

还有个好字眼儿，别忘下：“汤儿事”。谁要是跟我一样，想不出什么好办法来，顶好用这个话，又现成，又恰当，而且可以不至把自己绕糊涂了。“汤儿事”，完了；如若还嫌稍微秃一点呢，再补上“真他妈的”，就挺合适。

十

不须再发什么议论，大概谁也能看清楚咱们国的人是怎回事了。由这个再谈到警察，稀松二五眼正是理之当然，一点也不出奇。就拿抓赌来说吧：早年间的赌局都是由顶有字号的人物作后台老板；不但官面上不能够抄拿，就是出了人命也没有什么了不得的；赌局里打死人是常有的事。赶到有了巡警之后，赌局还照旧开着，敢去抄吗？这谁也能明白，不必我说。可是，不抄吧，又太不像话；怎么办呢？有主意，捡着那老实的办儿案，拿几个老头儿老太太，抄去几打儿纸牌，罚上十头八块的。巡警呢，算交上了差事；社会上呢，大小也有个风声，行了。拿这一件事比方十件事，警察自从一开头就是抹稀泥。它养着一群混饭吃的人，作些个混饭吃的事。社会上既不需要真正的巡警，巡警也犯不上为六块钱卖命。这很清楚。

这次兵变过后，我们的困难增多了老些。年轻的小伙子们，抢着了不少的东西，总算发了邪财。有的穿着两件马褂，有的十个手指头戴着十个戒指，都扬扬得意的在街上扭，斜眼看着巡警，鼻子里哽哽的哼白气。我只好低下头去，本来吗，那么大的阵式，我们巡警都一声没出，事后还能怨人家小看我们吗？赌局到处都是，白抢来的钱，输光了也不折本儿呀！我们不敢去抄，想抄也抄不过来，太多了。我们在墙儿外听见人家里面喊“人九”，“对子”，只作为没听见，轻轻的走过去。反正人们在院儿里头耍，不到街上来就行。哼！人们连这点面子也不给咱们留呀！那穿两件马褂的小伙子们偏要显出一点也不怕巡警——他们的祖父，爸爸，就没怕过巡警，也没见过巡警，他们为什么这辈子应当受巡警的气呢？——单要来到街上赌一场。有骰子就能开宝，蹲在地上就玩起活来。有一对石球就能踢，两人也行，五个人也行，“一毛钱一脚，踢不踢？好啦！‘倒回来！’”拍，球碰了球，一毛。耍儿真不小呢，一点钟里也过手好几块。这都在我们鼻子底下，我们管不管呢？管吧！一个人，只佩着连豆腐也切不齐的刀，而赌家老是一帮年轻的小伙子。明人不吃眼前亏，巡警得绕着道儿走过去，不管的为是。可是，不幸，遇见了稽察，“你难道瞎了眼，看不见他们聚赌？”回去，至轻是记一过。这份儿委屈上哪儿诉去呢？

这样的事还多得很呢！以我自己说，我要不是佩着那么把破刀，而是拿着把手枪，跟谁我也敢碰碰，六块钱的饷银自然合不着卖命，可是泥人也有个土性，架不住碰在气头儿上。可是，我摸不着手枪，枪在土匪和大兵手里呢。

明明看见了大兵坐了车不给钱，而且用皮带抽洋车夫，我不敢不笑着把他劝了走。他有枪，他敢放，打死个巡警算得了什么呢！有一年，在三等窑子里，大兵们打死了我们三位弟兄，我们连凶首也没要出来。三位弟兄白白的死了，没有一个抵偿的，连一个挨几十军棍的也没有！他们的枪随便放，我们赤手空拳，我们这是文明事儿呀！

总而言之吧，在这么个以蛮横不讲理为荣，以破坏秩序为增光耀祖的社会里，巡警简直是多余。明白了这个，再加上我们前面所说过的食不饱力不足那一套，大概谁也能明白个八九成了。我们不抹稀泥，怎么办呢？我——我是个巡警——并不求谁原谅，我只是愿意这么说出来，心明眼亮，好教大家心里有个谱儿。

爽性我把最泄气的也说了吧：

当过了一二年差事，我在弟兄们中间已经是个了不得的人物。遇见官事，长官们总教我去挡头一阵。弟兄们并不因此而忌妒我，因为对大家的私事我也不走在后边。这样，每逢出个排长的缺，大家总对我咕唧："这回一定是你补缺了！"仿佛他们非常希望要我这么个排长似的。虽然排长并没落在我身上，可是我的才干是大家知道的。

我的办事诀窍，就是从前面那一大堆话中抽出来的。比方说吧，有人来报被窃，巡长和我就去察看。糙糙的把门窗户院看一过儿，顺口搭音就把我们在哪儿有岗位，夜里有几趟巡逻，都说得详详细细，有滋有味，仿佛我们比谁都精细，都卖力气。然后，找门窗不甚严密的地方，话软而意思硬的开始反攻："这扇门可不大保险，得安把洋锁吧？告诉你，安锁要往下安，门坎那溜儿就很好，不容易教贼摸到。屋里养着条小狗也是办法，狗圈在屋里，不管是多么小，有动静就会汪汪，比院里放着三条大狗还有用。先生你看，我们多留点神，你自己也得注点意，两下一凑合，准保丢不了东西了。好吧，我们回去，多派几名下夜的就是了；先生歇着吧！"这一套，把我们的责任卸了，他就赶紧得安锁养小狗；遇见和气的主儿呢，还许给我们泡壶茶喝。这就是我的本事。怎么不负责任，而且不教人看出抹稀泥来，我就怎办。话要说得好听，甜嘴蜜舌的把责任全推到一边去，准保不招灾不惹祸。弟兄们都会这一套，可是他们的嘴与神气差着点劲儿。一句话有多少种说法，把神气弄对了地方，话就能说出去又拉回来，像有弹簧似的。这点，我比他们强，而且他们还是学不了去，这是天生来的才分！

赶到我独自下夜，遇见贼，你猜我怎么办？我呀！把佩刀攥在手里，省得有响声；他爬他的墙，我走我的路，各不相扰。好吗，真要教他记恨上我，藏在黑影儿里给我一砖，我受得了吗？那谁，傻王九，不是瞎了一只眼吗？他还不是为拿贼呢！有一天，他和董志和在街口上强迫给人们剪发，一人手里一把剪刀，见着带小辫的，拉过来就是一剪子。哼！教人家记上了。等傻王九走单了的时候，人家照准了他的眼就是一把石灰："让你剪我的发，× 你妈妈的！"他的眼就那么瞎了一只。你说，这差事要不像我那么去当，还活着不活着呢？凡是巡警们以为该干涉的，人们都以为是"狗拿耗子多管闲事"，有什么法子呢？

我不能像傻王九似的，平白无故的丢去一只眼睛，我还留着眼睛看这个世界呢！轻手蹑脚的躲开贼，我的心里并没闲着，我想我那俩没娘的孩子，我算计这一个月的嚼谷。也许有人一五一十的算计，而用洋钱作单位吧？我呀，得一个铜子一个铜子的算。多几个铜子，我心里就宽绰；少几个，我就得发愁。还拿贼，谁不穷呢？穷到无路可走，谁也会去偷，肚子才不管什么叫作体面呢！

十一

这次兵变过后，又有一次大的变动：大清国改为中华民国了。改朝换代是不容易遇上的，我可是并没觉得这有什么意思。说真的，这百年不遇的事情，还不如兵变热闹呢。据说，一改民国，凡事就由人民主管了；可是我没看见。我还是巡警，饷银没有增加，天天出来进去还是那一套。原先我受别人的气，现在我还是受气；原先大官儿们的车夫仆人欺负我们，现在新官儿手底下的人也并不和气。"汤儿事"

还是“汤儿事”，倒不因为改朝换代有什么改变。可也别说，街上剪发的人比从前多了一些，总得算作一点进步吧。牌九押宝慢慢的也少起来，贫富人家都玩“麻将”了，我们还是照样的不敢去抄赌，可是赌具不能不算改了良，文明了一些。

民国的民倒不怎样，民国的官和兵可了不得！像雨后的蘑菇似的，不知道哪儿来的这么些官和兵。官和兵本不当放在一块儿说，可是他们的确有些相像的地方。昨天还一脚黄土泥，今天作了官或当了兵，立刻就瞪眼；越糊涂，眼越瞪得大，好像是糊涂灯，糊涂得透亮儿。这群糊涂玩艺儿听不懂哪叫好话，哪叫歹话，无论你说什么；他们总是横着来。他们糊涂得教人替他们难过，可是他们很得意。有时候他们教我都这么想了：我这辈大概作不了文官或是武官啦！因为我糊涂的不够程度！

几乎是个官儿就可以要几名巡警来给看门护院，我们成了一种保镖的，挣着公家的钱，可为私人作事。我便被派到宅门里去。从道理上说，为官员看守私宅简直不能算作差事；从实利上讲，巡警们可都愿意这么被派出来。我一被派出来，就拔升为“三等警”；“招募警”还没有被派出来的资格呢！我到这时候才算入了“等”。再说呢，宅门的事情清闲，除了站门，守夜，没有别的事可作；至少一年可以省出一双皮鞋来。事情少，而且外带着没有危险；宅里的老爷与太太若打起架来，用不着我们去劝，自然也就不会把我们打在底下而受点误伤。巡夜呢，不过是绕着宅子走两圈，准保遇不上贼；墙高狗厉害，小贼不能来，大贼不便于来——大贼找退职的官儿去偷，既有油水，又不至于引起官面严拿；他们不惹有势力的现任官。在这里，不但用不着去抄赌，我们反倒保护着老爷太太们打麻将。遇到宅里请客玩牌，我们就更清闲自在：宅门外放着一片车马，宅里到处亮如白昼，仆人来往如梭，两三桌麻将，四五盏烟灯，彻夜的闹哄，绝不会闹贼，我们就睡大觉，等天亮散局的时候，我们再出来站门行礼，给老爷们助威。要赶上宅里有红白事，我们就更合适：喜事唱戏，我们跟着白听戏，准保都是有名的角色，在戏园子里绝听不到这么齐全。丧事呢，虽然没戏可听，可是死人不能一半天就抬出去，至少也得停三四十天，念好几棚经；好了，我们就跟着吃吧；他们死人，咱们就吃犒劳。怕就怕死小孩，既不能开吊，又得听着大家呕呕的真哭。其次是怕小姐偷偷跑了，或姨太太有了什么大错而被休出去，我们捞不着吃喝看戏，还得替老爷太太们怪不得劲儿的！

教我特别高兴的，是当这路差事，出入也随便了许多，我可以常常回家看看孩子们。在“区”里或“段”上，请会儿浮假都好不容易，因为无论是在“内勤”或“外勤”，工作是刻板儿排好了的，不易调换更动。在宅门里，我站完门便没了我的事，只须对弟兄们说一声就可以走半天。这点好处常常教我害怕，怕再调回“区”里去；我的孩子们没有娘，还不多教他们看看父亲吗？

就是我不出去，也还有好处。我的身上既永远不疲乏，心里又没多少事儿，闲着干什么呢？我呀，宅上有的是报纸，闲着就打头到底的念。大报小报，新闻社论，明白吧不明白吧，我全念，老念。这个，帮助我不少，我多知道了许多的事，多识了许多的字。有许多字到如今我还念不出来，可是看惯了，我会猜出它们的意思来，就好像街面上常见着的人，虽然叫不上姓名来，可是彼此怪面善。除了报纸，我还满世界去借闲书看。不过，比较起来，还是念报纸的益处大，事情多，字眼儿杂，看着开心。唯其事多字多，所以才费劲；念到我不能明白的地方，我只好再拿起闲书来了。闲书老是那一套，看了上回，猜也会猜到下回是什么事；正因为它这样，所以才不必费力，看着玩玩就算了。报纸开心，闲书散心，这是我的一点经验。

在门儿里可也有坏处：吃饭就第一成了问题。在“区”里或

“段”上，我们的伙食钱是由饷银里坐地儿扣，好歹不拘，天天到时候就有饭吃。派到宅门里来呢，一共三五个人，绝不能找厨子包办伙食，没有厨子肯包这么小的买卖的。宅里的厨房呢，又不许我们用；人家老爷们要巡警，因为知道可以白使唤几个穿制服的人，并不大管这群人有肚子没有。我们怎办呢？自己起灶，作不到，买一堆盆碗锅勺，知道哪时就又被调了走呢？再说，人家门头上要巡警原为体面好看，好，我们若是给人家弄得盆朝天碗朝地，刀勺乱响，成何体统呢？没法子，只好买着吃。

这可够别扭的。手里若是有钱，不用说，买着吃是顶自由了，爱吃什么就叫什么，弄两盅酒儿伍的，叫俩可口的菜，岂不是个乐子？请别忘了，我可是一月才共总进六块钱！吃的苦还不算什么，一顿一顿想主意可真教人难过，想着想着我就要落泪。我要省钱，还得变个样儿，不能老啃干馍馍辣饼子，像填鸭子似的。省钱与可口简直永远不能碰到一块，想想钱，我认命吧，还是弄几个干烧饼，和一块老腌萝卜，对付一下吧；想到身子，似乎又不该如此。想，越想越难过，越不能决定；一直饿到太阳平西还没吃上午饭呢！

我家里还有孩子呢！我少吃一口，他们就可以多吃一口，谁不心疼孩子呢？吃着包饭，我无法少交钱；现在我可以自由的吃饭了，为什么不多给孩子们省出一点来呢？好吧，我有八个烧饼才够，就硬吃六个，多喝两碗开水，来个“水饱”！我怎能不落泪呢！

看看人家宅门里吧，老爷挣钱没数儿！是呀，只要一打听就能打听出来他拿多少薪俸，可是人家绝不指着那点固定的进项，就这么说吧，一月挣八百块的，若是干挣八百块，他怎能那么阔气呢？这里必定有文章。这个文章是这样的，你要是一月挣六块钱，你就死挣那个数儿，你兜儿里忽然多出一块钱来，都会有人斜眼看你，给你造些谣言。你要是能挣五百块，就绝不会死挣这个数儿，而且你的钱越多，人们越佩服你。这个文章似乎一点也不合理，可是它就是这么作出来的，你爱信不信！

报纸与宣讲所里常常提倡自由；事情要是等着提倡，当然是原来没有。我原没有自由；人家提倡了会子，自由还没来到我身上，可是我在宅门里看见它了。民国到底是有好处的，自己有自由没有吧，反正看见了也就得算开了眼。

你瞧，在大清国的时候，凡事都有个准谱儿；该穿蓝布大褂的就得穿蓝布大褂，有钱也不行。这个，大概就应叫作专制吧！一到民国来，宅门里可有了自由，只要有钱，你爱穿什么，吃什么，戴什么，都可以，没人敢管你。所以，为争自由，得拼命的去搂钱；搂钱也自由，因为民国没有御史。你要是没在大宅门待过，大概你还不信我的话呢，你去看看好了。现在的一个小官都比老年间的头品大员多享着点福：讲吃的，现在交通方便，山珍海味随便的吃，只要有钱。吃腻了这些还可以拿西餐洋酒换换口味；哪一朝的皇上大概也没吃过洋饭吧？讲穿的，讲戴的，讲看的听的，使的用的，都是如此；坐在屋里你可以享受全世界最好的东西。如今享福的人才真叫作享福，自然如今搂钱也比从前自由的多。别的我不敢说，我准知道宅门里的姨太太擦五十块钱一小盒的香粉，是由什么巴黎来的；巴黎在哪儿？我不知道，反正那里来的粉是很贵。我的邻居李四，把个胖小子卖了，才得到四十块钱，足见这香粉贵到什么地步了，一定是又细又香呀，一定！

好了，我不再说这个了；紧自贫嘴恶舌，倒好像我不赞成自由似的，那我哪敢呢！

我再从另一方面说几句，虽然还是话里套话，可是多少有点变化，好教人听着不俗气厌烦。刚才我说人家宅门里怎样自由，怎样阔气，谁可也别误会了人家作老爷的就整天的大把往外扔洋钱，老爷们才不这么傻呢！是呀，姨太太擦比一个小孩还贵的香粉，但是姨太太是姨太太，姨太太有姨太太的造化与本事。人家作老爷的给姨太太买那么贵的粉，正因为人家有地方可以抠出来。你就这么说吧，好比你作了老爷，我就能按着宅门的规矩告诉你许多诀窍：你的电灯，自来水，煤，电话，手纸，车马，天棚，家具，信封信纸，花草，都不用花钱；最后，你还可以白使唤几名巡警。这是规矩，你要不明白这个，你简直不配作老爷。告诉你一句到底的话吧，作老爷的要空着手儿来，满膛满馅的去，就好像刚惊蛰后的臭虫，来的时候是两张皮，一会儿就变成肚大腰圆，满兜儿血。这个比喻稍粗一点，意思可是不错。自由的搂钱，专制的省钱，两下里一合，你的姨太太就可以擦巴黎的香粉了。这句话也许说得太深奥了一些，随便吧！你爱懂不懂。

这可就该说到我自己了。按说，宅门里白使唤了咱们一年半载，到节了年了的，总该有个人心，给咱们哪怕是顿犒劳饭呢，也大小是个意思。哼！休想！人家作老爷的钱都留着给姨太太花呢，巡警算哪道货？等咱被调走的时候，求老爷给“区”里替我说句好话，咱都得感激不尽。

你看，命令下来，我被调到别处。我把铺盖卷打好，然后恭而敬之的去见宅上的老爷。看吧，人家那股子劲儿大了去啦！带理不理的，倒仿佛我偷了他点东西似的。我托咐了几句：求老爷顺便和“区”里说一声，我的差事当得不错。人家微微的一抬眼皮，连个屁都懒得放。我只好退出来了，人家连个拉铺盖的车钱也不给；我得自己把它扛了走。这就是他妈的差事，这就是他妈的人情！

十二

机关和宅门里的要人越来越多了。我们另成立了警卫队，一共有五百人，专作那义务保镖的事。为是显出我们真能保卫老爷们，我们每人有一杆洋枪，和几排子弹。对于洋枪——这些洋枪——我一点也不感觉兴趣；它又沉，又老，又破，我摸不清这是由哪里找来的一些专为压人肩膀，而一点别的用处没有的玩艺儿。我的子弹老在腰间围着，永远不准往枪里搁；到了什么大难临头，老爷们都逃走了的时候，我们才安上刺刀。

这可并非是说，我可以完全不管那枝破家伙；它虽然是那么破，我可得给它支使着。枪身里外，连刺刀，都得天天擦；即使永远擦不亮，我的手可不能闲着。心到神知！再说，有了枪，身上也就多了些玩艺儿，皮带，刺刀鞘，子弹袋子，全得弄得利落抹腻，不能像猪八戒挎腰刀那么懈懈松松的，还得打裹腿呢！

多出这么些事来，肩膀上添了七八斤的分量，我多挣了一块钱；现在我是一个月挣七块大洋了，感谢天地！

七块钱，扛枪，打裹腿，站门，我干了三年多。由这个宅门串到那个宅门，由这个衙门调到那个衙门；老爷们出来，我行礼；老爷进去，我行礼。这就是我的差事。这种差事才毁人呢：你说没事作吧，又有事；说有事作吧，又没事。还不如上街站岗去呢。在街上，至少得管点事，用用心思。在宅门或衙门，简直永远不用费什么一点脑子。赶到在闲散的衙门或汤儿事的宅子里，连站门的时候都满可以随便，拄着枪立着也行，抱着枪打盹也行。这样的差事教人不起一点儿劲，它生生的把人耗疲了。一个当仆人的可以有个盼望，哪儿的事情甜就想往哪儿去，我们当这份儿差事，明知一点好来头没有，可是就那么一天天的穷耗，耗得连自己都看不起了自己。按说，这么空闲无事，就应当吃得白白胖胖，也总算个体面呀。哼！我们并蹲不出膘儿来。我们一天老绕着那七块钱打算盘，穷得揪心。心要是揪上，还怎么会发胖呢？以我自己说吧，我的孩子已到上学的年岁了，我能不教他去吗？上学就得花钱，古今一理，不算出奇，可是我上哪里找这份钱去呢？作官的可以白占许多许多便宜，当巡警的连孩子白念书的地方也没有。上私塾吧，学费节礼，书籍笔墨，都是钱。上学校吧，制服，手工材料，种种本子，比上私塾还费的多。再说，孩子们在家里，饿了可以掰一块窝窝头吃；一上学，就得给点心钱，即使咱们肯教他揣着块窝窝头去，他自己肯吗？小孩的脸是更容易红起来的。

我简直没办法。这么大个活人，就会干瞪着眼睛看自己的儿女在家里荒荒着！我这辈无望了，难道我的儿女应当更不济吗？看着人家宅门的小姐少爷去上学，喝！车接车送，到门口还有老妈子丫环来接书包，抱进去，手里拿着橘子苹果，和新鲜的玩具。人家的孩子这样，咱的孩子那样；孩子不都是将来的国民吗？我真想辞差不干了。我楞当仆人去，弄俩零钱，好教我的孩子上学。

可是人就是别入了辙，入到哪条辙上便一辈子拔不出腿来。当了几年的差事——虽然是这样的差事——我事事入了辙，这里有朋友，有说有笑，有经验，它不教我起劲，可是我也仿佛不大能狠心的离开它。再说，一个人的虚荣心每每比金钱还有力量，当惯了差，总以为去当仆人是往下走一步，虽然可以多挣些钱。这可笑，很可笑，可是人就是这么个玩艺儿。我一跟朋友们说这个，大家都摇头。有的说，大家混的都很好的，干吗去改行？有的说，这山望着那山高，咱们这些苦人干什么也发不了财，先忍着吧！有的说，人家中学毕业生还有当“招募警”的呢，咱们有这个差事当，就算不错；何必呢？连巡官都对我说了：好歹混着吧，这是差事；凭你的本事，日后总有升腾！大家这么一说，我的心更活了，仿佛我要是固执起来，倒不大对得住朋友似的。好吧，还往下混吧。小孩念书的事呢？没有下文！

不久，我可有了个好机会。有位冯大人哪，官职大得很，一要就要十二名警卫；四名看门，四名送信跑道，四名作跟随。这四名跟随得会骑马。那时候，汽车还没出世，大官们都讲究坐大马车。在前清的时候，大官坐轿或坐车，不是前有顶马，后有跟班吗？这位冯大人愿意恢复这点官威，马车后得有四名带枪的警卫。敢情会骑马的人不好找，找遍了全警卫队，才找到了三个；三条腿不大像话，连巡官都急得直抓脑袋。我看出便宜来了：骑马，自然得有粮钱哪！为我的小孩念书起见，我得冒下子险，假如从马粮钱里能弄出块儿八毛的来，孩子至少也可以去私塾了。按说，这个心眼不甚好，可是我这是卖着命，我并不会骑马呀！我告诉了巡官，我愿意去。他问我会骑马不会？我没说我会，也没说我不会；他呢，反正找不到别人，也就没究根儿。

有胆子，天下便没难事。当我头一次和马见面的时候，我就合计好了：摔死呢，孩子们入孤儿院，不见得比在家里坏；摔不死呢，好，孩子们可以念书去了。这么一来，我就先不怕马了。我不怕它，它就得怕我，天下的事不都是如此吗？再说呢，我的腿脚利落，心里又灵，跟那三位会骑马的瞎扯巴了一会儿，我已经把骑马的招数知道了不少。找了匹老实的，我试了试，我手心里攥着把汗，可是硬说我有了把握。头几天，我的罪过真不小，浑身像散了一般，屁股上见了血。我咬了牙。等到伤好了，我的胆子更大起来，而且觉出来骑马的快乐。跑，跑，车多快，我多快，我算是治服了一种动物！

我把马治服了，可是没把粮草钱拿过来，我白冒了险。冯大人家中有十几匹马呢，另有看马的专人，没有我什么事。我几乎气病了。可是，不久我又高兴了：冯大人的官职是这么大，这么多，他简直没有回家吃饭的工夫。我们跟着他出去，一跑就是一天。他当然喽，到处都有饭吃，我们呢？我们四个人商议了一下，决定跟他交涉，他在哪里吃饭，也得有我们的。冯大人这个人心眼还不错，他很爱马，爱面子，爱手下的人。我们一对他说，他马上答应了。这个，可是个便宜。不用往多里说。我们要是一个月准能在外边白吃半个月的饭，我们不就省下半个月的饭钱吗？我高了兴！

冯大人，我说，很爱面子。当我们去见他交涉饭食的时候，他细细看了看我们。看了半天，他摇了摇头，自言自语的说：“这可不行！”我以为他是说我们四个人不行呢，敢情不是。他登时要笔墨，写了个条子：“拿这个见总队长去，教他三天内都办好！”把条子拿下来，我们看了看，原来是教队长给我们换制服：我们平常的制服是斜纹布的，冯大人现在教换呢子的；袖口，裤缝，和帽箍，一律要安金绦子。靴子也换，要过膝的马靴。枪要换上马枪，还另外给一人一把手枪。看完这个条子，连我们自己都觉得不合适：长官们才能穿呢衣，镶金绦，我们四个是巡警，怎能平白无故的穿上这一套呢？自然，我们不能去教冯大人收回条子去，可是我们也怪不好意思去见总队长。总队长要是不敢违抗冯大人，他满可以对我们四个人发发脾气呀！

你猜怎么着？总队长看了条子，连大气没出，照话而行，都给办了。你就说冯大人有多么大的势力吧！喝！我们四个人可抖起来了，真正细黑呢制服，镶着黄登登的金绦，过膝的黑皮长靴，靴后带着白亮亮的马刺，马枪背在背后，手枪挎在身旁，枪匣外搭拉着长杏黄穗子。简直可以这么说吧，全城的巡警的威风都教我们四个人给夺过来了。我们在街上走，站岗的巡警全都给我们行礼，以为我们是大官儿呢！

当我作裱糊匠的时候，稍微讲究一点的烧活，总得糊上匹菊花青的大马。现在我穿上这么抖的制服，我到马棚去挑了匹菊花青的马，这匹马非常的闹手，见了人是连啃带踢；我挑了它，因为我原先糊过这样的马，现在我得骑上匹活的；菊花青，多么好看呢！这匹马闹手，可是跑起来真作脸，头一低，嘴角吐着点白沫，长鬃像风吹着一垄春麦，小耳朵立着像俩小瓢儿；我只须一认镫，它就要飞起来。这一辈子，我没有过什么真正得意的事；骑上这匹菊花青大马，我必得说，我觉到了骄傲与得意！

按说，这回的差事总算过得去了，凭那一身衣裳与那匹马还不值得高高兴兴的混吗？哼！新制服还没穿过三个月，冯大人吹了台，警卫队也被解散；我又回去当三等警了。

十三

警卫队解散了。为什么？我不知道。我被调到总局里去当差，并且得了一面铜片的奖章，仿佛是说我在宅门里立下了什么功劳似的。在总局里，我有时候管户口册子，有时候管辅捐的账簿，有时候值班守大门，有时候看管军装库。这么二三年的工夫，我又把局子里的事情全明白了个大概。加上我以前在街面上，衙门口和宅门里的那些经验，我可以算作个百事通了，里里外外的事，没有我不晓得的。要提起警务，我是地道内行。可是一直到这个时候，当了十年的差，我才升到头等警，每月挣大洋九元。

大家伙或者以为巡警都是站街的，年轻轻的好管闲事。其实，我们还有一大群人在区里局里藏着呢。假若有一天举行总检阅，你就可以看见些稀奇古怪的巡警：罗锅腰的，近视眼的，掉了牙的，瘸着腿的，无奇不有。这些怪物才真是巡警中的盐，他们都有资格有经验，识文断字，一切公文案件，一切办事的诀窍，都在他们手里呢。要是没有他们，街上的巡警就非乱了营不可。这些人，可是永远不会升腾起来；老给大家办事，一点起色也没有，平生连出头露面的体面一次都没有过。他们任劳任怨的办事，一直到他们老得动不了窝，老是头等警，挣九块大洋。多咱你在街上看见：穿着洗得很干净的灰布大褂，脚底下可还穿着巡警的皮鞋，用脚后跟慢慢的走，仿佛支使不动那双鞋似的，那就准是这路巡警。他们有时候也到大“酒缸”上，喝一个“碗酒”，就着十几个花生豆儿，挺有规矩，一边往下咽那点辣水，一边叹着气。头发已经有些白的了，嘴巴儿可还刮得很光，猛看很像个太监。他们很规则，和蔼，会作事，他们连休息的时候还得穿着那双不得人心的鞋！

跟这群人在一处办事，我长了不少的知识。可是，我也有点害怕：莫非我也就这样下去了吗？他们够多么可爱，又多么可怜呢！看着他们，我心中时常忽然凉那么一下，教我半天说不上话来。不错，我比他们都年岁小，也不见得比他们不精明，可是我有希望没有呢？年岁小？我也三十六了！

这几年在局子里可也有一样好处，我没受什么惊险。这几年，正是年年春秋准打仗的时期，旁人受的罪我先不说，单说巡警们就真够瞧的。一打仗，兵们就成了阎王爷，而巡警头朝了下！要粮，要车，要马，要人，要钱，全交派给巡警，慢一点送上去都不行。一说要烙饼一万斤，得，巡警就得挨着家去到切面铺和烙烧饼的地方给要大饼；饼烙得，还得押着清道夫给送到营里去；说不定还挨几个嘴巴回来！

要单是这么伺候着兵老爷们，也还好；不，兵老爷们还横反呢。凡是有巡警的地方，他们非捣乱不可，巡警们管吧不好，不管吧也不好，活受气。世上有糊涂人，我晓得；但是兵们的糊涂令我不解。他们只为逞一时的字号，完全不讲情理；不讲情理也罢，反正得自己别吃亏呀；不，他们连自己吃亏不吃亏都看不出来，你说天下哪里再找这么糊涂的人呢。就说我的表弟吧，他已当过十多年的兵，后来几年还老是排长，按说总该明白点事儿了。哼！那年打仗，他押着十几名俘虏往营里送。喝！他得意非常的在前面领着，仿佛是个皇上似的。

他手下的弟兄都看出来，为什么不先解除了俘虏的武装呢？他可就是不这么办，拍着胸膛说一点错儿没有。走到半路上，后面响了枪，他登时就死在了街上。他是我的表弟，我还能盼着他死吗？可是这股子糊涂劲儿，教我也没法抱怨开枪打他的人。有这样一个例子，你也就能明白一点兵们是怎样的难对付了。你要是告诉他，汽车别往墙上开，好啦，他就非去碰碰不可，把他自己碰死倒可以，他就是不能听你的话。

在总局里几年，没别的好处，我算是躲开了战时的危险与受气。自然罗！一打仗，煤米柴炭都涨价儿，巡警们也随着大家一同受罪，不过我可以安坐在公事房里，不必出去对付大兵们，我就得知足。

可是，在局里我又怕一辈子就窝在那里，永没有出头之日，有人情，可以升腾起来；没人情而能在外边拿贼办案，也是个路子，我既没人情，又不到街面上去，打哪儿升高一步呢？我越想越发愁。

十四

到我四十岁那年，大运亨通，我补了巡长！我顾不得想已经当了多少年的差，卖了多少力气，和巡长才挣多少钱；都顾不得想了。我只觉得我的运气来了！

小孩子拾个破东西，就能高兴的玩耍半天，所以小孩子能够快乐。大人们也得这样，或者才能对付着活下去。细细一想，事情就全糟。我升了巡长，说真的，巡长比巡警才多挣几块钱呢？挣钱不多，责任可有多么大呢！往上说，对上司们事事得说出个谱儿来；往下说，对弟兄们得又精明又热诚；对内说，差事得交得过去；对外说，得能不软不硬的办了事。这，比作知县难多了。县长就是一个地方的皇上，巡长没那个身分，他得认真办事，又得敷衍事，真真假假，虚虚实实，哪一点没想到就出蘑菇。出了蘑菇还是真糟，往上升腾不易呀，往下降可不难呢。当过了巡长再降下来，派到哪里去也不吃香：弟兄们咬吃，喝！你这作过巡长的，……这个那个的扯一堆。长官呢，看你是刺儿头，故意的给你小鞋穿，你怎么忍也忍不下去。怎办呢？哼！由巡长而降为巡警，顶好干脆卷铺盖家去，这碗饭不必再吃了。可是，以我说吧，四十岁才升上巡长，真要是卷了铺盖，我干吗去呢？

真要是这么一想，我登时就得白了头发。幸而我当时没这么想，只顾了高兴，把坏事儿全放在了一旁。我当时倒这么想：四十作上巡长，五十——哪怕是五十呢！——再作上巡官，也就算不白当了差。咱们非学校出身，又没有大人情，能作到巡官还算小吗？这么一想，我简直的拚了命，精神百倍的看着我的事，好像看着颗夜明珠似的！

作了二年的巡长，我的头上真见了白头发。我并没细想过一切，可是天天揪着心，唯恐哪件事办错了，担了处分。白天，我老喜笑颜开的打着精神办公；夜间，我睡不实在，忽然想起一件事，我就受了一惊似的，翻来覆去的思索；未必能想出办法来，我的困意可也就不再回来了。

公事而外，我为我的儿女发愁：儿子已经二十了，姑娘十八。福海——我的儿子——上过几天私塾，几天贫儿学校，几天公立小学。字吗，凑在一块儿他大概能念下来第二册国文；坏招儿，他可学会了不少，私塾的，贫儿学校的，公立小学的，他都学来了，到处准能考一百分，假若学校里考坏招数的话。本来吗，自幼失了娘，我又终年在外边瞎混，他可不是爱怎么反就怎么反啵。我不恨铁不成钢去责备他，也不抱怨任何人，我只恨我的时运低，发不了财，不能好好的教育他。我不算对不起他们，我一辈子没给他们弄个后娘，给他们气受。至于我的时运不济，只能当巡警，那并非是我的错儿，人还能大过天去吗?

福海的个子可不小，所以很能吃呀！一顿胡搂三大碗芝麻酱拌面，有时候还说不很饱呢！就凭他这个吃法，他再有我这么两份儿爸爸也不中用！我供给不起他上中学，他那点“秀气”也没法考上。我得给他找事作。哼！他会作什么呢?

从老早，我心里就这么嘀咕：我的儿子楞可去拉洋车，也不去当巡警；我这辈子当够了巡警，不必世袭这份差事了！在福海十二三岁的时候，我教他去学手艺，他哭着喊着的一百个不去。不去就不去吧，等他长两岁再说；对个没娘的孩子不就得格外心疼吗?到了十五岁，我给他找好了地方去学徒，他不说不去，可是我一转脸，他就会跑回家来。几次我送他走，几次他偷跑回来。于是只好等他再大一点吧，等他心眼转变过来也许就行了。哼！从十五到二十，他就愣荒荒过来，能吃能喝，就是不爱干活儿。赶到教我给逼急了：“你到底愿意干什么呢?你说！”他低着脑袋，说他愿意挑巡警！他觉得穿上制服，在街上走，既能挣钱，又能就手儿散心，不像学徒那样永远圈在屋里。我没说什么，心里可刺着痛。我给打了个招呼，他挑上了巡警。我心里痛不痛的，反正他有事作，总比死吃我一口强啊。父是英雄儿好汉，爸爸巡警儿子还是巡警，而且他这个巡警还必定跟不上我。我到四十岁才熬上巡长，他到四十岁，哼！不教人家开革出来就是好事！没盼望！我没续娶过，因为我咬得住牙。他呢，赶明儿个难道不给他成家吗?拿什么养着呢?

是的，儿子当了差，我心中反倒堵上个大疙疸！

再看女儿呢，也十八九了，紧自搁在家里算怎回事呢?当然，早早撮出去的为是，越早越好。给谁呢?巡警，巡警，还得是巡警?一个人当巡警，子孙万代全得当巡警，仿佛掉在了巡警阵里似的。可是，不给巡警还真不行呢：论模样，她没什么模样；论教育，她自幼没娘，只认识几个大字；论赔送，我至多能给她作两件洋布大衫；论本事，她只能受苦，没别的好处。巡警的女儿天生来的得嫁给巡警，八字造定，谁也改不了！

唉！给了就给了啵！撮出她去，我无论怎说也可以心净一会儿。并非是我心狠哪；想想看，把她搿到二十多岁，还许就剩在家里呢。我对谁都想对得起，可是谁又对得起我来着！我并不想唠里唠叨的发牢骚，不过我愿把事情都搿平了，谁是谁非，让大家看。

当她出嫁的那一天，我真想坐在那里痛哭一场。我可是没有哭；这也不是一半天的事了，我的眼泪只会在眼里转两转，简直的不会往下流！

十五

儿子有了事作，姑娘出了阁，我心里说：这我可能远走高飞了！假若外边有个机会，我楞把巡长搁下，也出去见识见识。什么发财不发财的，我不能就窝囊这么一辈子。

机会还真来了。记得那位冯大人呀，他放了外任官。我不是爱看报吗？得到这个消息，就找他去了，求他带我出去。他还记得我，而且愿意这么办。他教我去再约上三个好手，一共四个人随他上任。我留了个心眼，请他自己向局里要四名，作为是拨遣。我是这么想：假若日后事情不见佳呢，既省得朋友们抱怨我，而且还可以回来交差，有个退身步。他看我的办法不错，就指名向局里调了四个人。

这一喜可非同小喜。就凭我这点经验知识，管保说，到哪儿我也可以作个很好的警察局局长，一点不是瞎吹！一条狗还有得意的那一天呢，何况是个人？我也该抖两天了，四十多岁还没露过一回脸呢！

果然，命令下来，我是卫队长；我乐得要跳起来。

哼！也不是咱的命不好，还是冯大人的运不济；还没到任呢，又撤了差。猫咬尿泡，瞎欢喜一场！幸而我们四个人是调用，不是辞差；冯大人又把我们送回局里去了。我的心里既为这件事难过，又为回局里能否还当巡长发愁，我脸上瘦了一圈。

幸而还好，我被派到防疫处作守卫，一共有六位弟兄，由我带领。这是个不错的差事，事情不多，而由防疫处开我们的饭钱。我不确实的知道，大概这是冯大人给我说了句好话。

在这里，饭钱既不必由自己出，我开始攒钱，为是给福海娶亲——只剩了这么一档子该办的事了，爽性早些办了吧！

在我四十五岁上，我娶了儿媳妇——她的娘家父亲与哥哥都是巡警。可倒好，我这一家子，老少里外，全是巡警，凑吧凑吧，就可以成立个警察分所！

人的行动有时候莫名其妙。娶了儿媳妇以后，也不知怎么我以为应当留下胡子，才够作公公的样子。我没细想自己是干什么的，直入公堂的就留下胡子了。小黑胡子在我嘴上，我捻上一袋关东烟，觉得挺够味儿。本来吗，姑娘聘出去了，儿子成了家，我自己的事又挺顺当，怎能觉得不是味儿呢？

哼！我的胡子惹下了祸。总局局长忽然换了人，新局长到任就检阅全城的巡警。这位老爷是军人出身，只懂得立正看齐，不懂得别的。在前面我已经说过，局里区里都有许多老人们，长相不体面，可是办事多年，最有经验。我就是和局里这群老手儿排在一处的，因为防疫处的守卫不属于任何警区，所以检阅的时候便随着局里的人立在一块儿。

当我们站好了队，等着检阅的时候，我和那群老人们还有说有笑，自自然然的。我们心里都觉得，重要的事情都归我们办，提哪一项事情我们都知道，我们没升腾起来已经算很委屈了，谁还能把我们踢出去吗？上了几岁年纪，诚然，可是我们并没少作事儿呀！即使说老朽不中用了，反正我们都至少当过十五六年的差，我们年轻力壮的时候是把精神血汗耗费在公家的差事上，冲着这点，难道还不留个情面吗？谁能够看狗老了就一脚踢出去呢？我们心中都这么想，所以满没把这回事放在心里，以为新局长从远处瞭我们一眼也就算了。

局长到了，大个子胸前挂满了徽章，又是喊，又是蹦，活像个机器人。我心里打开了鼓。他不按着次序看，一眼看到我们这一排，他猛虎扑食似的就跑过来了。岔开脚，手握在背后，他向我们点了点头。然后忽然他一个箭步跳到我们跟前，抓起一个老书记生的腰带，像摔跤似的往前一拉，几乎把老书记生拉倒；抓着腰带，他前后摇晃了老书记生几把，然后猛一撒手，老书记生摔了个屁股墩。局长对准了他就是两口唾沫，“你也当巡警！连腰带都系不紧？来！拉出去毙了！”

我们都知道，凭他是谁，也不能枪毙人。可是我们的脸都白了，不是怕，是气的。那个老书记生坐在地上，哆嗦成了一团。

局长又看了看我们，然后用手指划了条长线，“你们全滚出去，别再教我看见你们！你们这群东西也配当巡警！”说完这个，仿佛还不解气，又跑到前面，扯着脖子喊：“是有胡子的全脱了制服，马上走！”

有胡子的不止我一个，还都是巡长巡官，要不然我也不敢留下这几根惹祸的毛。

二十年来的服务，我就是这么被刷下来了。其实呢，我虽四十多岁，我可是一点也不显着老苍，谁教我留下了胡子呢！这就是说，当你年轻力壮的时候，你把命卖上，一月就是那六七块钱。你的儿子，因为你当巡警，不能读书受教育；你的女儿，因为你当巡警，也嫁个穷汉去吃窝窝头。你自己呢，一长胡子，就算完事，一个铜子的恤金养老金也没有，服务二十年后，你教人家一脚踢出来，像踢开一块碍事的砖头似的。五十以前，你没挣下什么，有三顿饭吃就算不错；五十以后，你该想主意了，是投河呢，还是上吊呢？这就是当巡警的下场头。

二十年来的差事，没作过什么错事，但我就这样卷了铺盖。

弟兄们有含着泪把我送出来的，我还是笑着；世界上不平的事可多了，我还留着我的泪呢！

十六

穷人的命——并不像那些施舍稀粥的慈善家所想的——不是几碗粥所能救活了的；有粥吃，不过多受几天罪罢了，早晚还是死。我的履历就跟这样的粥差不多，它只能帮助我找上个小事，教我多受几天罪；我还得去当巡警。除了说我当巡警，我还真没法介绍自己呢！它就像颗不体面的痣或瘤子，永远跟着我。我懒得说当过巡警，懒得再去当巡警，可是不说不当，还真连碗饭也吃不上，多么可恶呢！

歇了没有好久，我由冯大人的介绍，到一座煤矿上去作卫生处主任，后来又升为矿村的警察分所所长；这总算运气不坏。在这里我很施展了些我的才干与学问：对村里的工人，我以二十年服务的经验，管理得真叫不错。他们聚赌，斗殴，罢工，闹事，醉酒，就凭我的一张嘴，就事论事，干脆了当，我能把他们说得心服口服。对弟兄们呢，我得亲自去训练。他们之中有的是由别处调来的，有的是由我约来帮忙的，都当过巡警；这可就不容易训练，因为他们懂得一些警察的事儿，而想看我一手儿。我不怕，我当过各样的巡警，里里外外我全晓得；凭着这点经验，我算是没被他们给撅了。对内对外，我全有办法，这一点也不瞎吹。

假若我能在这里混上几年，我敢保说至少我可以积攒下个棺材本儿，因为我的饷银差不多等于一个巡官的，而到年底还可以拿一笔奖金。可是，我刚作到半年，把一切都布置得有个大概了，哼！我被人家顶下来了。我的罪过是年老与过于认真办事。弟兄们满可以拿些私钱，假若我肯睁着一只闭着一只眼的话。我的两眼都睁着，种下了毒。对外也是如此，我明白警察的一切，所以我要本着良心把此地的警务办得完完全全，真像个样儿。还是那句话，人民要不是真正的人民，办警察是多此一举，越办得好越招人怨恨。自然，容我办上几年，大家也许能看出它的好处来。可是，人家不等办好，已经把我踢开了。

在这个社会中办事，现在才明白过来，就得像发给巡警们皮鞋似的。大点，活该！小点，挤脚？活该！什么事都能办通了，你打算合大家的适，他们要不把鞋打在你脸上才怪。这次的失败，因为我忘了那三个宝贝字——“汤儿事”，因此我又卷了铺盖。

这回，一闲就是半年多。从我学徒时候起，我无事也忙，永不懂得偷闲。现在，虽然是奔五十的人了，我的精神气力并不比那个年轻小伙子差多少。生让我闲着，我怎么受呢？由早晨起来到日落，我没有正经事作，没有希望，跟太阳一样，就那么由东而西的转过去；不过，太阳能照亮了世界，我呢，心中老是黑糊糊的。闲得起急，闲得要躁，闲得讨厌自己，可就是摸不着点儿事作。想起过去的劳力与经验，并不能自慰，因为劳力与经验没给我积攒下养老的钱，而我眼看着就是挨饿。我不愿人家养着我，我有自己的精神与本事，愿意自食其力的去挣饭吃。我的耳目好像作贼的那么尖，只要有个消息，便赶上前去，可是老空着手回来，把头低得无可再低，真想一跤摔死，倒也爽快！还没到死的时候，社会像要把我活埋了！晴天大日头的，我觉得身子慢慢往土里陷；什么缺德的事也没作过，可是受这么大的罪。一天到晚我叼着那根烟袋，里边并没有烟，只是那么叼着，算个“意思”而已。我活着也不过是那么个“意思”，好像专为给大家当笑话看呢！

好容易，我弄到个事：到河南去当盐务缉私队的队兵。队兵就队兵吧，有饭吃就行呀！借了钱，打点行李，我把胡子剃得光光的上了“任”。

半年的工夫，我把债还清，而且升为排长。别人花俩，我花一个，好还债。别人走一步，我走两步，所以升了排长。委屈并挡不住我的努力，我怕失业。一次失业，就多老上三年，不饿死，也憋闷死了。至于努力挡得住失业挡不住，那就难说了。

我想——哼！我又想了！——我既能当上排长，就能当上队长，不又是个希望吗？这回我留了神，看人家怎作，我也怎作。人家要私钱，我也要，我别再为良心而坏了事；良心在这年月并不值钱。假若我在队上混个队长，连公带私，有几年的工夫，我不是又可以剩下个棺材本儿吗？我简直的没了大志向，只求腿脚能动便去劳动；多咱动不了窝，好，能有个棺材把我装上，不至于教野狗们把我嚼了。我一眼看着天，一眼看着地。我对得起天，再求我能静静的躺在地下。并非我倚老卖老；我才五十来岁；不过，过去的努力既是那么白干一场，我怎能不把眼睛放低一些，只看着我将来的坟头呢！我心里是这么想，我的志愿既这么小，难道老天爷还不睁开点眼吗？

来家信，说我得了孙子。我要说我不喜欢，那简直不近人情。可是，我也必得说出来：喜欢完了，我心里凉了那么一下，不由的自言自语的嘀咕：“哼！又来个小巡警吧！”一个作祖父的，按说，哪有给孙子说丧气话的，可是谁要是看过我前边所说的一大片，大概谁也会原谅我吧？有钱人家的儿女是希望，没钱人家的儿女是累赘；自己的肚中空虚，还能顾得子孙万代，和什么“忠厚传家久，诗书继世长”吗？

我的小烟袋锅儿里又有了烟叶，叼着烟袋，我咂摸着将来的事儿。有了孙子，我的责任还不止于剩个棺材本儿了；儿子还是三等警，怎能养家呢？我不管他们夫妇，还不管孙子吗？这教我心中忽然非常的乱，自己一年比一年的老，而家中的嘴越来越多，哪个嘴不得用窝窝头填上呢！我深深的打了几个嗝儿，胸中仿佛横着一口气。算了吧，我还是少思索吧，没头儿，说不尽！个人的寿数是有限的，困难可是世袭的呢！子子孙孙，万年永实用，窝窝头！

风雨要是都按着天气预测那么来，就无所谓狂风暴雨了。困难若是都按着咱们心中所思虑的一步一步慢慢的来，也就没有把人急疯了这一说了。我正盘算着孙子的事儿，我的儿子死了！

他还并没死在家里呀！我还得去运灵。

福海，自从成家以后，很知道要强。虽然他的本事有限，可是他懂得了怎样尽自己的力量去作事。我到盐务缉私队上来的时候，他很愿意和我一同来，相信在外边可以多一些发展的机会。我拦住了他，因为怕事情不稳，一下子再教父子同时失业，如何得了。可是，我前脚离开了家，他紧随着也上了威海卫。他在那里多挣两块钱。独自在外，多挣两块就和不多挣一样，可是穷人想要强，就往往只看见了钱，而不多合计合计。到那里，他就病了；舍不得吃药。及至他躺下了，药可也就没了用。

把灵运回来，我手中连一个钱也没有了。儿媳妇成了年轻的寡妇，带着个吃奶的小孩，我怎么办呢？我没法再出外去作事，在家乡我又连个三等巡警也当不上，我才五十岁，已走到了绝路。我羡慕福海，早早的死了，一闭眼三不知；假若他活到我这个岁数，至好也不过和我一样，多一半还许不如我呢！儿媳妇哭，哭得死去活来，我没有泪，哭不出来，我只能满屋里打转，偶尔的冷笑一声。

以前的力气都白卖了。现在我还得拿出全套的本事，去给小孩子找点粥吃。我去看守空房；我去帮着人家卖菜；我去作泥水匠的小工子活；我去给人家搬家……除了拉洋车，我什么都作过了。无论作什么，我还都卖着最大的力气，留着十分的小心。五十多了，我出的是二十岁的小伙子的力气，肚子里可是只有点稀粥与窝窝头，身上到冬天没有一件厚实的棉袄，我不求人白给点什么，还讲仗着力气与本事挣饭吃，豪横了一辈子，到死我还不能输这口气。时常我挨一天的饿，时常我没有煤上火，时常我找不到一撮儿烟叶，可是我决不说什么；我给公家卖过力气了，我对得住一切的人，我心里没毛病，还说什么呢？我等着饿死，死后必定没有棺材，儿媳妇和孙子也得跟着饿死，那只好就这样吧！谁教我是巡警呢！我的眼前时常发黑，我仿佛已摸到了死，哼！我还笑，笑我这一辈的聪明本事，笑这出奇不公平的世界，希望等我笑到末一声，这世界就换个样儿吧！

原载1937年7月1日《文学》第九卷第一号

且说屋里

一个二十世纪的中国人所能享受与占有的，包善卿已经都享受和占有过，现在还享受与占有着。他有钱，有洋楼，有汽车，有儿女，有姨太太，有古玩，有可作摆设用的书籍，有名望，有身分，有一串可以印在名片上与讣闻上的官衔，有各色的朋友，有电灯、电话、电铃、电扇，有寿数，有胖胖的身体和各种补药。

设若他稍微能把心放松一些，他满可以胖胖的躺在床上，姨太太与儿女们把他伺候得舒舒服服的。即使就这么死去，他的财产也够教儿孙们快乐一两辈子的，他的讣闻上也会有许多名人的题字与诗文，他的棺材也会受得住几十年水土的侵蚀，而且会有六十四名杠夫抬着他游街的。

可是包善卿不愿休息。他有他的“政治生活”。他的“政治生活”不包括着什么主义、主张、政策、计划与宗旨。他只有一个决定，就是他不应当闲着。他要是闲散无事，就是别人正在活动与拿权，他不能受这个。他认为自己所不能参预的事都是有碍于他的，他应尽力地去破坏。反之，凡是足以使他活动的，他都觉得不该放过机会。像一只渔船，他用尽方法利用风势，调动他的帆，以便早些达到鱼多的所在。他不管那些风是否有害于别人，他只为自己的帆看风，不管别的。

看准了风，够上了风，便是他的“政治生活”。够上风以后，他可以用极少的劳力而获得一个中国“政治家”所应得的利益。所以他不愿休息，也不肯休息；平白无故地把看风与用风这点眼力与天才牺牲了，太对不起自己。越到老年，他越觉出自己的眼力准确，越觉出别人的幼稚；按兵不动是冤枉的事。况且他才刚交六十；他知道，只要有口气，凭他的经验与智慧，就是坐在那儿呼吸呼吸，也应当有政治的作用。

他恨那些他所不熟识的后起的要人与新事情，越老他越觉得自己的熟人们可爱，就是为朋友们打算，他也应当随手抓到机会扩张自己的势力。对于新的事情他不大懂，于是越发感到自己的老办法高明可喜。洋人也好，中国人也好，不论是谁，自要给他事作，他就应当去拥护。同样，凡不给他权势的便是敌人。他清清楚楚地承认自己的宽宏大度，也清清楚楚地承认自己的嫉妒与褊狭；这是一个政治家应有的态度。他十分自傲有这个自知之明，这也就是他的厉害的地方；“得罪我与亲近我，你随便吧！”他的胖脸上的微笑表示着这个。

刚办过了六十整寿，他的像片又登在全国的报纸上，下面注着：“新任建设委员会会长包善卿。”看看自己的像，他点了点头：“还得我来！”他想起过去那些政治生活。过去的那些经验使他压得住这个新头衔，这个新头衔既能增多他的经验，又能增高了身分，而后能产生再高的头衔。因将来的光荣与势力，他微微感到满意于现在。有一二年他的像片没这么普遍地一致地登在各报纸上了；看到这回的，他不能不感到满意；这个六十岁的照像证明出别的政客的庸碌无能，证明了自己的势力的不可轻视与必难消灭。新人新事的确出来不少，可是包善卿是青松翠柏，越老越绿。世事原无第二个办法，包善卿的办法是唯一的，过去如此，现在如此，将来还如此！他的方法是官僚的圣经，他一点不反对“官僚”这两个字；“只有不得其门而入的才叫我官僚，”他在四十岁的时候就这么说过。

看着自己的像片，他觉得不十分像自己。不错，他的胖脸，大眼睛，短须，粗脖子，与圆木筒似的身子，都在那里，可是缺乏着一些生气。这些不足以就代表包善卿。他以几十年的经验知道自己的表情与身段是怎样的玲珑可喜，像名伶那样晓得自己哪一个姿态最能叫好；他不就是这么个短粗胖子。至少他以为也应该把两个姿态照下来，两个最重要的，已经成为习惯而仍自觉地利用着，且时时加以修正的姿态。一个是在面部：每逢他遇到新朋友，或是接见属员，他的大眼会像看见个奇怪的东西似的，极明极大极傻地瞪那么一会儿，腮上的肉往下坠；然后腮上的肉慢慢往上收缩，大眼睛里一层一层的增厚笑意，最后成为个很妩媚的微笑。微笑过后，他才开口说话，舌头稍微团着些，使语声圆柔而稍带着点娇憨，显出天真可爱。这个，哪怕是个冰人儿，也会被他马上给感动过来。

第二个是在脚部。他的脚很厚，可是很小。当他对地位高的人趋进或辞退，他会极巧妙地利用他的小脚：细逗着步儿，弯着点腿，或前或后，非常的灵动。下部的灵动很足给他一身胖肉以不少的危险，可是他会设法支持住身体，同时显出他很灵利，和他的恭敬谦卑。

找到这两点，他似乎才能找到自己。政治生活是种艺术，这两点是他的艺术的表现。他愿以这种姿态与世人相见，最好是在报纸上印出来。可是报纸上只登出个迟重肥胖的人来，似乎是美中不足。

好在，没大关系。有许多事，重大的事，是报纸所不知道的。他想到末一次的应用“脚法”：建设委员会的会长本来十之六七是给王莘老的，可是包善卿在山木那里表现了一番。王莘老所不敢答应山木的，包善卿亲手送过去：“你发表我的会长，我发表你的高等顾问！”他向山木告辞时，两脚轻快地细碎地往后退着，腰儿弯着些，提出这个“互惠”条件。果然，王莘老连个委员也没弄到手，可怜的莘老！不论莘老怎样固执不通，究竟是老朋友。得设法给他找个地位！包善卿作事处处想对得住人，他不由地微笑了笑。

王莘老未免太固执！太固执！山木是个势力，不应当得罪。况且有山木作顾问，事情可以容易办得多。他闭上眼想了半天，想个比喻。想不出来。最后想起一个：姨太太要东西的时候，不是等坐在老爷的腿儿上再说吗？但这不是个好比喻。包善卿坐在山木的腿上？笑话！不过呢，有山木在这儿，这次的政治生活要比以前哪一次都稳当、舒服、省事。东洋人喜欢拿权，作事；和他们合作，必须认清了这一点；认清这一点就是给自己的事业保了险。奇怪，王莘老作了一辈子官，连这点还看不透！王莘老什么没作过？教育、盐务、税务、铁道……都作过，都作过，难道还不明白作什么也不过是把上边交下来的，再往下交。把下边呈上来的再呈上去，只须自己签个押？为什么这次非拒绝山木不可呢？奇怪！也许是另有妙计？不能吧？打听打听看；老朋友，但是细心是没过错的。

“大概王莘老总不至于想塌我的台吧？老朋友！”他问自己。他的事永远不愿告诉别人，所以常常自问自答。“不能，王莘老不能！”他想，会长就职礼已平安地举行过；报纸上也没露骨地说什么；委员们虽然有请病假的，可是看我平安无事地就了职，大概一半天内也就会销假的。山木很喜欢，那天还请大家吃了饭，虽然饭菜不大讲究，可是也就很难为了一个东洋人！过去的都很顺当；以后的，有山木作主，大概不会出什么乱子的。是的，想法子安置好王莘老吧；一半因为是老朋友，一半因为省得单为这个悬心。至于会里用人，大致也有了个谱儿，几处较硬的介绍已经敷衍过去，以后再有的，能敷衍就敷衍，不能敷衍的好在可以往山木身上推。是的，这回事儿真算我的老运不错！

想法子给山木换辆汽车，这是真的，东洋人喜欢小便宜。自己的车也该换了，不，先给山木换，自己何必忙在这一时！何不一齐呢，真！我是会长，他是顾问，不必，不必和王莘老学，总是让山木一步好！

决定了这个，他这回的政治生活显然是一帆风顺，不必再思索什么了。假如还有值得想一下的，倒是明天三姨太太的生日办不办呢？办呢，她岁数还小，怕教没吃上委员会的家伙们有所借口，说些不三不四的。不办呢，又怕临时来些位客人，不大合适。“政治生活”有个讨厌的地方，就是处处得用“思想”，不是平常人所能干的。在很小的地方，正如在很大的地方，漏了一笔就能有危险。就以娶姨太太说，过政治生活没法子不娶，同时姨太太能给人以许多麻烦。自然，他想自己在娶姨太太这件事上还算很顺利，一来是自己的福气大，二来是自己有思想，想起在哈尔滨作事时候的俄国姨太太——后来用五百元打发了的那个——他微笑了笑。再不想要洋毛子，看着那么白，原来皮肤更粗，处处带着小黄毛。最难堪的是来月信的时候，只用纸卷个小筒一塞！啵！他不喜欢看外国电影片，多一半是因为这个。连中国电影也算上，那些明星没有一个真正漂亮的。娶姨太太还是到苏杭一带找个中等人家的雏儿，林黛玉似的又娇又嫩。三姨太太就是这样，比女儿还小着一岁，比女儿美得多。似乎应当给她办生日，怪可怜的。况且，乘机会请山木吃顿饭也显着不是故意的请客。是的，请山木首席，一共请三四桌人，对大家不提办生日，又不至太冷淡了小姨太太，这是思想！

福命使自己腾达，思想使自己压得住富贵，自己的政治生活和家庭生活是个有力的证明。太太念佛吃斋，老老实实。大儿有很好的差事，长女上着大学。二太太有三个小少爷，三太太去年冬天生了个小女娃娃。理想的家庭，没闹过一桩满城风雨的笑话，好容易！最不放心的是大儿大女，在外边读书，什么坏事学不来！可是，大儿已有了差事，不久就结婚；女儿呢，只盼顺顺当当毕了业，找个合适的小人嫁出去；别闹笑话！过政治生活的原不怕闹笑话，可是自己是老一辈的人，不能不给后辈们立个好榜样，这是政治道德。作政治没法不讲道德，政治舞台是多么危险的地方，没有道德便没有胆量去冒险。自己六十岁了，还敢出肩重任，道德不充实可能有这个勇气？自己的道德修养，不用说，一定比自己所能看到的还要高着许多，一定。

他不愿再看报纸上那个像片，那不过是个短粗而无生气的胖子，而真正的自己是有思想有道德有才具有经验有运气的政治家！认清了这个，他心里非常平静，像无波的秋水映着一轮明月。他想和姨太太们凑几圈牌，为是活动活动自己的心力，太平静了。

“老爷，方委员，”陈升轻轻的把张很大的名片放在小桌上。

“请，”包善卿喜欢方文玉，方文玉的委员完全仗着他的力量。方文玉来的时间也正好，正好二男二女——两个姨太太——凑几圈儿。

方文玉进来，包善卿并没往起立，他知道方文玉不会恼他，而且会把这样的不客气认成为亲热的表示。可是他的眼睛张大，而后渐渐地一层层透出笑意，他知道这足以补足没往起立的缺欠，而不费力地牢笼住方文玉的心。搬弄着这些小小的过节，他觉得出自己的优越，有方文玉在这儿比着，他不能不承认自己的经验与资格。

“文玉！坐，坐！懒得很，这两天够我老头子……哈哈！”他必须这样告诉文玉，表示他并没在家里闲坐着，他最不喜欢忙乱，而最爱说他忙；会长要是忙，委员当然知道应当怎样勤苦点了。

“知道善老忙，现在，我——”方文玉不敢坐下，作出进退两难的样子，唯恐怕来的时间不对而讨人嫌。

“坐！来得正好！”看着方文玉的表演，他越发喜欢这个人，方文玉是有出息的。

方文玉有四十多岁，高身量，白净子脸，带着点烟气。他没别的嗜好，除了吃口大烟。在包善卿眼中，他是个有为的人，精明，有派头，有思想，可惜命不大强，总跳腾不起去。这回很卖了些力气给他弄到了个委员，很希望他能借着这一步而走几年好运。

“文玉，你来得正好，我正想凑几圈，带着硬的呢？”包善卿团着舌尖，显出很天真淘气。

“伺候善老，输钱向来是不给的！”方文玉张开口，可是不敢高声的笑，露出几个带烟釉的长牙来。及至包善卿哈哈笑了，他才接着出了声。

“本来也是，”包善卿笑完，很郑重地说，“一个委员拿五百六，没车马费，没办公费，苦事！不过，文玉你得会利用，眼睛别闲着；等山木拟定出工作大纲来，每个县城都得安人；留点神，多给介绍几个人。这些人都有县长的希望，可不能只靠着封介绍信！这或者能教你手里松动一点，不然的话，你得赔钱；五百六太损点，五百六！”他的大眼睛看着自己的小胖脚尖，不住地点头。待了一会儿：“好吧，今天先记你的账好了。有底没有？”

“有！小刘刚弄来一批地道的，请我先尝尝，烟倒是不坏，可是价儿也够瞧的。”方文玉摇了摇头，用烧黄的手指夹起支“炮台”来。

“我这也有点，也不坏，跟二太太要好了；她有时候吃一口。我不准她多吃！咱们里院去吧？”包善卿想立起来。

他还没站利落，电话铃响了。他不爱接电话。许多电玩艺儿，他喜欢安置，而不愿去使用。能利用电力是种权威，命令仆人们用电话叫菜或买别的东西，使他觉得他的命令能够传达很远，可是他不愿自己去叫与接电话。他知道自己不是破命去坐飞机的那种政治家。

“劳驾吧，”他立好，小胖脚尖往里一逗，很和蔼地对方文玉说。

方文玉的长腿似乎一下子就迈到了电机旁，拿起耳机，回头向包善卿笑着："喂，要哪里？包宅，啊，什么？呕，墨老！是我，是的！跟善老说话？啊，您也晓得善老不爱接电，嘻嘻，好，我代达！……好，都听明白了，明天见，明天见！"看了耳机一下，挂上。

"墨山？"包善卿的下巴往里收，眼睛往前努，作足探问的姿势。

"墨山，"方文玉点了点头，有些不大愿意报告的样子。"教我跟善老说两件事，头一件，明天他来给三太太贺寿，预备打几圈。"

"记性是真好，真好！"包善卿喜欢人家记得小姨太太的生日。"第二件？"

"那什么，那什么，他听说，听说，未必正确，大概学生又要出来闹事！"

"闹什么？有什么可闹的？"包善卿声音很低，可是很清楚，几乎是一字一字地说。

"墨老说，他们要打倒建设委员会呢！"

"胡闹吗！"包善卿坐下，脚尖在地上轻轻地点动。

"那什么，善老，"方文玉就着烟头又点着了一支新的，"这倒要防备一下。委员会一切都顺利；不为别的，单为求个吉利，也不应当让他们出来，满街打着白旗，怪丧气的。好不好通知公安局，先给您这儿派一队人来，而后让他们每学校去一队，禁止出入？"

"我想想看，想想看，"包善卿的脚尖点动得更快了，舌尖慢慢地舐着厚唇，眨巴着眼。过了好大一会儿，他笑了："还是先请教山木，你看怎样？"

"好！好！"方文玉把烟灰弹在地毯上，而后用左手捏了鼻子两下，似乎是极深沉地搜索妙策："不过，无论怎说，还是先教公安局给您派一队人来，有个准备，总得有个准备。要便衣队，都带家伙，把住胡同的两头。"他的带烟气的脸上露出青筋，离离光光的眼睛放出一些浮光。"把住两头，遇必要时只好对不起了，啪啪一排枪。啪啪一排枪，没办法！”

“没办法！”包善卿也挂了气，可是还不像方文玉那么浮躁。“不过总是先问问山木好，他要用武力解决呢，咱们便问心无愧。他主张和平呢，咱们更无须乎先表示强硬。我已经想好，明天请山木吃饭，正好商量商量这个。”

“善老，”方文玉有点抱歉的神气，“请原谅我年轻气浮，明天万一太晚了呢？即使和山木可以明天会商。您这儿总是先来一队人好吧？”

“也好，先调一队人来，”包善卿低声地像对自己说。又待了一会儿，他像不愿说，而又不得不说的，看了方文玉一眼；仿佛看准方文玉是可与谈心的人，他张开了口。“文玉，事情不这么简单。我不能马上找山木去。为什么？你看，东洋人处处细心。我一见了他，他必先问我，谁是主动人？你想啊，一群年幼无知的学生懂得什么，背后必有人鼓动。你大概要说 ×× 党？”他看见方文玉的嘴动了下。“不是！不是！”极肯定而有点得意地他摇了摇头。“中国就没有 ×× 党，我活了六十岁，还没有看见一个 ×× 党。学生背后必有主动人，弄点糖儿豆儿的买动了他们，主动人好上台，代替你我，你——我——”他的声音提高了些，胖脸上红起来。“咱们得先探听明白这个人或这些人是谁，然后才不至被山木问住。你看，仿佛吧山木这么一问，谁是主动人？我答不出；好，山木满可以撅着小黑胡子说：谁要顶你，你都不晓得？这个，我受不了。怎么处置咱们的敌人，可以听山木的；咱们可得自己找出敌人是谁。是这样不是？是不是？”

方文玉的长脑袋在细脖儿上绕了好几个圈，心中“很”佩服，脸上“极”佩服，包善老。“我再活四十多也没您这个心路，善老！”

善老没答碴，眼皮一搭拉，接受对他的谀美。“是的，擒贼先擒王，把主动人拿住。学生自然就老实了。这就是方才说过的了：和平呢还是武力呢，咱们得听山木的，因为主动人的势力必定小不了。”他又想了想：“假如咱们始终不晓得他是谁，山木满可以这么说，你既不知道为首的人，那就只好拿这回事当作学潮办吧。这可就糟了，学潮，一点学潮，咱们还办不了，还得和山木要主意？这岂不把乱子拉到咱们身上来？你说的不错，啪啪一排枪，准打回去，一点不错；可是啪啪一排枪犯不上由咱们放呀。山木要是负责的话，管他呢，啪啪一排开花炮也可以！是不是，文玉，我说的是不是？”

“是极！”方文玉用块很脏的绸子手绢擦了擦青眼圈儿。“不过，善老，就是由咱们放枪也无所不可。即使学生背后有主动人，也该惩罚他们——不好好读书，瞎闹哄什么呢！东洋朋友，中国朋友，商界，工界，农民，都拥护我们。除了学生，除了学生！不能不给小孩子们个厉害！我们出了多少力，费了多少心血，才有今日，临完他们喊打倒，善老？”看着善老连连点头，他那点吃烟人所应有的肝火消散了点。“这么办吧，善老，我先通知公安局派一队人来，然后咱们再分头打电打听打听谁是为首的人。”他的眼忽然一亮，“善老，好不好召集全体委员开个会呢！”

“想想看，”包善卿决定不肯被方文玉给催迷了头，在他的经验里，没有办法往往是最好的办法，而延宕足以杀死时间与风波。“先不用给公安局打电；他们应当赶上咱们来，这是他们当笔好差事的机会，咱们不能迎着他们去。至于开会，不必：一来是委员们都没在这儿，二来委员不都是由你我荐举的，开了会倒麻烦，倒麻烦。咱们顶好是先打听为首之人；把他打听到，”包善卿两只肥手向外一推，“一股拢总全交给山木。省心，省事，不得罪人！”

方文玉刚要张嘴，电话铃又响了。

这回。没等文玉表示出来愿代接电的意思，包善卿的小胖脚紧动慢动地把自己连跑带转地挪过去，像个着了忙的鸭子。摘下耳机，他张开了大嘴喘了一气。“哪里？呕，冯秘书，近来好？啊，啊，啊！局长呢？呕，我忘了，是的，局长回家给老太太作寿去了，我的记性太坏了！那……嗯……请等一等，我想想看，再给你打电，好，谢谢，再见！”挂上耳机。他仿佛接不上气来了。一大堆棉花似的瘫在大椅子上。闭了会儿眼，他低声地说：“记性太坏了，那天给常局长送过去了寿幛，今天就会忘了，要不得！要不得！”

“冯秘书怎么说？”方文玉很关切地问。

“哼，学生已经出来了，冯子才跟我要主意！”包善卿勉强着笑了笑。“我刚才说什么来着？咱们还没教他们派人来呢，他们已经和我要主意；要是咱们先张了嘴，公安局还不搬到我这儿来办公？跟我要主意，他们是干什么的？”

“可是学生已经出来了！”方文玉也想不出办法，可是因为有嗜好，所以胆子更小一点。“您想怎样回复冯子才呢？”

“他当然会给常局长打电报要主意；我不挣那份钱，管不着那段事。”包善卿看着桌上的案头日历。

“您这儿没人保护可不行呀！”方文玉又善意地警告。

“那，我有主意，”包善卿知道学生已经出来，不能不为自己的安全设法了。“文玉，你给张七打个电话，教他马上送五十打手来，都带家伙，每人一天八毛，到委员会领钱，他们比巡警可靠！”

方文玉放了点心，马上给张七打了电话。包善卿也似乎无可顾虑了，躺在沙发上闭了眼。方文玉看着善老，不愿再思索什么，可是总惦记着冯秘书。善老真稳，怎么不给冯回电呢？包善卿早把冯子才忘了，他早知道冯子才若是看事不妙必会偷偷地跑掉，用不着替他担忧，他心中正一一地数点家里的人，自要包家的人都平安，别的都没大关系。他忽然睁开眼，坐起来，按电铃。一边按一边叫：“陈升！陈升！”

陈升轻快地跑进来。

"陈升，大小姐回来没有？"他探着脖，想看桌上的日历："今天不是礼拜天吗？"

"是礼拜，大小姐没回家，"陈升一边回答，一边倒茶。

"给学校打电，叫她回来，快！"包善卿十分着急地说。"等等再倒茶，先打电！"对于儿女，他最爱的是大小姐，最不放心的也是大小姐。她是大太太生的，又是个姑娘，所以他对于她特别地慈爱，慈爱之中还有些尊重的意思，姨太太们生的小孩自然更得宠爱，可是止于宠爱；在大姑娘身上，只有在她身上，他仿佛找到了替包家维持家庭间的纯洁与道德的负责人。她是"女儿"，非得纯美得像一朵水仙花不可。这朵水仙花供给全家人一些清香，使全家人觉得他们有个鲜花似的千金小姐，而不至于太放肆与胡闹了。大小姐要是男女混杂地也到街上去打旗瞎喊，包家的鲜花就算落在泥中了，因为一旦和男学生们接触，女孩子是无法保持住纯洁的。

"老爷，学校电话断了！"陈升似乎还不肯放手耳机，回头说完这句，又把耳机放在耳旁。

"打发小王去接！紧自攥着耳机干什么呀！"包善卿的眼瞪得极大，短胡子都立起来。陈升跑出去，门外汽车嘟嘟起来。紧跟着，他又跑回："老爷，张七带着人来了。"

"叫他进来！"包善卿的手微微颤起来，"张七"两个字似乎与祸乱与厮杀有同一的意思，祸乱来在自己的门前，他开始害了怕；虽然他明知道张七是来保护他的。

张七没敢往屋中走，立在门口外："包大人，对不起您，我才带来三十五个人；今天大家都忙，因为闹学生，各处用人；我把这三十五个放在您这儿，马上再去找，误不了事，掌灯以前，必能凑齐五十名。"

“好吧，张七，”包善卿开开屋门，看了张七一眼：“他们都带着家伙哪？好！赶快去再找几名来！钱由委员会领；你的，我另有份儿赏！”

“您就别再赏啦，常花您的！那么，我走了，您没别的吩咐了？”张七要往外走。

“等等，张七，汽车接大小姐去了，等汽车回来你再走；先去看看那些人们，东口西口和门口分开了站！别都扎在一堆儿！”

张七出去检阅，包善卿回头看了看方文玉，“文玉，你看怎样！不要紧吧？”关上屋门，他背着手慢慢地来回走。

“没准儿了！”方文玉也立起来，脸上更灰暗了些。“毛病是在公安局。局长没在这儿，冯子才大概——”

“大概早跑啦！”包善卿接过去。“空城计，非乱不可，非乱不可，这玩艺，这玩艺，咱们始终不知为首的是谁，有什么办法呢？”

电话！方文玉没等请示，抓下耳机来。“谁？小王？……等等！”偏着点头：“善老，车夫小王在街上借的电话。学生都出去了，大小姐大概也随着走了；街上很乱，打上了！”

“叫小王赶紧回来！”

“你赶紧回来！”方文玉很凶狠的挂上耳机，心中很乱，想烧口烟吃。

“陈升！”包善卿向窗外喊：“叫张七来！”

这回，张七进了屋中，很规矩地立着。

“张七，五十块钱的赏，去把大小姐给找来！你知道她的学校？”

“知道！可是，包大人，成千成万的学生哪儿去找呢？我一个人，再添上俩，找到小姐也没法硬拉出来呀！”

“你去就是了，见机而作！找了来，我另给你十块！”方文玉看着善老，交派张七。

"好吧，我去碰碰！"张七不大乐观地走出去。

"小王回来了，老爷。"陈升进来报告。

"那什么，陈升，把帽子给我。"包善卿楞了会儿，转向方文玉："文玉，你别走，我出去看看，一个女孩子人家，不能——"

"善老！"方文玉抓住了善老的手，手很凉。"您怎能出去呢！让我去好了。认识我的少一点，您的像片——"

二人同时把眼转到桌上的报纸上。

"文玉你也不能出去！"包善卿腿一软，坐下了。"找山木想办法行不行？这不能算件小事吧？我的女儿！他要是派两名他的亲兵，准能找回来！"

"万一他不管，可不大得劲儿！"方文玉低声地说。

"听！"包善卿直起身来。

包宅离大街不十分远，平常能听得见汽车的喇叭声。现在，像夏日大雨由远而近地那样来了一片继续不断的，混乱而低切的吵嚷，分析不出是什么声音，只是那么流动的，越来越近的一片。一种可怕的，像卷着什么血肉的一团火，或一股怒潮，向前滚进。

方文玉的脸由灰白而惨绿，猛然张开口，咽了一口气。"善老，咱们得逃吧？"

包善卿的嘴动了动，没说出什么来，脸完全紫了。怒气与惧怕往两下处扯他的心，使他说不出话来。"学生！学生！一群毛孩子！"他心里说："你们懂得什么！懂得什么！包善卿的政治生活非生生让你们吵散不可！包善卿有什么对不起人的地方！混账，一群混账！"

张七拉开屋门，没顾得摘帽子："大人，他们到了！我去找大小姐，恰好和他们走碰了头！"

"西口把严没有？"包善卿好容易说出话来。

"他们不上这儿来，上教场去集合。"

“自要进来，开枪，我告诉你！”包善卿听到学生们不进胡同，强硬了些。

“听！”张七把屋门推开。

“打倒卖国贼！”千百条嗓子同时喊出。

包善卿的大眼向四下里找了找，好似“卖国贼”三个字像个风筝似的从空中落了下来。他没找到什么，可是从空中又降下一声：“打倒卖国贼！”他看了看方文玉，看了看张七，勉强地要笑笑，没笑出来。“七，”“张”字没能说利落：“大小姐呢？我教你去找大小姐！”

“这一队正是大小姐学校里的，后面还有一大群男学生。”

“看见她了？”

“第一个打旗的就是大小姐！”

“打倒卖国贼！”又从空中传来一声。

在这一声里，包善卿仿佛清清楚楚地听见了自己女儿的声音。

“好，好！”他的手与嘴唇一劲儿颤。“无父无君，男盗女娼的一群东西！我会跟你算账，甭忙，大小姐！别人家的孩子我管不了，你跑不出我的手心去！爸爸是卖国贼，好！”

“善老！善老！”方文玉的烟瘾已经上来，强挣扎着劝慰：“不必生这么大的气，大小姐年轻，一时糊涂，不能算是真心反抗您，绝对不能！”

“你不知道！”包善卿颤得更厉害了。“她要是想要钱，要衣裳，要车，都可以呀，跟我明说好了；何必满街去喊呢！疯了？卖国贼，爸爸是卖国贼，好听？混账，不要脸！”

电话！没人去接。方文玉已经瘾得不爱动，包善卿气得起不来。

张七等铃响了半天，搭讪着过去摘下耳机。“……等等。大人，公安局冯秘书。”

“挂上，没办法！”包善卿躺在沙发上。

“陈升！陈升！”方文玉低声地叫。

陈升就在院里呢，赶快进来。

方文玉向里院那边指了指，然后撅起嘴唇，像叫猫似的轻轻响了几下。

陈升和张七一同退出去。

原载1936年7月开明书店创业十周年纪念集《十年》(正编)

不成问题的问题

任何人来到这里——树华农场——他必定会感觉到世界上并没有什么战争，和战争所带来的轰炸、屠杀，与死亡。专凭风景来说，这里真值得被呼为乱世的桃源。前面是刚由一个小小的峡口转过来的江，江水在冬天与春天总是使人愿意跳进去的那么澄清碧绿。背后是一带小山。山上没有什么，除了一丛丛的绿竹矮树，在竹树的空处往往露出赭色的块块儿，像是画家给点染上的。

小山的半腰里，那青青的一片，在青色当中露出一两块白墙和二三屋脊的，便是树华农场。江上的小渡口，离农场大约有半里地，小船上的渡客，即使是往相反的方向去的，也往往回转头来，望一望这美丽的地方。他们若上了那斜着的坡道，就必定向农场这里指指点点，因为树上半黄的橘柑，或已经红了的苹果，总是使人注意而想夸赞几声的。到春暖花开的时候，或遇到什么大家休假的日子，城里的士女有时候也把逛一逛树华农场作为一种高雅的举动，而这农场的美丽恐怕还多少的存在一些小文与短诗之中咧。

创办一座农场必定不是为看着玩的；那么，我们就不能专来谀赞风景而忽略更实际一些的事儿了。由实际上说，树华农场的用水是没有问题的，因为江就在它的脚底下。出品的运出也没有问题。它离重庆市不过三十多里路，江中可以走船，江边上也有小路。它的设备是相当完美的：有鸭鹅池、有兔笼、有花畦、有菜圃、有牛羊圈、有果园。鸭蛋、鲜花、青菜、水果、牛羊乳……都正是像重庆那样的都市所必需的东西。况且，它的创办正在抗战的那一年；重庆的人口，在抗战后，一天比一天多；所以需要的东西，像青菜与其他树华农场所产生的东西，自然的也一天比一天多。赚钱是没有问题的。

从渡口上的坡道往左走不远，就有一些还未完全风化的红石，石旁生着几丛细竹。到了竹丛，便到了农场的窄而明洁的石板路。离竹丛不远，相对的长着两株青松，松树上挂着两面粗粗刨平的木牌，白漆漆着“树华农场”。石板路边，靠江的这一面，都是花；使人能从花的各种颜色上，慢慢地把眼光移到碧绿的江水上面去。靠山的一面是许多直立的扇形的葡萄架，架子的后面是各种果树。走完了石板路，有一座不甚高，而相当宽的藤萝架，这便是农场的大门，横匾上刻着“树华”两个隶字。进了门，在绿草上，或碎石堆花的路上，往往能看见几片柔软而轻飘的鸭鹅毛，因为鸭鹅的池塘便在左手方。这里的鸭是纯白而肥硕的，真正的北平填鸭。对着鸭池是平平的一个坝子，没有隙地的种着花草与菜蔬。在坝子的末端，被竹树掩覆着，是办公厅。这是相当坚固而十分雅致的一所两层的楼房，花果的香味永远充满了全楼的每一角落。牛羊圈和工人的草舍又在楼房的后边，时时有羊羔悲哀地啼唤。

这一些设备，教农场至少要用二十来名工人。可是，以它的生产能力，和出品销路的良好来说，除了一切开销，它还应当赚钱。无论是内行人还是外行人，只要看过这座农场，大概就不会想像到这是赔钱的事业。

然而，树华农场赔钱。

创办的时候，当然要往“里”垫钱。但是，鸡鸭、青菜、鲜花、牛羊乳，都是不需要很长的时间就可以在利润方面有些数目字的。按照行家的算盘上看，假若第二年还不十分顺利的话，至迟在第三年的开始就可以绝对地看赚了。

可是，树华农场的赔损是在创办后的第三年。在第三年首次股东会议的时候，场长与股东们都对着账簿发了半天的楞。

赔点钱，场长是绝不在乎的，他不过是大股东之一，而被大家推举出来作场长的。他还有许多比这座农场大的多的事业。可是，即使他对这小小的事业赔赚都不在乎，即使他一走到院中，看看那些鲜美的花草，就把赔钱的事忘得一干二净，他现在——在股东会上——究竟有点不大好过。他自信是把能手，他到处会赚钱，他是大家所崇拜的实业家。农场赔钱？这伤了他的自尊心。他赔点钱，股东他们赔点钱，都没有关系：只是，下不来台！这比什么都要紧！

股东们呢，多数的是可以与场长立在一块儿呼兄唤弟的。他们的名望、资本、能力，也许都不及场长，可是在赔个万儿八千块钱上来说，场长要是沉得住气，他们也不便多出声儿。很少数的股东的确是想投了资，赚点钱，可是他们不便先开口质问，因为他们股子少，地位也就低，假若粗着脖子红着筋地发言，也许得罪了场长和大股东们——这，恐怕比赔点钱的损失还更大呢。

事实上，假若大家肯打开窗子说亮话，他们就可以异口同声地，确凿无疑地，马上指出赔钱的原因来。原因很简单，他们错用了人。场长，虽然是场长，是不能，不肯，不会，不屑于到农场来监督指导一切的。股东们也不会十趟八趟跑来看看的——他们只愿在开会的时候来作一次远足，既可以欣赏欣赏乡郊的景色，又可以和老友们喝两盅酒，附带地还可以露一露股东的身份。除了几个小股东，多数人接到开会的通知，就仿佛在箱子里寻找迎节当令该换的衣服的时候，偶然的发现了想不起怎么随手放在那里的一卷钞票——“呕，这儿还有点玩艺儿呢!”

农场实际负责任的人是丁务源，丁主任。

丁务源，丁主任，管理这座农场已有半年。农场赔钱就在这半年。

连场长带股东们都知道，假若他们脱口而出地说实话，他们就必定在口里说出“赔钱的原因在——”的时节，手指就确切无疑地伸出，指着丁务源！丁务源就在一旁坐着呢。

但是，谁的嘴也没动，手指自然也就无从伸出。

他们，连场长带股东，谁没吃过农场的北平大填鸭，意大利种的肥母鸡，琥珀心的松花，和大得使儿童们跳起来的大鸡蛋鸭蛋？谁的瓶里没有插过农场的大枝的桂花，腊梅，红白梅花，和大朵的起楼子的芍药，牡丹与茶花？谁的盘子里没有盛过使男女客人们赞叹的山东大白菜，绿得像翡翠般的油菜与嫩豌豆？

这些东西都是谁送给他们的？丁务源！

再说，谁家落了红白事，不是人家丁主任第一个跑来帮忙？谁家出了不大痛快的事故，不是人家丁主任像自天而降的喜神一般，把大事化小，小事化无？

是的，丁主任就在这里坐着呢。可是谁肯伸出指头去戳点他呢？

什么责任问题，补救方法，股东会都没有谈论。等到丁主任预备的酒席吃残，大家只能拍拍他的肩膀，说声“美满的闭会”了。

丁务源是哪里的人？没有人知道。他是一切人——中外无别——的乡亲。他的言语也正配得上他的籍贯，他会把他所到过的地方的最简单易学的话，例如四川的“啥子”与“要得”，上海的“唔啥”，北平的“妈啦巴子”……都美好的联结到一处，变成一种独创的“国语”；有时候也还加上一半个“孤得”，或“夜司”，增加一点异国情味。

四十来岁，中等身量，脸上有点发胖，而肉都是亮的，丁务源不是个俊秀的人，而令人喜爱。他脸上那点发亮的肌肉，已经教人一看就痛快，再加上一对光满神足，顾盼多姿的眼睛，与随时变化而无往不宜的表情，就不只讨人爱，而且令人信任他了。最足以表现他的天才而使人赞叹不已的是他的衣服。他的长袍，不管是绸的还是布的，不管是单的还是棉的，永远是半新半旧的，使人一看就感到舒服；永远是比他的身裁稍微宽大一些，于是他垂着手也好，揣着手也好，掉背着手更好，老有一些从容不迫的气度。他的小褂的领子与袖口，永远是洁白如雪；这样，即使大褂上有一小块油渍，或大襟上微微有点折绉，可是他的雪白的内衣的领与袖会使人相信他是最爱清洁的人。他老穿礼服呢厚白底子的鞋，而且裤脚儿上扎着绸子带儿；快走，那白白的鞋底与颤动的腿带，会显出轻灵飘洒；慢走，又显出雍容大雅。长袍，布底鞋，绸子裤脚带儿合在一处，未免太老派了，所以他在领子下面插上了一支派克笔和一支白亮的铅笔，来调和一下。

他老在说话，而并没说什么。“是呀”，“要得么”，“好”，这些小字眼被他轻妙地插在别人的话语中间，就好像他说了许多话似的。到必要时，他把这些小字眼也收藏起来，而只转转眼珠，或轻轻一咬嘴唇，或给人家从衣服上弹去一点点灰。这些小动作表现了关切，同情，用心，比说话的效果更大得多。遇见大事，他总是斩钉截铁地下这样的结论——没有问题，绝对的！说完这一声，他便把问题放下，而闲扯些别的，使对方把忧虑与关切马上忘掉。等到对方满意地告别了，他会倒头就睡，睡三四个钟头；醒来，他把那件绝对没有问题的事忘得一干二净。直等到那个人又来了，他才想起原来曾经有过那么一回事，而又把对方热诚地送走。事情，照例又推在一边。及至那个人快恼了他的时候，他会用农场的出品使朋友仍然和他相好。天下事都绝对没有问题，因为他根本不去办。

他吃得好，穿得舒服，睡得香甜，永远不会发愁。他绝对没有任何理想，所以想发愁也无从发起。他看不出社会上彼此敷衍有什么不对的地方。他只知道敷衍能解决一切，至少能使他无忧无虑，脸上胖而且亮。凡足以使事情敷衍过去的手段，都是绝妙的手段。当他刚一得到农场主任的职务的时候，他便被姑姑老姨舅爷，与舅爷的舅爷包围起来，他马上变成了这群人的救主。没办法，只好一一敷衍。于是一部分有经验的职员与工人马上被他“欢送”出去，而舅爷与舅爷的舅爷都成了护法的天使。占据了地上的乐园。

没被辞退的职员与园丁，本都想辞职。可是，丁主任不给他们开口的机会。他们由书面上通知他，他连看也不看。于是，大家想不辞而别。但是，赶到真要走出农场时，大家的意见已经不甚一致。新主任到职以后，什么也没过问，而在两天之中把大家的姓名记得飞熟，并且知道了他们的籍贯。

“老张！”丁主任最富情感的眼，像有两道紫外光似的射到老张的心里，“你是广元人呀？乡亲！硬是要得！”丁主任解除了老张的武装。

“老谢！”丁主任的有肉而滚热的手拍着老谢的肩膀，“呕，恩施？好地方！乡亲！要得么！”于是，老谢也缴了械。

多数的旧人们就这样受了感动，而把“不辞而别”的决定视为一时的冲动，不大合理。那几位比较坚决的，看朋友们多数鸣金收兵，也就不便再说什么，虽然心里还有点不大得劲儿。及至丁主任的胖手也拍在他们的肩头上，他们反觉得只有给他效劳，庶几乎可以赎出自己的行动幼稚，冒昧，的罪过来。“丁主任是个朋友！”这句话即使不便明说，也时常在大家心中飞来飞去，像出笼的小鸟，恋恋不忍去似的。

大家对丁主任的信任心是与时俱增的。不管大事小事，只要向丁主任开口，人家丁主任是不会眨眨眼或楞一楞再答应的。他们的请托的话还没有说完，丁主任已说了五个“要得”。丁主任受人之托，事实上，是轻而易举的。比方说，他要进城——他时常进城——有人托他带几块肥皂。在托他的人想，丁主任是精明人，必能以极便宜的价钱买到极好的东西。而丁主任呢，到了城里，顺脚走进那最大的铺子，随手拿几块最贵的肥皂。拿回来，一说价钱，使朋友大吃一惊。“货物道地，”丁主任要交代清楚，“你晓得！多出钱，到大铺子去买，吃不了亏！你不要，我还留着用呢！你怎样？”怎能不要呢，朋友只好把东西接过去，连声道谢。

大家可是依旧信任他。当他们暗中思索的时候，他们要问：托人家带东西，带来了没有？带来了。那么人家没有失信。东西贵，可是好呢。进言无二价的大铺子买东西，谁不会呢，何必托他？不过，既然托他，他——堂堂的丁主任——岂是挤在小摊子上争钱讲价的人？这只能怪自己，不能怪丁主任。

慢慢地，场里的人们又有耳闻：人家丁主任给场长与股东们办事也是如此。不管办个“三天”，还是“满月”，丁主任必定闻风而至，他来到，事情就得由他办。烟，能买“炮台”就买“炮台”，能买到“三五”就是“三五”。酒，即使找不到“茅台”与“贵妃”，起码也是绵竹大麯。饭菜，呕，先不用说饭菜吧，就是糖果也必得是冠生园的，主人们没法挑眼。不错，丁主任的手法确是太大；可是，他给主人们作了脸哪。主人说不出话来，而且没法不佩服丁主任见过世面。有时候，主妇们因为丁主任太好铺张而想表示不满，可是丁主任送来的礼物，与对她们的殷勤，使她们也无从开口。她们既不出声，男人们就感到事情都办得合理，而把丁主任看成了不起的人物。这样，丁主任既在场长与股东们眼中有了身分，农场里的人们就不敢再批评什么；即使吃了他的亏，似乎也是应当的。

及至丁主任作到两个月的主任，大家不但不想辞职，而且很怕被辞了。他们宁可舍着脸去逢迎谄媚他，也不肯失掉了地位。丁主任带来的人，因为不会作活，也就根本什么也不干。原有的工人与职员虽然不敢照样公然怠工，可是也不便再像原先那样实对实地每日作八小时工。他们自动把八小时改为七小时，慢慢地又改为六小时，五小时。赶到主任进城的时候，他们干脆就整天休息。休息多了，又感到闷得慌，于是麻将与牌九就应运而起；牛羊们饿得乱叫，也压不下大家的欢笑与牌声。有一回，大家正赌得高兴，猛一抬头，丁主任不知道什么时候人不知鬼不觉地站在老张的后边！大家都楞了！

"接着来，没关系！"丁主任的表情与语调顿时教大家的眼都有点发湿。"干活是干活，玩是玩！老张，那张八万打得好，要得！"

大家的精神，就像都刚胡了满贯似的，为之一振。有的人被感动得手指直颤。

大家让主任加入。主任无论如何不肯破坏原局。直等到四圈完了，他才强被大家拉住，改组。"赌场上可不分大小，赢了拿走，输了认命，别说我是主任，谁是园丁！"主任挽起雪白的袖口，微笑着说。大家没有异议。"还玩这么大的，可是加十块钱的望子，自摸双？"大家又无异议。新局开始。主任的牌打得好。不但好，而且牌品高。打起牌来，他一声不出，连"要得"也不说了。他自己和牌，轻轻地好像抱歉似的把牌推倒。别人和牌，他微笑着，几乎是毕恭毕敬地送过筹码去。十次，他总有八次赢钱，可是越赢越受大家敬爱；大家仿佛宁愿把钱输给主任，也不愿随便赢别人几个。把钱给丁主任似乎是一种光荣。

不过，从实际上看，光荣却不像钱那样有用。钱既输光，就得另想生财之道。由正常的工作而获得的收入，谁都晓得，是有固定的数目。指着每月的工资去与丁主任一决胜负是作不通的。虽然没有创设什么设计委员会，大家可是都在打主意，打农场的主意。主意容易打，执行的勇气却很不易提起来。可是，感谢丁主任，他暗示给大家，农场的东西是可以自由处置的。没看见吗，农场的出品，丁主任都随便自己享受，都随便拿去送人。丁主任是如此，丁主任带来的“亲兵”也是如此，那么，别人又何必分外的客气呢？

于是，树华农场的肥鹅大鸭与油鸡忽然都罢了工，不再下蛋，这也许近乎污蔑这一群有良心的动物们，但是农场的账簿上千真万确看不见那笔蛋的收入了。外间自然还看得见树华的有名的鸭蛋——为孵小鸭用的——可是价钱高了三倍。找好鸭种的人们都交头接耳地嘀咕：“树华的填鸭鸭蛋得托人情才弄得到手呢。”在这句话里，老张，老谢，老李都成了被恳托的要人。

在蛋荒之后，紧接着便是按照科学方法建造的鸡鸭房都失了科学的效用。树华农场大闹黄鼠狼，每晚上都丢失一两只大鸡或肥鸭。有时候，黄鼠狼在白天就出来为非作歹，而在他们最猖獗的时期，连牛犊和羊羔都被劫去；多么大的黄鼠狼呀！

鲜花，青菜，水果的产量并未减少，因为工友们知道完全不工作是自取灭亡。在他们赌输了，睡足了之后，他们自动地努力工作，不是为公，而是为了自己。不过，产量虽未怎么减少，农场的收入却比以前差的多了。果子，青菜，据说都闹虫病。果子呢，须要剔选一番，而后付运，以免损害了农场的美誉。不知道为什么那些落选的果子仿佛更大更美丽一些，而先被运走。没人能说出道理来，可是大家都喜欢这么作。菜蔬呢，以那最出名的大白菜说吧，等到上船的时节，三斤重的就变成了二斤或一斤多点；那外面的大肥叶子——据说是受过虫伤的——都被剥下来，洗净，另捆成一把一把的运走，当作“猪菜”卖。这种猪菜在市场上有很高的价格。

这些事，丁主任似乎知道，可没有任何表示，当夜里闹黄鼠狼子的时候，即使他正醒着，听得明明白白，他也不会失去身分地出来看看。及至次晨有人来报告，他会顺口答音地声明：“我也听见了，我睡觉最警醒不过！”假若他高兴，他会继续说上许多关于黄鼬和他夜间怎样警觉的故事。当被黄鼬拉去而变成红烧的或清燉的鸡鸭，摆在他的眼前，他就绝对不再提黄鼬，而只谈些烹饪上的问题与经验；一边说着，一边把最肥的一块鸭夹起来送给别人：“这么肥的鸭子，非挂炉烧烤不够味；清燉不相宜，不过，汤还要得！”他极大方地尝了两口汤。工人们若献给他钱——比如卖猪菜的钱——他绝对不肯收。“咱们这里没有等级，全是朋友；可是主任到底是主任，不能吃猪菜的钱！晚上打几圈儿好啦！要得吗？”他自己亲热地回答上，“要得！”把个“得”字说得极长。几圈麻将打过后，大家的猪菜钱至少有十分之八，名正言顺地入了主任的腰包。当一五一十的收钱的时候，他还要谦逊地声明：“咱们的牌都差不多，谁也说不上高明。我的把弟孙宏英，一月只打一次就够吃半年的。人家那才叫会打牌！不信，你给他个司长，他都不作，一个月打一次小牌就够了！”

秦妙斋从十五岁起就自称为宁夏第一才子。到二十多岁，看“才子”这个词儿不大时行了，乃改称为全国第一艺术家。据他自己说，他会雕刻，会作画，会弹古琴与钢琴，会作诗，小说，与戏剧；全能的艺术家。可是，谁也没有见过他雕刻，画图，弹琴，和作文章。

在平时，他自居为艺术家，别人也就顺口答音地称他为艺术家，原本不算什么。到了抗战时期，正是所谓国乱显忠臣的时候，艺术家也罢，科学家也罢，都要拿出他的真正本领来报效国家，而秦妙斋先生什么也拿不出来。这也不算什么。假若他肯虚心地去学习，说不定他也许有一点天才，能学会画两笔，或作些简单而通俗的文字，去宣传抗战，或者，干脆放弃了天才的梦，而脚踏实地地去作中小学的教师，或到机关中服务，也还不失为尽其在我。可是他不肯去学习，不肯去吃苦，而只想飘飘摇摇地作个空头艺术家。

他在抗战后，也曾加入艺术家们的抗战团体。可是不久便冷淡下来，不再去开会。因为在他想，自己既是第一艺术家，理当在各团体中取得领导的地位。可是，那些团体并没有对他表示敬意。他们好像对他和对一切好虚名的人都这么说：谁肯出力作抗战工作，谁便是好朋友；反之，谁要是借此出风头，获得一点虚名与虚荣，谁就乘早儿退出去。秦妙斋退了出来。但是，他不甘寂寞。他觉得这样的败退，并不是因为自己的浅薄虚伪，而是因为他的本领出众，不见容于那些妒忌他的人们。他想要独树一帜，自己创办一个什么团体，去过一过领导的瘾。这，又没能成功，没有人肯听他号召。在这之后，他颇费了一番思索，给自己想出两个字来：清高。当他和别人闲谈，或独自呻吟的时候，他会很得意地用这两个字去抹杀一切，而抬高自己："现而今的一般自命为艺术家的，都为了什么？什么也不为，除了钱！真正懂得什么叫作清高的是谁？"他的鼻尖对准了自己的胸口，轻轻地点点头。"就连那作教授的也算不上清高，教授难道不拿薪水么？……"可是"你怎么活着呢？你的钱从什么地方来呢？"有那心直口快的这么问他。"我，我，"他有点不好意思，而不能回答："我爸爸给我！"

是的，秦妙斋的父亲是财主。不过，他不肯痛快地供给儿子钱化。这使秦妙斋时常感到痛苦。假若不是被人家问急了，他不肯轻易的提出"爸爸"来。就是偶尔地提到，他几乎要把那个最有力量的形容字——不清高——也加在他的爸爸头上去！

按照着秦老者的心意，妙斋应当娶个知晓三从四德的老婆，而后一扑纳心地在家里看守着财产。假若妙斋能这样办，哪怕就是吸两口鸦片烟呢，也能使老人家的脸上纵起不少的笑纹来。可是，有钱的老子与天才的儿子仿佛天然是对头。妙斋不听调遣。他要作诗，画画，而且——最使老人伤心的——他不愿意在家里蹲着。老人没有旁的办法，只好尽量地勒着钱。尽管妙斋的平信，快信，电报，一齐来催钱，老人还是毫不动感情地到月头才给儿子汇来“点心费”。这点钱，到妙斋手里还不够还债的呢。我们的诗人，是感受着严重的压迫。挣钱去吧，既不感觉趣味，又没有任何本领；不挣钱吧，那位不清高的爸爸又是这样的吝啬！金钱上既受着压迫，他满想在艺术界活动起来，给精神上一点安慰。而艺术界的人们对他又是那么冷淡！他非常的灰心。有时候，他颇想摹仿屈原，把天才与身体一齐投在江里去。投江是件比较难于作到的事。于是，他转而一想，打算作个青年的陶渊明。“顶好是退隐！顶好！”他自己念道着。“世人皆浊我独清！只有退隐，没别的话好讲！”

高高的个子，长长的脸，头发像粗硬的马鬃似的，长长的，乱七八糟的，披在脖子上。虽然身量很高，可好像里面没有多少骨头，走起路来，就像个大龙虾似的那么东一扭西一拱的。眼睛没有神，而且爱在最需要注意的时候闭上一会儿，仿佛是随时都在作梦。

作着梦似的秦妙斋无意中走到了树华农场。不知道是为欣赏美景，还是走累了，他对着一株小松叹了口气，而后闭了会儿眼。

也就是上午十一点钟吧，天上有几缕秋云，阳光从云隙发出一些不甚明的光，云下，存着些没有完全被微风吹散的雾。江水大体上还是黄的，只有江岔子里的已经静静地显出绿色。葡萄的叶子就快落净，茶花已顶出一些红瓣儿来。秦妙斋在鸭塘的附近找了块石头，懒洋洋地坐下。看了看四下里的山、江、花、草，他感到一阵难过。忽然地很想家，又似乎要作一两句诗，仿佛还有点触目伤情……这时候，他的感情像是极复杂，复杂的到了既像万感俱来，可是一会儿又像茫然不知所谓的程度。坐了许久，他忽然在复杂混乱的心情中找到可以用话语说出来的一件事来。“我应当住在这里！”他低声对自己说。

这句话虽然是那么简短，可是里边带着无限的感慨。离家，得罪了父亲，功未成，名未就……只落得独自在异乡隐退，想住在这静静的地方！他呆呆地看着池里的大白鸭，那洁白的羽毛，金黄的脚掌，扁而像涂了一层蜡的嘴，都使他心中更混乱，更空洞，更难过。这些白鸭是活的东西，不错；可是他们干吗活着呢？正如同天生下我秦妙斋来，有天才，有志愿，有理想，但是都有什么用呢？想到这里，他猛然的，几乎是身不由己的，立了起来。他恨这个世界，恨这个不叫他成名的世界！连那些大白鸭都可恨！他无意中地、顺手地捋下一把树叶，揉碎，扔在地上。他发誓，要好好地，痛快淋漓地写几篇文字，把那些有名的画家，音乐家，文学家都骂得一个小钱也不值！那群不清高的东西！

他向办公楼那面走，心中好像在说："我要骂他们！就在这里，这里，写成骂他们的文章！"

丁主任刚刚梳洗完，脸上带着夜间又赢了钱的一点喜气。他要到院中吸点新鲜空气。安闲地，手揣在袖口里，像采菊东篱下的诗人似的，他慢慢往外走。

在门口，他几乎被秦妙斋撞了个满怀。秦妙斋，大龙虾似的，往旁边一闪；照常往里走。他恨这个世界，碰了人就和碰了一块石头或一株树一样，只有不快，用不着什么客气与道歉。

丁主任，老练，安详，微笑地看着这位冒失的青年龙虾。"找谁呀？"他轻轻问了声。

秦妙斋稍一楞，没有答理他。

丁主任好像自言自语地说，"大概是个画家。"

秦妙斋的耳朵仿佛是专为听这样的话的，猛地立住，向后转，几乎是喊叫地，"你说什么？"

丁主任不知道自己的话是说对了，还是说错了，可是不便收回或改口。迟顿了一下，还是笑着："我说，你大概是个画家。"

"画家？画家？"龙虾一边问，一边往前凑，作着梦的眼睛居然瞪圆了。

丁先生不晓得怎样回答才好，只啊啊了两声。

妙斋的眼角上汪起一些热泪，口中的热涎喷到丁主任的脸上："画家，我是——画家，你怎么知道？"说到这里，他仿佛已筋疲力尽，像快要晕倒的样子，摇晃着，摸索着，找到一只小凳，坐下，闭上了眼睛。

丁主任还笑着，可是笑得莫名其妙，往前凑了两步。还没走到妙斋的身边，妙斋的眼睛睁开了。"告诉你，我还不仅是画家，而且是全能的艺术家！我都会！"说着，他立起来，把右手扶在丁主任的肩上。"你是我的知己！你只要常常叫我艺术家，我就有了生命！生我者父母，知我者——你是谁？"

"我？"丁主任笑着回答。"小小园丁！"

"园丁？"

"我管着这座农场！"丁主任停住了笑。"你姓什么！"毫不客气地问。

"秦妙斋，艺术家秦妙斋。你记住，艺术家和秦妙斋老得一块儿喊出来，一分开，艺术家和我就都不好存在了！"

"呕！"丁主任的笑意又回到脸上，进了大厅，眼睛往四面一扫——壁上挂着些时人的字画。这些字画都不甚高明，也不十分丑恶。在丁主任眼中，它们都怪有个意思，至少是挂在这里总比四壁皆空强一些。不过，他也有个偏心眼，他顶爱那张长方的，石印的抗战门神爷，因为色彩鲜明，"真"有个意思。他的眼光停在那片色彩上。

随着丁主任的眼，妙斋也看见了那些字画，他把眼光停在了那张抗战画上。当那些色彩分明地印在了他的心上的时候，他觉到一阵恶心，像忽然要发疟似的，浑身的毛孔都像针儿刺着，出了点冷汗。定一定神，他扯着丁先生，扑向那张使他恶心的画儿去。发颤的手指，像一根挺身作战的小蛇似的，指着那堆色彩："这叫画？这叫画？用抗战来欺骗艺术，该杀！该杀！"不由分说，他把画儿扯了下来，极快地撕碎，扔在地上，用脚狠狠地揉搓，好像把全国的抗战艺术家都踩在了泥土上似的。他痛快地吐了口气。

来不及拦阻妙斋的动作，丁主任只说了一串口气不同的"唉"！

妙斋犹有余怒，手指向四壁普遍的一扫："这全要不得！通通要不得！"

丁主任急忙挡住了他，怕他再去撕毁。妙斋却高傲地一笑："都扯了也没有关系，我会给你画！我给你画那碧绿的江，赭色的山，红的茶花，雪白的大鸭！世界上有那么多美丽的东西，为什么单单去画去写去唱血腥的抗战？混蛋！我要先写几篇文章，臭骂，臭骂那群污辱艺术的东西们。然后，我要组织一个真正艺术家的团体，一同主张——主张——清高派，暂且用这个名儿吧，清高派的艺术！我想你必赞同？"

"我？"丁主任不知怎样回答。

"你当然同意！我们就推你作会长！我们就在这里作画，治乐，写文章！"

"就在这里？"丁主任脸上有点不大得劲，用手摸了摸。

"就在这里！今天我就不走啦！"妙斋的嘴犄角直往外迸水星儿，"想想看，把这间大厅租给我，我爸爸有钱，你要多少我给多少。然后，我们艺术家们给你设计，把这座农场变成最美的艺术之家，艺术乐园！多么好！多么好！"

丁主任似乎得到一点灵感。口中随便用"要得""不错"敷衍着，心中可打开了算盘。在那次股东会上，虽然股东们对他没有什么决定的表示，可是他自己看得清清楚楚，大家对他多少有点不满意。他应当把事情调整一下，教大家看看，他不是没有办法的人。是呀，这里的大厅闲着没有用，楼上也还有三间空房，为什么不租出去，进点租钱呢？况且这笔租金用不着上账；即使教股东们知道了，大家还能为这点小事来质问吗？对！他决定先试一试这位艺术家。“秦先生，这座大厅我们大家用，楼上还有三间空房，你要就得都要，一年一万块钱，一次交清。”

妙斋闭了眼，“好啦，一言为定！我给爸爸打电报要钱。”

“什么时候搬进来？”丁主任有点后悔。交易这么容易成功，想必是要少了钱。但是，再一想，三间房，而且在乡下，一万元应当不算少。管它呢，先进一万再说别的！“什么时候搬进来？”

“现在就算搬进来了！”

“啊？”丁主任有点悔意了。“难道你不去拿行李什么的？”

“没有行李，我只有一身的艺术！”妙斋得意地哈哈地笑起来。

“租金呢？”

“那，你尽管放心：我马上打电报去！”

秦妙斋就这样的侵入了树华农场。不到两天，楼上已住满他的朋友。这些朋友，有男有女，有老有少，都时来时去，而绝对不客气。他们要床，便见床就搬了走；要桌子，就一声不响地把大厅的茶几或方桌拿了去。对于鸡鸭菜果，他们的手比丁主任还更狠，永远是理直气壮地拿起就吃。要摘花他们便整棵的连根儿拔出来。农场的工友甚至于须在夜间放哨，才能抢回一点东西来！

可是，丁主任和工友们都并不讨厌这群人。首要的因为这群人中老有女的，而这些女的又是那么大方随便，大家至少可以和他们开句小玩笑。她们仿佛给农场带来了一种新的生命。其次，讲到打牌，人家秦妙斋有艺术家的态度，输了也好，赢了也好，赌钱也好，赌花生米也好，一坐下起码二十四圈。丁主任原是不屑于玩花生米的，可是妙斋的热情感动了他，他不好意思冷淡地谢绝。

丁主任的心中老挂念着那一万元的租金。他时常调动着心思与语言，在最适当的机会暗示出催钱的意思。可是妙斋不接受暗示。虽然如此，丁主任可是不忍把妙斋和他的朋友撵了出去。一来是，他打听出来，妙斋的父亲的的确确是位财主；那么，假若财主一旦死去，妙斋岂不就是财产的继承人？“要把眼光放远一些！”丁主任常常这样警戒自己。二来是，妙斋与他的友人们，在实在没有事可干的时候，总是坐在大厅里高谈艺术。而他们的谈论艺术似乎专为骂人。他们把国内有名的画家，音乐家，文艺作家，特别是那些尽力于抗战宣传的，提名道姓地一个一个挨次咒骂。这，使丁主任闻所未闻。慢慢地，他也居然记住了一些艺术家的姓名。遇到机会，他能说上来他们的一些故事，仿佛他同艺术家们都是老朋友似的。这，使与他来往的商人或闲人，感到惊异，他自己也得到一些愉快。还有，当妙斋们把别人咒腻了，他们会无耻与得意地提出一些社会上的要人来，“是的，我们要和他取得联络，来建设起我们自己的团体来！”“那，我可以写信给他；我要告诉明白了他，我们都是真正清高的艺术家！”……提到这些要人，他们大家口中的唾液都好像甜蜜起来，眼里发着光。“会长！”他们在谈论要人之后，必定这样叫丁主任：“会长，你看怎样？”丁主任自己感到身量又高了一寸似的！他不由地怜爱了这群人，因为他们既可以去与要人取得联络，而且还把他自己视为要人之一！他不便发表什么意见，可是常常和妙斋肩并肩地在院中散步。他好像完全了解妙斋的怀才不遇，妙斋微叹，他也同情地点着头。二人成了莫逆之交！

丁主任爱钱，秦妙斋爱名，虽然所爱的不同，可是在内心上二人有极相近的地方，就是不惜用卑鄙的手段取得所爱的东西。这也是二人成为好朋友的一个原因。因此，丁主任往往对妙斋发表些难以入耳的最下贱的意见，妙斋也好好地静听，并不以为可耻。

眨眨眼，到了阳历年。

除夕，大家正在打牌，宪兵从楼上抓走两位妙斋的朋友。

丁主任口里直说“没关系”，心中可是有点慌。他久走江湖，晓得什么是利，哪是害。宪兵从农场抓走了人，起码是件不体面的事，先不提更大的干系。

秦妙斋丝毫没感到什么。那两位被捕的人是谁？他只知道他们的姓名，别的一概不清楚。他向来不细问与他来往的人是干什么的。只要人家捧他，叫他艺术家，他便与人家交往。因此，他有许多来往的人，而没有真正的朋友。他们被捕去，他绝对没有想到去打听打听消息，更不用说去营救了。有人被捕去，和农场丢失两只鸭子一样无足轻重。本来嘛，神圣的抗战，死了那么多的人，流了那么多的血，他都无动于衷，何况是捕去两个人呢？当丁主任顺口搭音地盘问他的时候，他只极冷淡地说：“谁知道！枪毙了也没法子呀！”

丁主任，连丁主任，也感到一点不自在了。口中不说，心里盘算着怎样把妙斋赶了出去。“好嘛，给我这儿招来宪兵，要不得！”他自己念道着。同时，他在表情上，举动上，不由地对妙斋冷淡多了。他有点看不起妙斋。他对一切不负责任，可是他心中还有“朋友”这个观念。他看妙斋是个冷血动物。

妙斋没有感觉出这点冷淡来。他只看自己，不管别人的表情如何，举动怎样。他的脑子只管计划自己的事，不管替别人思索任何一点什么。

慢慢地，丁主任打听出来：那两位被捕的人是有汉奸的嫌疑。他们的确和妙斋没有什么交情，但是他们口口声声叫他艺术家，于是他就招待他们，甚至于允许他们住在农场里。平日虽然不负责任，可是一出了乱子，丁主任觉出自己的责任与身份来。他依然不肯当面告诉妙斋："我是主任，有人来往，应当先告诉我一声。"但是，他对妙斋越来越冷淡。他想把妙斋"冰"了走。

到了一月中旬，局势又变了。有一天，忽然来了一位有势力、与场长最相好的股东。丁主任知道事情要不妙。从股东一进门，他便留了神，把自己的一言一笑都安排得像蜗牛的触角似的，去试探，警戒。一点不错，股东暗示给他，农场赔钱，还有汉奸随便出入，丁主任理当辞职。丁主任没有否认这些事实，可也没有承认。他说着笑着，态度极其自然。他始终不露辞职的口气。

股东告辞，丁主任马上找了秦妙斋去。秦妙斋是——他想——财主的大少爷，他须起码教少爷明白，他现在是替少爷背了罪名。再说，少爷自称为文学家，笔底下一定很好，心路也多，必定能替他给全体股东写封极得体的信。是的，就用全体职工的名义，写给股东们，一致挽留丁主任。不错，秦妙斋是个冷血动物；但是，"我走，他也就住不下去了！他还能不卖气力吗？"丁主任这样盘算好，每个字都裹了蜜似的，在门外呼唤："秦老弟！艺术家！"

秦妙斋的耳朵竖了起来，龙虾的腰挺直，他准备参加战争。世界上对他冷淡得太久了，他要挥出拳头打个热闹，不管是为谁，和为什么！"宁自一把火把农场烧得干干净净，我们也不能退出！"他喷了丁主任一脸唾沫星儿，倒好像农场是他一手创办起来似的。

丁主任的脸也增加了血色。他后悔前几天那样冷淡了秦妙斋，现在只好一口一个"艺术家"地来赎罪。谈过一阵，两个人亲密得很有些像双生的兄弟。最后，妙斋要立刻发动他的朋友："我们马上放哨，一直放到江边。他们假若真敢派来新主任，我就会教他怎么来，怎么滚回去！"同时，他召集了全体职工，在大厅前开会。他登在一块石头上，声色俱厉地演说了四十分钟。

妙斋在演说后，成了树华农场的灵魂。不但丁主任感激，就是职员与工友也都称赞他："人家姓秦的实在够朋友！"

大家并不是不知道，秦先生并不见得有什么高明的确切的办法。不过，闹风潮是赌气的事，而妙斋恰好会把大家感情激动起来；大家就没法不承认他的优越与热烈了。大家甚至于把他看得比丁主任还重要，因为丁主任虽然是手握实权，而且相当地有办法，可是他到底是多一半为了自己；人家秦先生呢，根本与农场无关，纯粹是路见不平，拔刀相助。这样，秦先生白住房，偷鸡蛋，与其他一切小小的罪过，都变成了理之当然的事。他，在大家的眼中，现在完全是个侠肠义胆的可爱可敬的人。

丁主任有十来天不在农场里。他在城里，从股东的太太与小姐那里下手，要挽回他的颓势。至于农场，他以为有妙斋在那里，就必会把大家团结得很坚固，一定不会有内奸，捣他的乱。他把妙斋看成了一座精神堡垒！等到他由城中回来，他并没对大家公开地说什么，而只时常和妙斋有说有笑地并肩而行。大家看着他们，心中都得到了安慰，甚至于有的人喊出："我们胜利了！"

农场糟到了极度。那喊叫"我们胜利了"的，当然更肆无忌惮，几乎走路都要模仿螃蟹；那稍微悲观一些的，总觉得事情并不能这么容易得到胜利，于是抱着干一天算一天的态度，而拚命往手中搂东西，好像是说："滚蛋的时候，就是多拿走一把小镰刀也是好的！"

旧历年是丁主任的一"关"。表面上，他还很镇定，可是喝了酒便爱发牢骚。"没关系！"他总是先说这一句，给自己壮起胆气来。慢慢地，血液循环的速度增加了，他身上会忽然出点汗。想起来了：张太太——张股东的二夫人——那里的年礼送少了！他楞一会儿，然后，自言自语地说："人事，都是人事；把关系拉好，什么问题也没有！”酒力把他的脑子催得一闪一闪的，忽然想起张三，忽然想起李四，“都是人事问题！”

新年过了，并没有任何动静。丁主任的心像一块石头落了地。新年没有过好，必须补充一下；于是一直到灯节，农场中的酒气牌声始终没有断过。

灯节后的那么一天，已是早晨八点，天还没甚亮。浓厚的黑雾不但把山林都藏起去，而且把低处的东西也笼罩起来，连房屋的窗子都像挂起黑的帘幕。在这大雾之中，有些小小的雨点，有时候飘飘摇摇地像不知落在哪里好，有时候直滴下来，把雾色加上一些黑暗。农场中的花木全静静地低着头，在雾中立着一团团的黑影。农场里没有人起来，梦与雾好像打成了一片。

大雾之后容易有晴天。在十点钟左右，雾色变成红黄，一个红血的太阳时时在雾薄的时候露出来，花木叶子上的水点都忽然变成小小的金色的珠子。农场开始有人起床。秦妙斋第一个起来，在院中绕了一个圈子。正走在大藤萝架下，他看见石板路上来了三个人。最前面的是一位女的，矮身量，穿着不知有多少衣服，像个油篓似的慢慢往前走，走得很吃力。她的后面是个中年的挑伕，挑着一大一小两只旧皮箱，和一个相当大的、风格与那位女人相似的铺盖卷，挑伕的头上冒着热汗。最后，是一位高身量的汉子，光着头，发很长，穿着一身不体面的西服，没有大衣，他的肩有些向前探着，背微微有点弯。他的手里拿着个旧洋磁的洗脸盆。

秦妙斋以为是他自己的朋友呢，他立在藤萝架旁，等着和他们打招呼。他们走近了，不相识。他还没动，要细细看看那个女的，对女的他特别感觉兴趣。那个大汉，好像走得不耐烦了，想赶到前边来，可是石板路很窄，而挑伕的担子又微微的横着，他不容易赶过来。他想踏着草地绕过来，可是脚已迈出，又收了回去，好像很怕踏损了一两根青草似的。到了藤架前，女的立定了，无聊地，含怨地，轻叹了一声。挑伕也立住。大汉先往四下一望，而后挤了过来。这时候，太阳下面的雾正薄得像一片飞烟，把他的眉眼都照得发光。他的眉眼很秀气，可是像受过多少什么无情的折磨似的，他的俊秀只是一点残余。他的脸上有几条来早了十年的皱纹。他要把脸盆递给女人，她没有接取的意思。她仅“啊”了一声，把手缩回去。大概她还要夸赞这农场几句，可是，随着那声“啊”，她的喜悦也就收敛回去。阳光又暗了一些，他们的脸上也黯淡了许多。

那个女的不甚好看。可是，眼睛很奇怪，奇怪得使人没法不注意她。她的眼老像有甚么心事——像失恋，损伤了儿女或破产那类的大事——那样的定着，对着一件东西定视，好久；才移开，又去定视另一件东西。眼光移开，她可是仿佛并没看到什么。当她注意一个人的时候，那个人总以为她是一见倾心，不忍转目。可是，当她移开眼光的时节，他又觉得她根本没有看见他。她使人不安，惶惑，可是也感到有趣。小圆脸，眉眼还端正，可是都平平无奇。只有在她注视你的时候，你才觉得她并不难看，而且很有点热情。及至她又去对别的人，或别的东西楞起来，你就又有点可怜她，觉得她不是受过什么重大的刺激，就是天生的有点白痴。

现在，她扭着点脸，看着秦妙斋。妙斋有点兴奋，拿出他自认为最美的姿态，倚在藤架的柱子上，也看着她。

“哪个叨？”挑伕不耐烦了：“走不走吗？”

“明霞，走！”那个男人毫无表情地说。

“干什么的？”妙斋的口气很不客气地问他，眼睛还看着明霞。

“我是这里的主任。”那个男的一边说，一边往里走。

“啊？主任？”妙斋挡住他们的去路。“我们的主任姓丁。”

“我姓尤，”那个男的随手一拨，把妙斋拨开，还往前走，“场长派来的新主任。”

秦妙斋愣住了，闭了一会儿眼，睁开眼，他像条被打败了的狗似的，从小道跑进去。他先跑到大厅。“丁，老丁！”他急切地喊。“老丁！”

丁主任披着棉袍，手里拿着条冒热气的毛巾，一边擦脸，一边从楼上走下来。

“他们派来了新主任！”

“啊？”丁主任停止了擦脸，“新主任？”

“集合！集合！教他怎么来的怎么滚回去！”妙斋回身想往外跑。

丁主任扔了毛巾，双手撩着棉袍，几步就把妙斋赶上，拉住。“等等！你上楼去，我自有办法！”

妙斋还要往外走，丁主任连推带搡，把他推上楼去。而后，把钮子扣好，稳重庄严地走出来。拉开门，正碰上尤主任。满脸堆笑地，他向尤先生拱手：“欢迎！欢迎！欢迎新主任！这是——”他的手向明霞高拱。没有等尤主任回答，他亲热地说：“主任太太吧？”紧跟着，他对挑伕下了命令：“拿到里边来吗！”把夫妻让进来，看东西放好，他并没有问多少钱雇来的，而把大小三张钱票交给挑伕——正好比雇定的价钱多了五角。

尤主任想开门见山地问农场的详情，但是丁务源忙着喊开水，洗脸水；吩咐工友打扫屋子，丝毫不给尤主任说话的机会。把这些忙完，他又把明霞大嫂长大嫂短地叫得震心，一个劲儿和她扯东道西。尤主任几次要开口，都被明霞给截了回去；乘着丁务源出去那会儿，她责备丈夫：“那些事，干吗忙着问，日子长着呢，难道你今天就办公？”

第一天一清早，尤主任就穿着工人装，和工头把农场每一个角落都检查到，把一切都记在小本儿上。回来，他催丁主任办交代。丁主任答应三天之内把一切办理清楚。明霞又帮了丁务源的忙，把三天改成六天。

一点合理的错误，使人抱恨终身。尤主任——他叫大兴——是在美国学园艺的。毕业后便在母校里作讲师。他聪明，强健，肯吃苦。作起“试验”来，他的大手就像绣花的姑娘的那么轻巧，准确，敏捷。作起用力的工作来，他又像一头牛那样强壮，耐劳。他喜欢在美国，因为他不善应酬，办事认真，准知道回到祖国必被他所痛恨的虚伪与无聊给毁了。但是，抗战的喊声震动了全世界；他回了国。他知道农业的重要，和中国农业的急应改善。他想在一座农场里，或一间实验室中，把他的血汗献给国家。

回到国内，他想结婚。结婚，在他心中，是一件必然的，合理的事。结了婚，他可以安心地工作，身体好，心里也清静。他把恋爱视成一种精力的浪费。结婚就是结婚，结婚可以省去许多麻烦，别的事都是多余，用不着去操心。于是，有人把明霞介绍给他，他便和她结了婚。这很合理，但是也是个错误。

明霞的家里有钱。尤大兴只要明霞，并没有看见钱。她不甚好看，大兴要的是一个能帮助他的妻子，美不美没有什么关系。明霞失过恋，曾经想自杀；但这是她的过去的事，与大兴毫不相干。她没有什么本领，但在大兴想，女人多数是没有本领的；结婚后，他曾以身作则地去吃苦耐劳，教育她，领导她；只要她不瞎胡闹，就一切不成问题。他娶了她。

明霞呢，在结婚之前，颇感到些欣悦。不是因为她得到了理想爱人——大兴并没请她吃过饭，或给她买过鲜花——而是因为大兴足以替她雪耻。她以前所爱的人抛弃了她，像随便把一团废纸扔在垃圾堆上似的。但是，她现在有了爱人；她又可以仰着脸走路了。

在结婚后，她的那点欣悦和婚礼时戴的头纱差不多，永远收藏起去了。她并不喜欢大兴。大兴对工作的努力，对金钱的冷淡，对三姑六姨的不客气，都使她感到苦痛。但是，当有机会夫妇一道走的时候，她还是紧紧地拉着他，像将被溺死的人紧紧抓住一把水草似的。无论如何，他是一面雪耻的旗帜，她不能再把这面旗随便扔在地上！

大兴的努力，正直，热诚，使自己到处碰壁。他所接触到的人，会慢慢很巧妙地把他所最珍视的“科学家”三个字变成一种嘲笑。他们要喝酒去，或是要办一件不正当的事，就老躲开“科学家”。等到“科学家”天天成为大家开玩笑的用语，大兴便不能不带着太太另找吃饭的地方去了！明霞越来越看不起丈夫。起初，她还对他发脾气，哭闹一阵。后来，她知道哭闹是毫无作用的，因为大兴似乎没有感情；她闹她的气，他作他的事。当她自己把泪擦干了，他只看她一眼，而后问一声：“该作饭了吧？”她至少需要一个热吻，或几句热情的安慰；他至多只拍拍她的脸蛋。他决不问闹气的原因与解决的办法，而只谈他的工作。工作与学问是他的生命，这个生命不许爱情来分润一点利益。有时候，他也在她发气的时候，偷偷弹去自己的一颗泪，但是她看得出，这只是怨恨她不帮助他工作，而不是因为爱她，或同情她。只有在她病了的时候，他才真像个有爱心的丈夫，他能像作试验时那么细心来看护她。他甚至于坐在床边，拉着她的手，给她说故事。但是，他的故事永远是关于科学的。她不爱听，也就不感激他。及至医生说，她的病已不要紧了，他便马上去工作。医生是科学家，医生的话绝对不能有错误。他丝毫没想到病人在没有完全好了的时候还需要安慰与温存。

她不能了解大兴，又不能离婚，她只能时时地定睛发呆。

现在，她又随着大兴来到树华农场。她已经厌恶了这种搬行李，拿着洗脸盆的流荡生活。她作过小姐，她愿有自己的固定的，款式的家庭。她不能不随着他来。但是既来之则安之，她不愿过十天半月又走出去。她不能辨别谁好谁坏，谁是谁非，但是她决定要干涉丈夫的事，不教他再多得罪人。她这次须起码把丈夫的正直刚硬冲淡一些，使大家看在她的面上原谅了尤大兴。她开首便帮忙了丁务源，还想敷衍一切活的东西，就连院中的大鹅，她也想多去喂一喂。

尤主任第一个得罪了秦妙斋。秦妙斋没有权利住在这里，请出！秦妙斋本没有任何理由充足的话好说，但是他要反驳。说着说着，他找到了理由："你为什么不称呼我为艺术家呢？"凭这个污辱，他不能搬走！"咱们等着瞧吧，看谁先搬出去！"

尤主任只知道守法讲理是必然的事。虽然回国以后，已经受过多少不近情理的打击，可是还没遇见这么荒唐的事。他动了气，想请警察把妙斋捉出去。这时候，明霞又帮了妙斋的忙，替他说了许多"不要太忙，他总会顺顺当当地搬出去"的话。

妙斋和丁务源开了一个秘密会议。妙斋主战，丁务源主和，但是在妙斋说了许多强硬的话之后，丁务源也同意了主战。他称赞妙斋的勇敢，呼他为侠义的艺术家。妙斋感激得几乎晕了过去。

事实上，丁务源绝对不想和尤主任打交手战。在和妙斋谈过话之后，他决定使妙斋和尤大兴作战，而他自己充好人。同时，关于他自己的事，他必定先和明霞商议一下，或者请她去办交涉。他避免与尤主任作正面冲突。见着大兴，他永远摆出使人信任的笑脸，他知道出去另找事作不算难，但是找与农场里同样的舒服而收入又高的事就不大容易。他决定用"忍"字对付一切。假若妙斋与工人们把尤主任打了，他便可以利用机会复职。即使一时不能复职，他也会运动明霞和股东太太们，教他作个副主任。他这个副主任早晚会把正主任顶出去，他自信有这个把握，只要他能忍耐。把妙斋与明霞埋伏在农场，他进了城。

尤主任急切地等着丁务源办交代，交代了之后，他好通盘地计划一切。但是，丁务源进了城。他非常着急。拿人一天的钱，他就要作一天的事，他最恨敷衍与慢慢地拖。在他急得要发脾气的时候，明霞的眼又定住了。半天，她才说话：“丁先生不会骗你，他一两天就回来，何必这么着急呢？”

大兴并不因妻的劝告而消了气，但是也不因生气而忘了作事。他会把怒气压在心里，而手脚还去忙碌。他首先贴出布告：大家都要六时半起床，七时上工。下午一点上工，五时下工。晚间九时半熄灯上门，门不再开。在大厅里，他贴好：办公重地，闲人免进。而后，他把写字台都搬了来，职员们都在这里办事——都在他眼皮底下办事。办公室里不准吸烟，解渴只有白开水。

命令下过后，他以身作则的，在壁钟正敲七点的时节，已穿好工人装，在办公厅门口等着大家。丁务源的“亲兵”都来得相当的早，因为他们知道自己毫无本事，而他们的靠山能否复职又无把握，所以他们得暂时低下头去。他们用按时间作事来遮掩他们的不会作事。真正的工人迟到，受了秦妙斋的挑拨，他们故意和新主任捣乱。

尤主任忍耐地等着。等大家都来齐，他并没发脾气，也没说闲话。开门见山地，他分配了工作，他记不清大家的姓名，但是他的眼睛会看，谁是有经验的工人，谁是混饭吃的。对混饭吃的，他打算一律撤换，但在没有撤换之前，他也给他们活儿作——“今天，你不能白吃农场的饭，”他心里说。

“你们三位，”他指定三个工人，“去把葡萄枝子全剪了。不打枝子，下一季没法结葡萄。限两天打完。”

“怎么打？”一个工人故意为难。

“我会告诉你们！我领着你们去作！”然后，他给有经验的工人全分配了工作，“你们三位给果木们涂灰水，该剥皮的剥皮，该刻伤的刻伤，回来我细告诉你们。限三天作完。你们二位去给菜蔬上肥。你们三位去给该分根的花草分根……”然后，轮到那些混饭吃的：“你们二位挑沙子，你们俩挑水，你们二位去收拾牛羊圈……”

混饭吃的都撅了嘴。这些事，他们能作，可是多么费力气，多么肮脏呢！他们往四下里找，找不到他们的救主丁务源的胖而发光的脸。他们祷告：“快回来呀！我们已经成了苦力！”

那些有经验的工人，知道新主任所吩咐的事都是应当作的。虽然他所提出的办法，有和他们的经验不甚相同的地方，可是人家一定是内行。及至尤主任同他们一齐下手工作，他们看出来，人家不但是内行，而且极高明。凡是动手的，尤主任的大手是那么准确，敏捷。凡是要说出道理的地方，尤主任三言五语说得那么简单，有理。从本事上看，从良心上说，他们无从，也不应当，反对他。假若他们还愿学一些新本事，新知识的话，他们应该拜尤主任为师。但是，他们的良心已被丁务源给蚀尽。他们的手还记得白板的光滑，他们的口还咂摸着麹酒的香味；他们恨恶镰刀与大剪，恨恶院中与山上的新鲜而寒冷的空气。

现在，他们可是不能不工作，因为尤主任老在他们的身旁。他由葡萄架跑到果园，由花畦跑到菜圃，好像工作是最可爱的事。他不叱喝人，也不着急，但是他的话并不客气，老是一针见血地使他们在反感之中又有点佩服。他们不能偷闲，尤主任的眼与脚是同样快的：他们刚要放下活儿，他就忽然来到，问他们怠工的理由。他们答不出。要开水吗？开水早送到了。热腾腾的一大桶。要吸口烟吗？有一定的时间。他们毫无办法。

他们只好低着头工作，心中憋着一股怨气。他们白天不能偷闲，晚间还想照老法，去捡几个鸡蛋什么的。可是主任把混饭的人们安排好，轮流值夜班。“一摸鸡鸭的裆儿，我就晓得正要下蛋，或是不久就快下蛋了。一天该收多少蛋，我心中大概有个数目，你们值夜，夜间丢失了蛋，你们负责！”尤主任这样交派下去。好了，连这条小路也被封锁了！

过了几天，农场里一切差不多都上了轨道。工人们因为有点知识，到底容易感化。他们一方面恨尤主任，一方面又敬佩他。及至大家的生活有了条理，他们不由地减少了恨恶，而增加了敬佩。他们晓得他们应当这样工作，这样生活。渐渐地，他们由工作和学习上得到些愉快，一种与牌酒场中不同的，健康的愉快。

尤主任答应下，三个月后，一律可以加薪，假若大家老按着现在这样去努力。他也声明：大家能努力，他就可以多作些研究工作，这种工作是有益于民族国家的。大家听到民族国家的字样，不期然而然都受了感动。他们也愿意多学习一点技术，尤主任答应下给他们每星期开两次晚会，由他主讲园艺的问题。他也开始给大家筹备一间园艺室，使大家得到些正当的娱乐。大家的心中，像院中的花草似的，渐渐发出一点有生气的香味。

不过，向上的路是极难走的。理智的崇高的决定，往往被一点点浮浅的，低卑的感情所破坏。情感是极容易发酒疯的东西。有一天，尤大兴把秦妙斋锁在了大门外边。九点半锁门，尤主任绝不宽限。妙斋把场内的鸡鹅牛羊全吵醒了，门还是没有开。他从藤架的木柱上，像猴子似的爬了进来，碰破了腿，一瘸一点的，他摸到了大厅，也上了锁。他一直喊到半夜，才把明霞喊动了心，把他放进来。

由尤主任的解说，大家已经晓得妙斋没有住在这里的权利，而严守纪律又是合理的生活的基础。大家知道这个，可是在感情上，他们觉得妙斋是老友，而尤主任是新来的，管着他们的人。他们一想到妙斋，就想起前些日子的自由舒适，他们不由地动了气，觉得尤主任不近人情。他们一一地来慰问妙斋，妙斋便乘机煽动，把尤大兴形容得不像人。“打算自自在在地活着，非把那个猪狗不如的东西打出去不可！”他咬着牙对他们讲。“不过，我不便多讲，怕你们没有胆子！你们等着瞧吧，等我的腿好了，我独自管教他一顿，教你们看看！”

他们的怒气被激起来，大家都不约而同地留神去找尤大兴的破绽，好借口打他。

尤主任在大家的神色上，看出来情势不对，可是他的心里自知无病，绝对不怕他们。他甚至于想到，大家满可以毫无理由地打击他，驱逐他，可是他决不退缩，妥协。科学的方法与法律的生活，是建设新中国的必经的途径。假若他为这两件事而被打，好吧，他愿作了殉道者。

一天，老刘值夜。尤主任在就寝以前，去到院中查看，他看见老刘私自藏起两个鸡蛋。他不能睁着一只眼，闭着一只眼地敷衍。他过去询问。

老刘笑了：“这两个是给尤太太的！”

“尤太太？”大兴仿佛不晓得明霞就是尤太太。他楞住了。及至想清楚了，他像飞也似的跑回屋中。

明霞正要就寝。平平的黄圆脸上没有任何表情，坐在床沿上，定睛看着对面的壁上——那里什么也没有。

“明霞！”大兴喘着气叫，“明霞，你偷鸡蛋？”

她极慢地把眼光从壁上收回，先看看自己拖鞋尖的绣花，而后才看丈夫。

“你偷鸡蛋？”

“啊！”她的声音很微弱，可是一种微弱的反抗。

“为什么？”大兴的脸上发烧。

“你呀，到处得罪人，我不能跟你一样！我为你才偷鸡蛋！”她的脸上微微发出点光。

“为我？”

“为你！”她的小圆脸更亮了些，像是很得意。“你对他们太严，一草一木都不许私自动。他们要打你呢！为了你，我和他们一样地去拿东西，好教他们恨你而不恨我。他们不恨我，我才能为你说好话，不是吗？自己想想看！我已经攒了三十个大鸡蛋了！”她得意地从床下拉出一个小筐来。

尤大兴立不住了。脸上忽然由红而白。摸到一个凳子，坐下，手在膝上微颤。他坐了半夜，没出一声。

第二天一清早，院里外贴上标语，都是妙斋编写的。“打倒无耻的尤大兴！”“拥护丁主任复职！”“驱逐偷鸡蛋的坏蛋！”“打倒法西斯的走狗！”“消灭不尊重艺术的魔鬼！”……

大家罢了工，要求尤大兴当众承认偷蛋的罪过，而后辞职，否则以武力对待。

大兴并没有丝毫惧意，他准备和大家谈判。明霞扯住了他。乘机会，她溜出去，把屋门倒锁上。

“你干吗？”大兴在屋里喊，“开开！”

她一声没出，跑下楼去。

丁务源由城里回来了，已把副主任弄到手。“喝！”他走到石板路上，看见剪了枝的葡萄，与涂了白灰的果树，“把葡萄剪得这么苦。连根刨出来好不好！树也擦了粉，硬是要得！”

进了大门，他看到了标语。他的脚踵上像忽然安了弹簧，一步催着一步地往院中走，轻巧，迅速；心中也跳得轻快，好受；口里将一个标语按照着二黄戏的格式哼唧着。这是他所希望的，居然实现了！“没想到能这么快！妙斋有两下子！得好好的请他喝两杯！”他口中唱着标语，心中还这么念道。

刚一进院子，他便被包围了。他的“亲兵”都喜欢得几乎要落泪。其余的人也都像看见了久别的手足，拉他的，扯他的，拍他肩膀的，乱成一团；大家的手都要摸一摸他，他的衣服好像是活菩萨的袍子似的，挨一挨便是功德。他们的口一齐张开，想把冤屈一下子都倾泻出来。他只听见一片声音，而辨不出任何字来。他的头向每一个人点一点，眼中的慈祥的光儿射在每一个人的身上，他的胖而热的手指挨一挨这个，碰一碰那个。他感激大家，又爱护大家，他的态度既极大方，又极亲热。他的脸上发着光，而眼中微微发湿。“要得！”“好！”“呕！”“他妈拉个巴子！”他随着大家脸上的表情，变换这些字眼儿。最后，他向大家一举手，大家忽然安静了。“朋友们，我得先休息一会儿，小一会儿；然后咱们再详谈。不要着急生气，咱们都有办法，绝对不成问题！”

“请丁主任先歇歇！让开路！别再说！让丁主任休息去！”大家纷纷喊叫。有的还恋恋不舍地跟着他，有的立定看着他的背影，连连点头赞叹。

丁务源进了大厅，想先去看妙斋。可是，明霞在门旁等着他呢。

“丁先生！”她轻轻地，而是急切地，叫，“丁先生！”

“尤太太！这些日子好哇？要得！”

“丁先生！”她的小手揉着条很小的，花红柳绿的手帕。“怎么办呢？怎么办呢？”

“放心！尤太太！没事！没事！来！请坐！”他指定了一张椅子。

明霞像作错了事的小女孩似的，乖乖地坐下，小手还用力揉那条手帕。

“先别说话，等我想一想！”丁务源背着手，在屋中沉稳而有风度地走了几步。“事情相当的严重，可是咱们自有办法，”他又走了几步，摸着脸蛋，深思细想。

明霞沉不住气了，立起来，迫着他问：“他们真要打大兴吗？”

“真的！”丁副主任斩钉截铁地回答。

“那怎么办呢？怎么办呢？”明霞把手帕团成一个小团，用它擦了擦鼻洼与嘴角。

"有办法！"丁务源大大方方地坐下。"你坐下，听我告诉你，尤太太！咱们不提谁好谁歹，谁是谁非，咱们先解决这件事，是不是？"

明霞又乖乖地坐下，连声说"对！对！"

"尤太太看这么办好不好？"

"你的主意总是好的！"

"这么办：交代不必再办，从今天起请尤主任把事情还全交给我办，他不必再分心。"

"好！他一向太爱管事！"

"就是呀！教他给场长写信，就说他有点病，请我代理。"

"他没有病，又不爱说谎！"

"在外边混事，没有不扯谎的！为他自己的好处，他这回非说谎不可！"

"呕！好吧！"

"要得！请我代理两个月，再教他辞职，有头有脸地走出去，面子上好看！"

明霞立起来："他得辞职吗？"

"他非走不可！"

"那？"

"尤太太，听我说！"丁务源也立起来。"两个月，你们照常支薪，还住在这里，他可以从容地去找事。两个月之中，六十天工夫，还找不到事吗？"

"又得搬走？"明霞对自己说，泪慢慢地流下来。楞了半天，她忽然吸了一吸鼻子，用尽力量地说："好！就是这么办啦！"她跑上楼去。

开开门一看，她的腿软了，坐在了地板上。尤大兴已把行李打好，拿着洗面盆，在床沿上坐着呢。

沉默了好久，他一手把明霞搀起来，“对不起你，霞！咱们走吧！”

院中没有一个人，大家都忙着杀鸡宰鸭，大宴丁主任，没工夫再注意别的。自己挑着行李，尤大兴低着头向外走。他不敢看那些花草树木——那会教他落泪。明霞不知穿了多少衣服，一手提着那一小筐鸡蛋，一手揉着眼泪，慢慢地在后面走。

树华农场恢复了旧态，每个人都感到满意。丁主任在空闲的时候，到院中一小块一小块地往下撕那些各种颜色的标语，好把尤大兴完全忘掉。

不久，丁主任把妙斋交给保长带走，而以一万五千元把空房租给别人，房租先付，一次付清。

到了夏天，葡萄与各种果树全比上年多结了三倍的果实，仿佛只有它们还记得尤大兴的培植与爱护似的。

果子结得越多，农场也不知怎么越赔钱。

原载 1943 年 1 月 8 日至 24 日重庆《大公报》

断魂枪

“生命是闹着玩，事事显出如此，从前我这么想过，现在我懂得了。”

沙子龙的镳局已改成客栈。

东方的大梦没法子不醒了。炮声压下去马来与印度野林中的虎啸。半醒的人们，揉着眼，祷告着祖先与神灵；不大会儿，失去了国土、自由与主权。门外立着不同面色的人，枪口还热着。他们的长矛毒弩，花蛇斑彩的厚盾，都有什么用呢；连祖先与祖先所信的神明全不灵了啊！龙旗的中国也不再神秘，有了火车呀，穿坟过墓破坏着风水。枣红色多穗的鏣旗，绿鲨皮鞘的钢刀，响着串铃的口马[①]，江湖上的智慧与黑话，义气与声名，连沙子龙，他的武艺、事业，都梦似的变成昨夜的。今天是火车、快枪，通商与恐怖。听说，有人还要杀下皇帝的头呢！

这是走镳已没有饭吃，而国术还没被革命党与教育家提倡起来的时候。

---

① 口马，指张家口外的马匹。

谁不晓得沙子龙是短瘦、利落、硬棒，两眼明得像霜夜的大星？可是，现在他身上放了肉。镳局改了客栈，他自己在后小院占着三间北房，大枪立在墙角，院子里有几只楼鸽。只是在夜间，他把小院的门关好，熟习熟习他的“五虎断魂枪”。这条枪与这套枪，二十年的工夫，在西北一带，给他创出来：“神枪沙子龙”五个字，没遇见过敌手。现在，这条枪与这套枪不会再替他增光显胜了；只是摸摸这凉、滑、硬而发颤的杆子，使他心中少难过一些而已。只有在夜间独自拿起枪来，才能相信自己还是“神枪沙”。在白天，他不大谈武艺与往事；他的世界已被狂风吹了走。

在他手下创练起来的少年们还时常来找他。他们大多数是没落子的，都有点武艺，可是没地方去用。有的在庙会上去卖艺：踢两趟腿，练套家伙，翻几个跟头，附带着卖点大力丸，混个三吊两吊的。有的实在闲不起了，去弄筐果子，或挑些毛豆角，赶早儿在街上论斤吆喝出去。那时候，米贱肉贱，肯卖膀子力气本来可以混个肚儿圆；他们可是不成：肚量既大，而且得吃口管事儿的[①]；干饽饽辣饼子[②]咽不下去。况且他们还时常去走会：五虎棍，开路，太狮少狮……虽然算不了什么——比起走镳来——可是到底有个机会活动活动，露露脸。是的，走会捧场是买脸的事，他们打扮的得像个样儿，至少得有条青洋绉裤子，新漂白细市布的小褂，和一双鱼鳞洒鞋——顶好是青缎子抓地虎靴子。他们是神枪沙子龙的徒弟——虽然沙子龙并不承认——得到处露脸，走会得赔上俩钱，说不定还得打场架。没钱，上沙老师那里去求。沙老师不含糊，多少不拘，不让他们空着手儿走。可是，为打架或献技去讨教一个招数，或是请给说个“对子”——

① 管事儿的，有营养，吃了不至于不久又饿的。

② 辣饼子，剩下的隔夜干粮。

什么空手夺刀，或虎头钩进枪——沙老师有时说句笑话，马虎过去："教什么？拿开水浇吧！"有时直接把他们赶出去。他们不大明白沙老师是怎么了，心中也有点不乐意。

可是，他们到处为沙老师吹腾，一来是愿意使人知道他们的武艺有真传授，受过高人的指教；二来是为激动沙老师：万一有人不服气而找上老师来，老师难道还不露一两手真的么？所以：沙老师一拳就砸倒了个牛！沙老师一脚把人踢到房上去，并没使多大的劲！他们谁也没见过这种事，但是说着说着，他们相信这是真的了，有年月，有地方，千真万确，敢起誓！

王三胜——沙子龙的大伙计——在土地庙拉开了场子，摆好了家伙。抹了一鼻子茶叶末色的鼻烟，他抡了几下竹节钢鞭，把场子打大一些。放下鞭，没向四围作揖，叉着腰念了两句："脚踢天下好汉，拳打五路英雄！"向四围扫了一眼："乡亲们，王三胜不是卖艺的；玩艺儿会几套，西北路上走过镳，会过绿林中的朋友。现在闲着没事，拉个场子陪诸位玩玩。有爱练的尽管下来，王三胜以武会友，有赏脸的，我陪着。神枪沙子龙是我的师傅；玩艺地道！诸位，有愿下来的没有？"他看着，准知道没人敢下来，他的话硬，可是那条钢鞭更硬，十八斤重。

王三胜，大个子，一脸横肉，努着对大黑眼珠，看着四围。大家不出声。他脱了小褂，紧了紧深月白色的"腰里硬"，把肚子杀进去。给手心一口唾沫，抄起大刀来：

"诸位，王三胜先练趟瞧瞧。不白练，练完了，带着的扔几个；没钱，给喊个好，助助威。这儿没生意口。好，上眼[1]！"

大刀靠了身，眼珠努出多高，脸上绷紧，胸脯子鼓出，像两块老

---

① 上眼，请观众注意看。

桦木根子。一跺脚，刀横起，大红缨子在肩前摆动。削砍劈拨，蹲越闪转，手起风生，忽忽直响。忽然刀在右手心上旋转，身弯下去，四围鸦雀无声，只有缨铃轻叫。刀顺过来，猛的一个“踩泥”，身子直挺，比众人高着一头，黑塔似的。收了势：“诸位！”一手持刀，一手叉腰，看着四围。稀稀的扔下几个铜钱，他点点头。“诸位！”他等着，等着，地上依旧是那几个亮而削薄的铜钱，外层的人偷偷散去。他咽了口气：“没人懂！”他低声的说，可是大家全听见了。

“有功夫！”西北角上一个黄胡子老头儿答了话。

“啊？”王三胜好似没听明白。

“我说：你——有——功——夫！”老头子的语气很不得人心。

放下大刀，王三胜随着大家的头往西北看。谁也没看重这个老人：小干巴个儿，披着件粗蓝布大衫，脸上窝窝瘪瘪，眼陷进去很深，嘴上几根细黄胡，肩上扛着条小黄草辫子，有筷子那么细，而绝对不像筷子那么直顺。王三胜可是看出这老家伙有功夫，脑门亮，眼睛亮——眼眶虽深，眼珠可黑得像两口小井，深深的闪着黑光。王三胜不怕：他看得出别人有功夫没有，可更相信自己的本事，他是沙子龙手下的大将。

“下来玩玩，大叔！”王三胜说得很得体。

点点头，老头儿往里走。这一走，四外全笑了。他的胳臂不大动；左脚往前迈，右脚随着拉上来，一步步的往前拉扯，身子整着[①]，像是患过瘫痪病。蹭到场中，把大衫扔在地上，一点没理会四围怎样笑他。

“神枪沙子龙的徒弟，你说？好，让你使枪吧；我呢？”老头子非常的干脆，很像久想动手。

---

① 身子整着，两臂不动，身体僵硬地走路。

人们全回来了，邻场耍狗熊的无论怎么敲锣也不中用了。

“三截棍进枪吧？”王三胜要看老头子一手，三截棍不是随便就拿得起来的家伙。

老头子又点点头，拾起家伙来。

王三胜努着眼，抖着枪，脸上十分难看。

老头子的黑眼珠更深更小了，像两个香火头，随着面前的枪尖儿转，王三胜忽然觉得不舒服，那俩黑眼珠似乎要把枪尖吸进去！四外已围得风雨不透，大家都觉出老头子确是有威。为躲那对眼睛，王三胜耍了个枪花。老头子的黄胡子一动：“请！”王三胜一扣枪，向前躬步，枪尖奔了老头子的喉头去，枪缨打了一个红旋。老人的身子忽然活展了，将身微偏，让过枪尖，前把一挂，后把撩王三胜的手。拍，拍，两响，王三胜的枪撒了手。场外叫了好。王三胜连脸带胸口全紫了，抄起枪来；一个花子，连枪带人滚了过来，枪尖奔了老人的中部。老头子的眼亮得发着黑光；腿轻轻一屈，下把掩裆，上把打着刚要抽回的枪杆；拍，枪又落在地上。

场外又是一片彩声。王三胜流了汗，不再去拾枪，努着眼，木在那里。老头子扔下家伙，拾起大衫，还是拉拉着腿，可是走得很快了。大衫搭在臂上，他过来拍了王三胜一下：“还得练哪，伙计！”

“别走！”王三胜擦着汗：“你不离，姓王的服了！可有一样，你敢会会沙老师？”

“就是为会他才来的！”老头子的干巴脸上皱起点来，似乎是笑呢。“走；收了吧；晚饭我请！”

王三胜把兵器拢在一处，寄放在变戏法二麻子那里，陪着老头子往庙外走。后面跟着不少人，他把他们骂散了。

“你老贵姓？”他问。

“姓孙哪，”老头子的话与人一样，都那么干巴。“爱练；久想会会沙子龙。”

沙子龙不把你打扁了！王三胜心里说。他脚底下加了劲，可是没把孙老头落下。他看出来，老头子的腿是老走着查拳门中的连跳步；交起手来，必定很快。但是，无论他怎么快，沙子龙是没对手的。准知道孙老头要吃亏，他心中痛快了些，放慢了些脚步。

“孙大叔贵处？”

“河间的，小地方。”孙老者也和气了些：“月棍年刀一辈子枪，不容易见功夫！说真的，你那两手就不坏！”

王三胜头上的汗又回来了，没言语。

到了客栈，他心中直跳，惟恐沙老师不在家，他急于报仇。他知道老师不爱管这种事，师弟们已碰过不少回钉子，可是他相信这回必定行，他是大伙计，不比那些毛孩子；再说，人家在庙会上点名叫阵，沙老师还能丢这个脸么？

“三胜，”沙子龙正在床上看着本《封神榜》，“有事吗？”

三胜的脸又紫了，嘴唇动着，说不出话来。

沙子龙坐起来，“怎么了，三胜？”

“栽了跟头！”

只打了个不甚长的哈欠，沙老师没别的表示。

王三胜心中不平，但是不敢发作；他得激动老师：“姓孙的一个老头儿，门外等着老师呢；把我的枪，枪，打掉了两次！”他知道“枪”字在老师心中有多大分量。没等吩咐，他慌忙跑出去。

客人进来，沙子龙在外间屋等着呢。彼此拱手坐下，他叫三胜去泡茶。三胜希望两个老人立刻交了手，可是不能不沏茶去。孙老者没话讲，用深藏着的眼睛打量沙子龙。沙很客气：

“要是三胜得罪了你，不用理他，年纪还轻。”

孙老者有些失望，可也看出沙子龙的精明。他不知怎样好了，不能拿一个人的精明断定他的武艺。“我来领教领教枪法！”他不由地说出来。

沙子龙没接碴儿。王三胜提着茶壶走进来——急于看二人动手，他没管水开了没有，就沏在壶中。

“三胜，”沙子龙拿起个茶碗来，“去找小顺们去，天汇见，陪孙老者吃饭。”

“什么！”王三胜的眼珠几乎掉出来。看了看沙老师的脸，他敢怒而不敢言地说了声“是啦！”走出去，撅着大嘴。

“教徒弟不易！”孙老者说。

“我没收过徒弟。走吧，这个水不开！茶馆去喝，喝饿了就吃。”沙子龙从桌子上拿起缎子褡裢，一头装着鼻烟壶，一头装着点钱，挂在腰带上。

“不，我还不饿！”孙老者很坚决，两个“不”字把小辫从肩上抡到后边去。

“说会子话儿。”

“我来为领教领教枪法。”

“功夫早搁下了，”沙子龙指着身上，“已经放了肉！”

“这么办也行，”孙老者深深的看了沙老师一眼：“不比武，教给我那趟五虎断魂枪。”

“五虎断魂枪？”沙子龙笑了：“早忘干净了！早忘干净了！告诉你，在我这儿住几天，咱们各处逛逛，临走，多少送点盘川。”

“我不逛，也用不着钱，我来学艺！”孙老者立起来，“我练趟给你看看，看够得上学艺不够！”一屈腰已到了院中，把楼鸽都吓飞起去。拉开架子，他打了趟查拳：腿快，手飘洒，一个飞脚起去，小辫儿飘在空中，像从天上落下来一个风筝；快之中，每个架子都摆得稳、准，利落；来回六趟，把院子满都打倒，走得圆，接得紧，身子在一处，而精神贯串到四面八方。抱拳收势，身儿缩紧，好似满院乱飞的燕子忽然归了巢。

“好！好！”沙子龙在台阶上点着头喊。

“教给我那趟枪！”孙老者抱了抱拳。

沙子龙下了台阶，也抱着拳：“孙老者，说真的吧；那条枪和那套枪都跟我入棺材，一齐入棺材！”

“不传？”

“不传！”

孙老者的胡子嘴动了半天，没说出什么来。到屋里抄起蓝布大衫，拉拉着腿：“打搅了，再会！”

“吃过饭走！”沙子龙说。

孙老者没言语。

沙子龙把客人送到小门，然后回到屋中，对着墙角立着的大枪点了点头。

他独自上了天汇，怕是王三胜们在那里等着。他们都没有去。

王三胜和小顺们都不敢再到土地庙去卖艺，大家谁也不再为沙子龙吹胜；反之，他们说沙子龙栽了跟头，不敢和个老头儿动手；那个老头子一脚能踢死个牛。不要说王三胜输给他，沙子龙也不是他的“个儿”。不过呢，王三胜到底和老头子见了个高低，而沙子龙连句硬话也没敢说。“神枪沙子龙”慢慢似乎被人们忘了。

夜静人稀，沙子龙关好了小门，一气把六十四枪刺下来；而后，拄着枪，望着天上的群星，想起当年在野店荒林的威风。叹一口气，用手指慢慢摸着凉滑的枪身，又微微一笑，“不传！不传！”

上 任

尤老二去上任。

看见办公的地方，他放慢了步。那个地方不大，他晓得。城里的大小公所和赌局烟馆，差不多他都进去过。他记得这个地方——开开门就能看见千佛山。现在他自然没心情去想千佛山；他的责任不轻呢！他可是没透出慌张来；走南闯北的多年了，他拿得住劲，走得更慢了。胖胖的，四十多岁，重眉毛，黄净子脸。灰哔叽夹袍，肥袖口；青缎双脸鞋。稳稳的走，没看千佛山；倒想着：似乎应当坐车来。不必，几个伙计都是自家人，谁还不知道谁；大可以不必讲排场。况且自己的责任不轻，干吗招摇呢。这并不完全是怕；青缎鞋，灰哔叽袍，恰合身分，慢慢的走，也显着稳。没有穿军衣的必要。腰里可藏着把硬的。自己笑了笑。

办公处没有什么牌匾：和尤老二一样，里边有硬家伙。只是两间小屋。门开着呢，四位伙计在凳子上坐着，都低着头吸烟，没有看千佛山的。靠墙的八仙桌上有几个茶杯，地上放着把新洋铁壶，壶的四围爬着好几个香烟头儿，有一个还冒着烟。尤老二看见他们立起来，又想起车来，到底这样上任显着"秃"一点。可是，老朋友们都立得很规矩。虽然大家是笑着，可是在亲热中含着敬意。他们没因为他没坐车而看不起他。说起来呢，稽察长和稽察是作暗活的，活不惹耳目越好。他们自然晓得这个。他舒服了些。

尤老二在八仙桌前面立了会儿，向大家笑了笑，走进里屋去。里屋只有一条长桌，两把椅子，墙上钉着个月分牌，月分牌的上面有一条臭虫血。办公室太空了些，尤老二想；可又想不出添置什么。赵伙计送进一杯茶来，飘着根茶叶棍儿。尤老二和赵伙计全没的说，尤老二擦了下脑门。啊，想起来了：得有个洗脸盆，他可是没告诉赵伙计去买。他得细细的想一下：办公费都在他自己手里呢，是应当公开的用，还是自己一把死拿？自己的薪水是一百二，办公费八十。卖命的事，把八十全拿着不算多。可是伙计们难道不是卖命？况且是老朋友们？多少年不是一处吃，一处喝；睡土窑子不是一同住大炕？不能独吞。赵伙计走出去，老赵当头目的时候，可曾独吞过钱？尤老二的脸红起来。刘伙计在外屋溜了他一眼。老刘，五十多了，倒当起伙计来，三年前手里还有过五十枝快枪！不能独吞。可是，难道白当头目？八十块大家分？再说，他们当头目是在山上。尤老二虽然跟他们不断的打联络，可是没正式上过山。这就有个分别了。他们，说句不好听的，是黑面上的；他是官。作官有作官的规矩。他们是弃暗投明，那么，就得官事官办。八十元办公费应当他自己拿着。可是，洗脸盆是要买的；还得来两条手巾。

除了洗脸盆该买，还似乎得作点别的。比如说，稽察长看看报纸，或是对伙计们训话。应当有份报纸，看不看的，摆着也够样儿。训话，他不是外行。他当过排长，作过税卡委员；是的，他得训话，不然，简直不像上任的样儿。况且，伙计们都是住过山的，有时候也当过兵；不给他们几句漂亮的，怎能叫他们佩服。老赵出去了。老刘直咳嗽。必定得训话，叫他们得规矩着点。尤老二咳了声，立起来，想擦把脸；还是没有洗脸盆与手巾。他又坐下。训话，说什么呢？不是约他们帮忙的时候已经说明白了吗，对老赵老刘老王老褚不都说的是那一套么？“多年的朋友，捧我尤老二一场。我尤老二有饭吃，大家伙儿就饿不着；自己弟兄！”这说过不止一遍了，能再说么？至于大家的工作，谁还不明白——反正还不是用黑面上的人拿黑面上的人。这只能心照，不便实对实的点破。自己的饭碗要紧，脑袋也要紧。要真打算立功的话，拿几个黑道上的朋友开刀，说不定老刘们就会把盒子炮往里放。睁一眼闭一眼是必要的，不能赶尽杀绝；大家日后还得见面。这些话能明说么？怎么训话呢？看老刘那对眼睛，似乎死了也闭不上。帮忙是义气，真把山上的规矩一笔钩个净，作不到。不错，司令派尤老二是为拿反动分子。可是反动分子都是朋友呢。谁还不知道谁吃几碗干饭？难！

尤老二把灰哔叽袍脱了，出来向大家笑了笑。

“稽察长！”老刘的眼里有一万个“看不起尤老二”，“分派分派吧”。

尤老二点点头。他得给他们一手看。“等我开个单子，咱们的事儿得报告给李司令。昨儿个，前两天，不是我向诸位弟兄研究过？咱们是帮助李司令拿反动派。我不是说过：李司令把我叫了去，说，老二，我地面上生啊，老二你得来帮帮忙。我不好意思推辞，跟李司令也是多年的朋友。我这么一想，有办法。怎么说呢，我想起你们来。我在地面上熟哇，你们可知底呢。咱们一合把，还有什么不行的事。司令，我就说了，交给我了，司令既肯赏饭吃，尤老二还能给脸不兜着？弟兄们，有李司令就有尤老二，有尤老二就有你们。这我早已研究过了。我开个单子，谁管哪里，谁管哪里，合计好了，往上一报，然后再动手，这像官事，是不是？”尤老二笑着问大家。

老刘们都没言语。老褚挤了挤眼。可是谁也没感到僵得慌。尤老二不便再说什么，他得去开单子。拿笔刷刷的一写，他想，就得把老刘们唬背过气去。那年老褚绑王三公子的票，不是求尤老二写的通知书么？是的，他得刷刷的写一气。可是笔墨砚呢？这几们伙计简直没办法！“老赵，”尤老二想叫老赵买笔去。可是没说出来。为什么买东西单叫老赵呢？一来到钱上，叫谁去买东西都得有个分寸。这不是山上，可以马马虎虎。这是官事，谁该买东西去，谁该送信去，都应当分配好了。可是这就不容易，买东西有扣头，送信是白跑腿；谁活该白跑腿呢？“啊，没什么，老赵！”先等等买笔吧，想想再说。尤老二心里有点不自在。没想到作稽察长这么啰嗦。差事不算狠甜；也说不上苦来，假若八十元办公费都归自己的话。可是不能都归自己，伙计们都住过山；手儿一紧，还真许尝个黑枣，是玩的吗？这玩艺儿不好办，作着官而带着土匪，算哪道官呢？不带土匪又真不行，专凭尤老二自己去拿反动分子？拿个屁！尤老二摸了摸腰里的家伙：“哥儿们，硬的都带着哪？”

大家一齐点了点头。

“妈的怎么都哑巴了？”尤老二心里说。是什么意思呢？是不佩服咱尤老二呢，还是怕呢？点点头，不像自己朋友，不像；有话说呀。看老刘！一脸的官司。尤老二又笑了笑。有点不够官派，大概跟这群家伙还不能讲官派。骂他们一顿也许就骂欢喜了？不敢骂，他不是地道土匪。他知道他是脚踩两只船。他恨自己不是地道土匪，同时又觉得他到底高明，不高明能作官么？点上根烟，想主意，得喂喂这群家伙。办公费可以不撒手；得花点饭钱。

“走哇，弟兄们，五福馆！”尤老二去穿灰哔叽夹袍。

老赵的倭瓜脸裂了纹，好似是熟透了。老刘五十多年制成的石头腮帮笑出两道缝。老王老褚也都复活了，仿佛是。大家的嗓子里全有了津液，找不着话说也舐舐嘴唇。

到了五福馆，大家确是自己朋友了，不客气：有的要水晶肘，有的要全家福，老刘甚至于想吃锅爆鸡，而且要双上。吃到半饱，大家觉得该研究了。老刘当然先发言，他的岁数顶大。石头腮帮上红起两块，他喝了口酒，夹了块肘子，吸了口烟。“稽察长！”他扫了大家一眼：“烟土，暗门子，咱们都能手到擒来。那反——反什么？可得小心！咱们是干什么的？伤了义气，可合不着。不是一共才这么一小堆洋钱吗？”

尤老二被酒劲催开了胆量：“不是这么说，刘大哥！李司令派咱们哥几个，就为拿反动派。反动派太多了，不赶紧下手，李司令就不稳；他吹了，还有咱们？”

“比如咱们下了手，”老赵的酒气随着烟喷出老远，“毙上几个，咱们有枪，难道人家就没有？还有一说呢，咱们能老吃这碗饭吗？这不是怕。”

“谁怕谁是丫头养的！”老褚马上研究出来。

“丫头泥养的！”老赵接了过来：“不是怕，也不是不帮李司令的忙。义气，这是义气！好尤二哥的话，你虽然帮过我们，公面私面你也比我们见的广，可是你没上过山。”

“我不懂？”尤老二眼看空中，冷笑了声。

“谁说你不懂来着？”葫芦嘴的王小四顿出一句来。

“是这么着，哥儿们，”尤老二想烹他们一下：“捧我尤老二呢，交情；不捧呢，”又向空中一笑，“也没什么。”

“稽察长，”又是老刘，这小子的眼睛老瞪着：“真干也行呀，可有一样，我们是伙计，你是头目；毒儿可全归到你身上去。自己朋友，歹话先说明白了。叫我们去掏人，那容易，没什么。”

尤老二胃中的海参全冰凉了。他就怕的是这个。伙计办下来的，他去报功；反动派要是请吃黑枣，可也先请他！

但是他不能先害怕，事得走着瞧。吃黑枣不大舒服，可是报功得赏却有劲呢。尤老二混过这么些年了，哪宗事不是先下手的为强？要干就得玩真的！四十多了，不为自己，还不为儿子留下点吗儿？都像老刘们还行，顾脑袋不顾屁股，干一辈子黑活，连坟地都没有。尤老二是虚子，会研究，不能只听老刘的。他决定干。他得捧李司令。弄下几案来，说不定还会调到司令部去呢。出来也坐坐汽车什么的！尤老二不能老开着正步上任！

汤使人的胃与气一齐宽畅。三仙汤上来，大家缓和了许多。尤老二虽然还很坚决，可是话软和了些："伙计们，还得捧我尤老二呀，找没什么蹦儿的弄吧——活该他倒霉，咱们多少露一手。你说，腰里带着硬的，净弄些个暗门子，算哪道呢？好啦！咱们就这么办，先找小的，不刺手的办，以后再说。办下来，咱们还是这儿，水晶肘还不坏，是不是？"

"秋天了，以后该吃红焖肘子了。"王小四不大说话，一说可就说到根上。

尤老二决定留王小四陪着他办公，其余的人全出去采访。不必开单子了，等他们采访回来再作报告。是的，他得去买笔墨砚，和洗脸盆。他自己去买，省得有偏有向。应当来个书记，可是忘了和李司令说。暂时先自己写吧，等办下案来再要求添书记；不要太心急，尤老二有根。二爹的儿子，听说，会写字，提拔他一下吧。将来添书记必用二爹的儿子，好啦，头一天上任，总算不含糊。

只顾在路上和王小四瞎扯，笔墨砚到底还是没有买。办公室简直不像办公室。可是也好：刷刷的写一气，只是心里这么想；字这种玩艺刷刷的来的时候，说真的，并不多；要写那个，那个偏偏不在家。没笔墨砚也好。办什么呢，可是？应当来份报纸，哪怕是看看广告的图呢。不能老和王小四瞎扯，虽然是老朋友，到底现在是官长与伙计，总得有个分寸。门口已经站过了，茶已喝足，月份牌已翻过了两遍。再没有事可干。盘算盘算家事，还有希望。薪水一百二，办公费八十——即使不能全数落下——每月一百五可靠。慢慢的得买所小房。妈的商二狗，跟张宗昌走了一趟，干落十万！没那个事了，没了。反动派还不就是他们么？哪能都像商二狗，资资本本的看着？谁不是钱到手就迷了头？就拿自己说吧，在税卡子上不是也弄了两三万吗？都哪儿去了？难怪反动呀，吃喝玩乐的惯了，再天天啃窝窝头？受不了，谁也受不了！是的，他们——凭良心说，连尤老二自己——都盼着张督办回来，当然的。妈的，丁三立一个人就存着两箱军用票呢！张要是回来，打开箱子，老丁马上是财主！拿反动派，说不下去，都是老朋友。可是月薪一百二，办公费八十，没法儿。得拿！妈的脑袋吊了碗大的疤，谁能顾得了许多！各自奔前程，谁叫张大帅一时回不来呢。拿，毙几个！尤老二没上过山，多少跟他们不是一伙。

四点多了，老刘们都没回来。这三个家伙是真踩窝子去了，还是玩去了？得定个办公时间，四点半都得回来报告。假如他们干铲儿不回来，像什么公事？没他们是不行，有他们是个累赘，真他妈的。到五点可不能再等；八点上班，五点关门；伙计们可以随时出去，半夜里拿人是常有的事；长官可不能老伺候着。得告诉他们，不大好开口。有什么不好开口，尤老二你不是头目么？马上告诉王小四，王小四哼了一声。什么意思呢？

“五点了，”尤老二看了千佛山一眼，太阳光儿在山头上放着金丝，金光下的秋草还有点绿色。“老王你照应着，明儿八点见。”

王小四的葫芦嘴闭了个严。

第二天早晨，尤老二故意的晚去了半点钟，拿着点劲儿。万一他到了，而伙计们没来，岂不是又得为难？

伙计们却都到了，还是都低着头坐在板凳上吸烟呢。尤老二想揪过一个来揍一顿，一群死鬼！他进了门，他们照旧又都立起来，立起来的很慢，仿佛都害着脚气。尤老二反倒笑了；破口骂才合适，可是究竟不好意思。他得宽宏大量，谁叫轮到自己当头目人呢。他得拿出虚子劲儿，唏唏哈哈，满不在乎。

“嗨，老刘，有活儿吗？”多么自然，和气，够味儿；尤老二心中夸赞着自己的话。

“活儿有，”老刘瞪着眼，还是一脸的官司：“没办。”

“怎么不办呢？”尤老二笑着。

“不用办，待会了他们自己来。”

“呕！”尤老二打算再笑，没笑出来。“你们呢？”他问老赵和老褚。

两人一齐摇了摇头。

“今天还出去吗？”老刘问。

“啊，等等，”尤老二进了里屋，“我想想看。”回头看了一眼，他们又都坐下了，眼看着烟头，一声不发，一群死鬼。

坐下，尤老二心里打开了鼓——他们自己来？不能细问老刘，硬输给他们，不能叫伙计小看了。什么意思呢，他们自己来？不能和老刘研究，等着就是了。还打发老刘们出去不呢？这得马上决定：“嗨，老褚！你走你的，睁着点眼，听见没有？”他等着大家笑，大家一笑便是欣赏他的胆量与幽默；大家没笑。“老刘，你等等再走。他们不是找我来吗？咱俩得陪陪他们。都是老朋友。”他没往下分派，老王老赵还是不走好，人多好凑胆子。可是他们要出去呢，也不便拦阻；干这行儿还能不要玄虚么？等他们问上来再讲。老王老赵都没出声，还算好。“他们来几个？”话到嘴边上又咽了回去。反正尤老二这儿有三个伙计呢，全有硬家伙。他们要是来一群呢，那只好闭眼。走到哪儿说哪儿，㑳！

还没报纸！哪像办公的样！况且长官得等着反动派，太难了。给司令部个电话，派一队来，来一个拿一个，全毙！不行，别太急了，看看再讲。九点半了，“嗨，老刘，什么时候来呀？”

“也快，稽察长！”老刘这小子有点故意的看哈哈笑。

“报！叫卖报的！”尤老二非看报不可了。

买了份大早报，尤老二找本地新闻，出着声儿念。非哨哨的念，念不上句来。他妈的女招待的姓别扭，不认识。别扭！哨哨，软一下，女招待的姓！

“稽察长！他们来了。”老刘特别的规矩。

尤老二不慌，放下姓别扭的女招待，轻轻的。“进来！”摸了摸腰中的家伙。

进来了一串。为首的是大个儿杨；紧跟着花眉毛，也是大傻个儿；猴四被俩大个子夹在中间，特别显着小；马六，曹大嘴，白张飞，都跟进来。

“尤老二！”大家一齐叫了声。

尤老二得承认他认识这一群，站起来笑着。

大家都说话，话便挤到了一处。嚷嚷了半天，全忘记了自己说的是什么。

“杨大个儿，你一个人说；嗨，听大个儿说！”大家的意见渐归一致，彼此的劝告：“听大个儿的！”

杨大个儿——或是大个儿杨，全是一样的——拧了拧眉毛，弯下点腰，手按在桌上，嘴几乎顶住尤老二的鼻子：“尤老二，我们给你来贺喜！”

“听着！”白张飞给猴四背上一拳。

“贺喜可是贺喜，你得请请我们。按说我们得请你，可是哥儿们这几天都短这个，”食指和拇指成了圈形。“所以呀，你得请我们。”

“好哥儿们的话啦，”尤老二接了过去。

"尤老二，"大个儿杨又接回去。"倒用不着你下帖，请吃馆子，用不着。我们要这个，"食指和拇指成了圈形。"你请我们坐车就结了。"

"请坐车？"尤老二问。

"请坐车！"大个儿有心事似的点点头。"你看，尤老二，你既然管了地面，我们弟兄还能作活儿吗？都是朋友。你来，我们滚。你来，我们滚；咱们不能抓破了脸。你作你的官，我们上我们的山。路费，你的事。好说好散，日后咱们还见面呢。"大个儿杨回头问大家："是这么说不是？"

"对，就是这几句；听尤老二的了！"猴四把话先抢到。

尤老二没想到过这个。事情容易，没想到能这么容易。可是，谁也没想到能这么难。现在这群是六个，都请坐车；再来六十个，六百个呢，也都请坐车？再说，李司令是叫抓他们；若是都送车费，好话说着，一位一位的送走，算什么办法呢？钱从那儿来呢？这大概不能向李司令要吧？就凭自己的一百二薪水，八十块办公，送大家走？可是说回来，这群家伙确是讲面子，一声难听的没有："你来，我们滚。"多么干脆，多么自己。事情又真容易，假如有人肯出钱的话。他笑着，让大家喝水，心中拿不定主意。他不敢得罪他们，他们会说好的，也有真厉害的。他们说滚，必定滚；可是，不给钱可滚不了。他的八十块办公费要连根烂。他还得装作愿意拿的样子，他们不吃硬的。

"得多少？朋友们！"他满不在乎似的问。

"一人十拉块钱吧。"大个儿杨代表大家回答。

"就是个车钱，到山上就好办了。"猴四补充上。

"今天后晌就走，朋友，说到哪儿办到哪儿！"曹大嘴说。

尤老二不能脆快，一人十块就是六十呀！八十办公费，去了四分之三！

“尤老二，”白张飞有点不耐烦，“干脆拍出六十块来，咱们再见。有我们没你，有你没我们，这不痛快？你拿钱，我们滚。你不——不用说了，咱们心照。好汉不必费话，三言两语。尤二哥，咱老张手背向下，和你讨个车钱！”

“好了，我们哥儿们全手背朝下了，日后再补付，哥儿们不是一天半天的交情！”杨大个儿领头，大家随着；虽然词句不大一样，意思可是相同。

尤老二不能再说别的了，从“腰里硬”里掏出皮夹来，点了六张十块的：“哥儿们！”他没笑出来。

杨大个儿们一齐叫了声“哥儿们。”猴四把票子卷巴卷巴塞在腰里：“再见了，哥儿们！”大家走出来，和老刘们点了头：“多咱山上见哪？”老刘们都笑了笑，送出门外。

尤老二心里难过的发空。早知道，调兵把六个家伙全扣住！可是，也许这么善办更好；日后还要见面呀。六十块可出去了呢；假如再来这么几当儿，连一百二的薪水赔上也不够！作哪道稽察长呢？稽察长叫反动派给炸了酱，哑巴吃黄连，苦说不出！老刘是好意呢，还是玩坏？得问问他！不拿土匪，而把土匪叫来，什么官事呢？还不能跟老刘太紧了，他也会上山。不用他还不行呢；得罪了谁也不成，这年头。假若自己一上任就带几个生手，哼，还许登时就吃了黑枣儿；六十块钱买条命，前后一合算，也还值得。尤老二没办法，过去的不用再提就怕明儿个又来一群要路费的！不能对老刘们说这个，自己得笑，得让他们看清楚：尤老二对朋友不含糊，六十就六十，一百就一百，不含糊；可是六十就六十，一百就一百，自己吃什么呢，稽察长喝西北风，那才有根！

尤老二又拿起报纸来，没劲！什么都没劲，六十块这么窝窝囊囊的出去，真没劲。看重了命，就得看不起自己；命好像不是自己的，得用钱买，他妈的！总得佩服猴四们，真敢来和稽察长要路费！就不怕登时被捉吗？竟自不怕，邪！丢人的是尤老二，不用说拿他们呀，连句硬张话都没敢说，好泄气！以后再说，再不能这么软！为当稽察长把自己弄软了，那才合不着。稽察长就得拿人，没第二句话！女招待的姓真别扭。老褚回来了。

老褚反正得进来报告，稽察长还能赶上去问么。老褚和老赵聊上了；等着，看他进来不；土匪们，没有道理可讲。

老褚进来了："尤——稽察长！报告！城北窝着一群朋——啊，什么来着？动——动子！去看看？"

"在哪儿？"尤老二不能再怕；六十块被敲出去，以后命就是命了，太爷哪儿也敢去。

"湖边上，"老褚知道地方。

"带家伙，老褚，走！"尤老二不含糊。坐窝儿掏！不用打算再叫稽察长出路费。

"就咱俩去？"老褚真会激人哪。

"告诉我地方，自己去也行，什么话呢！"尤老二拼了，不玩命，他们也不晓得稽察长多钱一斤。好吗，净开路费，一案办不下来，怎么对李司令呢？一百二的薪水！

老褚没言语，灌了碗茶，预备着走的样儿。尤老二带理不理的走出来，老褚后面跟着。尤老二觉得顺了点气，也硬了点胆子来。说真的，到底俩人比一个挡事的多，遇到事多少可以研究研究。

湖边上有个鼻子眼大小的胡同，里边会有个小店。尤老二的地面多熟，竟自会不知道这家小店。看着就像贼窝！忘了多带伙计！尤老二，他叫着自己，白闯练了这么多年，还是气浮哇！怎么不多带人呢？为什么和伙计们斗气呢？

可是，既来之则安之，走哇。也得给伙计们一手瞧瞧，咱尤老二没住过山哪，也不含糊！咱要是掏出那么一个半个的来，再说话可就灵验多了。看运气吧；也许是玩完，谁知道呢。“老褚，你堵门是我堵门？”

“这不是他们？”老褚往门里一指，“用不着堵，谁也不想跑。”

又是活局子！对，他们讲义气，他妈的。尤老二往门里打了一眼，几个家伙全在小过道里坐着呢。花蝴蝶，鼻子六儿，宋占魁，小得胜，还有俩不认识的；完了，又是熟人！

“进来，尤老二，我们连给你贺喜都不敢去，来吧，看看我们这群。过来见见，张狗子，徐元宝。尤老二。老朋友，自己弟兄。”大家东一句西一句，扯的非常亲热。

“坐下吧，尤老二，”小得胜——爸爸老得胜刚在河南正了法——特别的客气。

尤老二恨自己，怎么找不到话说呢？倒是老褚漂亮：“弟兄们，稽察长亲自来了，有话就说吧。”

稽察长笑着点了点头。

“那么，咱们就说干脆的，”鼻子六儿扯了过来：“宋大哥，带尤二哥看看吧！”

“尤二哥，这边！”宋占魁用大拇指往肩后一挑，进了间小屋。

尤老二跟过去，准没危险，他看出来。要玩命都玩不成；别扭不别扭？小屋里漆黑，地上潮得出味儿，靠墙有个小床，铺着点草。宋占魁把床拉出来，蹲在屋角，把湿渌渌的砖起了两三块，掏出几杆小家伙来，全扔在了床上。

“就是这一堆！”宋占魁笑了笑，在襟上擦擦手：“风太紧，带着这个，我们连火车也上不去！弟兄们就算困在这儿了。老褚来，我们才知道你上去了。我们可就有了办法。这一堆交给你，你给点车钱，叫老褚送我们上火车。行也得行，不行也得行，弟兄们求到你这儿了！”

尤老二要吐！潮气直钻脑子。他捂上了鼻子。“交给我算怎么回事呢？”他退到屋门那溜儿。“我不能给你们看着家伙！”

“可我们带不了走呢，太紧！”宋占魁非常的恳切。

“我拿去也可以，可是得报官；拿不着人，报点家伙也是好的！也得给我想想啊，是不是？”尤老二自己听着自己的话都生气。太软了。尤老二！

“尤老二，你随便吧！”

尤老二本希望说僵了哇。

“随便吧，尤老二你知道，干我们这行的但分有法，能扔家伙不能？你怎办怎好。我们只求马上跑出去。没有你，我们走不了；叫老褚送我们上车。”

土匪对稽察长下了命令，自己弟兄！尤老二没的可说，没主意，没劲。主意有哇，用不上！身分是有哇，用不上！他显露了原形，直抓头皮。拿了家伙敢报官吗？况且，敢不拿着吗？嘿，送了车费，临完得给他们看家伙，哪道公事呢？尤老二只有一条路：不拿那些家伙也不送车钱，随他们去。可是，敢吗？下手拿他们，更不用想。湖岸上随时可以扔下一个半个的死尸；尤老二不愿意来个水葬。

“尤老二，”宋大哥非常的诚恳：“狗玩的不知道你为难；我们可也真没法。家伙你收着，给我们俩钱。后话不说，心照！”

“要多少？”尤老二笑得真伤心。

“六六三十六，多要一块是杂种！三十六块大洋！”

“家伙我可不管。”

“随便，反正我们带不了走。空身走，捉住不过是半年；带着硬的，不吃黑枣也差不多！实话！怕不怕，咱们自己哥儿们用不着吹腾；该小心也得小心。好了，二哥，三十六块，后会有期！”宋大哥伸了手。

三十六块过了手。稽察长没办法。“老褚，这些家伙怎办？”

“拿回去再说吧。”老褚很有根。

“老褚，”他们叫，“送我们上车！”

“尤二哥，”他们很客气，“谢谢啦！”

尤二哥只落了个“谢谢”。把家伙全拢起来，没法拿。只好和老褚分着插在腰间。多威武，一腰的家伙。想开枪都不行，人家完全信任尤二哥，就那么交出枪来，人家想不到尤二哥会翻脸不认人。尤老二连想拿他们也不想了，他们有根，得佩服他们！八十块办公费，赔出十六块去！尤老二没办法。一百二的薪水也保不住，大概！

尤老二的午饭吃得不香，倒喝了两盅窝心酒。什么也不用说了，自己没本事！对不起李司令，尤老二不是不顾脸的人。看吧，再有这么一当子，只好辞职，他心里研究着。多么难堪，辞职！这年头哪里去找一百二的事？再找李司令，万难。拿不了匪，倒叫匪给拿了，多么大的笑话！人家上了山以后，管保还笑着俺尤老二。尤老二整个是个笑话！越想越懊心。

只好先办烟土吧。烟土算反动不算呢？算，也没劲哪！反正不能辞职，先办办烟土也好。尤老二决定了政策。不再提反动。过些日子再说。老刘们办烟土是有把握的。

一个星期里，办下几件烟土来。李司令可是嘱咐办反动派！他不能催伙计们，办公费已经贴出十六块了。

是个星期一吧，伙计们都出去踩烟土，（烟土！）进了个傻大黑粗的家伙，大摇大摆的。

“尤老二！”黑脸上笑着。

“谁？钱五！你好大胆子！”

“有尤老二哥在这儿，我怕谁。”钱五坐下了；“给根烟吃吃。”

“干吗来了？”尤老二摸了摸腰里——又是路费！

“来？一来贺喜，二来道谢！他们全到了山上，很念你的好处！真的！”

“呕他们并没笑话我！”尤老二心里说。

“二哥！”钱五掏出一卷票子来：“不说什么了，不能叫你赔钱。弟兄们全到了山上，永远念你的好处。”

“这——”尤老二必须客气一下。

“别说什么，二哥，收下吧！宋大哥的家伙呢？”

“我是管看家伙的？”尤老二没敢说出来。“老褚手里呢。”

“好啦，二哥，我和老褚去要。”

“你从山上来？”尤老二觉得该闲扯了。

“从山上来，来劝你别往下干了。”钱五很诚恳。

“叫我辞职？”

“就是！你算是我们的人也好，不算也好。论事说，有你没我们，有我们没你。论人说，你待弟兄们好，我们也待你好。你不用再干了。话说到这儿为止。我在山上有三百多人，可是我亲自来了，朋友吗！我叫你不干，你顶好就不干。明白人不用多费话。我走了，二哥。告诉老褚我在湖边小店里等他。”

“再告诉我一句，”尤老二立起来：“我不干了，朋友们怎想？”

“没人笑话你！怕笑，二哥？好了，再见！”

稽察长换了人，过了两三天吧。尤老二，胖胖的，常在街上溜着，有时候也看千佛山一眼。

原载1934年10月1日《文学》第三卷第四号

牺　牲

言语是奇怪的东西。拿种类说，几乎一个人有一种言语。只有某人才用某几个字，用法完全是他自己的；除非你明白这整个的人，你决不能了解这几个字。你一辈子也未必明白得了几个人，对于言语乘早不用抱多大的希望；一个语言学家不见得能都明白他太太的话，要不然语言学家怎会有时候被太太罚跪在床前呢。

我认识毛先生还是三年前的事。我们俩初次见面的光景，我还记得很清楚，因为我不懂他的话，所以十分注意的听他自己解释，因而附带的也记住了当时的情形。我不懂他的话，可不是因为他不会说国语。他的国语就是经国语推行委员会考试也得公公道道的给八十分。我听得很清楚，但是不明白。假如他用他自己的话写一篇小说，极精美的印出来，我一定还是不明白，除非每句都有他自己的注解。

那正是个晴美的秋天，树叶刚有些黄的；蝴蝶们还和不少的秋花游戏着。这是那种特别的天气：在屋里吧，作不下工去，外边好像有点什么向你招手，出来吧，也并没什么一定可作的事：使人觉得工作可惜，不工作也可惜。我就正这么进退两难，看看窗外的天光，我想飞到那蓝色的空中去；继而一想，飞到那里又干什么呢？立起来，又坐下，好多次了，正像外边的小蝶那样飞起去又落下来。秋光把人与蝶都支使得不知怎样好了。

最后，我决定出去看个朋友，仿佛看朋友到底像回事，而可以原谅自己似的。来到街上，我还没有决定去找哪个朋友。天气给了我个建议。这样晴爽的天，当然是到空旷的地方去，我便想到光惠大学去找老梅，因为大学既在城外，又有很大的校园。

从楼下我就知道老梅是在屋里呢：他屋子的窗户都开着，窗台上还晒着两条雪白的手巾。我喊了他一声，他登时探出头来，头发在阳光下闪出个白圈儿似的。他招呼我上去，我便连蹦带跳的上了楼。不仅是他的屋子，楼上各处的门与窗都开着呢，一块块的阳光印在地板上，使人觉得非常的痛快。老梅在门口迎接我。他趿拉着鞋片，穿着短衣，看着很自在；我想他大概是没有功课。

“好天气?!”我们俩不约而同的问出来，同时也都带出赞美的意思。

屋里敢情还有一位呢，我不认识。

老梅的手在我与那位的中间一拉线，我们立刻郑重的带出笑容，而后彼此点头，牙都露出点来，预备问“贵姓”。可是老梅都替我们说了：“——君：毛博士。”我们又彼此龇了龇牙。我坐在老梅的床上；毛博士背靠着窗，斜向屋门立着；老梅反倒坐在把椅子上；不是他们俩很熟，就是老梅不大敬重这位博士，我想。

一边和老梅闲扯，我一边端详这位博士。这个人有点特别。他是“全份武装”的穿着洋服，该怎样的全就怎样了，例如手绢是在胸袋里掖着，领带上别着个针，表链在背心中下部横着，皮鞋尖擦得很亮等等。可是衣裳至少也像穿过三年的，鞋底厚得不很自然，显然是曾经换过掌儿。他不是“穿”洋服呢，倒好像是为谁许下了愿，发誓洋装三年似的；手绢必放在这儿，领带的针必别在那儿，都是一种责任，一种宗教上的律条。他不使人觉到穿西服的洋味儿，而令人联想到孝子扶杖披麻的那股勉强劲儿。

他的脸斜对着屋门，原来门旁的墙上有一面不小的镜子，他是照镜子玩呢。他的脸是两头跷，中间洼，像个元宝筐儿，鼻子好像是睡摇篮呢。眼睛因地势的关系——在元宝翅的溜坡上——也显着很深，像两个小圆槽，槽底上有点黑水；下巴往起跷着，因而下齿特别的向外，仿佛老和上齿顶得你出不来我进不去的。

他的身量不高，身上不算胖，也说不上瘦，恰好支得起那身责任洋服，可又不怎么带劲。脖子上安着那个元宝脑袋，脑袋上很负责的长着一大下黑头发，过度负责的梳得极光滑。

他照着镜子，照得有来有去的，似乎很能欣赏他自己的美好。可是我看他特别。他是背着阳光，所以脸的中部有点黑暗，因为那块十分的低洼。一看这点洼而暗的地方，我就赶紧向窗外看看，生怕是忽然阴了天。这位博士把那么晴好的天气都带累得使人怀疑它了。这个人别扭。

他似乎没心听我们俩说什么，同时他又舍不得走开；非常的无聊，因为无聊所以特别注意他自己。他让我想到：这个人的穿洋服与生活着都是一种责任。

我不记得我们是正说什么呢，他忽然转过脸来，低洼的眼睛闭上了一小会儿，仿佛向心里找点什么。及至眼又睁开，他的嘴刚要笑就又改变了计划，改为微声叹了口气，大概是表示他并没在心中找到什么。他的心里也许完全是空的。

“怎样，博士？”老梅的口气带出来他确是对博士有点不敬重。

博士似乎没感觉到这个。利用叹气的方便，他吹了一口：“噗”！仿佛天气很热似的。“牺牲太大了！”他说，把身子放在把椅子上，脚伸出很远去。

“哈佛的博士，受这个洋罪，哎？”老梅一定是拿博士开心呢。

“真哪！”博士的语声差不多是颤着：“真哪！一个人不该受这个罪！没有女朋友，没有电影看，”他停了会儿，好像再也想不起他还需要什么——使我当时很纳闷，于是总而言之来了一句：“什么也没有！”幸而他的眼是那样洼，不然一定早已落下泪来；他千真万确的是很难过。

“要是在美国？”老梅又帮了一句腔。

“真哪！那怕是在上海呢：电影是好的，女朋友是多的，”他又止住了。

除了女人和电影，大概他心里没“吗儿”了，我想。我试了他一句：“毛博士，北方的大戏好啊，倒可以看看。”

他楞了半天才回答出来：“听外国朋友说，中国戏野蛮！”

我们都没了话。我有点坐不住了。待了半天，我建议去洗澡；城里新开了一家澡堂，据说设备得很不错。我本是约老梅去，但不能不招呼毛博士一声，他既是在这儿，况且又那么寂寞。

博士摇了摇头：“危险哪！”

我又胡涂了；一向在外边洗澡，还没淹死我一回呢。

“女人按摩！澡盆里……”他似乎很害怕。

明白了：他心中除了美国，只有上海。

“此地与上海不同，”我给他解释了这么些。

“可是中国还有哪里比上海更文明？”他这回居然笑了，笑得很不顺眼——嘴差点碰到脑门，鼻子完全陷进去。

“可是上海又比不了美国？”老梅是有点故意开玩笑。

“真哪！”博士又郑重起来：“美国家家有澡盆，美国的旅馆间间房子有澡！盆要洗，花——一放水：凉的热的，随意对；要换一盆，花——把陈水放了，从新换一盆，花——”他一气说完，每个“花”字都带着些吐沫星，好像他的嘴就是美国的自来水龙头。最后他找补了一小句：“中国人脏得很！”

老梅乘博士“花花”的工夫，已把袍子，鞋，穿好。

博士先走出去，说了一声，“再见哪”。说得非常的难听，好像心里满蓄着眼泪似的。他是舍不得我们，他真寂寞；可是他又不能上“中国”澡堂去，无论是多么干净！

等到我们下了楼，走到院中，我看见博士在一个楼窗里面望着我们呢。阳光斜射在他的头上，鼻子的影儿给脸上印了一小块黑；他的上身前后的微动，那个小黑块也忽长忽短的动。我们快走到校门了，我回了回头，他还在那儿立着；独自和阳光反抗呢，仿佛是。

在路上，和在澡堂里，老梅有几次要提说毛博士，我都没接碴儿。他对博士有点不敬，我不愿被他的意见给我对那个人的印象加上什么颜色，虽然毛博士给我的印象并不甚好。我还不大明白他，我只觉得他像个半生不熟的什么东西——他既不是上海的小流氓，也不是美国华侨的子孙：不像中国人，也不像外国人。他好像是没有根儿。我的观察不见得正确，可是不希望老梅来帮忙；我愿自己看清楚了他。在一方面，我觉得他别扭；在另一方面，我觉得他很有趣——不是值得交往，是“龙生九种，种种各别”的那种有趣。

不久，我就得到了个机会。老梅托我给代课。老梅是这么个人：谁也不知道他怎样布置的，每学期中他总得请上至少两三个礼拜的假。这一回是，据他说，因为他的大侄子被疯狗咬了，非回家几天不可。

老梅把钥匙交给了我，我虽不在他那儿睡，可是在那里休息和预备功课。

过了两天，我觉出来，我并不能在那儿休息和预备功课。只要我一到那儿，毛博士——正好像他的姓有些作用——毛儿似的就飞了来。这个人寂寞。有时候他的眼角还带着点泪，仿佛是正在屋里哭，听见我到了，赶紧跑过来，连泪也没顾得擦。因此，我老给他个笑脸，虽然他不叫我安安顿顿的休息会儿。

虽然是菊花时节了。可是北方的秋晴还不至使健康的人长吁短叹的悲秋。毛博士可还是那么忧郁。我一看见他，就得望望天色。他仿佛会自己制造一种苦雨凄风的境界，能把屋里的阳光给赶了出去。

几天的工夫，我稍微明白些他的言语了。他有这个好处：他能满不理会别人怎么向他发楞。谁爱发楞谁发楞，他说他的。他不管言语本是要彼此传达心意的；跟他谈话，我得设想着：我是个留声机，他也是个留声机；说就是了，不用管谁明白谁不明白。怪不得老梅拿博士开玩笑呢，谁能和个留声机推心置腹的交朋友呢？

不管他怎样吧，我总想治治他的寂苦；年青青的不该这样。

我自然不敢再提洗澡与听戏。出去走走总该行了。

“怎能一个人走呢？真！”博士又叹了口气。

“一个人怎就不能走呢？”我问。

“你总得享受生命吧？”他反攻了。

“啊！”我敢起誓，我没这么胡涂过。

“一个人去走！”他的眼睛，虽然那么洼，冒出些火来。

“我陪着你，那么？”

“你又不是女人，”他叹了口长气。

我这才明白过来。

待了半天，他又找补了句：“中国人太脏，街上也没法走。”

此路不通，我又转了弯。“找朋友吃小馆去，打网球去；或是独自看点小说，练练字……”我把小布尔乔亚的谋杀光阴的办法提出一大堆；有他那套责任洋服在面前，我不敢提那些更有意义的事儿。

他的回答倒还一致，一句话抄百宗：没有女人，什么也不能干。

“那么，找女人去好啦！”我看准阵势，总攻击了。“那不是什么难事。”

“可是牺牲又太大了！”他又放了个胡涂炮。

“嗯？”也好，我倒有机会练习眨巴眼了；他算把我引入了迷魂阵。

“你得给她买东西吧？你得请她看电影，吃饭吧？”他好像是审我呢。

我心里说：“我管你呢！”

“自然是得买，自然是得请。这是美国的规矩，必定要这样。可是中国人穷啊；我，哈佛的博士，才一个月拿二百块洋钱——我得要求加薪！——那里省得出这一笔费用？”他显然是说开了头，我很注意的听。“要是花了这么笔钱，就顺当的定婚、结婚，也倒好了，虽然定婚要花许多钱，还能不买俩金戒指么？金价这么贵！结婚要花许多钱，蜜月必须到别处玩去，美国的规矩。家中也得安置一下：钢丝床是必要的，洋澡盆是必要的，沙发是必要的，钢琴是必要的，地毯是必要的。哎，中国地毯还好，连美国人也喜爱它！这得用几多钱？这还是顺当的话，假如你花了许多钱买东西，请看电影，她不要你呢？钱不是空花了？！美国常有这种事呀，可是美国人富哇。拿哈佛说，男女的交际，单讲吃冰激凌的钱，中国人也花不起！你看——”

我等了半天，他也没往下说，大概是把话头忘了；也许是被“中国”气迷糊了。

我对这个人没办法。他只好苦闷他的吧。

在老梅回来以前，我天天听到些美国的规矩，与中国的野蛮。还就是上海好一些，不幸上海还有许多中国人，这就把上海的地位低降了一大些。对于上海，他有点害怕：野鸡，强盗，杀人放火的事，什么危险都有，都因为有中国人。他眼中的中国人，完全和美国电影中的一样。“你必须用美国的精神作事，必须用美国人的眼光看事呀！”

他谈到高兴的时候——还算好，他能因为谈讲美国而偶尔的笑一笑——老这样嘱咐我。什么是美国精神呢？他不能简单的告诉我。他得慢慢的讲述事实，例如家中必须有澡盆，出门必坐汽车，到处有电影园，男人都有女朋友，冬天屋里的温度在七十以上，女人们好看，客厅必有地毯……我把这些事都串在一处，还是不大明白美国精神。

老梅回来了，我觉得有点失望：我很希望能一气明白了毛博士，可是老梅一回来，我不能天天见他了。这也不能怨老梅。本来吗，咬他的侄子的狗并不是疯的，他还能不回来吗？

把功课教到哪里交待明白了，我约老梅去吃饭。就手儿请上毛博士。我要看看到底他是不能享受"中国"式的交际呢，还是他舍不得钱。

他不去。可是善意的辞谢："我们年青的人应当省点钱，何必出去吃饭呢？我们将来必须有个小家庭，像美国那样的。钢丝床，澡盆，电炉，"说到这儿，他似乎看出一个理想的小乐园：一对儿现代的亚当夏娃在电灯下低语。"沙发，两人读着《结婚的爱》，那是真正的快乐，真哪！现在得省着点……"

我没等他说完，扯着他就走。对于不肯花钱，是他有他的计划与目的，假如他的话是可信的；好了，我看看他享受一顿可口的饭不享受。

到了饭馆，我才明白了，他真不能享受！他不点菜，他不懂中国菜。"美国也很多中国饭铺，真哪。可是，中国菜到底是不卫生的。上海好，吃西餐是方便的。约上女朋友吃吃西餐，倒那个！"

我真有心告诉他，把他的姓改为"毛尔"或"毛利司"，岂不很那个？可是没好意思。我和老梅要了菜。

菜来了，毛博士吃得确不带劲。他的洼脸上好像要滴下水来，时时的向着桌上发楞。老梅又开玩笑了：

“要是有两三个女朋友，博士？”

博士忽然的醒过来：“一男一女；人多了是不行的。真哪。在自己的小家庭里，两个人炖一只鸡吃吃，真惬意！”

“也永远不请客？”老梅是能板着脸装傻的。

“美国人不像中国人这样乱交朋友，中国人太好交朋友了，太不懂爱惜时间，不行的！”毛博士指着脸子教训老梅。

我和老梅都没挂气；这位博士确是真诚，他真不喜欢中国人的一切——除了地毯。他生在中国，最大的牺牲，可是没法儿改善。他只能厌恶中国人，而想用全力组织个美国式的小家庭，给生命与中国增点光。自然，我不能相信美国精神就像是他所形容的那样，但是他所看见的那些，他都虔诚的信仰，澡盆和沙发是他的上帝。我也想到，设若他在美国就像他在中国这样，大概他也是没看见什么。可是他确看见了美国的电影园，确看见了中国人不干净，那就没法办了。

因此，我更对他注意了。我决不会治好他的苦闷，也不想分这份神了。我要看清楚他到底是怎回事。

虽然不给老梅代课了，可还不短找他去，因此也常常看到毛博士。有时候老梅不在，我便到毛博士屋里坐坐。

博士的屋里没有多少东西。一张小床，旁边放着一大一小两个铁箱。一张小桌，铺着雪白的桌布，摆着点文具，都是美国货。两把椅子，一张为坐人，一张永远坐着架打字机。另有一张摇椅，放着个为卖给洋人的团龙绣枕。他没事儿便在这张椅上摇，大概是想把光阴摇得无奈何了，也许能快一点使他达到那个目的。窗台上放着几本洋书。墙上有一面哈佛的班旗，几张在美国照的像片。屋里最带中国味的东西便是毛博士自己，虽然他也许不愿这么承认。

到他屋里去过不是一次了，始终没看见他摆过一盆鲜花，或是贴上一张风景画或照片。有时候他在校园里偷折一朵小花，那只为插在他的洋服上。这个人的理想完全是在创造一个人为的，美国式的，暖洁的小家庭。我可以想到，设若这个理想的小家庭有朝一日实现了，他必定终日放着窗帘，就是外面的天色变成紫的，或是太阳从西边出来，他也没那么大工夫去看一眼。大概除了他自己与他那点美国精神，宇宙一切并不存在。

在事实上也证明了这个。我们的谈话限于金钱，洋服，女人，结婚，美国电影。有时候我提到政治，社会的情形，文艺，和其他的我偶尔想起或哄动一时的事，他都不接碴儿。不过，设若这些事与美国有关系，他还肯敷衍几句，可是他另有个说法。比如谈到美国政治，他便告诉我一件事实：美国某议员结婚的时候，新夫妇怎样的坐着汽车到某礼拜堂，有多少巡警去维持秩序，因此教堂外观者如山如海！对别的事也是如此，他心目中的政治，美术，和无论什么，都是结婚与中产阶级文化的光华方面的附属物。至于中国，中国还有政治，艺术，社会问题等等？他最恨中国电影；中国电影不好，当然其他的一切也不好。对中国电影最不满意的地方便是男女不搂紧了热吻。

几年的哈佛，使他得到那点美国精神，这我明白。我不明白的是：难道他不是生在中国？他的家庭不是中国的？他没在中国——在上美国以前——至少活了廿来岁？为什么这样不明白不关心中国呢？

我试验多少次了，他的家中情形如何，求学与作事的经验……哼！他的嘴比石头子儿还结实！这就奇怪了，他永远赶着别人来闲扯，可是他又不肯说自己的事！

和他交往了快一年了，我似乎看出点来：这位博士并不像我所想的那么简单。即使他是简单，他的简单必是另一种。他必是有一种什么宗教性的诫律，使他简单而又深密。

他既不放松了嘴，我只好从新估定他的外表了。每逢我问到他个人的事，我留神看他的脸。他不回答我的问题，可是他的脸并没完全闲着。他一定不是个坏人，他的脸卖了他自己。他的深密没能完全胜过他的简单，可是他必须要深密。或者这就是毛博士之所以为毛博士了；要不然，还有什么活头呢。人必须有点抓得住自己的东西。有的人把这点东西永远放在嘴边上，有的人把它永远埋在心里头。办法不同，立意是一个样的。毛博士想把自己拴在自己的心上。他的美国精神与理想的小家庭是挂在嘴边的，可是在这后面，必是在这“后面”，才是真的他。

他的脸，在我试问他的时候，好像特别的洼了。从那最洼的地方发出一点黑晦，慢慢的布满了全脸，像片雾影。他的眼，本来就低深不易看到，此时便更往深处去了，仿佛要完全藏起去。他那些彼此永远挤着的牙轻轻咬那么几下，耳根有点动，似乎是把心中的事严严的关住，唯恐走了一点风。然后，他的眼忽然的发出些光，脸上那层黑影渐渐的卷起，都卷入头发里去。“真哪”！他不定说什么呢，与我所问的没有万分之一的关系。他胜利了，过了半天还用眼角撩我几下。

只设想他一生下来便是美国博士，虽然是简截的办法，但是太不成话。问是问不出来，只好等着吧。反正他不能老在那张椅上摇着玩，而一点别的不干。

光阴会把人事筛出来。果然，我等到一件事。

快到暑假了，我找老梅去。见着老梅，我当然希望也见到那位苦闷的象征。可是博士并没露面。

我向外边一歪头，“那位呢”？

“一个多星期没露面了，”老梅说。

“怎么了？”

“据别人说，他要辞职，我也知道的不多，”老梅笑了笑，“你晓得，他不和别人谈私事。”

“别人都怎说来？”我确是很热心的打听。

“他们说，他和学校订了三年的合同。”

“你是几年？”

“我们都没合同，学校只给我们一年的聘书。”

“怎么单单他有呢？”

“美国精神，不订合同他不干。”

整像毛博士！

老梅接着说：“他们说，他的合同是中英文各一份，虽然学校是中国人办的。博士大概对中国文字不十分信任。他们说，合同订的是三年之内两方面谁也不能辞谁，不得要求加薪，也不准减薪。双方签字，美国精神。可是，干了一年——这不是快到暑假了吗——他要求加薪，不然，他暑后就不来了。”

“呕，”我的脑子转了个圈。“合同呢？”

“立合同的时候是美国精神，不守合同的时候便是中国精神了。”老梅的嘴往往失于刻薄。

可是他这句话暗示出不少有意思的意思来。老梅也许是顺口的这么一说，可是正说到我的心坎上。“学校呢？”我问。

“据他们说，学校拒绝了他的请求；当然的，有合同吗。”

“他呢？”

“谁知道！他自己的事不对别人讲。就是跟学校有什么交涉，他也永远是写信，他有打字机。”

“学校不给他增薪，他能不干了吗？”

“没告诉你吗，没人知道？”老梅似乎有点看不起我。“他不干，是他自己失了信用；可是我准知道，学校也不会拿着合同跟他打官司，谁有工夫闹闲气。”

“你也不知道他要求增薪的理由？呕，我是胡涂虫！”我自动的撤销这一句，可是又从另一方面提出一句来：“似乎应当有人去劝劝他！”

“你去吧；没我！”老梅又笑了。“请他吃饭，不吃；喝酒，不喝；问他什么，不说；他要说的，别人听着没味儿；这么个人，谁有法儿像个朋友似的去劝告呢？”

“你可也不能说，这位先生不是很有趣的？”

“那要凭怎么看了。病理学家看疯人都很有趣。”

老梅的语气不对，我听着。想了想，我问他：“老梅，博士得罪了你吧？我知道你一向对他不敬，可是——”

他笑了。“耳朵还不离，有你的！近来真有点讨厌他了。一天到晚，女人女人女人，谁那么爱听！”

“这还不是真正的原因，”我又给了他一句。我深知道老梅的为人：他不轻易佩服谁；可是谁要是真得罪了他，他也不轻易的对别人讲论。原先他对博士不敬，并无多少含意，所以倒肯随便的谈论；此刻，博士必是真得罪了他，他所以不愿说了，不过，经我这么一问，他也没了办法。

“告诉你吧，”他很勉强的一笑：“有一天，博士问我，梅先生，你也是教授？我就说了，学校这么请的我，我也没法。可是，他说，你并不是美国的博士？我说，我不是；美国博士值几个子儿一枚？我问他。他没说什么，可是脸完全绿了。这还不要紧，从那天起，他好像记死了我。他甚至写信质问校长：梅先生没有博士学位，怎么和有博士学位的——而且是美国的——挣一样多的薪水呢？我不晓得他从哪里探问出我的薪金数目。”

“校长也不好，不应当让你看那封信。”

“校长才不那么胡涂；博士把那封信也给了我一封，没签名。他大概是不屑与我为伍。”老梅笑得更不自然了。青年都是自傲的。

“哼，这还许就是他要求加薪的理由呢！”我这么猜。

“不知道。咱们说点别的？”

辞别了老梅，我打算在暑假放学之前至少见博士一面，也许能打听得出点什么来。凑巧，我在街上遇见了他。他走得很急。眉毛拧着，脸洼得像个羹匙。不像是走道呢，他似乎是想把一肚子怨气赶出去。

“哪儿去，博士？”我叫住了他。

“上邮局去，”他说，掏出手绢——不是胸袋掖着的那块——擦了擦汗。

“快暑假了，到哪里去休息？”

“真哪！听说青岛很好玩，像外国。也许去玩玩。不过——”

我准知道他要说什么，所以没等“不过”的下回分解说出来，便又问：“暑后还回来吗？”

“不一定。”或者因为我问得太急，所以他稍微说走了嘴：不一定自然含有不回来的意思。他马上觉到这个，改了口：“不一定到青岛去。”假装没听见我所问的。“一定到上海去的。痛快的看几次电影；在北方作事，牺牲太大了，没好电影看！上学校来玩啊，省得寂寞！”话还没说利索，他走开了，一迈步就露出要跑的趋势。

我不晓得他那个“省得寂寞”是指着谁说的。至于他的去留，只好等暑假后再看吧。

刚一考完，博士就走了，可是没把东西都带去。据老梅的猜测：博士必是到别处去谋事，成功呢便用中国精神硬不回来，不管合同上定的是几年。找不到事呢就回来，表现他的美国精神。事实似乎与这个猜测应合：博士支走了三个月的薪水。我们虽不愿往坏处揣度人，可是他的举动确是令人不能必定往好处想。薪水拿到手里究竟是牢靠些，他只信任他自己，因为他常使别人不信任他。

过了暑假，我又去给老梅代课。这回请假的原因，大概连老梅自己也不准知道，他并没告诉我吗。好在他准有我这么个替工，有原因没有的也没多大关系了。

毛博士回来了。

谁都觉得这么回来是怪不得劲的，除了博士自己。他很高兴。设若他的苦闷使人不表同情，他的笑脸看着有点多余。他是打算用笑表示心中的快活，可是那张脸不给他作劲。他一张嘴便像要打哈欠，直到我看清他的眼中没有泪，才醒悟过来；他原来是笑呢。这样的笑，笑不笑没多大关系。他紧自这么笑，闹得我有点发毛咕。

“上青岛去了吗?”我招呼他。他正在门口立着。

“没有。青岛没有生命，真哪!”他笑了。

“啊?”

“进来，给你件宝贝看!”

我，傻子似的，跟他进去。

屋里和从前一样，就是床上多了一个蚊帐。他一伸手从蚊帐里拿出个东西，遮在身后：“猜!”

我没这个兴趣。

“你说，是南方女人，还是北方女人好?”他的手还在背后。

我永远不回答这样的问题。

他看我没意思回答，把手拿到前面来，递给我一张像片。而后肩并肩的挤着我，脸上的笑纹好像真要在我脸上走似的；没说什么；他的嘴，也不知是怎么弄的，直唧唧的响。

女人的像片。拿像片断定人的美丑是最容易上当的，我不愿说这个女人长得怎么样。就它能给我看到的，不过是年纪不大，头发烫得很复杂而曲折，小脸，圆下颏，大眼睛。不难看，总而言之。

“定了婚，博士?”我笑着问。

博士笑得眉眼都没了准地方，可是没出声。

我又看了看像片，心中不由得怪难过的。自然，我不能代她断定什么；不过，我倘若是个女子……

“牺牲太大了！”博士好容易才说出话来：“可是值得的，真哪！现在的女人多么精，才廿一岁，什么都懂，仿佛在美国留过学！头一次我们看完电影，她无论怎说也得回家，精呀！第二次看电影，还不许我拉她的手，多么精！电影票都是我打的！最后的一次看电影才准我吻了她一下，真哪！花多少钱也值得，没空花了；我临来，她送我到车站，给我买来的水果！花点钱，值得，她永远是我的；打野鸡不行呀，花多少钱也不行，而且有危险的！从今天起，我要省钱了。”

我插进去一句：“你花钱还费吗？”

“哎哟！”元宝底上的眼睛居然努出来了。“怎么不费钱？！一个人，吃饭，洗衣服。哪样不花钱！两个人也不过花这多，饭自己作，衣服自己洗。夫妇必定要互助呀。”

“那么，何必格外省钱呢？”

“钢丝床要的吧？澡盆要的吧？沙发要的吧？钢琴要的吧？结婚要花钱的吧？蜜月要花钱的吧？家庭是家庭哟！”他想了想：“结婚请牧师也得送钱的！”

“干吗请牧师？”

“郑重；美国的体面人都请牧师祝婚，真哪！”他又想了想：“路费！她是上海的；两个人从上海到这里，二等车！中国是要不得的，三等车没法坐的！你算算一共要几多钱？你算算看！”他的嘴咕弄着，手指也轻轻的掐，显然是算这笔账呢。大概是一时算不清，他皱了皱眉。紧跟着又笑了：“多少钱也得花的！假如你买个五千元的钻石，不是为戴上给人看么？一个南方美人，来到北方，我的，能不光荣些么？真哪，她是上海最美的女子了；这还不值得牺牲么？一个人总得牺牲的！”

我始终还是不明白什么是牺牲。

替老梅代了一个多月的课，我的耳朵里整天嗡嗡着上海，结婚，牺牲，光荣，钢丝床……有时候我编讲义都把这些编进去，而得从新改过；他已把我弄胡涂了。我真盼老梅早些回来，让我去清静两天吧。观察人性是有意思的事，不过人要像年糕那样粘，把我的心都粘住，我也有受不了的时候。

老梅还有五六天就回来了。正在这个时候，博士又出了新花样。他好像一篇富于技巧的文章，正在使人要生厌的时候，来几句漂亮的。

他的喜劲过去了。除了上课以外，他总在屋里拍拉拍拉的打字。拍拉过一阵，门开了，溜着墙根，像条小鱼似的，他下楼去送信。照直去，照直回来；在屋里咚咚的走。走着走着，叹一口气，声音很大，仿佛要把楼叹倒了，以便同归于尽似的。叹过气以后，他找我来了，脸上带着点顶惨淡的笑。“噗”！他一进门先吹口气，好像屋中净是尘土。然后，“你们真美呀，没有伤心的事！”

他的话老有这么种别致的风格，使人没法答碴儿。好在他会自动的给解释：“没法子活下去，真哪！哭也没用，光阴是不着急的！恨不能飞到上海去！”

“一天写几封信？”我问了句。

“一百封也是没用的！我已经告诉她，我要自杀了！这样不是生活，不是！”博士连连的摇头。

“好在到年假才还不到三个月。”我安慰着他，“不是年假里结婚吗？”

他没有回答，在屋里走着。待了半天：“就是明天结婚，今天也是难过的！”

我正在找些话说，他忽然像忘了些什么重要的事，一闪似的便跑出去。刚进到他的屋中，拍拉，拍拉，拍，打字机又响起来。

老梅回来了。我在年假前始终没找他去。在新年后，他给我转来一张喜帖，用英文印的。我很替毛博士高兴，目的达到了，以后总该在生命的别方面努力了。

年假后两三个星期了，我去找老梅。谈了几句便又谈到毛博士。

"博士怎样？"我问，"看见博士太太没有？"

"谁也没看见她；他是除了上课不出来，连开教务会议也不到。"

"咱俩看看去？"

老梅摇了头："人家不见，同事中有碰过钉子的了。"

这个，引动了我的好奇心。没告诉老梅，我自己要去探险。

毛博士住着五间小平房，院墙是三面矮矮的密松。远远的，我看见院中立着个女的，细条身框，穿着件黑袍，脸朝着阳光。她一动也不动，手直垂着，连蓬松的头发好像都镶在晴冷的空中。我慢慢的走，她始终不动。院门是两株较高的松树，夹着一个绿短棚子。我走到这个小门前了，与她对了脸。她像吓了一跳，看了我一眼，急忙转身进去了。在这极短的时间内，我得了个极清楚的印象：她的脸色青白，两个大眼睛像迷失了的羊那样悲郁，头发很多很黑，和下边的长黑袍联成一段哀怨，她走得极轻快，好像把一片阳光忽然的全留在屋子外边。我没去叫门，慢慢的走回来了。我的心中冷了一下，然后觉得茫然的不自在。到如今我还记得这个黑衣女。

大概多数的男人对于女性是特别显着侠义的。我差不多成了她的义务侦探了。博士是否带她常出去玩玩，譬如看看电影？他的床是否钢丝的？澡盆？沙发？当他跟我闲扯这些的时候，我觉得他毫无男子气。可是由看见她以后，这些无聊的事都在我心中占了重要的地位。自然，这些东西的价值是由她得来的。我钻天觅缝的探听，甚至于贿赂毛家的仆人——他们用着一个女仆。我所探听到的是他们没出去过，没有钢丝床与沙发。他们吃过一回鸡，天天不到九点钟就睡觉……

我似乎明白些毛博士了。凡是他口中说的——除了他真需个女人——全是他视为作不到的，所以作不到的原因是他爱钱。他梦想要作个美国人；及至来到钱上，他把中国固有的夫为妻纲与美国的资产主义联合到一块。他自己便是他所恨恶的中国电影，什么在举动上都学好莱坞的，而根本上是中国的，他是个自私自利而好摹仿的猴子。设若他没上过美国，他一定不会这么样，他至少要在人情上带出点中国气来。他上过美国，自觉着他为中国当个国民是非常冤屈的事。他可以依着自己的方便，在美国精神的装饰下，作出一切。结婚，大概只有早睡觉的意义。

我没敢和老梅提说这个，怕他耻笑我；说真的，我实在替那个黑衣女抱不平。可是，我不敢对他说；青年们的想像是不易往厚道里走的。

春假了，由老梅那里我听来许多人的消息：有的上山去玩，有的到别处去逛。我听不到博士夫妇的。学校里那么多人，好像没人注意他们俩——按普通的理说，新夫妇是最使人注意的。

我决定去看看他们。

校园里的垂柳已经绿得很有个样儿了。丁香可是才吐出颜色来。教员们，有的没去旅行，差不多都在院中种花呢。到了博士的房子左近，他正在院中站着。他还是全份武装的穿着洋服，虽然是在假期里。阳光不易到的地方，还是他的脸的中部。隔着松墙我招呼了他一声：

“没到别处玩玩去，博士？”

“哪里也没有家里好，”他的眼瞭了远处一下。

“美国人不是讲究旅行么？”我一边说一边往门那里凑。

他没回答我。看着我，他直往后退，显出不欢迎我进去的神气。

我老着脸，一劲的前进。他退到屋门，我也离那儿不远了。他笑得极不自然了，牙咬了两下，他说了话：

“她病了，改天再招待你呀。”

“好吧，”我也笑了笑。

“改天来——”他没说完下半截便进去了。

我出了门，校园中的春天似乎忽然逃走了。我非常的不愉快。

又过了十几天，我给博士一个信儿，请他夫妇吃饭。我算计着他们大概可以来；他不交朋友，她总不会也愿永远囚在家中吧？

到了日期，博士一个人来了。他的眼边很红，像是刚揉了半天的。脸的中部特别显着洼，头上的筋都跳着。

“怎啦，博士？”我好在没请别人，正好和他谈谈。

“妇人，妇人都是坏的！都不懂事！都该杀的！”

“和太太吵了嘴？”我问。

“结婚是一种牺牲，真哪！你待她天好，她不懂，不懂！”博士的泪落下来了。

“到底怎回事？”

博士抽答了半天，才说出三个字来：“她跑了！”他把脑门放在手掌上，哭起来。

我没想安慰他。说我幸灾乐祸也可以，我确是很高兴，替她高兴。

待了半天，博士抬起头来，没顾得擦泪，看着我说：

“牺牲太大了！叫我，真！怎样再见人呢！？我是哈佛的博士，我是大学的教授！她一点不给我想想！妇人！”

“她为什么走了呢？”我假装皱上眉。

“不晓得。”博士净了下鼻子。“凡是我以为对的，该办的，我都办了。”

“比如说？”

“储金，保险，下课就来家陪她，早睡觉，多了，多了！是我见到的，我都办了；她不了解，她不欣赏！每逢上课去，我必吻她一下，还要怎样呢？你说！”

我没的可说，他自己接了下去。他是真憋急了，在学校里他没一个朋友。“妇女是不明白男人的！定婚，结婚，已经花了多少钱，难道她不晓得？结婚必须男女两方面都要牺牲的。我已经牺牲了那么多，她牺牲了什么？到如今，跑了，跑了！”博士立起来，手插在裤袋里，眉毛拧着：“跑了！”

“怎办呢？”我随便问了句。

“没女人我是活不下去的！”他并没看我，眼看着他的领带。“活不了！”

“找她去？”

“当然！她是我的！跑到天边，没我，她是个‘黑’人！她是我的，那个小家庭是我的，她必得老跟着我！”他又坐下了，又用手托住脑门。

“假如她和你离婚呢？”

“凭什么呢？难道她不知道我爱她吗？不知道那些钱都是为她花了吗？就没点良心吗？离婚？我没有过错！”

“那是真的。”我自己知道这是什么意思。

他抬头看了我一眼，气好像消了些，舐了舐嘴唇，叹了口气：“真哪，我一见她脸上有些发白，第二天就多给她一个鸡子儿吃！我算尽到了心！”他又不言语了，呆呆的看着皮鞋尖。

“你知道她上哪儿了？”

博士摇了摇头。又坐了会儿，他要走。我留他吃饭，他又摇头：“我回去，也许她还回来。我要是她，我一定回来。她大概是要回来的。我回去看看。我永远爱她，不管她待我怎样。”他的泪又要落下来，勉强的笑了笑，抓起帽子就往外走。

这时候，我有点可怜他了。从一种意义上说，他的确是个牺牲者——可是不能怨她。

过了两天，我找他去，他没拒绝我进去。

屋里安设得很简单，除了他原有的那份家具，只添上了两把藤椅，一个长桌，桌上摆着他那几本洋书。这是书房兼客厅；西边有个小门，通到另一间去，挂着个洋花布单帘子。窗上都挡着绿布帘，光线不十分足。地板上铺着一领厚花席子。屋里的气味很像个欧化了的日本家庭，可是没有那些灵巧的小装饰。

我坐在藤椅上，他还坐那把摇椅，脸对着花布帘子。

我们俩当然没有别的可谈。他先说了话：

“我想她会回来，到如今竟自没消息，好狠心！”说着，他忽然一挺身，像是要立起来，可是极失望的又缩下身去。原来那个花布帘被一股风吹得微微一动。

这个人已经有点中了病！我心中很难过了。可是，我一想：结婚刚三个多月，她就逃走，想必她是真受不住了；想必她也看出来，这个人是无希望改造的。三个月的监狱生活是满可以使人铤而走险的。况且，性欲的生活，有时候能使人一天也受不住的——由这种生活而起的厌恶比毒药还厉害。我由博士的气色和早睡的习惯已猜到一点，现在我要由他的口中证实了。我和他谈一些严重的话。便换换方向，谈些不便给多于两个人听的。他也很喜欢谈这个，虽然更使他伤心。他把这种事叫“爱”。他很“爱”她，有时候一夜“爱”四次。他还有个理论：

“受过教育的人性欲大，真哪。下等人的操作使他们疲倦，身体上疲倦。我们用脑子的，体力是有余的，正好借这个机会运动运动。

况且，因为我们用脑子，所以我们懂得怎样‘爱’，下等人不懂！”

我心里说，“要不然她怎会跑了呢！”

他告诉我许多这种经验，可是临完更使他悲伤——没有女人是活不下去的！我去了几次，慢慢的算是明白了他的一部分：对于女人，他只管“爱”，而结婚与家庭设备的花费是“爱”的代价。这个代价假如轻一点，“博士”会给增补上所欠的分量。“一个美国博士，你晓得，在女人心中是占分量的。”他说，附带着告诉我：“你想要个美的，大学毕业的，年青的，品行端正的女人，先去得个博士，真哪！”

他的气色一天不如一天了。对那个花布帘，他越发注意了；说着说着话，他能忽然立起来，走过去，掀一掀它。而后回来，坐下，不言语好大半天。脸比绿窗帘绿得暗一些。

可是他始终没要找她去，虽然嘴里常这么说。我以为即使他怕花了钱而找不到她，也应当走一走，或至少是请几天假。因为他自己说她要把“博士”与“教授”的尊严一齐给他毁掉了。为什么他不躲几天，而照常的上课，虽然是带着眼泪？后来我才明白：他要大家同情他，因为他的说法是这个：“嫁给任何人，就属于任何人，况且嫁的是博士？从博士怀中逃走，不要脸，没有人味！”他不能亲自追她去。但是他需要她，他要“爱”。他希望她回来，因为他不能白花了那些钱。这个，尊严与“爱”，牺牲与耻辱，使他进退两难，哭笑皆非，一天不定掀多少次那个花布帘。他甚至于后悔没娶个美国女人了，中国女人是不懂事，不懂美国精神的！

人生在某种文化下，不是被它——文化——管辖死，便是因反抗它而死。在人类的任何文化下，也没有多少自由。毛博士的事是没法解决的。他肩着两种文化的责任，而想把责任变成享受。洋服也得规矩的穿着，只是把脖子箍得怪难受。脖子是他自己的，但洋服是文化呢！

木槿花一开，就快放暑假了。毛博士已经有几天没出屋子。据老梅说，博士前几天还上课，可是在课堂上只讲他自己的事，所以学校请他休息几天。

我又去看他，他还穿着洋服在椅子上摇呢，可是脸已不像样儿了，最洼的那一部分已经像陷进去的坑，眼睛不大爱动了，可是他还在那儿坐着。我劝他到医院去，他摇头："她回来，我就好了；她不回来，我有什么法儿呢？"他很坚决，似乎他的命不是自己的。"再说，"他喘了半天气才说出来："我已经天天喝牛肉汤；不是我要喝，是为等着她；牺牲，她跑了我还得为她牺牲！"

我实在找不到话说了。这个人几乎是可佩服的了。待了半天，他的眼忽然的亮了，抓住椅子扶手，直起胸来，耳朵侧着，"听！她回来了！是她！"他要立起来，可是只弄得椅子前后的摇了几下，他起不来。

外边并没有人。他倒了下去，闭上了眼，还喘着说："她——也——许——明天来。她是——我——的！"

暑假中，学校给他家里打了电报，来了人，把他接回去。以后，没有人得到过他的信。有的人说，到现在他还在疯人院里呢。

原载1934年4月1日《文学》第二卷第四号

柳屯的

要计算我们村里的人们，在头几个手指上你总得数到夏家，不管你对这一家子的感情怎么样。夏家有三百来亩地，这就足以说明了一大些，即使承认我们的村子不算是很小。

夏老者在庚子年前就信教。要说他藉着信教去横行霸道，真是屈心的话；拿这个去得些小便宜，那倒有之。他的儿子夏廉也信教。

他们有三百来亩地，这倒比信教不信教还要紧；不过，他们父子决不肯抛弃了宗教，正如不肯舍割一两亩地。假如他们光信教而没有这些产业，大概偶尔到乡间巡视的洋牧师决不会特意的记住他们的姓名。事实上他们是有三百来亩地，而且信教，这便有了文章。

我说过了，他们不横行霸道；可是他们的心里颇有个数儿。要说为村里的公益事儿拿个块儿八毛的，夏家父子的钱袋好像天衣似的，没有缝儿。“我们信教，不开发这个。”信教的利益，这还是消极的，在这里等着你呢。全村里的人没有愿公然说他们父子刻薄的，可也没有人捧场夸奖他们厚道。他们不跳出圈去欺侮人，人们也不敢无故的找寻他们，彼此敬而远之。不过，有的时候，人们还非去找夏家父子不可；这可就没的可说了。周瑜打黄盖，愿打愿挨。“知道我们厉害呀，别找上门来！事情是事情！”他们父子虽不这么明说，可确是这么股子劲儿。无论买什么，他们总比别人少花点儿；但是现钱交易，一手递钱，一手交货，他们管这个叫作教友派儿。至于偶尔被人家捉了大头，就是说明了“概不退换”，也得退换；教友派儿在这种关节上更露出些力量。没人敢惹他们，而他们又的确不是刺儿头——从远处看。找上门来挨刺，他们父子实在有些无形的硬翎儿。

要是由外表上看，他们离着精明还远得很呢。夏老者身上最出色的是一对罗圈腿。成天拐拉拐拉的出来进去，出来进去，好像失落了点东西，找了六十多年还没有找着。被罗圈腿闹得身量也显着特别的矮，虽然努力挺着胸口也不怎么尊严。头也不大，眉毛比胡子似乎还长，因此那几根胡子老像怪委屈的。红眼边；眼珠不是黄的，也不是黑的，更说不上是蓝的，就那么灰不拉的，瘪瘪着；看人的时候永远拿鼻子尖瞄准儿，小尖下巴颏也随着跷起来。夏廉比父亲体面些，个子也高些。长脸，笑的时候仿佛都不愿脸上的肉动一动。眼睛老望着远处，似乎心中永远有点什么问题。他最会发楞。父亲要像个小颠蒜，儿子就像个楞青辣椒。

我和夏廉小时候同过学。我不知道他们父子的志愿是什么，他们不和别人谈心，嘴能像实心的核桃那么严。可是我晓得他们的产业越来越多。我也晓得，凡是他们要干的，哪怕是经过三年五载，最后必达到目的。在我的记忆中，他们似乎没有失败过。他们会等：一回不行，再等；还不行，再等！坚忍战败了光阴，精明会抓住机会，往好里说，他们确是有可佩服的地方。很有几个人，因为看夏家这样一帆风顺，也信了教；他们以为夏家所信的神必是真灵验。这个想法的对不对是另一问题，夏家父子的成功是事实。

他们父子可并非没遇过困难，也并非不怕遇上困难，但是当患难临头，他们不惜力：父亲拐拉着腿，儿子板死了脸，干！过蝗虫，他们和蝗虫开仗；下腻虫，和腻虫宣战。方法好不好的，先干点什么再说。唱野台戏谢龙王或虫神，他们连一个小钱也不拿："我们信教，不开发这个。"

或者不仅是我一个人有时候这么想：他们父子是不是有朝一日也会失败呢？以我自己说，这不是出于忌妒，我并无意看他们的哈哈笑；这是一种好奇的推测。我总以为人究竟不能胜过一切，谁也得有消化不了的东西。拿人类全体说，我愿意，希望，咱们能战胜一切，就个人说，我不这么希望，也没有这种信仰。拿破仑碰了钉子，也该碰。

在思想上，我相信这个看法是不错的。不错，我是因看见夏家父子而想起这个来，但这并不是对他们的诅咒。

谁知道这竟自像诅咒呢！我不喜欢他们的为人，真的；可也没想到他们果然会失败。我并不是看见苍蝇落在胶上，便又可怜它了，不是；他们的失败实在太难堪了，太奇怪了；这件"事"使我的感情与理智分道而驰了。

前五年吧，我离开了家乡一些日子。等到回家的时候，我便听说许多关于——也不大利于——我的老同学的话。把这些话凑在一处，合成这么一句：夏廉在柳屯——离我们那里六里多地的一个小村子——弄了个"人儿"。

这种事要是搁在别人的身上，原来并没什么了不得的。夏廉，不行。第一，他是教友；打算弄人儿就得出教。据我们村里的人看，无论是在白莲教，耶稣教，自要一出教就得倒运。自然，夏廉要倒运，正是一些人所希望的，所以大家的耳朵都竖起来，心中也微微有点跳。至于以教会的观点看这件事的合理与否的，也有几位，可是他们的意见并没引起多大的注意——太带洋味儿。

第二，夏廉，夏廉！居然弄人儿！把信教不信教放在一边，单说这个"人"，他会弄人儿，太阳确是可以打西边出来了，也许就是明天早晨！

夏家已有三辈是独传。夏廉有三个女儿，一个儿子。这个儿子活到十岁上就死了。夏嫂身体很弱，不见得再能生养。三辈子独传，到这儿眼看要断根！这个事实是大家知道的，可是大家并不因此而使夏廉舒舒服服的弄人儿，他的人缘正站在“好”的反面儿。

“断根也不能动洋钱”，谁看见那个楞辣椒也得这么想，这自然也是大家所以这样惊异的原因。弄人儿，他？他！

还有呢，他要是讨个小老婆，为是生儿子，大家也不会这么见神见鬼的。他是在柳屯搭上了个娘们。“怪不得他老往远处看呢，柳屯！”大家笑着嘀咕，笑得好像都不愿费力气，只到嗓子那溜儿，把未完的那些意思交给眼睛挤咕出来。

除了夏廉自己明白他自己，别人都不过是瞎猜；他的嘴比蛤蜊还紧。可是比较的，我还算是他的熟人，自幼儿的同学。我不敢说是明白他，不过讲猜测的话，我或者能猜个八九不离十。拿他那点宗教说，大概除了他愿意偶尔有个洋牧师到家里坐一坐，和洋牧师喜欢教会里有几家基本教友，别无作用。他当义和拳或教友恐怕没有多少分别。上帝有一位还是有十位，对于他，完全没关系。牧师讲道他便听着，听完博爱他并不少占便宜。可是他愿作教友。他没有朋友，所以要有个地方去——教会正是个好地方。“你们不理我呀，我还不爱交接你们呢；我自有地方去，我是教友！”这好像明明的在他那长脸上写着呢。

他不能公然的娶小老婆，他不愿出教。可是没儿子又是了不得的事。他想偷偷的解决了这个问题。搭上个娘们，等到有了儿子再说。夏老者当然不反对，祖父盼孙子自有比父亲盼儿子还盼得厉害的。教会呢，洋牧师不时常来，而本村的牧师还不就是那么一回事。上帝本是洋人带过来的。反正没晴天大日头的用敞车往家里拉人，就不算是有意犯教规，大家闭闭眼，事情还有过不去的？

至于图省钱，那倒未必。搭人儿不见得比娶小省钱。为得儿子，他这一回总算下了决心，不能不咬咬牙。“教友”虽不是官衔，却自有作用，而儿子又是必不可少的，闭了眼啦，花点钱！

这是我的猜测，未免有点刻薄，我知道；但是不见得比别人的更刻薄。至于正确的程度，我相信我的是最优等。

在家没住了几天，我又到外边去了两个月。到年底下我回家来过年，夏家的事已发展到相当的地步：夏廉已经自动的脱离教会，那个柳屯的人儿已接到家里来。我真没想到这事儿会来得这么快。但是我无须打听，便能猜着：村里人的嘴要是都咬住一个地方，不过三天就能把长城咬塌了一大块。柳屯那位娘们一定是被大家给咬出来了，好像猎狗掘兔子窝似的，非扒到底儿不拉倒。他们死咬一口，教会便不肯再装聋卖傻，于是……这个，我猜对了。

可是，我还有不知道的。我遇见了夏老者。他的红眼边底下有些笑纹，这是不多见的。那几根怪委屈的胡子直微微的动，似乎是要和我谈一谈。我明白了：村里人们的嘴现在都咬着夏家，连夏老头子也有点撑不住了；他也想为自己辩护几句。我是刚由外边回来的，好像是个第三者，他正好和我诉诉委屈。好吧，蛤蜊张了嘴，不容易的事，我不便错过这个机会。

他的话是一派的夸奖那个娘们，他很巧妙的管她叫作“柳屯的”。这个老家伙有两下子，我心里说。他不为这件“事”辩护，而替她在村子里开道儿。村儿里的事一向是这样：有几个人向左看，哪怕是原来大家都脸朝右呢，便慢慢的能把大家都引到左边来。她既是来了，就得设法叫她算个数；这老头子给她砸地基呢。“柳屯的”，不卑不亢的，简直的有些诗昧！

“太好了，‘柳屯的！’”他的红眼边忙着眨巴。“比大嫂强多了，真泼辣！能洗能作，见了人那份和气，公是公，婆是婆！多费一口子的粮食，可是咱们白用一个人呢！大嫂老有病，横草不动，竖草不拿；‘柳屯的’什么都拿得起来！所以我就对廉儿说了，”老头子抬着下巴颏看准了我的眼睛，我知道他是要给儿子掩饰了：“我就说了，廉儿呀，把她接来吧，咱们‘要’这么一把手！”说完，他向我眨巴眼，红眼边一劲的动，看看好像是孙猴子的父亲。他是等着我的意见呢。

“那就很好，”我只说了这么一句四面不靠边的。

“实在是神的意思！”他点头赞叹着。“你得来看看她；看见她，你就明白了。”

“好吧，大叔，明儿个去给你老拜年。”真的，我想看看这位柳屯的贤妇。

第二天我到夏家去拜年，看见了“柳屯的”。

她有多大岁数，我说不清，也许三十，也许三十五，也许四十。大概说她在四十五以下准保没错。我心里笑开了，好劲个“人儿”！高高的身量，长长的脸，脸上擦了一斤来的白粉，可是并不见得十分白；鬓角和眉毛都用墨刷得非常整齐：好像新砌的墙，白的地方还没全干，可是黑的地方真黑真齐。眼睛向外努着，故意的慢慢眨巴眼皮，恐怕碰了眼珠似的。头上不少的黄发，也用墨刷过，可是刷得不十分成功；戴着朵红石榴花。一身新蓝洋缎棉袄棉裤，腋下搭拉着一块粉洋纱手绢。大红新鞋，至多也不过一尺来的长。

我简直的没话可说，心里头一劲儿的要笑，又有点堵得慌。

“柳屯的”倒有的说。她好像也和我同过学，有模有样的问我这个那个的。从她的话里我看出来，她对于我家和村里的事知道得很透彻。她的眼皮慢慢那么向我眨巴了几下，似乎已连我每天吃几个馍馍都看了去！她的嘴可是甜甘，一边张罗客人的茶水，一边儿说；一边儿说着，一边儿用眼角儿扫着家里的人；该叫什么的便先叫出来，而后说话，叫得都那么怪震心的。夏老者的红眼边上有点湿润，夏老太太——一个瘪嘴弯腰的小老太太——的眼睛随着“柳屯的”转；一声爸爸一声妈，大概给二位老者已叫迷糊了。夏廉没在家。我想看看夏大嫂去，因为听说她还病着。夏家二位老人似乎没什么表示，可是眼睛都瞧着“柳屯的”，像是跟她要主意；大概他们已承认：交际来往，规矩礼行这些事，他们没有“柳屯的”那样在行，所以得问她。她忙着就去开门，往西屋里让。陪着我走到窗前。便交待了声：“有人来了。”然后向我一笑，“屋里坐，我去看看水。”我独自进了西屋。

夏大嫂是全家里最老实可爱的人。她在炕上围着被子坐着呢。见了我，她似乎非常的喜欢。可是脸上还没笑利索，泪就落下来了：“牛儿叔！牛儿叔！”她叫了我两声。我们村里彼此称呼总是带着乳名的，孙子呼祖父也得挂上小名。她像是有许多的话，可是又不肯说，抹了抹泪，向窗外看了看，然后向屋外指了一下。我明白她的意思。

我问她的病状，她叹了口气：“活不长了；死了也不能放心！”那个娘们实在是夏嫂心里的一块病，我看出来。即使我承认夏嫂是免不掉忌妒，我也不能说她的忧虑是完全为自己，她是个最老实可爱的人。我和她似乎都看出来点危险来，那个娘们！

由西屋出来，我遇上了“她”，在上房的檐下站着呢。很亲热的赶过来，让我再坐一坐，我笑了笑，没回答出什么来。我知道这一笑使我和她结下仇。这个娘们眼里有活，她看清这一笑的意思，况且我是刚从西屋出来。出了大门，我吐了口气，舒畅了许多；在她的面前，我也不怎么觉着别扭。我曾经作过一个恶梦，梦见一个母老虎，脸上擦着铅粉。这个“柳屯的”又勾起这个恶梦所给的不快之感。我讨厌这个娘们，虽然我对她并没有丝毫地位的道德的成见。只是讨厌她，那一对努出的眼睛！

年节过去，我又离开了故乡，到次年的灯节才回来。

似乎由我一进村口，我就听到一种喽喽喳喳的声音；在这声音当中包着的是“柳屯的”。我一进家门，大家急于报告的也是她。

在我定了定神之后，我记得已听见他们说：夏老头子的胡子已剩下很少，被“柳屯的”给扯去了多一半。夏老太太常给这个老婆跪着。夏大嫂已经分出去另过。夏廉的牙齿都被嘴巴搧了去……我怀疑我莫不是作梦呢！不是梦，因为我歇息了一会儿以后，他们继续的告诉我：“柳屯的”把夏家完全拿下去了。他们你一言我一语的争着说，我相信了这是真事，可是记不清他们说的都是什么了。

我一向不大信《醒世姻缘》中的故事；这个更离奇。我得亲眼去看看！眼见为真，不然我不能信这些话。

第二天，村里唱戏，早九点就开锣。我也随着家里的人去看热闹；其实我的眼睛专在找“她”。到了戏台的附近，台上已打了头通。台下的人已不少，除了本村的还有不少由外村来的。因为地势与户口的关系，戏班老是先在我们这里驻脚。二通锣鼓又响了，我一眼看见了“她”。她还是穿着新年的漂亮衣服，脸上可没有擦粉——不像一小块新砌的墙了，可是颇似一大扇棒子面的饼子。乡下的戏台搭得并不矮，她抓住了台沿，只一悠便上去了。上了台，她一直扑过文场去，“打住！”她喝了一声。锣鼓立刻停了。我以为她是要票一出什么呢。《送亲演礼》，或是《探亲家》，她演，准保合适，据我想。不是，我没猜对，她转过身来，两步就走到台边，向台下的人一挥手。她的眼努得像一对小灯笼。说也奇怪，台下大众立刻鸦雀无声了。我的心凉了：在我离开家乡这一年的工夫，她已把全村治服了。她用的是什么方法，我还没去调查，但大家都不敢惹她确是真的。

“老街坊们！”她的眼珠努得特别的厉害，台根底下立着的小孩们，被她吓哭了两三个。“老街坊们！我娘们先给你们学学夏老王八的样儿!”她的腿圈起来，眼睛拿鼻尖作准星，向上半仰着脸，在台上拐拉了两个圈。台下居然有人哈哈的笑起来。

走完了场，她又在台边站定，眼睛整扫了一圈，开始骂夏老王八。她的话，我没法记录下来，我脑中记得的那些字绝对不够用的。况且在事实上，夏老头儿并不那样老与生殖器有密切的关系，像她所形容的。她足足骂了三刻钟，一句跟着一句，流畅而又雄厚。设若不是她的嗓子有点不跟劲，大概骂个两三点钟是可以保险的。可奇的是大家听着!

她下了台，戏就开了，观众们高高兴兴的看戏，好像刚才那一幕，也是在程序之中的。我的脑子里转开了圈，这是啥事儿呢?本来不想听戏，我就离开戏台，到“地”里去溜达。

走出不远，迎面松儿大爷撅撅着胡子走来了。

“听戏去，松儿大爷?新喜，多多发财!”我作了个揖。

“多多发财!”老头子打量了我一番。“听戏去?这个年头的戏!”

“听不听不吃劲!”我迎合着说。老人都有这宗脾气，什么也是老年间的好;其实松儿大爷站在台底下，未必不听得把饭也忘了吃。

“看怎么不吃劲了!”老头儿点头咂嘴的说。

“松儿大爷，咱们爷儿俩找地方聊聊去，不比听戏强?城里头买来的烟卷!”我掏出盒“美丽”来，给了老头子一支。松儿大爷是村里的圣人，我这盒烟卷值金子，假如我想打听点有价值的消息;夏家的事，这会儿在我心中确是有些价值。怎会全村里就没有敢惹她的呢?这像块石头压着我的心。

把烟点着，松儿大爷带着响吸了两口，然后翻着眼想了想:“走吧，家里去!我有二百一包的，焖得酽酽的，咱们扯他半天，也不癞!”

随着松儿大爷到了家。除了松儿大娘，别人都听戏去了。给他们拜完了年，我就手也把大娘给撵出去：“大娘，听戏去，我们看家！”她把茶——真是二百一包的——给我们沏好，瘪着嘴听戏去了。

等松儿大爷审过了我——我挣多少钱，国家大事如何……我开始审他。

“松儿大爷，夏家的那个娘们是怎回事？”

老头子头上的筋跳起来，仿佛有谁猛孤丁的揍了他的嘴巴。“臭狗屎！提她？”拍的往地上唾了一口。

“可是没人敢惹她！”我用着激将法。

“新鞋不踩臭狗屎！”

我看出来村里有一部分人是不屑于理她，或者是因为不屑援助夏家父子。不踩臭狗屎的另一方面便是由着她的性反，所以我把“就没人敢出来管教管教她？”咽了回去，换上：“大概也有人以为她怪香的？”

“那还用说！一斗小米，二尺布，谁不向着她；夏家爷儿俩一辈子连个屁也不放在街上！”

这又对了，一部分人已经降服了她。她肯用一斗小米二尺布收买人，而夏家父子舍不得个屁。

“教会呢？”

“他爷们栽了，挂洋味的全不理他们了！”

他们父子的地位完了，这里大概含着这么点意思，我想：有的人或者宁自答理她，也不同情于他们；她是他们父子的惩罚；洋神仙保佑他们父子发了财，现在中国神仙借着她给弄个底儿掉！也许有人还相信她会呼风唤雨呢！

“夏家现在怎样了呢？”我问。

“怎么样？”松儿大爷一气灌完一大碗浓茶，用手背擦了擦胡子：“怎么样？我给他们算定了，出不去三四年，全完！咱这可不是血口喷人，盼着人家倒霉，大年灯节的！你看，夏大嫂分出去了，这是半年前的事了。那时候，柳屯这个娘们一天到晚挑唆：啊，没病装病，死吃一口，谁受得了？三个丫头，哪个不是赔钱货！夏老头子的心活了，给了大嫂三十亩地，让她带着三个女儿去住西小院那三间小南屋。由那天起，夏廉没到西院去过一次。他的大女儿是九月出的门子，他们全都过去吃了三天，可是一个子儿没给大嫂。夏廉和他那个爸爸觉得这是个便宜——白吃儿媳妇三天！”

“大嫂的娘家自然帮助她些了？”我问。

“那是自然；可有一层，他们都擦着黑儿来，不敢叫柳屯的娘们看见。她在西墙那边老预备着个梯子，一天不定往西院瞭望多少回。没关系的人去看夏大嫂，墙头上有整车的村话打下来；有点关系的人，那更好了，那个娘们拿刀在门口堵着！”松儿大爷又唾了一口。

“没人敢惹她？”

松儿大爷摇了摇头。“夏大嫂是虾蟆垫桌腿，死挨！”

“她死了，那个娘们好成为夏大嫂？”

“还用等她死了？现在谁敢不叫那个娘们‘大嫂’呢？‘二嫂’都不行！”

“松儿大爷你自己呢？”按说，我不应当这么挤兑这个老头子！

“我？”老头子似乎挂了劲，可是事实又叫他泄了气：“我不理她！”又似乎太泄气，所以补上：“多咱她找到我的头上来，叫她试试，她也得敢！我要跟夏老头子换换地方，你看她敢扯我的胡子不敢！夏老头子是自找不自在。她给他们出坏道儿，怎么占点便宜，他们听她的；这就完了。既听了她的，她就是老爷了！你听着，还有呢：她和他们不是把夏大嫂收拾了吗？不到一个月，临到夏老两口子了。她把他们也赶出去了。老两口子分了五十亩地，去住场院外那两间牛棚。夏老头子可真急了，背起梢马子就要进城，告状去。他还没走出村儿去，她追了上来，一把扯回他来，左右开弓就是几个嘴巴子，跟着便把胡子扯下半边，临完给他下身两脚。夏老头子半个月没下地。现在，她住着上房，产业归她拿着，看吧！”

“她还能谋害夏廉？”我插进一句去。

“那，谁敢说怎样呢！反正有朝一日，夏家会连块土坯也落不下，不是都被她拿了去，就是因为她闹丢了。我不知道别的，我知道这家子要玩完！没见过这样的事，我快七十岁的人了！”

我们俩都半天没言语。后来还是我说了：“松儿大爷，他们老公母俩和夏大嫂不会联合起来跟她干吗？”

“那不就好了吗，我的傻大哥！”松儿大爷的眼睛挤出点不得已的笑意来。“那个老头子混蛋哪。她一面欺侮他，一面又教给他去欺侮夏大嫂。他不敢惹她，可是敢惹大嫂呢。她终年病病歪歪的，还不好欺侮。他要不是这样的人，怎能会落到这步田地？那个娘们算把他们爷俩的脉摸准了！夏廉也是这样呀，他以为父亲吃了亏，便是他自己的便宜。要不怎说没法办呢！”

“只苦了个老实的夏大嫂！”我低声的说。

“就苦了她！好人掉在狼窝里了！”

“我得看看夏大嫂去！”我好像是对自己说呢。

“乘早不必多那个事，我告诉你句好话！”他很“自己”的说。

“那个娘们敢卷我半句，我叫她滚着走！”我笑了笑。

松儿大爷想了会儿：“你叫她滚着走，又有什么好处呢？”

我没话可说。松儿大爷的哲理应当对“柳屯的”敢这样横行负一部分责任。同时，为个人计，这是我们村里最好的见解。谁也不去踩臭狗屎，可是狗屎便更臭起来；自然还有说它是香的人！

辞别了松儿大爷，我想看看大嫂去；我不能怕那个“柳屯的”，不管她怎么厉害——村里也许有人相信她会妖术邪法呢！但是，继而一想：假如我和她干起来，即使我大获全胜，对夏大嫂有什么好处呢？我是不常在家里的人；我离开家乡，她岂不因此而更加倍的欺侮夏大嫂？除非我有彻底的办法，还是不去为妙。

不久，我又出了外，也就把这件事忘了。

大概有三年我没回家，直到去年夏天才有机会回去休息一两个月。

到家那天，正赶上大雨之后。田中的玉米，高粱，谷子；村内外的树，都绿得不能再绿。连树影儿，墙根上，全是绿的。在都市中过了三年，乍到了这种静绿的地方，好像是入了梦境；空气太新鲜了，确是压得我发困。我强打着精神，不好意思去睡，跟家里的人闲扯开了。扯来扯去，自然而然的扯到了“她”。我马上不困了，可是同时也觉出乡村里并非是一首绿的诗。在大家的报告中，最有趣的是“她”现在正传教！我一听说，我想到了个理由：她是要把以前夏家父子那点地位恢复了来，可是放在她自己身上。不过，不管理由不理由吧，这件事太滑稽了。“柳屯的”传教？谁传不了教，单等着她！

据他们说，那是这么回事：村里来了一拨子教徒，有中国人，也有外国人。这群人是相信祷告足以治病，而一认罪便可以被赦免的。这群人与本地的教会无关，而且本地的教友也不参加他们的活动。可是他们闹腾得挺欢：偷青的张二楞，醉鬼刘四，盗嫂的冯二头，还有“柳屯的”，全认了罪。据来的那俩洋人看，这是最大的功成，已经把张二楞们的像片——对了，还有时常骂街的宋寡妇也认了罪，纯粹因为白得一张像片；洋人带来个照相机——寄到外国去。奇迹！

这群人走了之后，“柳屯的”率领着刘四一干人等继续宣传福音，每天太阳压山的时候在夏家的场院讲道。

我得听听去！

有蹲着的，有坐着的，有立着的，夏家的场院上有二三十个人。

我一眼看见了我家的长工赵五。

“你干吗来了？”我问他。

赵五的脸红了，迟迟顿顿的说：“不来不行！来过一次，第二次要是不来，她卷祖宗三代！”

我也就不必再往下问了。她是这村的“霸王”。

柳树尖上还留着点金黄的阳光，蝉在刚来的凉风里唱着，我正呆看着这些轻摆的柳树，忽然大家都立起来，“她”来了！她比三年前胖了些，身上没有什么打扮修饰，可是很利落。她的大脚走得轻而有力，努出的眼珠向平处看，好像全世界满属她管似的。她站住，眼珠不动，全身也全不动，只是嘴唇微张：“祷告！”大家全低下头。她并不闭眼，直着脖颈念念有词，仿佛是和神面对面的讲话呢。

正在这时候，夏廉轻手蹑脚的走来，立在她的后面，很虔敬的低下头，闭上眼。我没想到，他倒比从前胖了些。焉知我们以为难堪的，不是他的享受呢？猪八戒玩老雕，各好一路——我们村里很有些圣明的俗语儿。

她的祷告大略是：“愿上帝赶紧叫夏老头子一个跟头摔死。叫夏娘们一口气不来，堵死，叫夏娘们的大丫头让野汉子操死。叫那个二丫头下窑子，三丫头半掩门……阿门！”

奇怪的是，没有一个人觉着这个可笑，或是可恶；大家一齐随着说“阿门”。莫非她真有妖术邪法？我真有点发胡涂！

我很想和夏廉谈一谈。可是“柳屯的”看着我呢——用她的眼角。夏廉是她的猫，狗，或是个什么别的玩艺。他也看见我了，只那么一眼，就又低下头去。他拿她当作屏风，在她后面，他觉得安全，虽然他的牙是被她打飞了的。我不十分明白他俩的真正关系，我只想起：从前村里有个看香的妇人，顶着白狐大仙。她有个“童儿”，才四十多岁。这个童儿和夏廉是一对儿，我想不起更好的比拟。这个老童儿随着白狐大仙的代表，整像耍猴子的身后随着的那个没有多少毛儿的羊。这个老童儿在晚上和白狐大仙的代表一个床上睡，所以他多少也有点仙气。夏廉现在似乎也有点仙气，他祷告的很虔诚。

我走开了，觉着“柳屯的”的眼随着我呢。

夏老者还在地里忙呢，我虽然看见他几次，始终没能谈一谈，他躲着我。他已不像样子了，红眼边好像要把夏天的太阳给比下去似的。可是他还是不惜力，仿佛他要把被“柳屯的”所夺去的都从地里面补出来，他拿着锄向地咬牙。

夏大嫂，据说，已病得快死了。她的二女儿也快出门子，给的是个当兵的。大概是个排长，可是村里都说他是个军官。

我们村里的人，对于教会的人是敬而远之；对于“县”里的人是手段与敬畏并用；大家最怕的，真怕的，是兵。“柳屯的”大概也有点怕兵，虽然她不说。她现在自己是传教的；是乡绅，虽然没有“县”里的承认；也自己宣传她在县里有人。她有了乡间应有的一切势力（这是她自创的，他是个天才，）只是没有兵。

对于夏二姑娘的许给一个“军官”，她认为这是夏大嫂诚心和她挑战。她要不马上剪除她们，必是个大患。她要是不动声色的置之不理，总会不久就有人看出她的弱点。赵五和我研究这回事来着。据赵五说，无论“柳屯的”怎样欺侮夏大嫂，村里是不会有人管的。阔点的人愿意看着夏家出丑，穷人全是“柳屯的”属下。不过，“柳屯的”至今还没动手，因为她对“兵”得思索一下。这几天她特别的虔诚，祷告的特别勤，赵五知道。云已布满，专等一声雷呢，仿佛是。

不久，雷响了。夏家二姑娘，在夏大嫂的三个女儿中算是最能干的。据“柳屯的”看，自然是最厉害的。有一天，三妞在门外买线，二妞在门内指导着——因为快出门子了，不好意思出来。这么个工夫，“柳屯的”也出来买线，三妞没买完就往里走，脸已变了颜色。

二妞在门内说了一句:“买你的!”

“柳屯的”好像一个闪似的,就扑到门前:“我操你夏家十三辈的祖宗!你要吃大兵的肉棍,就在太太眼前大模大样的,我不把你臊豆子撕烂了!”

二妞三妞全跑进去了,“柳屯的”在后面追。我正在不远的一棵柳树下坐着呢。我也赶到,生怕她把二妞的脸抓坏了。可是这个娘们敢情知道先干什么,她奔了夏大嫂去。两拳,夏大嫂就得没了命。她死了,“柳屯的”便名正言顺的是“大嫂了”;而后再从容的收拾二妞三妞。把她们卖了也没人管,夏老者是第一个不关心她们的,夏廉要不是为儿子还不弄来“柳屯的”呢,别人更提不到了。她已经进了屋门,我赶上了。在某种情形下,大概人人会掏点坏,我揪住了她,假意的劝解,可是我的眼睛尽了它们的责任。二妞明白我的眼睛,她上来了,三妞的胆子也壮起来。大概她们常梦到的快举就是这个,今天有我给助点胆儿,居然实现了。

我嘴里说着好的,手可是用足了力量;差点劲的男人还真弄不住她呢。正在这么个工夫,“柳屯的”改变了战略——好利害的娘们!

“牛儿叔,我娘们不打架;”她笑着,头往下一低,拿出一些媚劲,“我吓着她们玩呢。小丫头子,有了婆婆家就这么扬气,搁着你的!”说完,她撩了我一眼,扭着腰儿走了。

光棍不吃眼前亏,她真要被她们捶巴两下子,岂不把威风扫尽——她觉出我的手是有些力气。

不大会儿,夏廉来了。他的脸上很难看,他替她来管教女儿了,我心里说。我没理他。他瞪着二妞,可是说不出来什么,或者因为我在一旁,他不知怎样好了。二妞看着他,嘴动了几动,没说出什么来。又楞了会儿,她往前凑了凑,对准了他的脸就是一口,呸!他真急了,可是他还没动手,已经被我揪住。他跟我争巴了两下,不动了。看了我一眼，头低下去：“哎——”叹了口长气，“谁叫你们都不是小子呢!”这个人是完全被“柳屯的”拿住，而还想为自己辩护。他已经逃不出她的手，所以更恨她们——谁叫她们都不是男孩子呢!

二姑娘啐了爸爸一个满脸花，气是出了，可是反倒哭起来。

夏廉走到屋门口，又楞住了。他没法回去交差。又叹了口气，慢慢的走出去。

我把二妞劝住。她刚住声，东院那个娘们骂开了：“你个贼王八，兔小子，连你自己操出来的丫头都管不了。……”

我心中打开了鼓，万一我走后，她再回来呢？我不能走，我叫三妞把赵五喊来。叫赵五安置在那儿，我才敢回家。赵五自然是不敢惹她的，可是我并没叫他打前敌，他只是作会儿哨兵。

回到家中，我越想越不是滋味：我和她算是宣了战，她不能就这么完事。假如她结队前来挑战呢？打群架不是什么稀罕的事。完不了，她多少是栽了跟头。我不想打群架，哼，她未必不晓得这个！她在这几年里把什么都拿到手，除了有几家——我便是其中的一个——不肯理他，虽然也不肯故意得罪她；我得罪了她，这个娘们要是有机会，是满可以作个“女拿破仑”，她一定跟我完不了。设若她会写书，她必定会写出顶好的农村小说，她真明白一切乡人的心理。

果然不出我所料，当天的午后，她骑着匹黑驴，打着把雨伞——太阳毒得好像下火呢——由村子东头到西头，南头到北头，叫骂夏老王八，夏廉——贼兔子——和那两个小窑姐。她是骂给我听呢。她知道我必不肯把她拉下驴来揍一顿，那么，全村还是她的，没人出来拦她吗。

赵五头一个吃不住劲了，他要求我换个人去保护二妞。他并非有意激动我，他是真怕；可是我的火上来了：“赵五，你看我会揍她一顿不会？”

赵五眨巴了半天眼睛："行啊；可是好男不跟女斗，是不是？"

可就是，怎能一个男子去打女人家呢！我还得另想高明主意。

夏大嫂的病越来越沉重。我的心又移到她这边来：先得叫二妞出门子，落了丧事可就不好办了，逃出一个是一个。那个"军官"是张店的人，离我们这儿有十二三里路。我派赵五去催快娶——自然是得了夏大嫂的同意。赵五愿意走这个差，这个比给二妞保镖强多了。

我是这么想，假如二妞能被人家顺顺当当的娶了走，"柳屯的"便算又栽了个跟头——谁不知道她早就憋住和夏大嫂闹呢？好，夏大嫂的女婿越多，便越难收拾，况且这回是个"军官"！我也打定了主意，我要看着二妞上了轿。那个娘们敢闹，我揍她。好在她有个闹婚的罪名，我们便好上县里说去了。

据我们村里的人看，人的运气，无论谁，是有个年限的；没人能走一辈子好运，连关老爷还掉了脑袋呢。我和"柳屯的"那一幕，已经传遍了全村，我虽没说，可是三妞是有嘴有腿的。大家似乎都以为这是一种先兆——"柳屯的"要玩完。人们不敢惹她，所以愿意有个人敢惹她，看打擂是最有趣的。

"柳屯的"大概也扫听着这么点风声，所以加紧的打夏廉，作为一种间接的示威。夏廉的头已肿起多高，被她往磨盘上撞的。

张店的那位排长原是个有名有姓的人，他是和家里闹气而跑出去当了兵；他现在正在临县驻扎。赵五回来交差，很替二妞高兴——"一大家子人呢，准保有吃有喝；二姑娘有点造化！"他们也答应了提早结婚。

"柳屯的"大概上十回梯子，总有八回看见我：我替夏大嫂办理一切，她既下不了地，别人又不敢帮忙，我自然得卖点力气了——一半也是为气"柳屯的"。每逢她看见我，张口就骂夏廉，不但不骂我，连夏大嫂也摘干净了。我心里说，自要你不直接冲锋，我便不接碴儿，咱们是心里的劲！

夏廉，有一天晚上找我来了；他头上顶着好几个大青包，很像块长着绿苔的山子石。坐了半天，我们谁也没说话。我心里觉得非常的乱，不知思想什么好：他大概也不甚好受。我为是打破僵局，没想就说了句："你怎能受她这个呢！"

"我没法子！"他板着脸说，眉毛要皱上，可是不成功，因为那块都肿着呢。

"我就不信一个男子汉——"

他没等我说完，就接了下去："她也有好处。"

"财产都被你们俩弄过来了，好处？"我没好意的笑着。

他不出声了，两眼看着屋中的最远处；不愿再还口；可是十分不爱听我的话；一个人有一个主意——他愿挨揍而有财产。"柳屯的"，从一方面说，是他的宝贝。

"你干什么来了？"我不想再跟他多费话。

"我——"

"说你的！"

"我——；你是有意跟她顶到头儿吗？"

"夏大嫂是你的元配，二妞是你的女儿！"

他没往下接碴；简单的说了一句："我怕闹到县里去！"

我看出来了："柳屯的"是决不能善罢甘休，他管不了；所以来劝告我。他怕闹到县里去——钱！到了县里，没钱是不用想出来的。他不能舍了"柳屯的"：没有她，夏老者是头一个必向儿子反攻的。夏廉有相当的厉害，可是打算大获全胜非仗着"柳屯的"不可。真要闹到县里去，而"柳屯的"被扣起来，他便进退两难了：不设法弄出她来吧，他失去了靠山；弄出她来吧，得花钱；所以他来劝我。

"我不要求你帮助夏大嫂——你自己的妻子；你也不用管我怎样

对待‘柳屯的’。咱们就说到这儿吧。”

第二天，“柳屯的”骑着驴，打着伞，到县城里骂去了：由东关骂到西关，还骂的是夏老王八与夏廉。她试试。试试城里有人抓她或拦阻她没有。她始终不放心县里。没人拦她，她打着得胜鼓回来了；当天晚上，她在场院召集布道会，咒诅夏家，并报告她的探险。

战事是必不可避免的，我看准了。只好预备打吧，有什么法子呢？没有大靡乱，是扫不清咱们这个世界的污浊的；以大喻小，我们村里这件事也是如此。

这几天村里的人都用一种特别的眼神看我，虽然我并没想好如何作战——不过是她来，我决不退缩。谣言说我已和那位“军官”勾好，也有人说我在县里打垫妥当；这使我很不自在。其实我完全是“玩玩票”，不想勾结谁。赵五都不肯帮助我，还用说别人？

村里的人似乎永远是圣明的。他们相信好运是有年限的，果然是这样；即使我不信这个，也敌不过他们——他们只要一点偶合的事证明了天意。正在夏家二妞要出阁之前，“柳屯的”被县里拿了去。村里的人知道底细，可是暗中都用手指着我。我真一点也不知道。

过了几天，消息才传到村中来：村里的一位王姑娘，在城里当看护。恰巧县知事的太太生小孩，把王姑娘找了去。她当笑话似的把“柳屯的”一切告诉了知事太太，而知事太太最恨作小老婆的，因为知事颇有弄个“人儿”的愿望与表示。知事太太下命令叫老爷“办”那个娘们，于是“柳屯的”就被捉进去。

村里人不十分相信这个，他们更愿维持“柳屯的”交了五年旺运的说法，而她所以倒霉还是因为我。松儿大爷一半满意，一半慨叹的说：“我说什么来着？出不了三四年，夏家连块土坯也落不下！应验了吧？县里，二三百亩地还不是白填进去！”

夏廉决定了把她弄出来，楞把钱花在县里也不能叫别人得了去——他的爸爸也在内。

夏老者也没闲着，没有“柳屯的”，他便什么也不怕了。

夏家父子的争斗，引起一部分人的注意——张二楞，刘四，冯二头，和宋寡妇等全决定帮助夏廉。“柳屯的”是他们的首领与恩人。连赵五都还替她吹风——“到了县衙门，‘柳屯的’还骂呢，硬到底！没见她走的时候呢，叫四个衙役搀着她！四个呀，衙役！”

夏二妞平平安安的被娶了走。暑天还没过去，夏大嫂便死了；她笑着死的。三妞被她的大姐接了走。夏家父子把夏大嫂的东西给分了。宋寡妇说：“要是‘柳屯的’在家，夏大嫂那份黄杨木梳一定会给了我！夏家那俩爷们一对死王八皮！”

“柳屯的”什么时候能出来，没人晓得。可是没有人忘了她，连孩子们都这样的玩耍：“我当‘柳屯的’，你当夏老头？”他们这样商议；“我当‘柳屯的’！我当‘柳屯的！’我的眼会弩着！”大家这么争论。

连我自己也觉得有点对不起她了，虽然我知道这是可笑的。

原载1934年5月16日《东方杂志》第三十一卷第十号

毛毛虫

我们这条街上都管他叫毛毛虫。他穿的也怪漂亮，洋服，大氅，皮鞋，唧哨儿的。可是他不顺眼，圆葫芦头上一对大羊眼，老用白眼珠瞧人，仿佛是。尤其特别的是那两步走法儿：他不走，他曲里拐弯的用身子往前躬。遇到冷天，他缩着脖，手伸在大衣的袋里，顺着墙根躬开了，更像个毛毛虫。邻居们都不理他，因为他不理大家；惯了以后，大家反倒以为这是当然的——毛毛虫本是不大会说话儿的。我们不搭理他，可是我们差不多都知道他家里什么样儿，有几把椅子，痰盂摆在哪儿，和毛毛虫并不吃树叶儿，因为他家中也有个小厨房，而且有盘子碗什么的。我们差不多都到他家里去过。每月月底，我们的机会就来了。他在月底关薪水。他一关薪水，毛毛虫太太就死过去至少半点多钟儿。我们不理他，可是都过去救他的太太。毛毛虫太太好救：只要我们一到了，给她点糖水儿喝，她就能缓醒过来，而后当着大家哭一阵。他一声也不出，冲着墙角翻白眼玩。我们看她哭得有了劲儿，就一齐走出来，把其余的事儿交给毛毛虫自己办。过两天儿，毛毛虫太太又打扮得花枝招展的出来卖呆儿[①]，或是

① 卖呆儿，在大门口闲站着看来往行人，也有意让别人看自己。

夹着小红皮包上街去，我们知道毛毛虫自己已把事儿办好，大家心里就很平安，而稍微的嫌时间走得太慢些，老不马上又是月底。按说，我们不应当这样心狠，盼着她又死过去。可是这也有个理由：她被我们救活了之后，并不向我们道谢，遇上我们也不大爱搭理。她成天价不在家，据她的老妈子说，她是出去打牌；她的打牌的地方不在我们这条街上。因此，我们对她并没有多少好感。不过，我们不能见死不救。况且，每月月底老是她死过去，而毛毛虫只翻翻白眼，我们不由的就偏向着她点，虽然她不跟我们一块儿打牌。假若她肯跟我们打牌，或者每月就无须死那么一回了，我们相信是有法儿治服毛毛虫的。话可又说回来，我们可不只是恼她不跟我们打牌，她还有没出息的地方呢。她不管她的两个孩子。一男一女，挺好的两孩子。哼，舍哥儿似的[①]一天到晚跟着老妈子，头发披散得小鬼似的，脸永远没人给洗，早晨醒了就到街门口外吃落花生。我们看不上这个，我们虽然也打牌，虽然也有时候为打牌而骂孩子一顿，可不能大清早起的就给孩子落花生吃。我们都知道怎样喂小孩代乳粉。我们相信我们这条街是非常文明的，假若没有毛毛虫这一家子，我们简直可以把街名改作“标准街”了。可是我们不能撵他搬家，我们既不是他的房东，不能狗拿耗子多管闲事。况且，他也是大学毕业，在衙门里作着事；她呢，也还打扮得挺像样，头发也烫得曲里拐弯的。这总比弄一家子“下三烂”来强，我们的街上不准有“下三烂”。这么着，他们就一直住了一年多。一来二去的我们可也就明白了点毛毛虫的历史。我们并不打听，不过毛毛虫的老妈子给他往外抖啰，我们也不便堵上耳朵。我们一知道了他们的底细，大家的意见可就不像先前那么一致了。先前我们都对他俩带理不理的无所谓，他们不跟我们交往，拉倒，我们

---

① 舍哥儿似的，没人搭理、照管。可怜的样子。

也犯不上往前巴结，别看他洋服啷当儿的。她死过去呢，我们不能因为她不识好歹而不作善事，谁不知道我们这条街上给慈善会捐的小米最多呢。赶到大家一得到他俩的底细，可就有向着毛毛虫的，也有向着毛毛虫太太的了。因为意见不同，我们还吵过嘴。俗语说，有的向灯，有的向火，一点也不错。据我们所得的报告是这样：毛毛虫是大学毕业，可是家中有个倒倒脚[①]，梳高冠的老婆。所以他一心一意的得再娶一个。在这儿，我们的批语就分了岔儿。在大学毕过业的就说毛毛虫是可原谅的，而老一辈的就用鼻子哼。我们在打牌的时候简直不敢再提这回事，万一为这个打起来，才不上算。一来二去的，毛毛虫就娶上了这位新太太。听到这儿，我们多数人管他叫骗子手。可是还有下文呢，有条件：他每月除吃穿之外，还得供给新太太四十块零花。这给毛毛虫缓了口气，而毛毛虫太太的身分立刻大减了价。结婚以后——这个老妈子什么都知道——俩人倒还不错，他是心满意足，她有四十块钱花着，总算两便宜。可是不久，倒倒脚太太找上来了。不用说呀，大家闹了个天翻地覆。毛毛虫又承认了条件，每月给倒倒脚十五块零花，先给两个月的。拿着三十块钱，她回了乡下，临走的时候留下话：不定儿时她就回来！毛毛虫也怪可怜的，我们刚要这样说，可是故事又转了个弯。他打算把倒倒脚的十五块由新太太的四十里扣下：他说他没能力供给她们俩五十五。挣不来可就别抱着俩媳妇呀，我们就替新太太说了。为这个，每月月底就闹一场，那时候她可还没发明出死半点钟的法儿来。那时候她也不常出去打牌。直赶到毛毛虫问她："你有二十五还不够，非拿四十干什么呀?!"她才想出道儿来，打牌去。她说的也干脆："全数给我呢，没你的事；要不然呢，我输了归你还债!"毛毛虫没说什么，可是到月底还不按全数给。她

① 倒倒脚，形容缠小脚走路迈不开步，一走三扭。

也会，两三天两三天的不起床，非等拿到钱不起来。拿到了钱，她又打扮起来，花枝招展的出去，好像什么心事也没有似的。“你是买的，我是卖的，钱货两清。”她好像是说。又过了几个月，她要生小孩了。毛毛虫讨厌小孩，倒倒脚那儿已经有三个呢，也都是他的“吃累”。他没想到新太太也会生小孩。毛毛虫来了个满不理会。爱生就生吧，眼不见心不烦，他假装没看见她的肚子。他不是不大管这回事吗，倒倒脚太太也不怎么倒直在心。到快生小孩那两天，她倒倒着脚来了。她服侍着新太太。毛毛虫觉得是了味，新太太生孩子，旧太太来伺候，这倒不错。赶到孩子落了草儿，旧太太可拿出真的来了。她知道，此时下手才能打老实的。产后气郁，至少是半死，她的报仇的机会到了。她安安顿顿的坐在产妇面前，指着脸子骂，把新太太骂昏过去多少次，外带着连点糖水儿也不给她喝。骂到第三天，她倒倒着脚走了，把新太太交给了老天爷，爱活爱死随便，她不担气死新太太的名儿。新太太也不想活着，没让倒倒脚气死不是，她自己找死，没出满月她就胡吃海塞。这时候，毛毛虫觉得不大上算了，假如新太太死了，再娶一个又得多少钱，他给她请了大夫来。一来二去的，她好了。好了以后，她跟毛毛虫交涉，她不管这个孩子。毛毛虫没说什么；于是俩人就谁也不管孩子。太太照常出去打牌，照常每月要四十块钱。毛毛虫要是不给呢，她有了新发明，会死半点钟。头生儿是这样，第二胎也是这样。就是这么一回事。我们听到了这儿，大家倒没了意见啦，因为怎么想怎么也不对了。说倒倒脚不对吧，不应下那个毒手，可是她自己守着活寡呢。说新太太不对吧，也不行，她有她的委屈。充其极也不过只能责备她不应当拿孩子杀气，可是再一想，她也有她的道理，凭什么毛毛虫一点子苦不受，而把苦楚都交给她呢？她既是买来的——每月四十块零花不过说着好听点罢了——为什么管照料孩子呢，毛毛虫既不给她添钱。说来说去，仿佛还是毛毛虫不对，可是细一给他想，他也是乐不抵苦哇。旧太太拿着他的钱恨他，新太太也拿着他的钱恨他，临完他还得拚着命挣钱。这么一想，我们大家都不敢再提这件事了，提起来心里就发乱。可是我们对那俩孩子改变了点态度，我们就看这俩小东西可怜——我们这条街上善心的人真是不少。近来每逢我们看见俩孩子在街上玩，就过去拍拍他们的脑瓜儿，有时候也给他们点吃食。对于那俩大人，我们有时候看见他们可怜，有时候可气。可是无论如何，我们在他俩身上找到一点以前所没看到的什么东西，一点像庄严的悲剧中所含着的味道。似乎他俩的事不完全在他们自己身上，而是一点什么时代的咒诅在他们身上应验了。所以近来每到月底，当她照例死半点钟的时候，去救护的人比以前更多了。谁知道他们将来怎样呢！

原载1935年1月10日《水星》第一卷第四期

善　人

汪太太最不喜欢人叫她汪太太；她自称穆凤贞女士，也愿意别人这样叫她。她的丈夫很有钱，她老实不客气的花着；花完他的钱，而被人称穆女士，她就觉得自己是个独立的女子，并不专指着丈夫吃饭。

穆女士一天到晚不用提多么忙了，又搭着长的富泰，简直忙得喘不过气来。不用提别的，就光拿上下汽车说，穆女士——也就是穆女士！——一天得上下多少次。哪个集会没有她，哪件公益事情没有她？换个人，那么两条胖腿就够累个半死的。穆女士不怕，她的生命是献给社会的；那两条腿再胖上一圈，也得设法带到汽车里去。她永远心疼着自己，可是更爱别人，她是为救世而来的。

穆女士还没起床，丫环自由就进来回话。她嘱咐过自由们不止一次了：她没起来，不准进来回话。丫环就是丫环，叫她“自由”也没用，天生来的不知好歹。她真想抄起床旁的小桌灯向自由扔了去，可是觉得自由还不如桌灯值钱，所以没扔。

“自由，我嘱咐你多少回了！”穆女士看了看钟，已经快九点了，她消了点气，不为别的，是喜欢自己能一气睡到九点，身体定然是不错；她得为社会而心疼自己，她需要长时间的休息。

“不是，太太，女士！”自由想解释一下。

“说，有什么事！别磨磨蹭蹭的！”

“方先生要见女士。”

“哪个方先生？方先生可多了，你还会说话呀！”

“老师方先生。”

“他又怎样了？”

“他说他的太太死了！”自由似乎很替方先生难过。

“不用说，又是要钱！”穆女士从枕头底下摸出小皮夹来：“去，给他这二十，叫他快走；告诉明白，我在吃早饭以前不见人。”

自由拿着钱要走，又被主人叫住：

“叫博爱放好了洗澡水；回来你开这屋子的窗户。什么都得我现告诉，真劳人得慌！大少爷呢？”

“上学了，女士。”

“连个kiss都没给我，就走，好的，”穆女士连连的点头，腮上的胖肉直动。

“大少爷说了，下学吃午饭再给您一个kiss。”自由都懂得什么叫kiss，pie和bath。

“快去，别废话；这个劳人劲儿！”

自由轻快的走出去，穆女士想起来：方先生家里落了丧事，二少爷怎么办呢？无缘无故的死哪门子人，又叫少爷得荒废好几天的学！穆女士是极注意子女们的教育的。

博爱敲门，“水好了，女士。”

穆女士穿着睡衣到浴室去。雪白的澡盆，放了多半盆不冷不热的清水。凸花的玻璃，白磁砖的墙，圈着一些热气与香水味。一面大镜子，几块大白毛巾；胰子盒，浴盐瓶，都擦得放着光。她觉得痛快了点。把白胖腿放在水里，她楞了一会儿；水给皮肤的那点刺激使她在舒适之中有点茫然。她想起点久已忘了的事。坐在盆中，她看着自己的白胖腿；腿在水中显着更胖，她心中也更渺茫。用一点水，她轻轻的洗脖子；洗了两把，又想起那久已忘了的事——自己的青春：二十年前，自己的身体是多么苗条，好看！她仿佛不认识了自己。想到丈夫，儿女，都显着不大清楚，他们似乎是些生人。她撩起许多水来，用力的洗，眼看着皮肤红起来。她痛快了些，不茫然了。她不只是太太，母亲；她是大家的母亲，一切女同胞的导师。她在外国读过书，知道世界大势，她的天职是在救世。

可是救世不容易！二年前，她想起来，她提倡沐浴，到处宣传："没有澡盆，不算家庭！"有什么结果？人类的愚蠢，把舌头说掉了，他们也不了解！摸着她的胖腿，她想应当灰心，任凭世界变成个狗窝，没澡盆，没卫生！可是她灰心不得，要牺牲就得牺牲到底。她喊自由：

"窗户开五分钟就得！"

"已经都关好了，女士！"自由回答。

穆女士回到卧室。五分钟的工夫屋内已然完全换了新鲜空气。她每天早上得作深呼吸。院内的空气太凉，屋里开了五分钟的窗子就满够她呼吸用的了。先弯下腰，她得意她的手还够得着脚尖，腿虽然弯着许多，可是到底手尖是碰了脚尖。俯仰了三次，她然后直立着喂了她的肺五六次。她马上觉出全身的血换了颜色，鲜红，和朝阳一样的热、艳。

"自由，开饭！"

穆女士最恨一般人吃的太多，所以她的早饭很简单：一大盘火腿蛋，两块黄油面包，草果果酱，一杯加乳咖啡。她曾提倡过俭食：不要吃五六个窝头，或四大碗黑面条，而多吃牛乳与黄油。没人响应；好事是得不到响应的。她只好自己实行这个主张，自己单雇了个会作西餐的厨子。

吃着火腿蛋，她想起方先生来。方先生教二少爷读书，一月拿二十块钱，不算少。她就怕寒苦的人有多挣钱的机会；钱在她手里是钱，到了穷人手里是祸。她不是不能多给方先生几块，而是不肯，一来为怕自己落个冤大头的名儿，二来怕给方先生惹祸。连这么着，刚教了几个月的书，还把太太死了呢。不过，方先生到底是可怜的。她得设法安慰方先生：

“自由，叫厨子把‘我’的鸡蛋给方先生送十个去；嘱咐方先生不要煮老了，嫩着吃！”

穆女士咂摸着咖啡的回味，想象着方先生吃过嫩鸡蛋必能健康起来，足以抵抗得住丧妻的悲苦。继而一想呢，方先生既丧了妻，没人给他作饭吃，以后顶好是由她供给他两顿饭。她总是给别人想得这样周到；不由她，惯了。供给他两顿饭呢，可就得少给他几块钱。他少得几块钱，可是吃得舒服呢。方先生应当感谢她这份体谅与怜爱。她永远体谅人怜爱人，可是谁体谅她怜爱她呢？想到这儿，她觉得生命无非是个空虚的东西；她不能再和谁恋爱，不能再把青春唤回来；她只能去为别人服务，可是谁感激她，同情她呢？

她不敢再想这可怕的事，这足以使她发狂。她到书房去看这一天的工作；工作，只有工作使她充实，使她疲乏，使她睡得香甜，使她觉到快活与自己的价值。

她的秘书冯女士已经在书房里等了一点多钟了。冯女士才二十三岁，长得不算难看，一月挣十二块钱。穆女士给她的名义是秘书，按说有这么个名义，不给钱也满下得去。穆女士的交际是多么广，做她的秘书当然能有机会遇上个阔人；假如嫁个阔人，一辈子有吃有喝，岂不比现在挣五六十块钱强？穆女士为别人打算老是这么周到，而且眼光很远。

见了冯女士，穆女士叹了口气："哎！今儿个有什么事？说吧！"她倒在个大椅子上。

冯女士把记事簿早已预备好了："今儿个早上是，穆女士，盲哑学校展览会，十时二十分开会；十一点十分，妇女协会，您主席；十二点，张家婚礼；下午，"

"先等等，"穆女士又叹了口气，"张家的贺礼送过去没有？"

"已经送过去了，一对鲜花篮，二十八块钱，很体面。"

"啊，二十八块的礼物不太薄——"

"上次汪先生作寿，张家送的是一端寿幛，并不——"

"现在不同了，张先生的地位比原先高了；算了吧，以后再找补吧。下午一共有几件事？"

"五个会呢！"

"哼！甭告诉我，我记不住。等我由张家回来再说吧。"穆女士点了根烟吸着，还想着张家的贺礼似乎太薄了些。"冯女士，你记下来，下星期五或星期六请张家新夫妇吃饭，到星期三你再提醒我一声。"

冯女士很快的记下来。

"别忘了问我张家摆的什么酒席，别忘了。"

"是，穆女士。"

穆女士不想上盲哑学校去，可是又怕展览会照像，像片上没有自己，怪不合适。她决定晚去一会儿，顶好是正赶上照像才好。这么决定了，她很想和冯女士再说几句，倒不是因为冯女士有什么可爱的地方，而是她自己觉得空虚，愿意说点什么，解解闷儿。她想起方先生来：

"冯，方先生的妻子过去了，我给他送了二十块钱去，和十个鸡子，怪可怜的方先生！"穆女士的眼圈真的有点发湿了。

冯女士早知道方先生是自己来见汪太太，她不见，而给了二十块钱。可是她晓得主人的脾气："方先生真可怜！可也是遇见女士这样的人，赶着给他送了钱去！"

穆女士脸上有点笑意，"我永远这样待人；连这么着还讨不出好儿来，人世是无情的！"

"谁不知道女士的慈善与热心呢！"

"哎！也许！"穆女士脸上的笑意扩展得更宽了些。

"二少爷的书又得荒废几天！"冯女士很关心似的。

"可不是，老不叫我心静一会儿！"

"要不我先好歹的教着他？我可是不很行呀！"

"你怎么不行！我还真忘了这个办法呢！你先教着他得了，我白不了你！"

"您别又给我报酬，反正就是几天的事，方先生事完了还叫方先生教。"

穆女士想了会儿，"冯，简直这么办好不好？你就教下去，我每月一共给你二十五块钱，岂不整重？"

"就是有点对不起方先生！"

"那没什么，反正他丧了妻，家中的嚼谷小了；遇机会我再给他弄个十头八块的事；那没什么！我可该走了，哎！一天一天的，真累死人！"

原载1935年4月15日《新小说》第一卷第三期

邻居们

明太太的心眼很多。她给明先生已生了儿养了女，她也烫着头发，虽然已经快四十岁；可是她究竟得一天到晚悬着心。她知道自己有个大缺点，不认识字。为补救这个缺欠，她得使碎了心；对于儿女，对于丈夫，她无微不至的看护着。对于儿女，她放纵着，不敢责罚管教他们。她知道自己的地位还不如儿女高，在她的丈夫眼前，他不敢对他们发威。她是他们的妈妈，只因为他们有那个爸爸。她不能不多留个心眼，她的丈夫是一切，她不能打骂丈夫的儿女。她晓得丈夫要是恼了，满可以用最难堪的手段待她；明先生可以随便再娶一个，她一点办法也没有。

她爱疑心，对于凡是有字的东西，她都不放心。字里藏着一些她猜不透的秘密。因此，她恨那些识字的太太们，小姐们。可是，回过头来一想，她的丈夫，她的儿女，并不比那些读书识字的太太们更坏，她又不能不承认自己的聪明，自己的造化，与自己的身分。她不许别人说她的儿女不好，或爱淘气。儿女不好便是间接的说妈妈不好，她不能受这个。她一切听从丈夫，其次就是听从儿女；此外，她比一切人都高明。对邻居，对仆人，她时时刻刻想表示出她的尊严。孩子们和别家的儿女打架，她是可以破出命的加入战争；叫别人知道她的厉害，她是明太太，她的霸道是反射出丈夫的威严，像月亮那样的使人想起太阳的光荣。

她恨仆人们，因为他们看不起她。他们并非不口口声声的叫她明太太，而是他们有时候露出那么点神气来，使她觉得他们心里是说："脱了你那件袍子，咱们都是一样；也许你更胡涂。"越是在明太太详密的计画好了事情的时候，他们越爱露这种神气。这使她恨不能吃了他们。她常辞退仆人，她只能这么吐一口恶气。

明先生对太太是专制的，可是对她放纵儿女，和邻居吵闹，辞退仆人这些事，他给她一些自由。他以为在这些方面，太太是为明家露脸。他是个勤恳而自傲的人。在心里，他真看不起太太，可是不许别人轻看她；她无论怎样，到底是他的夫人。他不能再娶，因为他是在个笃信宗教而很发财的外国人手下作事；离婚或再娶都足以打破他的饭碗。既得将就着这位夫人，他就不许有人轻看她。他可以打她，别人可不许斜看她一眼。他既不能真爱她，所以不能不溺爱他的儿女。他的什么都得高过别人，自己的儿女就更无须乎说了。

明先生的头抬得很高。他对得起夫人，疼爱儿女，有赚钱的职业，没一点嗜好，他看自己好像看一位圣人那样可钦仰。他求不着别人，所以用不着客气。白天他去工作，晚上回家和儿女们玩耍；他永远不看书，因为书籍不能供给他什么，他已经知道了一切。看见邻居要向他点头，他转过脸去。他没有国家，没有社会。可是他有个理想，就是他怎样多积蓄一些钱，使自己安稳独立像座小山似的。

可是，他究竟还有点不满意。他嘱告自己应当满意，但在生命里好像有些不受自己支配管辖的东西。这点东西不能被别的物件代替了。他清清楚楚的看见自己身里有个黑点，像水晶里包着的一个小物件。除了这个黑点，他自信，并且自傲，他是遍体透明，无可指摘的。可是他没法去掉它，它长在他的心里。

他知道太太晓得这个黑点。明太太所以爱多心，也正因为这个黑点。她设尽方法，想把它除掉，可是她知道它越长越大。她会从丈夫的笑容与眼神里看出这黑点的大小，她可不敢动手去摸，那是太阳的黑点，不定多么热呢。那些热力终久会叫别人承受，她怕，她得想方法。

明先生的小孩偷了邻居的葡萄。界墙很矮，孩子们不断的过去偷花草。邻居是对姓杨的小夫妇，向来也没说过什么，虽然他们很爱花草。明先生和明太太都不奖励孩子去偷东西，可是既然偷了来，也不便再说他们不对。况且花草又不同别的东西，摘下几朵并没什么了不得。在他们夫妇想，假如孩子们偷几朵花，而邻居找上门来不答应，那简直是不知好歹。杨氏夫妇没有找来，明太太更进一步的想，这必是杨家怕姓明的，所以不敢找来。明先生是早就知道杨家怕他。并非杨家小两口怎样明白的表示了惧意，而是明先生以为人人应当怕他，他是永远抬着头走路的人。还有呢，杨家夫妇都是教书的，明先生看不起这路人。他总以为教书的人是穷酸，没出息的。尤其叫他恨恶杨先生的是杨太太很好看。他看不起教书的，可是女教书的——设若长得够样儿——多少得另眼看待一点。杨穷酸居然有这够样的太太，比起他自己的要好上十几倍，他不能不恨。反过来一想，挺俊俏的女人而嫁个教书的，或者是缺个心眼，所以他本不打算恨杨太太，可是不能不恨。明太太也看出这么一点来——丈夫的眼睛时常往矮墙那边溜。因此，孩子们偷杨家老婆的花与葡萄是对的，是对杨老婆的一种惩罚。她早算计好了，自要那个老婆敢出一声，她预备着厉害的呢。

杨先生是最新式的中国人，处处要用礼貌表示出自己所受过的教育。对于明家孩子偷花草，他始终不愿说什么，他似乎想到明家夫妇要是受过教育的，自然会自动的过来道歉。强迫人家来道歉未免太使人难堪。可是明家始终没自动的过来道歉。杨先生还不敢动气，明家可以无礼，杨先生是要保持住自己的尊严的。及至孩子们偷去葡萄，杨先生却有点受不住了，倒不为那点东西，而是可惜自己花费的那些工夫；种了三年，这是第一次结果；只结了三四小团儿，都被孩子们摘了走。杨太太决定找明太太去报告。可是杨先生，虽然很愿意太太去，却拦住了她。他的讲礼貌与教师的身分胜过了怒气。杨太太不以为然，这是该当去的，而且是抱着客客气气的态度去，并且不想吵嘴打架。杨先生怕太太想他太软弱了，不便于坚决的拦阻。于是明太太与杨太太见了面。

杨太太很客气："明太太吧？我姓杨。"

明太太准知道杨太太是干什么来的，而且从心里头厌恶她："啊，我早知道。"

杨太太所受的教育使她红了脸，而想不出再说什么。可是她必须说点什么。"没什么，小孩们，没多大关系，拿了点葡萄。"

"是吗？"明太太的音调是音乐的："小孩们都爱葡萄，好玩。我并不许他们吃，拿着玩。"

"我们的葡萄，"杨太太的脸渐渐白起来，"不容易，三年才结果！"

"我说的也是你们的葡萄呀，酸的；我只许他们拿着玩。你们的葡萄泄气，才结那么一点！"

"小孩呀，"杨太太想起教育的理论，"都淘气。不过，杨先生和我都爱花草。"

"明先生和我也爱花草。"

"假如你们的花草被别人家的孩子偷去呢？"

"谁敢呢？"

"你们的孩子偷了别人家的呢？"

"偷了你们的，是不是？你们顶好搬家呀，别在这儿住哇。我们的孩子就是爱拿葡萄玩。”

杨太太没法再说什么了，嘴唇哆嗦着回了家。见了丈夫，她几乎要哭。

杨先生劝了她半天。虽然他觉得明太太不对，可是他不想有什么动作，他觉得明太太野蛮；跟个野蛮人打吵子是有失身分的。但是杨太太不答应，他必得给她去报仇。他想了半天，想起来明先生是不能也这样野蛮的，跟明先生交涉好了。可是还不便于当面交涉，写封信吧，客客气气的写封信，并不提明太太与妻子那一场，也不提明家孩子的淘气，只求明先生嘱咐孩子们不要再来糟蹋花草。这像个受过教育的人，他觉得。他也想到什么，近邻之谊……无任感激……至为欣幸……等等好听的词句。还想象到明先生见了信，受了感动，亲自来道歉……他很满意的写成了一封并不十分短的信，叫老妈子送过去。

明太太把邻居窝回去，非常的得意。她久想窝个像杨太太那样的女人，而杨太太给了她这机会。她想象着杨太太回家去应当怎样对丈夫讲说，而后杨氏夫妇怎样一齐的醒悟过来他们的错误——即使孩子偷葡萄是不对的，可是也得看谁家的孩子呀。明家孩子偷葡萄是不应当抱怨的。这样，杨家夫妇便完全怕了明家；明太太不能不高兴。

杨家的女仆送来了信。明太太的心眼是多的。不用说，这是杨老婆写给明先生的，把她“刷”了下来。她恨杨老婆，恨字，更恨会写字的杨老婆。她决定不收那封信。

杨家的女仆把信拿了走，明太太还不放心，万一等先生回来而他们再把这信送回来呢！虽然她明知道丈夫是爱孩子的，可是那封信是杨老婆写来的；丈夫也许看在杨老婆的面上而跟自己闹一场，甚至于挨顿揍也是可能的。丈夫设若揍她一顿给杨老婆听，那可不好消化！为别的事挨揍还可以，为杨老婆……她得预备好了，等丈夫回来，先垫下底儿——说杨家为点酸葡萄而来闹了一大阵，还说要给他写信要求道歉。丈夫听了这个，必定也可以不收杨老婆的信，而胜利完全是她自己的。

她等着明先生，编好了所要说的话语，设法把丈夫常爱用的字眼都加进去。明先生回来了。明太太的话很有力量的打动了他爱子女的热情。他是可以原谅杨太太的，假若她没说孩子们不好。他既然是看不起他的孩子，便没有可原谅的了，而且勾上他的厌恶来——她嫁给那么个穷教书的，一定不是什么好东西。赶到明太太报告杨家要来信要求道歉，他更从心里觉得讨厌了；他讨厌这种没事儿就动笔的穷酸们。在洋人手下作事，他晓得签字与用打字机打的契约是有用的；他想不到穷教书的人们写信有什么用。是的，杨家再把信送来，他决定不收。他心中那个黑点使他希望看看杨太太的字迹；字是讨厌的，可是看谁写的。明太太早防备到这里，她说那封信是杨先生写的。明先生没那么大工夫去看杨先生的臭信。他相信中国顶大的官儿写的信，也不如洋人签个字有用。

明太太派孩子到门口去等着，杨家送信来不收。她自己也没闲着，时时向杨家那边望一望。她得意自己的成功，没话找话，甚至于向丈夫建议，把杨家住的房买过来。明先生虽然知道手中没有买房的富余，可是答应着，因为这个建议听着有劲，过瘾，无论那所房是杨家的，还是杨家租住的，明家要买，它就得出卖，没有问题。明先生爱听孩子们说“赶明儿咱们买那个”。“买”是最大胜利。他想买房，买地，买汽车，买金物件……每一想到买，他便觉到自己的伟大。

杨先生不主张再把那封信送回去，虽然他以为明家不收他的信是故意污辱他。他甚至于想到和明先生在街上打一通儿架，可是只能这么想想，他的身分不允许他动野蛮的。他只能告诉太太，明家都是混蛋，不便和混蛋们开仗；这给他一些安慰。杨太太虽然不出气，可也想不起好方法；她开始觉得作个文明人是吃亏的事，而对丈夫发了许多悲观的议论，这些议论使他消了不少的气。

夫妇们正这样碎叨唠着出气，老妈子拿进一封信来。杨先生接过一看，门牌写对了，可是给明先生的。他忽然想到扣下这封信，可是马上觉得那不是好人应干的事。他告诉老妈子把信送到邻家去。

明太太早在那儿埋伏着呢。看见老妈子往这边来了，唯恐孩子们还不可靠，她自己出了马。“拿回去吧，我们不看这个！”

“给明先生的！”老妈子说。

“是呀，我们先生没那么大工夫看你们的信！”明太太非常的坚决。

“是送错了的，不是我们的！”老妈子把信递过去。

“送错了的？”明太太翻了翻眼，马上有了主意：“叫你们先生给收着吧。当是我看不出来呢，不用打算诈我！”啪的一声，门关上了。

老妈子把信拿回来，杨先生倒为了难：他不愿亲自再去送一趟，也不肯打开看看；同时，他觉得明先生也是个混蛋——他知道明先生已经回来了，而是与明太太站在一条战线上。怎么处置这封信呢？私藏别人的信件是不光明的。想来想去，他决定给外加一个信封，改上门牌号数，第二天早上扔在邮筒里；他还得赔上二分邮票，他倒笑了。

第二天早晨，夫妇忙着去上学，忘了那封信。已经到了学校，杨先生才想起来，可是不能再回家去取。好在呢，他想，那只是一封平信，大概没有什么重要的事，迟发一天也没多大关系。

下学回来，懒得出去，把那封信可是放在书籍一块，预备第二天早上必能发出去。这样安排好，刚要吃饭，他听见明家闹起来了。明先生是高傲的人，不愿意高声的打太太，可是被打的明太太并不这样讲体面，她一劲儿的哭喊，孩子们也没敢闲着。杨先生听着，听不出怎回事来，可是忽然想起那封信，也许那是封重要的信。因为没得到这封信，而明先生误了事，所以回家打太太。这么一想，他非常的不安。他想打开信看看，又没那个勇气。不看，又怪憋闷得慌，他连晚饭也没吃好。

饭后，杨家的老妈子遇见了明家的老妈子。主人们结仇并不碍于仆人们交往。明家的老妈子走漏了消息：明先生打太太是为一封信，要紧的信。杨家的老妈回家来报告，杨先生连觉也睡不安了。所谓一封信者，他想必定就是他所存着的那一封信了。可是，既是要紧的信，为什么不挂号，而且马马虎虎写错了门牌呢？他想了半天，只能想到商人们对于文字的事是粗心的。这大概可以说明他为什么写错了门牌。又搭上明先生平日没有什么来往的信，所以邮差按着门牌送，而没注意姓名，甚至或者不记得有个明家。这样一想，使他觉出自己的优越，明先生只是个会抓几个钱的混蛋。明先生既是混蛋，杨先生很可以打开那封信看看了。私看别人的信是有罪的，可是明先生还会懂得这个？不过，万一明先生来索要呢？不妥。他把那封信拿起好几次，到底不敢拆开。同时，他也不想再寄给明先生了。既是要紧的信，在自己手中拿着是有用的。这不光明正大，但是谁叫明先生是混蛋呢，谁教他故意和杨家捣乱呢？混蛋应受惩罚。他想起那些葡萄来。他想着想着可就又变了主意，他第二天早晨还是把那封送错的信发出去。而且把自己寄的那封劝告明家管束孩子的信也发了；到底叫明混蛋看看读书的人是怎样的客气与和蔼；他不希望明先生悔过，只教他明白过来教书的人是君子就够了。

明先生命令着太太去索要那封信。他已经知道了信的内容，因为已经见着了写信的人。事情已经有了预备，可是那封信不应当存在杨小子手里。事情是这样：他和一个朋友借着外国人的光儿私运了一些货物，被那个笃信宗教而很发财的洋人晓得了；那封信是朋友的警告，叫他设法别招翻了洋人。明先生不怕杨家发表了那封信，他心中没有中国政府，也没看起中国的法律；私运货物即使被中国人知道了也没多大关系。他怕杨家把那封信寄给洋人，证明他私运货物。他想杨先生必是这种鬼鬼祟祟的人，必定偷看了他的信，而去弄坏他的事。他不能自己去讨要，假若和杨小子见着面，那必定得打起来，他从心里讨厌杨先生这种人。他老觉得姓杨的该挨顿揍。他派太太去要，因为太太不收那封信才惹起这一套，他得惩罚她。

明太太不肯去，这太难堪了。她楞愿意再挨丈夫一顿打也不肯到杨家去丢脸。她耗着，把丈夫耗走，又偷偷的看看杨家夫妇也上了学，她才打发老妈子向杨家的老妈子去说。

杨先生很得意的把两封信一齐发了。他想象着明先生看看那封客气的信必定悔悟过来，而佩服杨先生的人格与手笔。

明先生被洋人传了去，受了一顿审问。幸而他已经见着写错了门牌的那位朋友，心中有个底儿，没被洋人问秃露[①]了。可是他还不放心那封信。最难堪的是那封信偏偏落在杨穷酸手里！他得想法子惩治姓杨的。

回到了家，明先生第一句话是问太太把那封信要回来没有。明太太的心眼是多的，告诉丈夫杨家不给那封信，这样她把错儿都从自己的肩膀上推下去，明先生的气不打一处而来，就凭个穷酸教书的敢跟明先生斗气。哼！他发了命令，叫孩子们跳过墙去，先把杨家的花草都踩坏，然后再说别的。孩子们高了兴，把能踩坏的花草一点也没留下。

孩子们远征回来，邮差送到下午四点多钟那拨儿信。明先生看完了两封信，心中说不出是难受还是痛快。那封写错了门牌的信使他痛快，因为他看明白了，杨先生确是没有拆开看；杨先生那封信使他难过，使他更讨厌那个穷酸，他觉得只有穷酸才能那样客气，客气得讨

---

① 秃露，露底。

厌。冲这份讨厌也该把他的花草都踏平了。

杨先生在路上，心中满痛快：既然把那封信送回了原主，而且客气的劝告了邻居，这必能感动了明先生。

一进家门，他楞了，院中的花草好似垃圾箱忽然疯了，一院子满是破烂儿。他知道这是谁作的。可是怎办呢？他想要冷静的找主意，受过教育的人是不能凭着冲动作事的。但是他不能冷静，他的那点野蛮的血沸腾起来，他不能思索了。扯下了衣服，他捡起两三块半大的砖头，隔着墙向明家的窗子扔了去。哗啦哗啦的声音使他感到已经是惹下祸，可是心中痛快，他继续着扔；听着玻璃的碎裂。他心里痛快，他什么也不计较了，只觉得这么作痛快，舒服，光荣。他似乎忽然由文明人变成野蛮人，觉出自己的力量与胆气，像赤裸裸的洗澡时那样舒服，无拘无束的领略着一点新的生活味道。他觉得年轻，热烈，自由，勇敢。

把玻璃打的差不多了，他进屋去休息。他等着明先生来找他打架，他不怕，他狂吸着烟卷，仿佛打完一个胜仗的兵士似的。等了许久，明先生那边一点动静没有。

明先生不想过来，因为他觉得杨先生不那么讨厌了。看着破碎玻璃，他虽不高兴，可也不十分不舒服。他开始想到有嘱告孩子们不要再去偷花的必要，以前他无论怎样也想不到这里；那些碎玻璃使他想到了这个。想到了这个，他也想起杨太太来。想到她，他不能不恨杨先生；可是恨与讨厌，他现在觉出来，是不十分相同的。“恨”有那么一点佩服的气味在里头。

第二天是星期日，杨先生在院中收拾花草，明先生在屋里修补窗户。世界上仿佛很平安，人类似乎有了相互的了解。

原载1935年4月10日《水星》第二卷第一期

大悲寺外

黄先生已死去二十多年了。这些年中，只要我在北平，我总忘不了去祭他的墓。自然我不能永远在北平；别处的秋风使我倍加悲苦：祭黄先生的时节是重阳的前后，他是那时候死的。去祭他是我自己加在身上的责任；他是我最钦佩敬爱的一位老师，虽然他待我未必与待别的同学有什么分别；他爱我们全体的学生。可是，我年年愿看看他的矮墓，在一株红叶的枫树下，离大悲寺不远。

已经三年没去了，生命不由自主的东奔西走，三年中的北平只在我的梦中！

去年，也不记得为了什么事，我跑回去一次，只住了三天。虽然才过了中秋，可是我不能不上西山去；谁知道什么时候才再有机会回去呢。自然上西山是专为看黄先生的墓。为这件事，旁的事都可以搁在一边；说真的，谁在北平三天能不想办一万样事呢。

这种祭墓是极简单的：只是我自己到了那里而已，没有纸钱，也没有香与酒。黄先生不是个迷信的人，我也没见他饮过酒。

从城里到山上的途中，黄先生的一切显现在我的心上。在我有口气的时候，他是永生的。真的；停在我心中，他是在死里活着。每逢遇上个穿灰布大褂，胖胖的人，我总要细细看一眼。是的，胖胖的而穿灰布大衫，因黄先生而成了对我个人的一种什么象征。甚至于有的时候与同学们聚餐，“黄先生呢?”常在我的舌尖上；我总以为他是还活着。还不是这么说，我应当说：我总以为他不会死，不应该死，即使我知道他确是死了。

他为什么作学监呢?胖胖的，老穿着灰布大衫!他作什么不比当学监强呢?可是，他竟自作了我们的学监；似乎是天命，不作学监他怎能在四十多岁便死了呢!

胖胖的，脑后折着三道肉印；我常想，理发师一定要费不少的事，才能把那三道弯上的短发推净。脸像个大肉葫芦，就是我这样敬爱他，也就没法否认他的脸不是招笑的。可是，那双眼!上眼皮受着“胖”的影响，松松的下垂，把原是一对大眼睛变成了俩螳螂卵包似的，留个极小的缝儿射出无限度的黑亮。好像这两道黑光，假如你单单的看着它们，把“胖”的一切注脚全勾销了。那是一个胖人射给一个活动，灵敏，快乐的世界的两道神光。他看着你的时候，这一点点黑珠就像是钉在你的心灵上，而后把你像条上了钩的小白鱼，钓起在他自己发射出的慈祥宽厚光朗的空气中。然后他笑了，极天真的一笑，你落在他的怀中，失去了你自己。那件松松裹着胖黄先生的灰布大衫，在这时节，变成了一件仙衣。在你没看见这双眼之前，假如你看他从远处来了，他不过是团蠕蠕而动的灰色什么东西。

无论是哪个同学想出去玩玩，而造个不十二分有伤于诚实的谎，去到黄先生那里请假，黄先生先那么一笑，不等你说完你的谎——好像唯恐你自己说漏了似的——便极用心的用苏字给填好“准假证”。但是，你必须去请假。私自离校是绝对不行的。凡关乎人情的，以人情的办法办；凡关乎校规的，校规是校规；这个胖胖的学监!

他没有什么学问，虽然他每晚必和学生们一同在自修室读书；他读的都是大本的书，他的笔记本也是庞大的，大概他的胖手指是不肯甘心伤损小巧精致的书页。他读起书来，无论冬夏，头上永远冒着热汗，他决不是聪明人。有时我偷眼看看他，他的眉，眼，嘴，好像都被书的神秘给迷住；看得出，他的牙是咬得很紧，因为他的腮上与太阳穴全微微的动弹，微微的，可是紧张。忽然，他那么天真的一笑，叹一口气，用块像小床单似的白手绢抹抹头上的汗。

先不用说别的，就是这人情的不苟且与傻用功已足使我敬爱他——多数的同学也因此爱他。稍有些心与脑的人，即使是个十五六岁的学生，像那时候的我与我的学友们，还能看不出：他的温和诚恳是出于天性的纯厚，而同时又能丝毫不苟的负责是足以表示他是温厚，不是懦弱？还觉不出他是“我们”中的一个，不是“先生”们中的一个；因为他那种努力读书，为读书而着急，而出汗，而叹气，还不是正和我们一样？

到了我们有了什么学生们的小困难——在我们看是大而不易解决的——黄先生是第一个来安慰我们，假如他不帮助我们；自然，他能帮忙的地方便在来安慰之前已经自动的作了。二十多年前的中学学监也不过是挣六十块钱，他每月是拿出三分之一来，预备着帮助同学，即使我们都没有经济上的困难，他这三分之一的薪水也不会剩下。假如我们生了病，黄先生不但是殷勤的看顾，而且必拿来些水果，点心，或是小说，几乎是偷偷的放在病学生的床上。

但是，这位困苦中的天使也是平安中的君王——他管束我们。宿舍不清洁，课后不去运动……都要挨他的雷，虽然他的雷是伴着以泪作的雨点。

世界上，不，就说一个学校吧，哪能都是明白人呢。我们的同学里很有些个厌恶黄先生的。这并不因为他的爱心不普遍，也不是被谁看出他是不真诚，而是伟大与藐小的相触，结果总是伟大的失败，好似不如此不足以成其伟大。这些同学们一样的受过他的好处，知道他的伟大，但是他们不能爱他。他们受了他十样的好处后而被他申斥了一阵，黄先生便变成顶可恶的。我一点也没有因此而轻视他们的意思，我不过是说世上确有许多这样的人。他们并不是不晓得好歹，而是他们的爱只限于爱自己；爱自己是溺爱，他们不肯受任何的责备。设若你救了他的命，而同时责劝了他几句，他从此便永远记着你的责备——为是恨你——而忘了救命的恩惠。黄先生的大错处是根本不应来作学监，不负责的学监是有的，可是黄先生与不负责永远不能联结在一处。不论他怎样真诚，怎样厚道，管束。

他初来到学校，差不多没有一个人不喜爱他，因为他与别位先生是那样的不同。别位先生们至多不过是比书本多着张嘴的，我们佩服他们和佩服书籍差不多。即使他们是活泼有趣的，在我们眼中也是另一种世界的活泼有趣，与我们并没有多么大的关系。黄先生是个“人”，他与别位先生几乎完全不相同。他与我们在一处吃，一处睡，一处读书。

半年之后，已经有些同学对他不满意了，其中有的，受了他的规戒，有的是出于立异——人家说好，自己就偏说坏，表示自己有头脑，别人是顺竿儿爬的笨货。

经过一次小风潮，爱他的与厌恶他的已各一半了。风潮的起始，与他完全无关。学生要在上课的时间开会了，他才出来劝止，而落了个无理的干涉。他是个天真的人——自信心居然使他要求投票表决，是否该在上课时间开会！幸而投与他意见相同的票的多着三张！风潮虽然不久便平静无事了，可是他的威信已减了一半。

因此，要顶他的人看出时机已到：再有一次风潮，他管保得滚。谋着以教师兼学监的人至少有三位。其中最活动的是我们的手工教师，一个用嘴与舌活着的人，除了也是胖子，他和黄先生是人中的南北极。在教室上他曾说过，有人给他每月八百圆，就是提夜壶也是美差。有许多学生喜欢他，因为上他的课时就是睡觉也能得八十几分。他要是作学监，大家岂不是入了天国！每天晚上，自从那次小风潮后，他的屋中有小的会议。不久，在这小会议中种的子粒便开了花。校长处有人控告黄先生，黑板上常见“胖牛”，“老山药蛋”……

同时，有的学生也向黄先生报告这些消息。忽然黄先生请了一天的假。可是那天晚上自修的时候，校长来了，对大家训话，说黄先生向他辞职，但是没有准他。末后，校长说，“有不喜欢这位好学监的，请退学；大家都不喜欢他呢，我与他一同辞职。”大家谁也没说什么。可是校长前脚出去，后脚一群同学便到手工教员室中去开紧急会议。

第三天上黄先生又照常办事了，脸上可是好像瘦减了一圈。在下午课后他召集全体学生训话，到会的也就是半数。他好像是要说许多许多的话似的，及至到了台上，他第一个微笑就没笑出来，楞了半天，他极低细的说了一句：“咱们彼此原谅吧！”没说第二句。

暑假后，废除月考的运动一天扩大一天。在重阳前，炸弹爆发了。英文教员要考，学生们不考；教员下了班，后面追随着极不好听的话。及至事情闹到校长那里去，问题便由罢考改为撤换英文教员，因为校长无论如何也要维持月考的制度。虽然有几位主张连校长一齐推倒的，可是多数人愿意先由撤换教员作起。既不向校长作战，自然罢考须暂放在一边。这个时节，已经有人警告了黄先生：“别往自己身上拢！”

可是谁叫黄先生是学监呢？他必得维持学校的秩序。

况且，有人设法使风潮往他身上转来呢。

校长不答应撤换教员。有人传出来，在职教员会议时，黄先生主张严办学生，黄先生劝告教员合作以便抵抗学生，黄学监……

风潮又转了方向，黄学监，已经不是英文教员，是炮火的目标。

黄先生还终日与学生们来往，劝告，解说，笑与泪交替的揭露着天真与诚意。有什么用呢?

学生中不反对月考的不敢发言。依违两可的是与其说和平的话不如说激烈的，以便得同学的欢心与赞扬。这样，就是敬爱黄先生的连暗中警告他也不敢了：风潮像个魔咒捆住了全校。

我在街上遇见了他。

“黄先生，请你小心点，”我说。

“当然的，”他那么一笑。

“你知道风潮已转了方向?”

他点了点头，又那么一笑，“我是学监!”

“今天晚上大概又开全体大会，先生最好不用去。”

“可是，我是学监!”

“他们也许动武呢!”

“打‘我’?”他的颜色变了。

我看得出，他没想到学生要打他；他的自信力太大。可是同时他并不是不怕危险。他是个“人”，不是铁石作的英雄——因此我爱他。

“为什么呢?”他好似是诘问着他自己的良心呢。

“有人在后面指挥。”

“呕!”可是他并没有明白我的意思，据我看；他紧跟着问：“假如我去劝告他们，也打我?”

我的泪几乎落下来。他问得那么天真，几乎是儿气的；始终以为善意待人是不会错的。他想不到世界上会有手工教员那样的人。

“顶好是不到会场去，无论怎样!”

“可是，我是学监!我去劝告他们就是了；劝告是惹不出事来的。谢谢你!”

我楞在那儿了。眼看着一个人因责任而牺牲，可是一点也没觉到他是去牺牲——一听见“打”字便变了颜色，而仍然不退缩!我看得出，此刻他决不想辞职了，因为他不能在学校正极紊乱时候抽身一走。“我是学监！”我至今忘不了这一句话，和那四个字的声调。

果然晚间开了大会。我与四五个最敬爱黄先生的同学，故意坐在离讲台最近的地方，我们计议好：真要是打起来，我们可以设法保护他。

开会五分钟后，黄先生推门进来了。屋中连个大气也听不见了。主席正在报告由手工教员传来的消息——就是宣布学监的罪案——学监进来了！我知道我的呼吸是停止了一会儿。

黄先生的眼好似被灯光照得一时不能睁开了，他低着头，像盲人似的轻轻关好了门。他的眼睁开了，用那对慈善与宽厚作成的黑眼珠看着大众。他的面色是，也许因为灯光太强，有些灰白。他向讲台那边挪了两步，一脚登着台沿，微笑了一下。

“诸位同学，我是以一个朋友，不是学监的地位，来和大家说几句话！”

“假冒为善！”

“汉奸！”

后边有人喊。

黄先生的头低下去，他万也想不到被人这样骂他。他决不是恨这样骂他的人，而是怀疑了自己，自己到底是不真诚，不然……

这一低头要了他的命。

他一进来的时候，大家居然能那样静寂，我心里说，到底大家还是敬畏他；他没危险了。这一低头，完了，大家以为他是被骂对了，羞愧了。

“打他！”这是一个与手工教员最亲近的学友喊的，我记得。跟着，“打！”“打！”后面的全立起来。我们四五个人彼此按了按膝，“不要动”的暗号；我们一动，可就全乱了。我喊了一句。

“出去！”故意的喊得很难听，其实是个善意的暗示。

他要是出去——他离门只有两三步远——管保没有事了，因为我们四五个人至少可以把后面的人堵住一会儿。

可是黄先生没动！好像蓄足了力量，他猛然抬起头来。他的眼神极可怕了。可是不到半分钟，他又低下头去，似乎用极大的忏悔，矫正他的要发脾气。他是个“人”，可是要拿人力把自己提到超人的地步。我明白他那心中的变动：冷不防的被人骂了，自己怀疑自己是否正道；他的心告诉他——无愧；在这个时节，后面喊“打！”：他怒了；不应发怒，他们是些青年的学生——又低下头去。

随着说第二次低头，“打！”成了一片暴雨。

假如他真怒起来，谁也不敢先下手；可是他又低下头去——就是这么着，也还只听见喊打，而并没有人向前。这倒不是大家不勇敢，实在是因为多数——大多数——人心中有一句：“凭什么打这个老实人呢？”自然，主席的报告是足以使些人相信的，可是究竟大家不能忘了黄先生以前的一切；况且还有些人知道报告是由一派人造出来的。

我又喊了声，“出去！”我知道“滚”是更合适的，在这种场面上，但怎忍得出口呢！

黄先生还是没动。他的头又抬起来：脸上有点笑意，眼中微湿，就像个忠厚的小儿看着一个老虎，又爱又有点怕忧。

忽然由窗外飞进一块砖，带着碎玻璃碴儿，像颗横飞的彗星，打在他的太阳穴上。登时见了血。他一手扶住了讲桌。后面的人全往外跑。我们几个搀住了他。

“不要紧，不要紧，”他还勉强的笑着，血已几乎盖满他的脸。

找校长，不在；找校医，不在；找教务长，不在；我们决定送他到医院去。

“到我屋里去！”他的嘴已经似乎不得力了。

我们都是没经验的，听他说到屋中去，我们就搀扶着他走。到了屋中，他摆了两摆，似乎要到洗脸盆处去，可是一头倒在床上；血还一劲的流。

老校役张福进来看了一眼，跟我们说，“扶起先生来，我接校医去。”

校医来了，给他洗干净，绑好了布，叫他上医院。他喝了口白兰地，心中似乎有了点力量，闭着眼叹了口气。校医说，他如不上医院，便有极大的危险。他笑了。低声的说：

“死，死在这里；我是学监！我怎能走呢——校长们都没在这里！”

老张福自荐伴着“先生”过夜。我们虽然极愿守着他，可是我们知道门外有许多人用轻鄙的眼神看着我们；少年是最怕被人说“苟事”的——同情与见义勇为往往被人解释作“苟事”，或是“狗事”；有许多青年的血是能极热，同时又极冷的。我们只好离开他。连这样，当我们出来的时候还听见了：“美呀！黄牛的干儿子！”

第二天早晨，老张福告诉我们，“先生”已经说胡话了。

校长来了，不管黄先生依不依，决定把他送到医院去。

可是这时候，他清醒过来。我们都在门外听着呢。那位手工教员也在那里，看着学监室的白牌子微笑，可是对我们皱着眉，好像他是最关心黄先生的苦痛的。我们听见了黄先生说：

“好吧，上医院；可是，容我见学生一面。”

“在哪儿？”校长问。

“礼堂；只说两句话。不然，我不走！”

钟响了。几乎全体学生都到了。

老张福与校长搀着黄先生。血已透过绷布，像一条毒花蛇在头上盘着。他的脸完全不像他的了。刚一进礼堂门，他便不走了，从绷布下设法睁开他的眼，好像是寻找自己的儿女，把我们全看到了。他低下头去，似乎已支持不住，就是那么低着头，他低声——可是很清楚的——说：

“无论是谁打我来着，我决不，决不计较！”

他出去了，学生没有一个动弹的。大概有两分钟吧。忽然大家全往外跑，追上他，看他上了车。

过了三天，他死在医院。

谁打死他的呢？

丁庚。

可是在那时节，谁也不知道丁庚扔砖头来着。在平日他是“小姐”，没人想到“小姐”敢飞砖头。

那时的丁庚，也不过是十七岁。老穿着小蓝布衫，脸上长着小红疙疸，眼睛永远有点水锈，像敷着些眼药。老实，不好说话，有时候跟他好，有时候又跟你好，有时候自动的收拾宿室，有时候一天不洗脸。所以是小姐——有点忽东忽西的小性。

风潮过去了，手工教员兼任了学监。校长因为黄先生已死，也就没深究谁扔的那块砖。说真的，确是没人知道。

可是，不到半年的工夫，大家猜出谁了——丁庚变成另一个人，完全不是“小姐”了。他也爱说话了，而且永远是不好听的话。他永远与那些不用功的同学在一起了，吸上了香烟——自然也因为学监不干涉——每晚上必出去，有时候嘴里喷着酒味。他还作了学生会的主席。

由“那”一晚上，黄先生死去，丁庚变了样。没人能想到“小姐”会打人。可是现在他已不是“小姐”了，自然大家能想到他是会打人的。变动的快出乎意料之外，那么，什么事都是可能的了；所以是“他”！

过了半年，他自己承认了——多半是出于自夸，因为他已经变成个“刺儿头”。最怕这位“刺儿头”的是手工兼学监那位先生。学监既变成他的部下，他承认了什么也当然是没危险的。自从黄先生离开了学监室，我们的学校已经不是学校。

为什么扔那块砖？据丁庚自己说，差不多有五六十个理由，他自己也不知道哪一个最好，自然也没人能断定哪个最可靠。

据我看，真正的原因是“小姐”忽然犯了“小姐性”。他最初是在大家开会的时候，连进去也不敢，而在外面看风势。忽然他的那个劲儿来了，也许是黄先生责备过他，也许是他看黄先生的胖脸好玩而试试打得破与否，也许……不论怎么着吧，一个十七岁的孩子，天性本来是变鬼变神的，加以脸上正发红泡儿的那股忽人忽兽的郁闷，他满可以作出些无意作而作了的事。从多方面看，他确是那样的人。在黄先生活着的时候，他便是千变万化的，有时候很喜欢人叫他“黛玉”。黄先生死后，他便不知道他是怎回事了。有时候，他听了几句好话，能老实一天，趴在桌上写小楷，写得非常秀润。第二天，一天不上课！

这种观察还不只限于学生时代，我与他毕业后恰巧在一块作了半年的事，拿这半年中的情形看，他确是我刚说过的那样的人。拿一件事说吧。我与他全作了小学教师，在一个学校里，我教初四。已教过两个月，他忽然想换班，唯一的原因是我比他少着三个学生。可是他和校长并没这样说——为少看三本卷子似乎不大好出口。他说，四年级级任比三年级的地位高，他不甘居人下。这虽然不很像一句话，可究竟是更精神一些的争执。他也告诉校长：他在读书时是作学生会主席的，主席当然是大众的领袖，所以他教书时也得教第一班。

校长与我谈论这件事，我是无可无不可，全凭校长调动。校长反倒以为已经教了快半个学期，不便于变动。这件事便这么过去了。到了快放年假的时候，校长有要事须请两个礼拜的假，他打算求我代理几天。丁庚又答应了。可是这次他直接的向我发作了，因为他亲自请求校长叫他代理是不好意思的。我不记得我的话了，可是大意是我应着去代他向校长说说：我根本不愿意代理。

及至我已经和校长说了，他又不愿意，而且忽然的辞职，连维持到年假都不干。校长还没走，他卷铺盖走了。谁劝也无用，非走不可。

从此我们俩没再会过面。

看见了黄先生的坟，也想起自己在过去二十年中的苦痛。坟头更矮了些，那么些土上还长着点野花，“美”使悲酸的味儿更强烈了些。太阳已斜挂在大悲寺的竹林上，我只想不起动身。深愿黄先生，胖胖的，穿着灰布大衫，来与我谈一谈。

远处来了个人。没戴着帽，头发很长，穿着青短衣，还看不出他的模样来，过路的，我想；也没大注意。可是他没顺着小路走去，而是舍了小道朝我来了。又一个上坟的？

他好像走到坟前才看见我，猛然的站住了。或者从远处是不容易看见我的，我是倚着那株枫树坐着呢。

“你，”他叫着我的名字。

我楞住了，想不起他是谁。

“不记得我了？丁——”

没等他说完我想起来了，丁庚。除了他还保存着点“小姐”气——说不清是在他身上哪处——他绝对不是二十年前的丁庚了。头发很长，而且很乱。脸上乌黑，眼睛上的水锈很厚，眼窝深陷进去，眼珠上许多血丝。牙已半黑，我不由的看了看他的手，左右手的食指与中指全黄了一半。他一边看着我，一边从袋里摸出一盒“大长城”来。

不知道为什么我觉得一阵悲惨。我与他是没有什么感情的，可是幼时的同学……我过去握住他的手；他的手颤得很厉害。我们彼此看了一眼，眼中全湿了；然后不约而同的看着那个矮矮的墓。

“你也来上坟？”这话已到我的唇边，被我压回去了。他点一枝烟，向蓝天吹了一口，看看我，看看坟，笑了。

“我也来看他，可笑，是不是？”他随说随坐在地上。

我不晓得说什么好，只好顺口搭音的笑了声，也坐下了。

他半天没言语，低着头吸他的烟，似乎是思想什么呢。烟已烧去半截，他抬起头来，极有姿式的弹着烟灰。先笑了笑，然后说：

“二十多年了！他还没饶了我呢！”

“谁？”

他用烟卷指了指坟头：“他！”

“怎么？”我觉得不大得劲；深怕他是有点疯魔。

“你记得他最后的那句？决——不——计——较，是不是？”

我点点头。

“你也记得咱们在小学教书的时候，我忽然不干了？我找你去叫你不要代理校长？好，记得你说的是什么？”

“我不记得。”

“决不计较！你说的。那回我要和你换班次，你也是给了我这么一句。你或者出于无意，可是对于我，这句话是种报复，惩罚。它的颜色是红的一条布，像条毒蛇；它确是有颜色的。它使我把生命变成一阵颤抖；志愿，事业，全随颤抖化为——秋风中的落叶。像这棵枫树的叶子。你大概也知道，我那次要代理校长的原因？我已运动好久，叫他不能回任。可是你说了那么一句——”

“无心中说的，”我表示歉意。

“我知道。离开小学，我在河务局谋了个差事。很清闲，钱也不少。半年之后，出了个较好的缺。我和一个姓李的争这个地位。我运动，他也运动，力量差不多是相等，所以命令多日没能下来。在这个期间，我们俩有一次在局长家里遇上了，一块打了几圈牌。局长，在打牌的时候，露出点我们俩竞争很使他为难的口话。我没说什么，可是姓李的一边打出一个红中，一边说：'红的！我让了，决不计较！'红的！不计较！黄学监又立在我眼前，头上围着那条用血浸透的红布！我用尽力量打完了那圈牌，我的汗湿透了全身。我不能再见那个姓李的，他是黄学监第二，他用杀人不见血的咒诅在我魂灵上作祟：假如世上真有妖术邪法，这个便是其中的一种。我不干了。不干了！"他的头上出了汗。

"或者是你身体不大好，精神有点过敏。"我的话一半是为安慰他，一半是不信这种见神见鬼的故事。

"我起誓，我一点病没有。黄学监确是跟着我呢。他是假冒为善的人，所以他会说假冒为善的恶咒。还是用事实说明吧。我从河务局出来不久便成婚，"这一句还没说全，他的眼神变得像失了雏儿的恶鹰似的，瞪着地上一棵半黄的鸡爪草，半天，他好像神不附体了。我轻嗽了声，他一哆嗦，抹了抹头上的汗，说："很美，她很美。可是——不贞。在第一夜，洞房便变成地狱，可是没有血，你明白我的意思？没有血的洞房是地狱，自然这是老思想，可是我的婚事老式的，当然感情也是老式的。她都说了，只求我，央告我，叫我饶恕她。按说，美是可以博得一切赦免的。可是我那时铁了心；我下了不戴绿帽的决心。她越哭，我越狠，说真的，折磨她给我一些愉快。末后，她的泪已干，她的话已尽，她说出最后的一句：'请用我心中的血代替吧，'她打开了胸，'给这儿一刀吧；你有一切的理由，我死，决不计较你！'我完了，黄学监在洞房门口笑我呢。我连动一动也不能了。第二天，我离开了家，变成一个有家室的漂流者，家中放着一个没有血的女人，和一个带着血的鬼！但是我不能自杀，我跟他干到底，他劫去我一切的快乐，不能再叫他夺去这条命！”

“丁：我还以为你是不健康。你看，当年你打死他，实在不是有意的。况且黄先生的死也一半是因为耽误了，假如他登时上医院去，一定不会有性命的危险。”我这样劝解；我准知道，设若我说黄先生是好人，决不能死后作祟，丁庚一定更要发怒的。

“不错。我是出于无心，可是他是故意的对我发出假慈悲的原谅，而其实是种恶毒的诅咒。不然，一个人死在眼前，为什么还到礼堂上去说那个呢？好吧，我还是说事实吧。我既是个没家的人，自然可以随意的去玩了。我大概走了至少也有十二三省。最后，我在广东加入了革命军。打到南京，我已是团长。设若我继续工作，现在来至少也作了军长。可是，在清党的时节，我又不干了。是这么回事，一个好朋友姓王，他是左倾的。他比我职分高。设若我能推倒他，我登时便能取得他的地位。陷害他，是极容易的事，我有许多对他不利的证据，但是我不忍下手。我们俩出死入生的在一处已一年多，一同入医院就有两次。可是我又不能抛弃这个机会；志愿使英雄无论如何也得辣些。我不是个十足的英雄，所以我想个不太激进的办法来。我托了一个人向他去说，他的危险怎样的大，不如及早逃走，把一切事务交给我，我自会代他筹画将来的安全。他不听。我火了。不能不下毒手。我正在想主意，这个不知死的鬼找我来了，没带着一个人。有些人是这样：至死总假装宽厚大方，一点不为自己的命想一想，好像死是最便宜的事，可笑。这个人也是这样，还在和我嘻嘻哈哈。我不等想好主意了，反正他的命是在我手心里，我对他直接的说了——我的手摸着手枪。他，他听完了，向我笑了笑。‘要是你愿杀我，’他说，还是笑着，‘请，我决不计较。’这能是他说的吗？怎能那么巧呢？我知道，我早就知道了，凡是我要成功的时候，‘他’老借着个笑脸来报仇，假冒为善的鬼会拿柔软的方法来毁人。我的手连抬也抬不起来了，不要说还要拿枪打人。姓王的笑着，笑着，走了。他走了，能有我的好处吗？他的地位比我高。拿证据去告发他恐怕已来不及了，他能不马上想对待我的法子吗？结果，我得跑！到现在，我手下的小卒都有作团长的了，我呢？我只是个有妻室而没家，不当和尚而住在庙里的——我也说不清我是什么！”

乘他喘气，我问了一句：“哪个庙事？”

“眼前的大悲寺！为是离着他近，”他指着坟头。

看我没往下问，他自动的说明：

“离他近，我好天天来诅咒他！”

不记得我又和他说了什么，还是什么也没说，无论怎样吧！我是踏着金黄的秋色下了山，斜阳在我的背后。我没敢回头，我怕那株枫树，叶子不是怎么红得似血！

原载1933年7月1日《文艺月刊》第四卷第一期

马裤先生

火车在北平东站还没开，同屋那位睡上铺的穿马裤，戴平光的眼镜，青缎子洋服上身，胸袋插着小楷羊毫，足登青绒快靴的先生发了问："你也是从北平上车？"很和气的。

我倒有点迷了头，火车还没动呢，不从北平上车，难道由——由哪儿呢？我只好反攻了："你从哪儿上车？"很和气的。我很希望他说是由汉口或绥远上车，因为果然如此，那么中国火车一定已经是无轨的，可以随便走走；那多么自由！

他没言语。看了看铺位，用尽全身——假如不是全生——的力气喊了声，"茶房！"

茶房正忙着给客人搬东西，找铺位。可是听见这么紧急的一声喊，就是有天大的事也得放下，茶房跑来了。

"拿毯子！"马裤先生喊。

"请少待一会儿，先生，"茶房很和气的说，"一开车，马上就给您铺好。"

马裤先生用食指挖了鼻孔一下，别无动作。

茶房刚走开两步。

"茶房！"这次连火车好似都震得直动。

茶房像旋风似的转过身来。

“拿枕头，”马裤先生大概是已经承认毯子可以迟一下，可是枕头总该先拿来。

“先生，请等一等，您等我忙过这会儿去，毯子和枕头就一齐全到。”茶房说的很快，可依然是很和气。

茶房看马裤客人没任何表示，刚转过身去要走，这次火车确是哗啦了半天，“茶房！”

茶房差点吓了个跟头，赶紧转回身来。

“拿茶！”

“先生，请略微等一等，一开车茶水就来。”

马裤先生没任何的表示。茶房故意的笑了笑，表示歉意。然后搭讪着慢慢的转身，以免快转又吓个跟头。转好了身，腿刚预备好快走，背后打了个霹雳，“茶房！”

茶房不是假装没听见，便是耳朵已经震聋，竟自没回头，一直的快步走开。

“茶房！茶房！茶房！”马裤先生连喊，一声比一声高：站台上送客的跑过一群来，以为车上失了火，要不然便是出了人命。茶房始终没回头。马裤先生又挖了鼻孔一下，坐在我的床上。刚坐下，“茶房！”茶房还是没来。看着自己的磕膝，脸往下沉，沉到最长的限度，手指一挖鼻孔，脸好似刷的一下又纵回去了。然后，“你坐二等？”这是问我呢。我又毛了，我确是买的二等，难道上错了车？

“你呢？”我问。

“二等。这是二等。二等有卧铺。快开车了吧？茶房！”

我拿起报纸来。

他站起来，数他自己的行李，一共八件，全堆在另一卧铺上——两个上铺都被他占了。数了两次，又说了话，“你的行李呢？”

我没言语。原来我误会了：他是善意，因为他跟着说，“可恶的茶房，怎么不给你搬行李？”

我非说话不可了：“我没有行李。”

“呕？！”他确是吓了一跳，好像坐车不带行李是大逆不道似的。“早知道，我那四只皮箱也可以不打行李票了！”

这回该轮着我了，“呕？！”我心里说，“幸而是如此，不然的话，把四只皮箱也搬进来，还有睡觉的地方啊？！”

我对面的铺位也来了客人，他也没有行李，除了手中提着个扁皮夹。

“呕？！”马裤先生又出了声，“早知道你们都没行李，那口棺材也可以不另起票了？”

我决定了。下次旅行一定带行李；真要陪着棺材睡一夜，谁受得了！

茶房从门前走过。

“茶房！拿手巾把！”

“等等，”茶房似乎下了抵抗的决心。

马裤先生把领带解开，摘上领子来，分别挂在铁钩上：所有的钩子都被占了，他的帽子，风衣，已占了两个。

车开了，他登时想起买报，“茶房！”

茶房没有来。我把我的报赠给他；我的耳鼓出的主意。

他爬上了上铺，在我的头上脱靴子，并且击打靴底上的土。枕着个手提箱，用我的报纸盖上脸，车还没到永定门，他睡着了。

我心中安坦了许多。

到了丰台，车还没站住，上面出了声，“茶房！”

没等茶房答应，他又睡着了；大概这次是梦话。

过了丰台，茶房拿来两壶热茶。我和对面的客人——一位四十来岁平平无奇的人，脸上的肉还可观——吃茶闲扯。大概还没到廊房，上面又开了雷，“茶房！”

茶房来了，眉毛拧得好像要把谁吃了才痛快。

“干吗？先——生——”

“拿茶！”上面的雷声响亮。

“这不是两壶？”茶房指着小桌说。

“上边另要一壶！”

“好吧！”茶房退出去。

“茶房！”

茶房的眉毛拧得直往下落毛。

“不要茶，要一壶开水！”

“好啦！”

“茶房！”

我直怕茶房的眉毛脱净！

“拿毯子，拿枕头，打手巾把，拿——”似乎没想起拿什么好。

“先生，您等一等。天津还上客人呢；过了天津我们一总收拾，也耽误不了您睡觉！”茶房一气说完，扭头就走，好像永远不再想回来。

待了会儿，开水到了，马裤先生又入了梦乡，呼声只比“茶房”小一点，可是匀调而且是继续的努力，有时呼声稍低一点，用咬牙来补上。

“开水，先生！”

“茶房！”

“就在这哪；开水！”

“拿手纸！”

“厕所里有。”

“茶房！厕所在哪边？”

“哪边都有。”

“茶房！”

“回头见。”

“茶房！茶房！！茶房！！！”

没有应声。

“呼——呼呼——呼”又睡了。

有趣！

到了天津。又上来些旅客。马裤先生醒了，对着壶嘴喝了一气水。又在我头上击打靴底。穿上靴子，出溜下来，食指挖了鼻孔一下，看了看外面。“茶房！”

恰巧茶房在门前经过。

“拿毯子！”

“毯子就来。”

马裤先生走出去，呆呆的立在走廊中间，专为阻碍来往的旅客与脚夫。忽然用力挖了鼻孔一下，走了。下了车，看看梨，没买；看看报，没买；看看脚行的号衣，更没作用。又上来了，向我招呼了声，“天津，唉？”我没言语。他向自己说，“问问茶房，”紧跟着一个雷，“茶房！”我后悔了，赶紧的说，“是天津，没错儿。”

“总得问问茶房；茶房！”

我笑了，没法再忍住。

车好容易又从天津开走。

刚一开车，茶房给马裤先生拿来头一份毯子枕头和手巾把。马裤先生用手巾把耳孔鼻孔全钻得到家，这一把手巾擦了至少有一刻钟，最后用手巾擦了擦手提箱上的土。

我给他数着，从老站到总站的十来分钟之间，他又喊了四五十声茶房。茶房只来了一次，他的问题是火车向哪面走呢？茶房的回答是不知道；于是又引起他的建议，车上总该有人知道，茶房应当负责去问。茶房说，连驶车的也不晓得东西南北。于是他几乎变了颜色，万一车走迷了路！？茶房没再回答，可是又掉了几根眉毛。

他又睡了，这次是在头上摔了摔袜子，可是一口痰并没往下唾，而是照顾了车顶。

我睡不着是当然的，我早已看清，除非有一对“避呼耳套”当然不能睡着。可怜的是别屋的人，他们并没预备来熬夜，可是在这种带钩的呼声下，还只好是白瞪眼一夜。

我的目的地是德州，天将亮就到了。谢天谢地！

车在此处停半点钟，我雇好车，进了城，还清清楚楚的听见“茶房！”

一个多礼拜了，我还惦记着茶房的眉毛呢。

原载1933年5月5日《青年界》第三卷第三号

微　神

清明已过了，大概是；海棠花不是都快开齐了吗？今年的节气自然是晚了一些，蝴蝶们还很弱；蜂儿可是一出世就那么挺拔，好像世界确是甜蜜可喜的。天上只有三四块不大也不笨重的白云，燕儿们给白云上钉小黑丁字玩呢。没有什么风，可是柳枝似乎故意的转摆，像逗弄着四外的绿意。田中的晴绿轻轻的上了小山，因为娇弱怕累得慌，似乎是，越高绿色越浅了些；山顶上还是些黄多于绿的纹缕呢。山腰中的树，就是不绿的也显出柔嫩来，山后的蓝天也是暖和的，不然，雁们为何唱着向那边排着队去呢？石凹藏着些怪害羞的三月兰，叶儿还赶不上花朵大。

小山的香味只能闭着眼吸取，省得劳神去找香气的来源，你看，连去年的落叶都怪好闻的。那边有几只小白山羊，叫的声儿恰巧使欣喜不至过度，因为有些悲意。偶尔走过一只来，没长犄角就留下须的小动物，向一块大石发了会儿楞，又颠颠着俏式的小尾巴跑了。

我在山坡上晒太阳，一点思念也没有，可是自然而然的从心中滴下些诗的珠子，滴在胸中的绿海上，没有声响，只有些波纹是走不到腮上便散了的微笑；可是始终也没成功一整句。一个诗的宇宙里，连我自己好似只是诗的什么地方的一个小符号。

越晒越轻松，我体会出蝶翅是怎样的欢欣。我搂着膝，和柳枝同一律动前后左右的微动，柳枝上每一黄绿的小叶都是听着春声的小耳勺儿。有时看看天空，啊，谢谢那块白云，它的边上还有个小燕呢，小得已经快和蓝天化在一处了，像万顷蓝光中的一粒黑痣，我的心灵像要往哪儿飞似的。

远处山坡的小道，像地图上绿的省分里一条黄线。往下看，一大片麦田，地势越来越低，似乎是由山坡上往那边流动呢，直到一片暗绿的松树把它截住，很希望松林那边是个海湾。及至我立起来，往更高处走了几步，看看，不是；那边是些看不甚清的树，树中有些低矮的村舍；一阵小风吹来极细的一声鸡叫。

春晴的远处鸡声有些悲惨，使我不晓得眼前一切是真还是虚，它是梦与真实中间的一道用声音作的金线；我顿时似乎看见了个血红的鸡冠；在心中，村舍中，或是哪儿，有只——希望是雪白的——公鸡。

我又坐下了；不，随便的躺下了。眼留着个小缝收取天上的蓝光，越看越深，越高；同时也往下落着光暖的蓝点，落在我那离心不远的眼睛上。不大一会儿；我便闭上了眼，看着心内的晴空与笑意。

我没睡去，我知道已离梦境不远，但是还听得清清楚楚小鸟的相唤与轻歌。说也奇怪，每逢到似睡非睡的时候，我才看见那块地方——不晓得一定是哪里，可是在入梦以前它老是那个样儿浮在眼前。就管它叫作梦的前方吧。

这块地方并没有多大，没有山，没有海。像一个花园，可又没有清楚的界限。差不多是个不甚规则的三角，三个尖端浸在流动的黑暗里。一角上——我永远先看见它——是一片金黄与大红的花，密密层层的；没有阳光，一片红黄的后面便全是黑暗，可是黑的背景使红黄更加深厚，就好像大黑瓶上画着红牡丹，深厚得至于使美中有一点点恐怖。黑暗的背景，我明白了，使红黄的一片抱住了自己的彩色，不向四外走射一点；况且没有阳光，彩色不飞入空中，而完全贴染在地上。我老先看见这块，一看见它，其余的便不看也会知道的，正好像一看见香山，准知道碧云寺在哪儿藏着呢。

其余的两角，左边是一个斜长的土坡，满盖着灰紫的野花，在不漂亮中有些深厚的力量，或者月光能使那灰的部分多一些银色而显出点诗的灵空；但是我不记得在哪儿有个小月亮。无论怎样，我也不厌恶它。不，我爱这个似乎被霜弄暗了的紫色，像年轻的母亲穿着暗紫长袍。右边的一角是最漂亮的，一个小草房，门前有一架细蔓的月季，满开着单纯的花，全是浅粉的。

设若我的眼由左向右转，灰紫，红黄，浅粉，像是由秋看到初春，时节倒流；生命不但不是由盛而衰，反倒是以玫瑰作香色双艳的结束。

三角的中间是一片绿草，深绿，软厚，微湿；每一短叶都向上挺着，似乎是听着远处的雨声。没有一点风，没有一个飞动的小虫；一个鬼艳的小世界，活着的只有颜色。

在真实的经验中，我没见过这么个境界。可是它永远存在，在我的梦前。英格兰的深绿，苏格兰的紫草小山，德国黑林的幽晦，或者是它的祖先们，但是谁准知道呢。从赤道附近的浓艳中减去阳光，也有点像它，但是它又没有虹样的蛇与五彩的禽，算了吧，反正我认识它。

我看见它多少多少次了。它和“山高月小，水落石出，”是我心中的一对画屏。可是我没到那个小房里去过。我不是被那些颜色吸引得不动一动，便是由它的草地上恍惚的走入另种色彩的梦境。它是我常遇到的朋友，彼此连姓名都晓得，只是没细细谈过心。我不晓得它的中心是什么颜色的，是含着一点什么神秘的音乐——真希望有点响动！

这次我决定了去探险。

一想到了月季花下，或也因为怕听我自己的足音？月季花对于我是有些端阳前后的暗示，我希望在哪儿贴着张深黄纸，印着个朱红的判官，在两束香艾的中间。没有。只在我心中听见了声“樱桃”的吆喝。这个地方是太静了。

小房子的门闭着。窗上门上都挡着牙白的帘儿，并没有花影，因为阳光不足。里边什么动静也没有，好像它是寂寞的发源地。轻轻的推开门，静寂与整洁双双的欢迎我进去，是，欢迎我；室中的一切是“人”的，假如外面景物是“鬼”的——希望我没用上过于强烈的字。

一大间，用幔帐截成一大一小的两间。幔帐也是牙白的，上面绣着些小蝴蝶。外间只有一条长案，一个小椭圆桌儿，一把椅子，全是暗草色的，没有油饰过。椅上的小垫是浅绿的，桌上有几本书。案上有一盆小松，两方古铜镜，锈色比小松浅些。内间有一个小床，罩着一块快垂到地上的绿毯。床首悬着一个小篮，有些快干的茉莉花。地上铺着一块长方的蒲垫，垫的旁边放着双绣白花的小绿拖鞋。

我的心跳起来了！我决不是入了济慈的复杂而光灿的诗境；平淡朴美是此处的音调，也决不是辜勒律芝的幻境，因为我认识那只绣着白花的小绿拖鞋。

爱情的故事永远是平凡的，正如春雨秋霜那样平凡。可是平凡的人们偏爱在这些平凡的事中找些诗意；那么，想必是世界上多数的事物是更缺乏色彩的；可怜的人们！希望我的故事也有些应有的趣味吧。

没有像那一回那么美的了。我说“那一回”，因为在那一天那一会儿的一切都是美的。她家中的那株海棠花正开成一个大粉白的雪球；沿墙的细竹刚拔出新笋；天上一片娇晴；她的父母都没在家；大白猫在花下酣睡。听见我来了，她像燕儿似的从帘下飞出来；没顾得换鞋，脚下一双小绿拖鞋像两片嫩绿的叶儿。她喜欢得像晨起的阳光，腮上的两片苹果比往常红着许多倍，似乎有两颗香红的心在脸上开了两个小井，溢着红润的胭脂泉。那时她还梳着长黑辫。

她父母在家的时候，她只能隔着窗儿望我一望，或是设法在我走去的时节，和我笑一笑。这一次，她就像一个小猫遇上了个好玩的伴儿；我一向不晓得她“能”这样的活泼。在一同往屋中走的工夫，她的肩挨上了我的。我们都才十七岁。我们都没说什么，可是四只眼彼此告诉我们是欣喜到万分。我最爱看她家壁上那张工笔百鸟朝凤；这次，我的眼匀不出工夫来。我看着那双小绿拖鞋；她往后收了收脚，连耳根儿都有点红了；可是仍然笑着。我想问她的功课，没问；想问新生的小猫有全白的没有，没问；心中的问题多了，只是口被一种什么力量给封起来，我知道她也是如此，因为看见她的白润的脖儿直微微的动，似乎要将些不相干的言语咽下去，而真值得一说的又不好意思说。

她在临窗的一个小红木凳上坐着，海棠花影在她半个脸上微动。有时候她微向窗外看看，大概是怕有人进来。及至看清没人，她脸上的花影都被欢悦给浸渍得红艳了。她的两手交换着轻轻的摸小凳的沿，显着不耐烦，可是欢喜的不耐烦。最后，她深深的看了我一眼，极不愿意而又不得不说的说，“走吧！”我自己已忘了自己，只看见，不是听见，两个什么字由她的口中出来？可是在心的深处猜对那两个字的意思，因为我也有点那样的关切。我的心不愿动，我的脑知道非走不可。我的眼钉住了她的。她要低头，还没低下去，便又勇敢的抬起来，故意的，不怕的，羞而不肯的羞，迎着我的眼。直到不约而同的垂下头去，又不约而同的抬起来，又那么看。心似乎已碰着心。

我走，极慢的，她送我到帘外，眼上蒙了一层露水。我走到二门，回了回头，她已赶到海棠花下。我像一个羽毛似的飘荡出去。

以后，再没有这种机会。

有一次，她家中落了，并不使人十分悲伤的丧事。在灯光下我和她说了两句话。她穿着一身孝衣。手放在胸前，摆弄着孝衣的扣带。站得离我很近，几乎能彼此听得见脸上热力的激射，像雨后的禾谷那样带着声儿生长。可是，只说了两句极没有意思的话——口与舌的一些动作；我们的心并没管它们。

我们都二十二岁了，可是五四运动还没降生呢。男女的交际还不是普通的事。我毕业后便作了小学的校长，平生最大的光荣，因为她给了我一封贺信。信笺的末尾——印着一枝梅花——她注了一行：不要回信。我也就没敢写回信。可是我好像心中燃着一束火把，无所不尽其极的整顿学校。我拿办好了学校作给她的回信；她也在我的梦中给我鼓着得胜的掌——那一对连腕也是玉的手！

提婚是不能想的事。许多许多无意识而有力量的阻碍，像个专以力气自雄的恶虎，站在我们中间。

有一件足以自慰的，我那系着心的耳朵始终没听到她的定婚消息。还有件比这更好的，我兼任了一个平民学校的校长，她担任着一点功课。我只希望能时时见到她，不求别的。她呢，她知道怎么躲避我——已经是个二十岁的大姑娘。她失去了十七八岁时的天真与活泼，可是增加了女子的尊严与神秘。

又过了二年，我上了南洋。到她家辞行的那天，她恰巧没在家。

在外国的几年中，我无从打听她的消息。直接通信是不可能的。间接的探问，又不好意思。只好在梦里相会了。说也奇怪，我在梦中的女性永远是“她”。梦境的不同使我有时悲泣，有时狂喜；恋的幻境里也自有种味道。她，在我的梦中，还是十七岁时的样子：小圆脸，眉眼清秀中带着一点媚意。身量不高！处处都那么柔软，走路非常的轻巧。那一条长黑的发辫，造成最动心的一个背影。我也记得她梳起头来的样儿，但是我总梦见那带辫的背影。

回国后，自然先探听她的一切。一切消息都像谣言她已作了暗娼！

就是这种刺心的消息，也没减少我的情热；不，我反倒更想见她，更想帮助她。我到她家去。已不在那里住，我只由墙外看见那株海棠树的一部分。房子早已卖掉了。

到底我找到她了。她已剪了发，向后梳拢着，在项部有个大绿梳子。穿着一件粉红长袍，袖子仅到肘部，那双臂，已不是那么活软的了。脸上的粉很厚，脑门和眼角都有些摺子。可是她还笑得很好看，虽然一点活泼的气象也没有了。设若把粉和油都去掉，她大概最好也只像个产后的病妇。她始终没正眼看我一次，虽然脸上并没有羞愧的样子，她也说也笑，只是心没在话与笑中，好像完全应酬我。我试着探问她些问题与经济状况，她不大愿意回答。她点着一枝香烟，烟很灵通的从鼻孔出来，她把左膝放在右膝上，仰着头看烟的升降变化，极无聊而又显着刚强，我的眼湿了，她不会看不见我的泪，可是她没有任何表示。她不住的看自己的手指甲，又轻轻的向后按头发，似乎她只是为她们活着呢。提到家中的人，她什么没告诉我。我只好走吧。临出来的时候，我把住址告诉给她——深愿她求我，或是命令我，作点事。她似乎根本没往心里听，一笑，眼看看别处，没有往外送我的意思。她以为我是出去了，其实我是立在门口没动，这么着，她一回头，我们对了眼光。只是那么一擦似的她转过头去。

初恋是青春的第一朵花，不能随便掷弃。我托人给她送了点钱去，留下了，并没有回话。

朋友们看出我的悲苦来，眉头是最会卖人的。她们善意的给我介绍女友，惨笑的摇首是我的回答。我得等着她。初恋像幼年的宝贝永远是最甜蜜的，不管那个宝贝是一个小布人，还是几块小石子。慢慢的，我开始和几个最知己的朋友谈论她，她们看在我的面上没说她什么，可是假装闹着玩似的暗刺我，他们看我太愚，也就是说她不配一恋。他们越这样，我越坚固。是她打开了我的爱的园门，我得和她走到山穷水尽。怜比爱少着些味道，可是更多着些人情。不久，我托友人向她说明，我愿意娶她。我自己没胆量去。友人回来，带回来她的几声狂笑。她没说别的，只狂笑了一阵。她是笑谁？笑我的愚，很好，多情的人不是每每有些傻气吗？这足以使人得意。笑她自己，那只是因为不好意思哭，过度的悲郁使人狂笑。

愚痴给我些力量，我决定自己去见她。要说的话都详细的编制好，演习了许多次，我告诉自己——只许胜，不许败。她没在家。又去了两次，都没见着。第四次去，屋门里停着小小的一口薄棺材，装着她。她是因打胎而死。

一篮最鲜的玫瑰，瓣上带着我心上的泪，放在她的灵前，结束了我的初恋，打开终生的虚空。为什么她落到这般光景？我不愿再打听。反正她在我心中永远不死。

我正呆看着那双小绿拖鞋，我觉得背后的幔帐动了一动。一回头，帐子上绣的小蝴蝶在她的头上飞动呢。她还是十七八时的模样，还是那么轻巧，像仙女飞降下来还没十分立稳那样立着。我往后退了一步，似乎是怕一往前凑就能把她吓跑。这一退的功夫，她变了，变成二十多岁的样子。她也往后退了，随退随着脸上加着皱纹。她狂笑起来。我坐在那个小床上。刚坐下，我又起来了，扑过她去，极快；她在这极短的时间内，又变回十七岁时的样子。在一秒钟里我看见她半生的变化，她像是不受时间的拘束。我坐在椅子上，她坐在我的怀中。我自己也恢复了十五六年前脸血的红色，我觉得出。我们就这样坐着，听着彼此心血的潮荡。不知有多么久。最后，我找到音声，唇贴着她的耳边，问：

“你独自住在这里？”

“我不住在这里；我住在这儿，”她指着我的心说。

“始终你没忘了我，那么？”我握紧了她的手。

“被别人吻的时候，我心中看着你！”

“可是你许别人吻你？”我并没有一点妒意。

“爱在心里，唇不会闲着；谁教你不来吻我呢？”

“我不是怕得罪你的父母吗？不是我上了南洋吗？”

她点了点头，可是“怕你失去一切，隔离使爱的心慌了。”

她告诉了我，她死前的光景。在我出国的那一年，她的母亲死去。她比较得自由了一些。出墙的花枝自会招来蜂蝶，有人便追求她，她还想念着我，可是肉体往往比爱少些忍耐力，爱的花不都是梅花。她接受了一个青年的爱，因为他长得像我。他非常的爱她，可是她还忘不了我，肉体的获得不就是爱的满足，相似的音貌不能代替爱的真形。他疑心了，她承认了她的心是在南洋。他们俩断绝了关系。这时候，她父亲的财产全丢了。她非嫁人不可。她把自己卖给一个阔家公子，为是供给她的父亲。

“你不会去教学挣钱？”我问。

“我只能教小学，那点薪水还不够父亲买烟吃的！”

我们俩都楞起来。我是想：假使我那时候回来，以我的经济能力说；能供给得起她的父亲吗？我还不是大睁白眼的看着她卖身？

“我把爱藏在心中，”她说，“拿肉体挣来的茶饭营养着它。我深恐肉体死了，爱便不存在，其实我是错了；先不用说这个吧。他非常的妒忌，永远跟着我，无论我是干什么，上哪儿去，他老随着我。他找不出我的破绽来，可是觉得出我是不爱他。慢慢的，他由讨厌变为公开的辱骂我，甚至于打我，他逼得我没法不承认我的心是另有所寄。忍无可忍也就顾不及饭碗问题了。他把我赶出来，连一件长衫也没给我留。我呢，父亲照样和我要钱，我自己得吃得穿，而且我一向是吃好的穿好的惯了。为满足肉体，还得利用肉体，身体是现成的本钱。凡给我钱的便买去我点筋肉的笑。我很会笑；我照着镜子练习那迷人的笑。环境的不同使人作退一步想，这样零卖，到是比终日叫那一个阔公子管着强一些。在街上，有多少人指着我的后影叹气，可是我到底是自由的，甚至是自傲的，有时候我与些打扮得不漂亮的女子遇上，我也有些得意。我一共打过四次胎，但是创痛过去便又笑了。

“最初。我颇有一些名气，因为我既是作过富宅的玩物，又能识几个字，新派旧派的人都愿来照顾我，我没工夫去思想。甚至于不想积蓄一点钱，我完全为我的服装香粉活着。今天的漂亮是今天的生活。明天自有明天管照着自己，身体的疲倦，只管眼前的刺激，不顾将来，不久，这种生活也不能维持了。父亲的烟是无底的深坑。打胎需要许多花费。以前不想剩钱；钱自然不会自己剩下。我连一点无聊的傲气也不敢存了。我得极下贱的去找钱了，有时候是明抢。有人指着我的后影叹气，我也回头向他笑一笑了。打一次胎增加两三岁。镜子是不欺人的，我已老丑了。疯狂足以补足衰老。我尽着肉体的所能伺候人们，不然，我没有生意。我敞着门睡着，我是大众的，不是我自己的，一天廿四小时，什么时间也可以买我的身体。我消失在欲海里。在清醒的世界中我并不存在。我看着人们在我身上狂动，我的手指算计着钱数。我不思想，只是盘算——怎能多进五毛钱。我不哭，哭不好看。只为钱着急，不管我自己。”

她休息了一会儿，我的泪已滴湿她的衣襟。

“你回来了！”她继续着说：“你也三十多了；我记得你是十七岁的小学生。你的眼已不是那年——多少年了？——看我那双绿拖鞋的眼。可是，多少还是你自己，我，早已死了。你可以继续作那初恋的梦，我已无梦可作。我始终一点也不怀疑，我知道你要是回来，必定要我。及至见着你，我自己已找不到我自己，拿什么给你呢？你没回来的时候，我永远不拒绝，不论是对谁说，我是爱你；你回来了，我只好狂笑。单等我落到这样，你才回来，这不是有意戏弄人？假如你永远不回来，我老有个南洋作我的梦景，你老有个我在你的心中，岂不很美？你偏偏的回来了，而且回来这样迟——”

“可是来迟了并不就是来不及了，”我插了一句。

“晚了就是来不及了。我杀了自己。”

“什吗？”

“我杀了我自己。我命定的只能住在你心中，生存在一首诗里，生死有什么区别？在打胎的时候我自己下了手。有你在我左右，我没法子再笑。不笑，我怎么挣钱？只有一条路，名字叫死。你回来迟了，我别再死迟了；我再晚死一会儿，我便连住在你心中的希望也没有了。我住在这里，这里便是你的心。这里没有阳光，没有声响，只有一些颜色。颜色是更持久的，颜色画成咱们的记忆。看那双小鞋，绿的，是点颜色，你我永远认识它们。”

“但是我也记得那双脚。许我看看吗？”

她笑了，摇摇头。

我很坚决，我握住她的脚，扯下她的袜，露出没有肉的一支白脚骨。

“去吧”她推了我一把。“从此你我无缘再见了！我愿住在你的心中，现在不行了；我愿在你心中永远是青春。”

太阳已往西斜去；风大了些，也凉了些，东方有些黑云。春光在一个梦中惨淡了许多。我立起来，又看见那片暗绿的松树。立了不知有多久。远处来了些蠕动的小人，随着一些听不甚真的音乐。越来越近了，田中惊起许多白翅的鸟，哀鸣着向山这边飞。我看清了，一群人们匆匆的走，带起一些灰土。三五鼓手在前，几个白衣的在后，最后是一口棺材。春天也要埋人的。撒起一把纸钱，蝴蝶似的落在麦田上。东方的黑云更厚了，柳条的绿色加深了许多，绿得有些凄惨。心中茫然，只想起那双小绿拖鞋。像两片树叶在永生的树上作着春梦。

原载1933年10月1日《文学》第一卷第四号

开市大吉

我，老王，和老邱，凑了点钱，开了个小医院。老王的夫人作护士主任，她本是由看护而高升为医生太太的。老邱的岳父是庶务兼会计。我和老王是这么打算好，假如老丈人报花账或是携款潜逃的话，我们俩就揍老邱；合着老邱是老丈人的保证金。我和老王是一党，老邱是我们后约的，我们俩总得防备他一下。办什么事，不拘多少人，总得分个党派，留个心眼。不然，看着便不大像回事儿。加上王太太，我们是三个打一个，假如必须打老邱的话。老丈人自然是帮助老邱喽，可是他年岁大了，有王太太一个人就可把他的胡子扯净了。老邱的本事可真是不错，不说屈心的话。他是专门割痔疮，手术非常的漂亮，所以请他合作。不过他要是找揍的话，我们也不便太厚道了。

我治内科，老王花柳，老邱专门痔漏兼外科，王太太是看护士主任兼产科，合着我们一共有四科。我们内科，老老实实的讲，是地道二五八。一分钱一分货，我们的内科收费可少呢。要敲是敲花柳与痔疮，老王和老邱是我们的希望。我和王太太不过是配搭，她就根本不是大夫，对于生产的经验她有一些，因为她自己生过两个小孩。至于接生的手术，反正我有太太决不叫她接生。可是我们得设产科，产科是最有利的。只要顺顺当当的产下来，至少也得住十天半月的；稀粥烂饭的对付着，住一天拿一天的钱。要是不顺顺当当的生产呢，那看事作事，临时再想主意。活人还能叫尿憋死？

我们开了张。“大众医院”四个字在大小报纸已登了一个半月。名字起的好——办什么赚钱的事儿，在这个年月，就是别忘了“大众”。不赚大众的钱，赚谁的？这不是真情实理吗？自然在广告上我们没这么说，因为大众不爱听实话的；我们说的是：“为大众而牺牲，为同胞谋幸福。一切科学化，一切平民化，沟通中西医术，打破阶级思想。”真花了不少广告费，本钱是得下一些的。把大众招来以后，再慢慢收拾他们。专就广告上看，谁也不知道我们的医院有多么大。院图是三层大楼，那是借用近邻转运公司的相片，我们一共只有六间平房。

我们开张了。门诊施诊一个星期，人来的不少，还真是“大众”，我挑着那稍像点样子的都给了点各色的苏打水，不管害的是什么病。这样，延迟过一星期好正式收费呀；那真正老号的大众就干脆连苏打水也不给，我告诉他们回家洗洗脸再来，一脸的滋泥，吃药也是白搭。

忙了一天，晚上我们开了紧急会议，专替大众不行啊，得设法找“二众”。我们都后悔了，不该叫“大众医院”。有大众而没贵族，由哪儿发财去？医院不是煤油公司啊，早知道还不如干脆叫“贵族医院”呢。老邱把刀子沾了多少回消毒水，一个割痔疮的也没来！长痔疮的阔老谁能上“大众医院”来割？

老王出了主意：明天包一辆能驶的汽车，我们轮流的跑几趟，把二姥姥接来也好，把三舅母装来也行。一到门口看护赶紧往里搀，接上这么三四十趟，四邻的人们当然得佩服我们。

我们都很佩服老王。

“再赁几辆不能驶的，”老王接着说。

“干吗？”我问。

“和汽车行商量借给咱们几辆正在修理的车，在医院门口放一天。一会儿叫咕嘟一阵。上咱们这儿看病的人老听外面咕嘟咕嘟的响，不知道咱们又来了多少坐汽车的。外面的人呢，老看着咱们的门口有一队汽车，还不唬住？”

我们照计而行，第二天把亲戚们接了来，给他们碗茶喝，又给送走。两个女看护是见一个搀一个，出来进去，一天没住脚。那几辆不能活动而能咕嘟的车由一天亮就运来了，五分钟一阵，轮流的咕嘟，刚一出太阳就围上一群小孩。我们给汽车队照了个像，托人给登晚报。老邱的丈人作了篇八股，形容汽车往来的盛况。当天晚上我们都没能吃饭，车咕嘟得太厉害了，大家都有点头晕。

不能不佩服老王，第三天刚一开门，汽车，进来位军官。老王急于出去迎接，忘了屋门是那么矮，头上碰了个大包。花柳；老王顾不得头上的包了，脸笑得一朵玫瑰似的，似乎再碰它七八个包也没大关系。三言五语，卖了一针六〇六。我们的两位女看护给军官解开制服，然后四只白手扶着他的胳臂，王太太过来先用小胖食指在针穴轻轻点了两下，然后老王才给用针。军官不知道东西南北了，看着看护一个劲儿说：“得劲！得劲！得劲！”我在旁边说了话，再给他一针。老邱也是福至心灵，早预备好了——香片茶加了点盐。老王叫看护扶着军官的胳臂，王太太又过来用小胖食指点了点，一针香片下去了。军官还说得劲，老王这回是自动的又给了他一针龙井。我们的医院里吃茶是讲究的，老是香片龙井两着沏。两针茶，一针六〇六，我们收了他二十五块钱。本来应当是十元一针，因为三针，减收五元。我们告诉他还得接着来，有十次管保除根。反正我们有的是茶，我心里说。

把钱交了，军官还舍不得走，老王和我开始跟他瞎扯，我就夸奖他的不瞒着病——有花柳，赶快治，到我们这里来治，准保没危险。花柳是伟人病，正大光明，有病就治，几针六〇六，完了，什么事也没有。就怕像铺子里的小伙计，或是中学的学生，得了药藏藏掩掩，偷偷的去找老虎大夫，或是袖口来袖口去买私药——广告专贴在公共厕所里，非糟不可。军官非常赞同我的话，告诉我他已上过二十多次医院。不过哪一回也没有这一回舒服。我没往下接碴儿。

老王接过去，花柳根本就不算病，自要勤扎点六〇六。军官非常赞同老王的话，并且有事实为证——他老是不等完全好了便又接着去逛；反正再扎几针就是了。老王非常赞同军官的话，并且愿拉个主顾，军官要是长期扎扎的话，他愿减收一半药费：五块钱一针。包月也行，一月一百块钱，不论扎多少针。军官非常赞同这个主意，可是每次得照着今天的样子办，我们都没言语，可是笑着点了点头。

军官汽车刚开走，迎头来了一辆，四个丫环搀下一位太太来。一下车，五张嘴一齐问：有特别房没有？我推开一个丫环，轻轻的托住太太的手腕，搀到小院中。我指着转运公司的楼房说，“那边的特别室都住满了。您还算得凑巧，这里——我指着我们的几间小房说——还有两间头等房，您暂时将就一下吧。其实这两间比楼上还舒服，省得楼上楼下的跑，是不是，老太太？”

老太太的第一句话就叫我心中开了一朵花，“唉，这还像个大夫——病人不为舒服，上医院来干吗？东生医院那群大夫，简直的不是人！”

“老太太，您上过东生医院？”我非常惊异的问。

“刚由那里来，那群王八羔子！”

乘着她骂东生医院——凭良心说，这是我们这里最大最好的医院——我把她搀到小屋里，我知道，我要是不引着她骂东生医院，她决不会住这间小屋，“您在那儿住了几天？”我问。

“两天；两天就差点要了我的命！”老太太坐在小床上。

我直用腿顶着床沿，我们的病床都好，就是上了点年纪，爱倒。“怎么上那儿去了呢？”我的嘴不敢闲着，不然，老太太一定会注意到我的腿的。

“别提了！一提就气我个倒仰——。你看，大夫，我害的是胃病，他们不给我东西吃！”老太太的泪直要落下来。

“不给您东西吃？”我的眼都瞪圆了。“有胃病不给东西吃？蒙古大夫！就凭您这个年纪？老太太您有八十了吧？”

老太太的泪立刻收回去许多，微微的笑着：“还小呢。刚五十八岁。”

“和我的母亲同岁，她也是有时候害胃口疼！”我抹了抹眼睛。“老太太，您就在这儿住吧，我准把那点病治好了。这个病全仗着好保养，想吃什么就吃：吃下去，心里一舒服，病就减去几分，是不是，老太太？”

老太太的泪又回来了，这回是因为感激我。“大夫，你看，我专爱吃点硬的，他们偏叫我喝粥，这不是故意气我吗？”

“您的牙口好，正应当吃口硬的呀！”我郑重的说。

“我是一会儿一饿，他们非到时候不准我吃！”

“糊涂东西们！”

“半夜里我刚睡好，他们把小玻璃棍放在我嘴里，试什么度。”

“不知好歹！”

“我要便盆，那些看护说，等一等，大夫就来，等大夫查过病去再说！”

“该死的玩艺儿！”

“我刚挣扎着坐起来，看护说，躺下。”

“讨厌的东西！”

我和老太太越说越投缘，就是我们的屋子再小一点，大概她也不走了。爽性我也不再用腿顶着床了，即使床倒了，她也能原谅。

“你们这里也有看护呀？”老太太问。

“有，可是没关系，”我笑着说。“您不是带来四个丫环吗？叫她们也都住院就结了。您自己的人当然伺候的周到；我干脆不叫看护们过来，好不好？”

“那敢情好啦，有地方呀？”老太太好像有点过意不去了。

“有地方，您干脆包了这个小院吧。四个丫环之外，不妨再叫个厨子来，您爱吃什么吃什么。我只算您一个人的钱，丫环厨子都白住，就算您五十块钱一天。”

老太太叹了口气：“钱多少的没有关系，就这么办吧。春香，你回家去把厨子叫来，告诉他就手儿带两只鸭子来。”

我后悔了：怎么才要五十块钱呢？真想抽自己一顿嘴巴！幸而我没说药费在内；好吧，在药费上找齐儿就是了；反正看这个来派，这位老太太至少有一个儿子当过师长。况且，她要是天天吃火烧夹烤鸭，大概不会三五天就出院，事情也得往长里看。

医院很有个样子了：四个丫环穿梭似的跑出跑入，厨师傅在院中墙根砌起一座炉灶，好像是要办喜事似的。我们也不客气，老太太的果子随便拿起就尝，全鸭子也吃它几块。始终就没人想起给她看病，因为注意力全用在看她买来什么好吃食。

老王和我总算开了张，老邱可有点挂不住了。他手里老拿着刀子。我都直躲他，恐怕他拿我试试手。老王直劝他不要着急，可是他太好胜，非也给医院弄个几十块不甘心。我佩服他这种精神。

吃过午饭，来了！割痔疮的！四十多岁，胖胖的，肚子很大。王太太以为他是来生小孩，后来看清他是男性，才把他让给老邱。老邱的眼睛都红了。三言五语，老邱的刀子便下去了。四十多岁的小胖子疼得直叫唤，央告老邱用点麻药。老邱可有了话：

“咱们没讲下用麻药哇！用也行，外加十块钱。用不用？快着！”

小胖子连头也没敢摇。老邱给他上了麻药。又是一刀，又停住了：“我说，你这可有管子，刚才咱们可没讲下割管子。还往下割不割？往下割的话，外加三十块钱。不的话，这就算完了。”

我在一旁，暗伸大指，真有老邱的！拿住了往下敲，是个办法！

四十多岁的小胖子没有驳回，我算计着他也不能驳回。老邱的手术漂亮，话也说得脆，一边割管子一边宣传：“我告诉你，这点事儿值得你二百块钱；不过，我们不敲人；治好了只求你给传传名。赶明天你有工夫的时候，不妨来看看。我这些家伙用四万五千倍的显微镜照，照不出半点微生物！”

胖子一声也没出，也许是气胡涂了。

老邱又弄了五十块。当天晚上我们打了点酒，托老太太的厨子给作了几样菜。菜的材料多一半是利用老太太的。一边吃一边讨论我们的事业，我们决定添设打胎和戒烟。老王主张暗中宣传检查身体，凡是要考学校或保寿险的，哪怕已经作下寿衣，预备下棺材，我们也把体格表填写得好好的；只要交五元的检查费就行。这一案也没费事就通过了。老邱的老丈人最后建议，我们匀出几块钱，自己挂块匾。老人出老办法。可是总算有心爱护我们的医院，我们也就没反对。老丈人已把匾文拟好——仁心仁术。陈腐一点，不过也还恰当。我们议决，第二天早晨由老丈人上早市去找块旧匾。王太太说，把匾油饰好，等门口有过娶妇的，借着人家的乐队吹打的时候，我们就挂匾。到底妇女的心细，老王特别显着骄傲。

原载1933年10月10日《矛盾》第二卷第二期

歪毛儿

小的时候，我们俩——我和白仁禄——下了学总到小茶馆去听评书。我俩每天的点心钱不完全花在点心上，留下一部分给书钱。虽然茶馆掌柜孙二大爷并不一定要我们的钱，可是我俩不肯白听。其实，我俩真不够听书的派儿：我那时脑后梳着个小坠根，结着红绳儿；仁禄梳俩大歪毛。孙二大爷用小笸箩打钱的时候，一到我俩面前便低声的说，“歪毛子！”把钱接过去，他马上笑着给我们抓一大把煮毛豆角，或是花生米来：“吃吧，歪毛子！”他不大爱叫我小坠根，我未免有点不高兴。可是说真的，仁禄是比我体面的多。他的脸正像年画上的白娃娃的，虽然没有那么胖。单眼皮，小圆鼻子，清秀好看。一跑，俩歪毛左右开弓的敲着脸蛋，像个拨浪鼓儿。青嫩头皮，剃头之后，谁也想轻敲他三下——剃头打三光。就是稍打重了些，他也不急。

他不淘气，可是也有背不上书来的时候。歪毛仁禄背不过书来本可以不挨打，师娘不准老师打他，他是师娘的歪毛宝贝：上街给她买一缕白棉花线，或是打俩小钱的醋，都是仁禄的事儿。可是他自己找打。每逢背不上书来，他比老师的脾气还大。他把小脸憋红，鼻子皱起一块儿，对先生说：“不背！不背！”不等老师发作，他又添上：

"就是不背，看你怎样！"老师磨不开脸了，只好拿板子吧。仁禄不擦磨手心，也不迟宕，单眼皮眨巴的特别快，摇着俩歪毛，过去领受手板。打完，眼泪在眼眶里转，转好大半天，像水花打旋而渗不下去的样儿。始终他不许泪落下来。过了一会儿，他的脾气消散了，手心搓着膝盖，低着头念书，没有声音，小嘴像热天的鱼，动得很快很紧。

奇怪，这么清秀的小孩，脾气这么硬。

到了入中学的年纪，他更好看了。还不甚胖，眉眼可是开展了。我们脸上都起了小红脓泡，他还是那么白净。后一天入中学，上一班的学生便有一个挤了他一膀子，然后说："对不起，姑娘！"仁禄一声没出，只把这位学友的脸打成发面包子。他不是打架呢，是拼命，连劝架的都受了点罣误伤。第二天，他没来上课。他又考入别的学校。

一直有十几年的工夫，我们俩没见面。听说，他在大学毕了业，到外边去作事。

去年旧历年前的末一次集，天很冷。千佛山上盖着些厚而阴寒的黑云。尖溜溜的小风，鬼似的搯人鼻子与耳唇。我没事，住的又离山水沟不远，想到集上看看。集上往往也有几本好书什么的。

我以为天寒人必少，其实集上并不冷静；无论怎冷，年总是要过的。我转了一圈，没看见什么对我的路子的东西——大堆的海带菜，财神的纸像，冻得铁硬的猪肉片子，都与我没有多少缘分。本想不再绕，可是极南边有个地摊，摆着几本书，引起我的注意，这个摊子离别的买卖有两三丈远，而且地点是游人不大来到的。设若不是我已走到南边，设若不是我注意书籍，我决不想过去。我走过去，翻了翻那几本书——都是旧英文教科书，我心里说，大年底下的谁买旧读本？看书的时候，我看见卖书人的脚，一双极旧的棉鞋，可是缎子的：袜子还是夏季的单线袜。别人都跺跺着脚，天是真冷；这双脚好像冻在地上，不动。把书合上我便走开了。

大概谁也有那个时候：一件极不相干的事，比如看见一群蚁擒住一个绿虫，或是一个癞狗被打，能使我们不痛快半天，那个挣扎的虫或是那条癞狗好似贴在我们心上，像块病似的。这双破缎子鞋就是这样贴在我的心上。走了几步，我不由的回了头。卖书的正弯身摆那几本书呢。其实我并没给弄乱：只那么几本，也无从乱起。我看出来，他不是久干这个的。逢集必赶的卖零碎的不这样细心。他穿着件旧灰色棉袍，很单薄，头上戴着顶没人要的老式帽头。由他的身上，我看到南圩子墙，千佛山，山上的黑云，结成一片清冷。我好似被他吸引住了。决定回去，虽然觉得不好意思的。我知道，走到他跟前，我未必敢端详他。他身上有那么一股高傲劲儿，像破庙似的，虽然破烂而仍令人心中起敬。我说不上来那几步是怎样走回去的，无论怎说吧，我又立在他面前。

我认得那两只眼，单眼皮儿。其余的地方我一时不敢相认，最清楚的记忆也不敢反抗时间，我俩已十几年没见了。他看了我一眼，赶快把眼转向千佛山去：一定是他了，我又认出这个神气来。

"是不是仁禄哥？"我大着胆问。

他又扫了我一眼，又去看山，可是极快的又转回来。他的瘦脸上没有任何表示，只是腮上微微的动了动，傲气使他不愿与我过话，可是"仁禄哥"三个字打动了他的心。他没说一个字，拉住我的手。手冰硬。脸朝着山，他无声的笑了笑。

"走吧，我住的离这儿不远。"我一手拉着他，一手拾起那几本书。

他叫了我一声。然后待了一会儿，"我不去！"

我抬起头来，他的泪在眼内转呢。我松开他的手，把几本书夹起来，假装笑着，"你走也得走，不走也得走！"

"待一会儿我找你去好了，"他还是不动。

“你不用！”我还是故意打哈哈似的说：“待一会儿？管保再也找不到你了？”

他似乎要急，又不好意思；多么高傲的人也不能不原谅梳着小辫时候的同学。一走路，我才看出他的肩往前探了许多。他跟我来了。

没有五分钟便到了家。一路上，我直怕他和我转了影壁。他坐在屋中了，我才放心，仿佛一件宝贝确实落在手中。可是我没法说话了。问他什么呢？怎么问呢？他的神气显然的是很不安，我不肯把他吓跑了。

想起来了，还有瓶白葡萄酒呢。找到了酒，又发现了几个金丝枣。好吧，就拿这些待客吧。反正比这么僵坐着强。他拿起酒杯，手有点颤。喝下半杯去，他的眼中湿了一点，湿得像小孩冬天下学来喝着热粥时那样。

“几时来到这里的？”我试着步说。

“我？有几天了吧？”他看着杯沿上一小片木塞的碎屑，好像是和这片小东西商议呢。

“不知道我在这里？”

“不知道。”他看了我一眼，似乎表示有许多话不便说，也不希望我再问。

我问定了。讨厌，但我俩是幼年的同学。“在哪儿住呢？”

他笑了，“还在哪儿住？凭我这个样？”还笑着，笑得极无聊。

“那好了，这儿就是你的家，不用走了。咱们一块儿听鼓书去。趵突泉有三四处唱大鼓的呢：《老残游记》，嗳？”我想把他哄喜欢了。“记得小时候一同去听《施公案》？”

我的话没得到预期的效果，他没言语。但是我不失望。劝他酒，酒会打开人的口。还好，他对酒倒不甚拒绝，他的两脸渐渐有了红色。我的主意又来了：

“说，吃什么？面条？饺子？饼？说，我好去预备。”

“不吃，还得卖那几本书去呢！”

“不吃？你走不了！”

待了老大半天，他点了点头，“你还是这么活泼！”

“我？我也不是咱们梳着小辫时的样子了！光阴多么快，不知不觉的三十多了，想不到的事！”

“三十多也就该死了。一个狗才活十来年。”

“我还不那么悲观，”我知道已把他引上了路。

“人生还就不是个好玩艺！”他叹了口气。

随着这个往下说，一定越说越远：我要知道的是他的遭遇。我改变了战略，开始告诉他我这些年的经过，好歹的把人生与悲观扯在里面，好不显着生硬。费了许多周折，我才用上了这个公式——“我说完了，该听你的了。”

其实他早已明白我的意思，始终他就没留心听我的话。要不然，我在引用公式以前还得多绕几个弯儿呢。他的眼神把我的话删短了好多。我说完，他好似没法子了，问了句：

“你叫我说什么吧？”

这真使我有点难堪。律师不是常常逼得犯人这样问么？可是我扯长了脸，反正我俩是有交情的。爽性直说了吧，这或者倒合他的脾气：

“你怎么落到这样？”

他半天没回答出。不是难以出口，他是思索呢。生命是没有什么条理的，老朋友见面不是常常相对无言么？

“从哪里说起呢？”他好像是和生命中那些小岔路商议呢。“你记得咱们小的时候，我也不短挨打？”

“记得，都是你那点怪脾气。”

“还不都在乎脾气，”他微微摇着头。“那时候咱俩还都是小孩子，所以我没对你说过；说真的那时节我自己也还没觉出来是怎回事。后来我才明白了，是我这两只眼睛作怪。”

“不是一双好好的眼睛吗？”我说。

“平日是好好的一对眼；不过，有时候犯病。”

“怎样犯病？”我开始怀疑莫非他有点精神病。

“并不是害眼什么的那种肉体上的病，是种没法治的毛病。有时候忽然来了，我能看见些——我叫不出名儿来。”

“幻像？”我想帮他的忙。

“不是幻像，我并没看见什么绿脸红舌头的。是些形象。也还不是形象；是一股神气。举个例说，你就明白了，你记得咱们小时候那位老师？很好的一个人，是不是？可是我一犯病，他就非常的可恶，我所以跟他横着来了。过了一会儿，我的病犯过去，他还是他，我白挨一顿打。只是一股神气，可恶的神气。”

我没等他说完就问：“你有时候你也看见我有那股神气吧？”

他微笑了一下：“大概是，我记不甚清了。反正咱俩吵过架，总有一回是因为我看你可恶。万幸，我们一入中学就不在一处了。不然……你知道，我的病越来越深。小的时候，我还没觉出这个来，看见那股神气只闹一阵气就完了；后来，我管不住自己了，一旦看出谁可恶来，就是不打架，也不能再和他交往，连一句话也不肯过。现在，在我的记忆中只有幼年的一切是甜蜜的，因为那时病还不深。过了二十，凡是可恶的都记在心里！我的记忆是一堆丑恶相片！”他楞起来了。

“人人都可恶？”我问。

“在我犯病的时节，没有例外。父母兄弟全可恶。要是敷衍，得敷衍一切，生命那才难堪。要打算不敷衍，得见一个打一个，办不到。慢慢的，我成了个无家无小没有一个朋友的人。干吗再交朋友呢？怎能交朋友呢？明知有朝一日便看出他可恶！”

我插了一句：“你所谓的可恶或者应当改为软弱，人人有个弱点，不见得就可恶。”

“不是弱点。弱点足以使人生厌，可也能使人怜悯。譬如对一个爱喝醉了的人，我看见的不是这个。其实不用我这对眼也能看出点来，你不信这么试试，你也能看出一些，不过不如我的眼那么强就是了。你不用看人脸的全部，而单看他的眼，鼻子，或是嘴，你就看出点可恶来。特别是眼与嘴，有时一个人正和你讲道德说仁义，你能看见他的眼中有张活的春画正在动。那嘴，露着牙喷粪的时节单要笑一笑！越是上等人越可恶。没受过教育的好些，也可恶，可是可恶得明显一些；上等人会遮掩。假如我没有这么一对眼，生命岂不是个大骗局？还举个例说吧，有一回我去看戏，旁边来了个三十多岁的人，很体面，穿得也讲究。我的眼一斜，看出来，他可恶。我的心中冒了火。不干我的事，诚然；可是，为什么可恶的人单要一张体面的脸呢？这是人生的羞耻与错处。正在这么个当儿，查票了。这位先生没有票，瞪圆了眼向查票员说：‘我姓王，没买过票，就是日本人查票，我姓王的还是不买！’我没法管束自己了。我并不是要惩罚他，是要把他的原形真面目打出来。我给了他一个顶有力的嘴巴。你猜他怎样？他嘴里嚷着，走了。要不怎说他可恶呢。这不是弱点，是故意的找打——只可惜没人常打他。他的原形是追着叫化子乱咬的母狗。幸而我那时节犯了病，不然，他在我眼中也是个体面的雄狗了。”

“那么你很愿意犯病！”我故意的问。

他似乎没听见，我又重了一句，他又微笑了笑。“我不能说我以这个为一种享受；不过，不犯病的时候更难堪——明知人们可恶而看不出，明知是梦而醒不了。病来了，无论怎样吧，我不至于无聊。你看，说打就打，多少有点意思。最有趣的是打完了人，人们还不敢当面说我什么，只在背后低声的说，这是个疯子。我没遇上一个可恶而硬正的人；都是些虚伪的软蛋。有一回我指着个军人的脸说他可恶，他急了，把枪掏出来，我很喜欢。我问他：你干什么？哼，他把枪收回去了，走出老远才敢回头看我一眼；可恶而没骨头的东西！”他又楞了一会儿。“当初，我是怕犯病。一犯病就吵架，事情怎会作得长远？久而久之，我怕不犯病了。不犯病就得找事去作，闲着是难堪的事。可是有事便有人，有人就可恶。一来二去，我立在了十字路口：长期的抵抗呢？还是敷衍一下？不能决定。病犯了不由的便惹是非，可是也有一月两月不犯的时候。我能专等着犯病，什么也不干？不能！刚要干点什么，病又来了。生命仿佛是拉锯玩呢。有一回，半年多没犯病。好了，我心里说，再找回人生的旧辙吧；既然不愿放火，烟还是由烟筒出去好。我回了家，老老实实去作孝子贤孙。脸也常刮一刮，表示出诚意的敷衍。既然看不见人中的狗脸，我假装看见狗中的人脸，对小猫小狗都很和气，闲着也给小猫梳梳毛，带着狗去溜个圈。我与世界复和了。人家世界本是热热闹闹的混，咱干吗非硬拐硬碰不可呢。这时候，我的文章作多了。第一，我想组织家庭，把油盐柴米的责任加在身上也许会治好了病。况且，我对妇人的印象比较的好。在我的病眼中经过的多数是男人。虽然这也许是机会不平的关系，可是我硬认定女子比男子好一些。作文章吗？人们大概都很会替生命作文章。我想，自要找到个理想的女子，大概能马马虎虎的混几十年。文章还不尽于此，原先我不是以眼的经验断定人人可恶吗，现在改了。我这么想了：人人可恶是个推论，我并没亲眼看见人人可恶呀。也许人人可恶，而我不永远是犯着病，所以看不出。可也许世上确有好人，完全人，就是立在我的病眼前面，我也看不出他可恶来。我并不晓得哪时犯病；看见面前的人变了样，我才晓得我是犯了病？焉知没有我已犯病而看不出人家可恶的时候呢？假如那是个根本不可恶的人。这么一作文章，我的希望更大了。我决定不再硬了，结婚，组织家庭，生胖小子；人家都快活的过日子，我干吗放着熟葡萄不吃，单检酸的吃呢？文章作得不错。”

他休息了一会儿，我没敢催促他。给他满上了酒。

“还记得我的表妹？”他突然的问：“咱们小时候和她一块儿玩耍过。”

“小名叫招弟儿？”我想起来，那时候她耳上戴着俩小绿玉艾叶儿。

“就是。她比我小两岁，还没出嫁；等着我呢，好像是。想作文章就有材料，你看她等着我呢。我对她说了一切，她愿意跟我。我俩定了婚。”他又半天没言语，连喝了两三口酒。“有一天，我去找她，在路上我又犯了病。一个七八岁小女孩，拿着个粗碗，正在路中走。来了辆汽车。听见喇叭响，她本想往前跑，可是跑了一步，她又退回来了。车到了跟前，她蹲下了。车幸而猛的收住。在这个工夫，我看见车夫的脸，非常的可恶。在事实上他停住了车；心里很愿意把那个小女孩轧死，轧，来回的轧，轧碎了。作文章才无聊呢。我不能再找表妹去了。我的世界是个丑恶的，我不能把她也拉进来。我又跑了出来；给她一封极简短的信——不必再等我了。有过希望以后，我硬不起来了。我忽然的觉到，焉知我自己不可恶呢，不更可恶呢？这一疑虑，把硬气都跑了。以前，我见着可恶的便打，至少是瞪他那么一眼，使他哆嗦半天。我虽不因此得意，可是非常的自信——信我比别人强。及至一想结婚，与世界共同敷衍，坏了；我原来不比别人强，不过只多着双病眼罢了。我再没有勇气去打人了，只能消极的看谁可恶就躲开他。很希望别人指着脸子说我可恶，可是没人肯那么办。”他又楞了一会儿。“生命的真文章比人作的更周到？你看，我是刚从狱里出来。

是这么回事，我和土匪们一块混来着。我既是也可恶，跟谁在一块不可以呢。我们的首领总算可恶得到家，接了赎款还把票儿撕了。绑来票砌在炕洞里。我没打他，我把他卖了，前几天他被枪毙了。在公堂上，我把他的罪恶都抖出来。他呢，一句也没扳我，反倒替我解脱。所以我只住了几天狱，没定罪。顶可恶的人原来也有点好心：撕票儿的恶魔不卖朋友！我以前没想到过这个。耶稣为仇人，为土匪祷告：他是个人物。他的眼或者就和我这对一样，可是他能始终是硬的，因为他始终是软的。普通人只能软，不能硬，所以世界没有骨气。我只能硬，不能软，现在没法安置我自己。人生真不是个好玩艺。”

他把酒喝净，立起来。

“饭就好，”我也立起来。

“不吃！”他很坚决。

“你走不了，仁禄！”我有点急了。“这儿就是你的家！”

“我改天再来，一定来！”他过去拿那几本书。

“一定得走？连饭也不吃？”我紧跟着问。

“一定得走！我的世界没有友谊。我既不认识自己，又好管教别人。我不能享受有秩序的一个家庭，像你这个样。只有瞎走乱撞还舒服一些。”

我知道，无须再留他了。楞了一会儿，我掏出点钱来。

“我不要！”他笑了笑：“饿不死。饿死也不坏。”

“送你件衣裳横是行了吧？”我真没法儿了。

他楞了会儿。“好吧，谁叫咱们是幼时同学呢。你准是以为我很奇怪，其实我已经不硬了。对别人不硬了。对自己是没法不硬的，你看那个最可恶的土匪也还有点骨气。好吧，给我件你自己身上穿着的吧。那件毛衣便好。有你身上的一些热气便不完全像礼物了。我太好作文章！”

我把毛衣脱给他。他穿在棉袍外边，没顾得扣上钮子。

空中飞着些雪片，天已遮满了黑云。我送他出去，谁也没说什么，一个阴惨的世界，好像只有我们俩的脚步声儿。到了门口，他连头也没回，探着点身在雪花中走去。

原载1933年10月1日《文艺月刊》第四卷第四期

柳家大院

这两天我们的大院里又透着热闹，出了人命。

事情可不能由这儿说起，得打头儿来。先交代我自己吧，我是个算命的先生。我也卖过酸枣落花生什么的，那可是先前的事了。现在我在街上摆卦摊，好了呢一天也抓弄个三毛五毛的。老伴儿早死了，儿子拉洋车。我们爷儿俩住着柳家大院的一间北房。

除了我这间北房，大院里还有二十多间房呢。一共住着多少家子？谁记得清！住两间房的就不多，又搭上今个搬来，明儿又搬走，我没有那么好记性。大家见面招呼声“吃了吗”，透着和气；不说呢，也没什么。大家一天到晚为嘴奔命，没有工夫扯闲盘儿。爱说话的自然也有啊，可是也得先吃饱了。

还就是我们爷儿俩和王家可以算作老住户，都住了一年多了。早就想搬家，可是我这间屋子下雨还算不十分漏；这个世界哪去找不十分漏水的屋子？不漏的自然有哇，也得住得起呀！再说，一搬家又得花三份儿房钱，莫如忍着吧。晚报上常说什么“平等”，铜子儿不平等，什么也不用说。这是实话。就拿媳妇们说吧，娘家要是不使彩礼，她们一定少挨点揍，是不是？

王家是住两间房。老王和我算是柳家大院里最“文明”的人了。

“文明”是三孙子，话先说在头里。我是算命的先生，眼前的字儿颇念一气。天天我看俩大子的晚报。“文明”人，就凭看篇晚报，别装孙子啦！老王是给一家洋人当花匠，总算混着洋事。其实他会种花不会，他自己晓得；若是不会的话，大概他也不肯说。给洋人院里剪草皮的也许叫作花匠；无论怎说吧，老王有点好吹。有什么意思？剪草皮又怎么低得呢？老王想不开这一层。要不怎么穷人没起色呢，穷不是，还好吹两句！大院里这样的人多了，老跟“文明”人学；好像“文明”人的吹胡子瞪眼睛是应当应分。反正他挣钱不多，花匠也罢，草匠也罢。

老王的儿子是个石匠，脑袋还没石头顺溜呢，没见过这么死巴的人。他可是好石匠，不说屈心话。小王娶了媳妇，比他小着十岁，长得像搁陈了的窝窝头，一脑袋黄毛，永远不乐，一挨揍就哭，还是不短挨揍。老王还有个女儿，大概也有十四五岁了，又贼又坏。他们四口住两间房。

除了我们两家，就得算张二是老住户了；已经在这儿住了六个多月。虽然欠下俩月的房钱，可是还对付着没叫房东给撵出去。张二的媳妇嘴真甜甘，会说话；这或者就是还没叫撵出去的原因。自然她只是在要房租来的时候嘴甜甘；房东一转身，你听她那个骂。谁能不骂房东呢；就凭那么一间狗窝，一月也要一块半钱？！可是谁也没有她骂得那么到家，那么解气。连我这老头子都有点爱上她了，不为别的，她真会骂。可是，任凭怎么骂，一间狗窝还是一块半钱。这么一想，我又不爱她了。没真章儿，骂骂算得了什么呢。

张二和我的儿子同行，拉车。他的嘴也不善，喝俩铜子的猫尿能把全院的人说晕了；穷嚼！我就讨厌穷嚼，虽然张二不是坏心肠的人。张二有三个小孩，大的检煤核，二的滚车辙，三的满院爬。

提起孩子来了，简直的说不上来他们都叫什么。院子里的孩子足够一混成旅，怎能记得清楚呢？男女倒好分，反正能光眼子就光着。在院子里走道总得小心点；一慌，不定踩在谁的身上呢。踩了谁也得闹一场气。大人全憋着一肚子委屈，可不就抓个碴儿吵一阵吧。越穷，孩子越多，难道穷人就不该养孩子？不过，穷人也真得想个办法。这群小光眼子将来都干什么去呢？又跟我的儿子一样，拉洋车？我倒不是说拉洋车就低得，我是说人就不应当拉车；人吗，当牲口？可是，好些个还活不到拉车的年纪呢。今年春天闹瘟疹，死了一大批。最爱打孩子的爸爸也咧着大嘴的哭，自己的孩子有个不心疼的？可是哭完也就完了，小席头一卷，夹出城去；死了死了，省吃是真的。腰里没钱心似铁，我常这么说。这不像一句话，是得想个办法！

除了我们三家子，人家还多着呢。可是我只提这三家子就够了。我不是说柳家大院出了人命吗？死的就是王家那个小媳妇——像窝窝头的那位。我又说她像窝窝头，这可不是拿死人打哈哈。我也不是说她“的确”像窝窝头。我是替她难受，替和她差不多的姑娘媳妇们难受。我就常思索，凭什么好好的一个姑娘，养成像窝窝头呢？从小儿不得吃，不得喝，还能油光水滑的吗？是，不错，可是凭什么呢？

少说闲话吧；是这么回事：老王第一个不是东西。我不是说他好吹吗？是，事事他老学那些“文明”人。娶了儿媳妇，喝，他不知道怎么好了。一天到晚对儿媳妇挑鼻子弄眼睛，派头大了。为三个钱的油，两个大的醋，他能闹得翻江倒海。我知道，穷人肝气旺，爱吵架。老王可是有点存心找毛病；他闹气，不为别的，专为学学“文明”人的派头。他是公公；妈的，公公几个子儿一个！我真不明白，为什么穷小子单要充“文明”，这是哪一股儿毒气呢？早晨，他起得早，总得也把小媳妇叫起来，其实有什么事呢？他要立这个规矩，穷酸！她稍微晚起来一点，听吧，这一顿揍！

我知道，小媳妇的娘家使了一百块的彩礼。他们爷儿俩大概再有一年也还不清这笔亏空，所以老拿小媳妇泄气。可是要专为这一百块钱闹气，也倒罢了，虽然小媳妇已经够冤枉的。他不是专为这点钱。他是学“文明”人呢，他要作足了公公的气派。他的老伴不是死了吗，他想把婆婆给儿媳妇的折磨也由他承办。他变着方儿挑她的毛病。她呢，一个十七岁的孩子可懂得什么？跟她要排场？我知道他那些排场是打哪儿学来的：在茶馆里听那些“文明”人说的。他就是这么个人——和“文明”人要是过两句话，替别人吹几句，脸上立刻能红堂堂的。在洋人家里剪草皮的时候，洋人要是跟他过一句半句的话，他能把尾巴摆动三天三夜。他确是有尾巴。可是他摆了一辈子的尾巴了，还是他妈的住破大院啃窝窝头。我真不明白！

老王上工去的时候，把磨折儿媳妇的办法交给女儿替他办。那个贼丫头！我一点也没有看不起穷人家的娘娘的意思；她们给人家作丫环去呀，作二房去呀，当窑姐去呀，是常有的事（不是应该的事），那能怨她们吗？不能！可是我讨厌王家这个二妞，她和她爸爸一样的讨人嫌，能钻天觅缝的给她嫂子小鞋穿，能大睁白眼的造早谣言给嫂子使坏。我知道她为什么这么坏，她是由那个洋人供给着在一个工读学校念书，她一万多个看不上她的嫂子。她也穿双整鞋，头发上也戴着把梳子，瞧她那个美！我就这么琢磨这回事：世界上不应当有穷有富。可是穷人要是狗着有钱的，往高处爬，比什么也坏。老王和二妞就是好例子。她嫂子要是作双青布新鞋，她变着方儿给踩上泥，然后叫他爸爸骂儿媳妇。我没工夫细说这些事儿，反正这个小媳妇没有一天得着好气；有的时候还吃不饱。

小王呢，石厂子在城外，不住在家里。十天半月的回来一趟，一定揍媳妇一顿。在我们的柳家大院，揍儿媳妇是家常便饭。谁叫老婆吃着男子汉呢，谁叫娘家使了彩礼呢，挨揍是该当的。可是小王本来可以不揍媳妇，因为他轻易不家来，还愿意回回闹气吗？哼，有老王和二妞在旁边唧咕啊。老王罚儿媳妇挨饿，跪着；到底不能亲自下手打，他是自居为“文明”人的，哪能落个公公打儿媳妇呢？所以挑唆儿子去打；他知道儿子是石匠，打一回胜似别人打五回的。儿子打完了媳妇，他对儿子和气极了。二妞呢，虽然常拧嫂子的胳臂，可也究竟是不过瘾，恨不能看着哥哥把嫂子当作石头，一咂子锤碎才痛快，我告诉你，一个女人要是看不起一个女人的，那就是活对头。二妞自居女学生；嫂子不过是花一百块钱买来的一个活窝窝头。

王家的小媳妇没有活路。心里越难受，对人也越不和气；全院里没有爱她的人。她连说话都忘了怎么说了。也有痛快的时候，见神见鬼的闹“撞客”。总是在小王揍完她走了以后，她又哭又说，一个人闹欢了。我的差事来了，老王和我借宪书，抽她的嘴巴。他怕鬼，叫我去抽。等我进了她的屋子，把她安慰得不哭了——我没抽过她，她要的是安慰，几句好话——他进来了，掐她的人中，用草纸熏；其实他知道她已缓醒过来，故意的惩治她。每逢到这个节骨眼，我和老王吵一架。平日他们吵闹我不管；管又有什么用呢？我要是管，一定是向着小媳妇；这岂不更给她添堵？所以我不管。不过，每逢一闹撞客，我们俩非吵不可了，因为我是在那儿，眼看着，还能一语不发？奇怪的是这个，我们俩吵架，院里的人总说我不对；妇女们也这么说。他们以为她该挨揍。他们也说我多事。男的该打女的，公公该管教儿媳妇，小姑子该给嫂子气受，他们这群男女信这个！怎么会信这个呢？谁教给他们的呢？那个王八蛋三孙子“文明”可笑，又可哭，肚子饿得像两层皮的臭虫，还信“文明”呢？！

前两天，石匠又回来了。老王不知怎么一时心顺，没叫儿子揍媳妇，小媳妇一见大家欢天喜地，当然是喜欢，脸上居然有点像要笑的意思。二妞看见了这个，仿佛是看见天上出了两个太阳。一定有事！她嫂子正在院子里作饭，她到嫂子屋里去搜开了。一定是石匠哥哥给嫂子买来了贴己的东西，要不然她不会脸上笑出来。翻了半天，什么也没翻出来。我说“半天”，意思是翻得很详细；小媳妇屋里的东西还多得了吗？我们的大院里凑到一块也找不出两张整桌子来，要不怎么不闹贼呢。我们要是有钱票，是放在袜筒儿里。

二妞的气大了。嫂子脸上敢有笑容？不管查得出私弊查不出，反正得惩治她！

小媳妇正端着锅饭澄米汤，二妞给了她一脚。她的一锅饭出了手。“米饭”！不是丈夫回来，谁敢出主意吃“饭”！她的命好像随着饭锅一同出去了。米汤还没澄干，稀粥似的，雪白的饭，摊在地上。她拚命用手去捧，滚烫，顾不得手；她自己还不如那锅饭值钱呢。实在太热，她捧了几把，疼到了心上，米汁把手糊住。她不敢出声，咬上牙，扎着两只手，疼得直打转。

“爸！瞧她把饭全洒在地上啦！”二妞喊。

爷儿俩全出来了。老王一眼看见饭在地上冒热气，登时就疯了。他只看了小王那么一眼，已然是说明白了：“你是要媳妇。还是要爸爸？”

小王的脸当时就涨紫了，过去揪住小媳妇的头发，拉倒在地。小媳妇没出一声，就人事不知了。

“打！往死了打！打！”老王在一旁嚷，脚踢起许多土来。

二妞怕嫂子是装死，过去拧她的大腿。

院子里的人都出来看热闹，男人不过来劝解，女的自然不敢出声；男人就是喜欢看别人揍媳妇——给自己的那个老婆一个榜样。

我不能不出头了。老王很有揍我一顿的意思。可是我一出头，别的男人也蹭过来。好说歹说，算是劝开了。

第二天一清早，小王老王全去作工。二妞没上学，为是继续给嫂子气受。

张二嫂动了善心，过来看看小媳妇，因为张二嫂自信会说话，所以一安慰小媳妇，可就得罪了二妞。她们俩抬起来了。当然二妞不行，她还说得过张二嫂！“你这个丫头要不下窑子，我不姓张！”一句话就把二妞骂闷过去了，“三秃子给你俩大子，你就叫他亲嘴；你当我没看见呢？有这么回事没有？有没有？”二嫂的嘴就堵着二妞的耳朵眼，二妞直往后退，还说不出话来。

这一场过去，二妞搭讪着上了街，不好意思再和嫂子闹了。

小媳妇一个人在屋里，工夫可就大啦。张二嫂又过来看一眼，小媳妇在炕上躺着呢，可是穿着出嫁时候的那件红袄。张二嫂问了她两句，她也没回答，只扭过脸去。张家的小二，正在这么工夫跟个孩子打起来，张二嫂忙着跑去解围，因为小二被敌人给按在底下了。

二妞直到快吃饭的时候才回来，一直奔了嫂子的屋子去，看看她作好了饭没有。二妞向来是不动手作饭的，女学生吗！一开屋门，她失了魂似的喊了一声，嫂子在门梁上吊着呢！院子的人全吓惊了，没人想起把她摘下来，好鞋不踩臭狗屎，谁肯往人命事儿里搀合呢？

二妞捂着眼吓成孙子了。“还不找你爸爸去？！”不知道谁说了这么一句，她扭头就跑，仿佛鬼在后头追她呢。

老王回来也傻了。小媳妇是没有救儿了；这倒不算什么，脏了房，人家房东能饶得了他吗？再娶一个，只要有钱；可是上次的债还没归清呢？这些个事叫他越想越气，真想咬吊死鬼儿几块肉才解气！

娘家来了人，虽然大嚷大闹，老王并不怕。他早有了预备，早问明白了二妞，小媳妇是受张二嫂的挑唆才想上吊；王家没逼她死，王家没给她气受。你看，老王学“文明”人真学得到家，能瞪着眼扯谎。

张二嫂可抓了瞎，任凭怎么能说会道，也禁不住贼咬一口，入骨三分！人命，就是自己能分辩，丈夫回来也得闹一阵。打官司自然是不会打的，柳家大院的人还敢打官司？可是老王和二妞要是一口咬定，小媳妇的娘家要是跟她要人呢，这可不好办！柳家大院是不讲情理的，老王要是咬定了她，她还就真跑不了。谁叫自己平日爱说话呢，街坊们有不少恨着她的，就棍打腿，他们还不一拥而上把她“打倒”，用个晚报上的字眼。果不其然，张二一回来就听说了，自己的媳妇惹了祸。谁还管青红皂白，先揍完再说，反正打媳妇是理所当然的事。张二嫂挨了顿好的，全大院都觉得十分的痛快。

小媳妇的娘家不打官司；要钱；没钱再说厉害的。老王怕什么偏有什么；前者娶儿媳妇的钱还没还清，现在又来了一档子！可是，无论怎样，也得答应着拿钱，要不然屋里放着吊死鬼，总不像句话。

小王也回来了，十分的像个石头人，可是我看得出，他的心里很难过，谁也没把死了的小媳妇放在心上，只有小王进到屋中，在尸首旁边坐了半天。要不是他的爸爸“文明”，我想他决不会常打她。可是，爸爸“文明”，儿子也自然是要孝顺了，打吧！一打，他可就忘了他的胳臂本是砸石头的。他一声没出，在屋里坐了好大半天，而且把一条新裤子——就是没补钉的呀——给媳妇穿上。他的爸爸跟他说什么，他好像没听见。他一个劲儿的吸蝙蝠牌的烟，眼睛不错眼珠的看着点什么——别人都看不见的一点什么。

娘家要一百块钱——五十是发送小媳妇的，五十归娘家人用。小王还是一语不发。老王答应了拿钱。他第一个先找了张二去。“你的媳妇惹的祸，没什么说的，你拿五十，我拿五十；要不然我把吊死鬼搬到你屋里来。”老王说得温和，可又硬张。

张二刚喝了四个大子的猫尿，眼珠子红着。他也来得不善：“好王大爷的话，五十？我拿！看见没有？屋里有什么你拿什么好了。要不然我把这两个大孩子卖给你，还不值五十块钱？小三的妈！把两个大的送到王大爷屋里去！会跑会吃，决不费事，你又没个孙子，正好吗！”

老王碰了个软的。张二屋里的陈设大概一共值不了四个子儿！俩孩子？叫张二留着吧。可是，不能这么轻轻的便宜了张二；拿不出五十呀，三十行不行？张二唱开了《打牙牌》，好像很高兴似的。“三十干吗？还是五十好了，先写在账上，多咱我叫电车轧死，多咱还你。”

老王想叫儿子揍张二一顿。可是张二也挺壮，不一定能揍了他。张二嫂始终没敢说话，这时候看出一步棋来，乘机会自己找找脸：“姓王的你等着好了，我要不上你屋里去上吊，我不算好老婆，你等着吧！”

老王是“文明”人，不能和张二嫂斗嘴皮子。而且他也看出来，这种野娘们什么也干得出来，真要再来个吊死鬼，可就更吃不了兜着走了。老王算是没敲上张二，张二由《打牙牌》改成了《刀劈三关》。

其实老王早有了“文明”主意，跟张二这一场不过是虚晃一刀。他上洋人家里去，洋大人没在家，他给洋太太跪下了，要一百块钱。洋太太给了他，可是其中的五十是要由老王的工钱扣的，不要利钱。

老王拿着钱回来了，鼻子朝着天。

开张殃榜就使了八块；阴阳生要不开这张玩艺，麻烦还小得了吗，这笔钱不能不花。

小媳妇总算死得值，一身新红洋缎的衣裤，新鞋新袜子，一头银白铜的首饰。十二块钱的棺材。还有五个和尚念了个光头三。娘家弄了四十多块去；老王无论如何不能照着五十的数给。

事情算是过去了，二妞可遭了报，不敢进屋子，无论干什么，她老看见嫂子在门梁上挂着，穿着红袄，向她吐舌头。老王得搬家。可是，脏房谁来住呢？自己住着，房东也许马马虎虎不究真儿；搬家，不叫赔房才怪呢。可是二妞不敢进屋睡觉也是个事儿。况且儿媳妇已经死了，何必再住两间房？让出那一间去，谁肯住呢？这倒难办了。

老王又有了高招儿，儿媳妇变成吊死鬼，他更看不起女人了。四五十块花在吊死鬼身上，还叫她娘家拿走四十多，真堵得慌。因此，连二妞的身分也落下来了。干脆把她打发了，进点彩礼，然后赶紧再给儿子续上一房。二妞不敢进屋子呀，正好，去她的。卖个三百二百的，除给儿子续娶之外，自己也得留点棺材本儿。

他搭讪着跟我说这个事。我以为要把二妞给我的儿子呢；不是，他是托我给留点神，有对事的外乡人肯出三百二百的就行。我没说什么。

正在这个时候，有人来给小王提亲，十八岁的大姑娘，能洗能作，才要一百廿块钱的彩礼。老王更急了，好像立刻把二妞铲下去才痛快。

房东来了，因为上吊的事吹到他耳朵里。老王把他虎回去了：房脏了，我现在还住着呢！这个事怨不上来我呀，我一天到晚不在家；还能给儿媳妇气受？架不住有坏街坊，要不是张二的娘们，我的儿媳妇能想起上吊？上吊也倒没什么，我呢现在又给儿子张罗着，反正混着洋事，自己没钱呀，还能和洋人说句话，接济一步。就凭这回事说吧，洋人送了我一百块钱！

房东叫他给唬住了，跟旁人一打听，的的确确是由洋人那儿拿来的钱，而且大家都很佩服老王。房东没再对老王说什么，不便于得罪混洋事的。可是张二这个家伙不是好调货，欠下两个月的房租，还由着娘们拉舌头扯簸箕，撵他搬家！张二嫂无论怎么会说，也得补上俩月的房钱，赶快滚蛋！

张二搬走了，搬走的那天，他又喝得醉猫似的。

等着看吧。看二妞能卖多少钱，看小王又娶个什么样的媳妇。什么事呢！“文明”是三孙子，还是那句！

原载1933年11月《大众画报》第一期

抱　孙

难怪王老太太盼孙子呀；不为抱孙子，娶儿媳妇干吗？也不能怪儿媳妇成天着急；本来吗，不是不努力生养呀，可是生下来不活，或是不活着生下来，有什么法儿呢！就拿头一胎说吧：自从一有孕，王老太太就禁止儿媳妇有任何操作，夜里睡觉都不许翻身。难道这还算不小心？哪里知道，到了五个多月，儿媳妇大概是因为多眨巴了两次眼睛，小产了！还是个男胎；活该就结了！再说第二胎吧，儿媳妇连眨巴眼都拿着尺寸；打哈欠的时候有两个丫环在左右扶着。果然小心谨慎没错处，生了个大白胖小子。可是没活了五天，小孩不知为了什么，竟自一声没出，神不知鬼不觉的与世长辞了。那是十一月天气，产房里大小放着四个火炉，窗户连个针尖大的窟窿也没有，不要说是风，就是风神，想进来是怪不容易的。况且小孩还盖着四床被，五条毛毯，按说够温暖的了吧？哼，他竟自死了。命该如此！

现在，王少奶奶又有了喜，肚子大得惊人，看着颇像轧马路的石碾。看着这个肚子，王老太太心里仿佛长出两只小手，成天抓弄得自己怪要发笑的。这么丰满体面的肚子，要不是双胎才怪呢！子孙娘娘有灵，赏给一对白胖小子吧！王老太太可不只是祷告烧香呀，儿媳妇要吃活人脑子，老太太也不驳回。半夜三更还给儿媳妇送肘子汤，鸡丝挂面……儿媳妇也真作脸，越躺着越饿，点心点心就能吃二斤翻毛月饼：吃得顺着枕头往下流油，被窝的深处能扫出一大碗什锦来。孕妇不多吃怎么生胖小子呢？婆婆儿媳对于此点完全同意。婆婆这样，娘家妈也不能落后啊。她是七趟八趟来“催生”，每次至少带来八个食盒。两亲家，按着哲学上说，永远应当是对仇人。娘家妈带来的东西越多，婆婆越觉得这是有意羞辱人；婆婆越加紧张罗吃食，娘家妈越觉得女儿的嘴亏。这样一竞争，少奶奶可得其所哉，连嘴犄角都吃烂了。

收生婆已经守了七天七夜，压根儿生不下来。偏方儿，丸药，子孙娘娘的香灰，吃多了；全不灵验。到第八天头上，少奶奶连鸡汤都顾不得喝了，疼得满地打滚。王老太太急得给子孙娘娘跪了一股香，娘家妈把天仙庵的尼姑接来念催生咒；还是不中用。一直闹到半夜，小孩算是露出头发来。收生婆施展了绝技，除了把少奶奶的下部全抓破了别无成绩。小孩一定不肯出来。长似一年的一分钟，竟自过了五六十来分，还是只见头发不见孩子。有人说，少奶奶得上医院。上医院？王老太太不能这么办。好吗，上医院去开肠破肚不自自然然的产出来，硬由肚子里往外掏！洋鬼子，二毛子，能那么办；王家要“养”下来的孙子，不要“掏”出来的。娘家妈也发了言，养小孩还能快了吗？小鸡生个蛋也得到了时候呀！况且催生咒还没念完，忙什么？不敬尼姑就是看不起神仙！

又耗了一点钟，孩子依然很固执。少奶奶直翻白眼。王老太太眼中含着老泪，心中打定了主意：保小的不保大人。媳妇死了，再娶一个；孩子更要紧。她翻白眼呀，正好一狠心把孩子拉出来。找奶妈养着一样的好，假如媳妇死了的话。告诉了收生婆，拉！娘家妈可不干了呢，眼看着女儿翻了两点钟的白眼！孙子算老儿，女儿是女儿。上医院吧，别等念完催生咒了；谁知道尼姑们念的是什么呢，假如不是催生咒，岂不坏了事？把尼姑打发了。婆婆还是不答应；“掏”，行不开！婆婆不赞成，娘家妈还真没主意。嫁出的女儿泼出的水，活是王家的人，死是王家的鬼呀。两亲家彼此瞪着，恨不能咬下谁一块肉才解气。

又过了半点多钟，孩子依然不动声色，干脆就是不肯出来。收生婆见事不好，抓了一个空儿溜了。她一溜，王老太太有点拿不住劲儿了。娘家妈的话立刻增加了许多分量：“收生婆都跑了，不上医院还等什么呢？等小孩死在胎里哪！”

“死”和“小孩”并举，打动了王太太的心。可是“掏”到底是行不开的。

“上医院去生产的多了，不是个个都掏。”娘家妈力争，虽然不一定信自己的话。

王老太太当然不信这个；上医院没有不掏的。

幸而娘家爹也赶到了。娘家妈的声势立刻浩大起来。娘家爹也主张上医院。他既然也这样说，只好去吧。无论怎说，他到底是个男人。虽然生小孩是女人的事，可是在这生死关头，男人的主意多少有些力量。

两亲家，王少奶奶，和只露着头发的孙子，一同坐汽车上了医院。刚露了头发就坐汽车，真可怜的慌，两亲家不住的落泪。

一到医院，王老太太就炸了烟[①]。怎么，还得挂号？什么叫挂号呀？生小孩子来了，又不是买官米打粥，按哪门子号头呀？王老太太气坏了，孙子可以不要了，不能挂这个号。可是继而一看，若是不挂号，人家大有不叫进去的意思。这口气难咽，可是还得咽；为孙子什么也得忍受。设若自己的老爷还活着，不立刻把医院拆个土平才怪；

---

① 炸了烟，大发脾气的意思。

寡妇不行，有钱也得受人家的欺侮。没工夫细想心中的委屈，赶快把孙子请出来要紧。挂了号，人家要预收五十块钱。王老太太可抓住了："五十？五百也行，老太太有钱！干脆要钱就结了，挂哪门子浪号，你当我的孙子是封信呢！"

医生来了。一见面，王老太太就炸了烟，男大夫？男医当当接生婆？我的儿媳妇不能叫男子大汉给接生。这一阵还没炸完，又出来两个大汉，抬起儿媳妇就往床上放。老太太连耳朵都哆嗦开了！这是要造反呀，人家一个年青青的孕妇，怎么一群大汉来动手脚的？"放下，你们这儿有懂人事的没有？要是有的话，叫几个女的来！不然，我们走！"

恰巧遇上个顶和气的医生，他发了话："放下，叫她们走吧！"

王老太太咽了口凉气，咽下去砸得心中怪热的，要不是为孙子，至少得打大夫几个最响的嘴巴！现官不如现管，谁叫孙子故意闹脾气呢。抬吧，不用说废话。两个大汉刚把儿媳妇放在帆布床上，看！大夫用两只手在她肚子上这一阵按！王老太太闭上了眼，心中骂亲家母：你的女儿，叫男子这么按，你连一声也不发，德行！刚要骂出来，想起孙子；十来个月的没受过一点委屈，现在被大夫用手乱杵，嫩皮嫩骨的，受得住吗？她睁开了眼，想警告大夫。哪知道大夫反倒先问下来了："孕妇净吃什么来着？这么大的肚子！你们这些人没办法，什么也给孕妇吃，吃得小孩这么肥大。平日也不来检验，产不下来才找我们！"他没等王老太太回答，向两个大汉说："抬走！"

王老太太一辈子没受过这个。"老太太"到哪儿不是圣人，今天竟自听了一顿教训！这还不提，话总得说得近情近理呀；孕妇不多吃点滋养品，怎能生小孩呢，小孩怎会生长呢？难道大夫在胎里的时候专喝西北风？西医全是二毛子！不便和二毛子辩驳；拿娘家妈杀气吧，瞪着她！娘家妈没有意思挨瞪，跟着女儿就往里走。王老太太一看，也忙赶上前去。那位和气生财的大夫转过身来："这儿等着！"

两亲家的眼都红了。怎么着，不叫进去看看？我们知道你把儿媳妇抬到哪儿去啊？是杀了，还是剐了啊？大夫走了。王老太太把一肚子邪气全照顾了娘家妈："你说不掏，看，连进去看看都不行！掏？还许大切八块呢！宰了你的女儿活该！万一要把我的孙子——我的老命不要了。跟你拚了吧！"

娘家妈心中打了鼓，真要把女儿切了，可怎办？大切八块不是没有的事呀，那回医学堂开会不是大玻璃箱里装着人腿人腔子吗？没办法！事已至此，跟女儿的婆婆干吧！"你倒怨我？是谁一天到晚填我的女儿来着？没听大夫说吗？老叫儿媳妇的嘴不闲着，吃出毛病来没有？我见人见多了，就没看见一个像你这样的婆婆！"

"我给她吃？她在你们家的时候吃过饱饭吗？"王太太反攻。

"在我们家里没吃过饱饭，所以每次看女儿去得带八个食盒！"

"可是呀，八个食盒，我填她，你没有？"

两亲家混战一番，全不示弱，骂得也很具风格。

大夫又回来了。果不出王老太太所料，得用手术。手术二字虽听着耳生，可是猜也猜着了，手要是竖起来，还不是开刀问斩？大夫说：用手术，大人小孩或者都能保全。不然，全有生命的危险。小孩已经误了三小时，而且决不能产下来，孩子太大。不过，要施手术，得有亲族的签字。

王老太太一个字没听见。掏是行不开的。

"怎样？快决定！"大夫十分的着急。

"掏是行不开的！"

"愿意签字不？快着！"大夫又紧了一板。

"我的孙子得养出来！"

娘家妈急了："我签字行不行？"

王老太太对亲家母的话似乎特别的注意：“我的儿媳妇！你算哪道？”

大夫真急了，在王老太太的耳根子上扯开脖子喊：“这可是两条人命的关系！”

“掏是不行的！”

“那么你不要孙子了？”大夫想用孙子打动她。

果然有效，她半天没言语。她的眼前来了许多鬼影，全似乎是向她说：“我们要个接续香烟的，掏出来的也行！”

她投降了。祖宗当然是愿要孙子；掏吧！“可有一样，掏出来得是活的！”她既是听了祖宗的话，允许大夫给掏孙子，当然得说明了——要活的。掏出个死的来干吗用？只要掏出活孙子来，儿媳妇就是死了也没大关系。

娘家妈可是不放心女儿：“准能保大小都活着吗？”

“少说话！”王老太太教训亲家太太。

“我相信没危险，”大夫急得直流汗，“可是小孩已经耽误了半天，难保没个意外；要不然请你签字干吗？”

“不保准呀？乘早不用费这道手！”老太太对祖宗非常的负责任；好吗，掏了半天都再不会活着，对的起谁！

“好吧，”大夫都气晕了，“请把她拉回去吧！你可记住了，两条人命！”

“两条三条吧，你又不保准，这不是瞎扯！”

大夫一声没出，抹头就走。

王老太太想起来了，试试也好。要不是大夫要走，她决想不起这一招儿来。“大夫，大夫！你回来呀，试试吧！”

大夫气得不知是哭好还是笑好。把单子念给她听，她画了个十字儿。

两亲家等了不晓得多么大的时候，眼看就天亮了，才掏了出来，好大的孙子，足分量十三磅！王老太太不晓得怎么笑好了，拉住亲家母的手一边笑一边刷刷的落泪。亲家母已不是仇人了，变成了老姐姐。大夫也不是二毛子了，是王家的恩人，马上赏给他一百块钱才合适。假如不是这一掏，叫这么胖的大孙子生生的憋死，怎对祖宗呀？恨不能跪下就磕一阵头，可惜医院里没供着子孙娘娘。

胖孙子已被洗好，放在小儿室内。两位老太太要进去看看。不只是看看，要用一夜没洗过的老手指去摸摸孙子的胖脸蛋。看护不准两亲家进去，只能隔着玻璃窗看着。眼看着自己的孙子在里面，自己的孙子，连摸摸都不准！娘家妈摸出个红封套来——本是预备赏给收生婆的——递给看护；给点运动费，还不准进去？事情都来得邪，看护居然不收。王老太太揉了揉眼，细端详了看护一番，心里说："不像洋鬼子妞呀，怎么给赏钱都不接着呢？也许是面生，不好意思的？有了，先跟她闲扯几句，打开了生脸就好办了。"指着屋里的一排小篮说："这些孩子都是掏出来的吧？"

"只是你们这个，其余的都是好好养下来的。"

"没那个事，"王老太太心里说，"上医院来的都得掏。"

"给孕妇大油大肉吃才掏呢，"看护有点爱说话。

"不吃，孩子怎能长这么大呢！"娘家妈已和王老太太立在同一战线上。

"掏出来的胖宝贝总比养下来的瘦猴儿强！"王老太太有点觉得不掏出来的孩子没有住医院的资格。"上医院来'养'，脱了裤子放屁，费什么两道手！"

无论怎说，两亲家干瞪眼进不去。

王老太太有了主意，"丫环，"她叫那个看护，"把孩子给我，我们家去。还得赶紧去预备洗三请客呢！"

“我既不是丫环，也不能把小孩给你，”看护也够和气的。

“我的孙子，你敢不给我吗？医院里能请客办事吗？”

“用手术取出来的，大人一时不能给小孩奶吃，我们得给他奶吃。”

“你会，我们不会？我这快六十的人了，生过儿养过女，不比你懂得多；你养过小孩吗？”老太太也说不清看护是姑娘，还是媳妇，谁知道这头戴小白盔的是什么呢。

“没大夫的话，反正小孩不能交给你！”

“去把大夫叫来好了，我跟他说；还不愿意跟你费话呢！”

“大夫还没完事呢，割开肚子还得缝上呢。”

看护说到这里，娘家妈想起来女儿。王老太太似乎还想不起儿媳妇是谁。孙子没生下来的时候，一想起孙子便也想到媳妇；孙子生下来了，似乎把媳妇忘了也没什么。娘家妈可是要看看女儿，谁知道女儿的肚子上开了多大一个洞呢？割病室不许闲人进去，没法，只好陪着王老太太瞭望着胖小子吧。

好容易看见大夫出来了。王老太太赶紧去交涉。

“用手术取小孩，顶好在院里住一个月，”大夫说。

“那么三天满月怎么办呢？”王老太太问。

“是命要紧，还是办三天要紧呢？产妇的肚子没长上，怎能去应酬客人呢？”大夫反问。

王老太太确是以为办三天比人命要紧，可是不便于说出来，因为娘家妈在旁边听着呢。至于肚子没长好，怎能招待客人，那有办法：“叫她躺着招待，不必起来就是了。”

大夫还是不答应。王老太太悟出一条理来：“住院不是为要钱吗？好，我给你钱，叫我们娘们走吧，这还不行？”

“你自己看看去，她能走不能？”大夫说。

两亲家反都不敢去了。万一儿媳妇肚子上还有个盆大的洞，多么吓人？还是娘家妈爱女儿的心重，大着胆子想去看看。王老太太也不好意思不跟着。

到了病房，儿媳妇在床上放着的一张卧椅上躺着呢，脸就像一张白纸。娘家妈哭得放了声，不知道女儿是活还是死。王老太太到底心硬，只落了一半个泪，紧跟着炸了烟："怎么不叫她平平正正的躺下呢？这是受什么洋刑罚呢？"

"直着呀，肚子上缝的线就绷了，明白没有？"大夫说。

"那么不会用胶粘上点吗？"王老太太总觉得大夫没有什么高明主意。

娘家妈想和女儿说几句话，大夫也不允许。两亲家似乎看出来，大夫不定使了什么坏招儿，把产妇弄成这个样。无论怎说吧，大概一时是不能出院。好吧。先把孙子抱走，回家好办三天呀。

大夫也不答应，王老太太急了。"医院里洗三不洗？要是洗的话，我把亲友全请到这儿来；要是不洗的话，再叫我抱走；头大的孙子，洗三不请客办事，还有什么脸得活着？"

"谁给小孩奶吃呢？"大夫问。

"雇奶妈子！"王老太太完全胜利。

到底把孙子抱出来了。王老太太抱着孙子上了汽车，一上车就打嚏喷，一直打到家，每个嚏喷都是照准了孙子的脸射去的。到了家，赶紧派人去找奶妈子，孙子还在怀中抱着，以便接收嚏喷。不错，王老太太知道自己是着了凉；可是至死也不能放下孙子。到了晌午，孙子接了至少有二百多个嚏喷，身上慢慢的热起来。王老太太更不肯撒手了。到了下午三点来钟，孙子烧得像块火炭了。到了夜里，奶妈子已雇妥了两个，可是孙子死了，一口奶也没有吃。

王老太太只哭了一大阵；哭完了，她的老眼瞪圆了："掏出来的！掏出来的能活吗？跟医院打官司！那么沉重的孙子会只活了一天，哪有的事？全是医院的坏，二毛子们！”

王老太太约上亲家母，上医院去闹。娘家妈也想把女儿赶紧接出来，医院是靠不住的！

把儿媳妇接出来了；不接出来怎好打官司呢？接出来不久，儿媳妇的肚子裂了缝，贴上“产后回春膏”也没什么用，她也不言不语的死了。好吧，两案归一，王老太太把医院告了下来。老命不要了，不能不给孙子和媳妇报仇！

原载1933年12月1日《东方杂志》第三十卷第二十三号

黑白李

爱情不是他们哥儿俩这档子事的中心，可是我得由这儿说起。

黑李是哥，白李是弟，哥比弟大着五岁。俩人都是我的同学，虽然白李刚一入中学，黑李和我就毕业了。黑李是我的好友，因为常到他家去，所以对白李的事儿我也略知一二。五年是个长距离，在这个时代。这哥儿俩的不同正如他们的外号——黑，白。黑李要是古人，白李是现代的。他们俩并不因此打架吵嘴，可是对任何事的看法也不一致。黑李并不黑；只是在左眉上有个大黑痣。因此他是“黑李”；弟弟没有那么个记号，所以是“白李”；这在给他们送外号的中学生们看，是很逻辑的。其实他俩的脸都很白，而且长得极相似。

他俩都追她——恕不道出姓名了——她说不清到底该爱谁，又不肯说谁也不爱。于是大家替他们弟兄捏着把汗。明知他俩不肯吵架，可是爱情这玩艺是不讲交情的。

可是，黑李让了。

我还记得清清楚楚：正是个初夏的晚间，落着点小雨，我去找他闲谈，他独自在屋里坐着呢，面前摆着四个红鱼细磁茶碗。我们俩是用不着客气的，我坐下吸烟，他摆弄那四个碗。转转这个，转转那个，把红鱼要一点不差的朝着他。摆好，身子往后仰一仰，像画家设完一层色那么退后看看。然后，又逐一的转开，把另一面的鱼们摆齐。又往后仰身端详了一番，回过头来向我笑了笑，笑得非常天真。

他爱弄这些小把戏。对什么也不精通，可是什么也爱动一动。他并不假充行家，只信这可以养性。不错，他确是个好脾性的人。有点小玩艺，比如粘补旧书等等，他就能平安的销磨半日。

叫了我一声，他又笑了笑，“我把她让给老四了”，按着大排行，白李是四爷，他们的伯父屋中还有弟兄呢。“不能因为个女子失了兄弟们的和气。”

“所以你不是现代人，”我打着哈哈说。

“不是；老狗熊学不会新玩艺了。三角恋爱，不得劲儿。我和她说了，不管她是爱谁，我从此不再和她来往。觉得很痛快！”

“没看见过？这么讲恋爱的。”

“你没看见过？我还不讲了呢。干她的去，反正别和老四闹翻了。赶明儿咱俩要来这么一出的话，希望不是你收兵，就是我让了。”

“于是天下就太平了？”

我们笑开了。

过了有十天吧，黑李找我来了。我会看，每逢他的脑门发暗，必定是有心事。每逢有心事，我俩必喝上半斤莲花白。我赶紧把酒预备好，因为他的脑门不大亮吗。

喝到第二盅上，他的手有点哆嗦。这个人的心里存不住事。遇上点事，他极想镇定，可是脸上还泄露出来。他太厚道。

“我刚从她那儿来，”他笑着，笑得无聊；可还是真的笑，因是要对个好友道出胸中的闷气。这个人若没有好朋友，是一天也活不了的。

我并不催促他；我俩说话用不着忙，感情都在话中间那些空子里流露出来呢。彼此对看着，一齐微笑，神气和默中的领悟，都比言语更有分量。要不怎么白李一见我俩喝酒就叫我们“一对糟蛋”呢。

“老四跟我好闹了一场，”他说。我明白这个“好”字——第一他不愿说兄弟间吵了架，第二不愿只说弟弟不对，即使弟弟真是不对。这个字带出不愿说而又不能不说的曲折。“因为她。我不好，太不明白女子心理。那天不是告诉我，我让了吗？我是居心无愧之好，她可出了花样。她以为我是故意羞辱她。你说对了，我不是现代人，我把恋爱看成该怎样就怎样的事，敢情人家女子愿意‘大家’在后面追随着。她恨上了我。这么报复一下——我放弃了她，她断绝了老四。老四当然跟我闹了。所以今天又找她去，请罪。她骂我一顿，出出气，或者还能和老四言归于好。我这么希望。哼，她没骂我。她还叫我和老四都作她的朋友。这个，我不能干，我并没这么明对她讲，我上这儿跟你说说。我不干，她自然也不再理老四。老四就得再跟我闹。”

“没办法！”我替他补上这一小句。待了会儿，“我找老四一趟，解释一下？”

“也好。”他端着酒盅楞了会儿，“也许没用。反正我不再和她来往。老四再跟我闹呢，我不言语就是了。”

我们俩又谈了些别的，他说这几天正研究宗教。我知道他的读书全凭兴之所至，决不因为谈到宗教而想他有点厌世，或是精神上有什么大的变动。

哥哥走，弟弟来了。白李不常上我这儿来，这大概是有事。他在大学还没毕业，可是看起来比黑李精明着许多。他这个人，叫你一看，你就觉得他应当到处作领袖。每一句话，他不是领导着你走上他所指出的路子，便是把你绑在断头台上。他没有客气话，和他哥正相反。

我对他也不便太客气了，省得他说我是“糟蛋”。

“老二当然来过了？”他问；黑李是大排行行二。“也当然跟你谈到我们的事？”我自然不便急于回答，因为有两个“当然”在这里。果然，没等我回答，他说了下去：“你知道，我是借题发挥？”

我不知道。

“你以为我真要那个女玩艺？”他笑了，笑得和他哥哥一样，只是黑李的向来不带着这不屑于对我笑的劲儿。“我专为和老二捣乱，才和她来往；不然，谁有工夫招呼她？男与女的关系。从根儿上说，还不是兽欲的关联？为这个，我何必非她不行？老二以为这个兽欲的关系应当叫作神圣的，所以他郑重的向她磕头，及至磕了一鼻子灰，又以为我也应当去磕，对不起，我没那个瘾！”他哈哈的笑起来。

我没笑，也不敢插嘴。我很留心听他的话，更注意看他的脸。脸上处处像他哥哥，可是那股神气又完全不像他的哥哥。这个，使我忽而觉得是和一个顶熟识的人说话，忽而又像和个生人对坐着。我有点不舒坦——看着个熟识的面貌，而找不到那点看惯了的神气。

“你看，我不磕头；得机会就吻她一下。她喜欢这个，至少比受几个头更过瘾。不过，这不是正笔。正文是这个，你想我应当老和二爷在一块儿吗？”

我当时回答不出。

他又笑了笑——大概心中是叫我糟蛋呢。“我有我的前途，我的计划；他有他的。顶好是各走各的路，是不是？”

“是；你有什么计划？”我好容易想起这么一句；不然便太僵得慌了。

“计划，先不告诉你。得先分家，以后你就明白我的计划了。”

“因为要分居，所以和老二吵；借题发挥？”我觉得自己很聪明似的。

他笑着点了头，没说什么，好像准知道我还有一句呢。我确是有一句：“为什么不明说，而要吵呢？”

“他能明白我吗？你能和他一答一和的说，我不行。我一说分家，他立刻就得落泪。然后，又是那一套——母亲去世的时候，说什么来着？不是说咱俩老得和美吗？他必定说这一套，好像活人得叫死人管着似的。还有一层，一听说分家，他管保不肯，而愿把家产都给了我，我不想占便宜。他老拿我当作‘弟弟’，老拿自己的感情限定住别人的举止，老假装他明白我，其实他是个时代落伍者。这个时代是我的，用不着他来操心管我。”他的脸上忽然的很严重了。

看着他的脸，我心中慢慢的起了变化——白李不仅是看不起“两糟蛋”的狂傲少年了，他确是要树立住自己，我也明白过来，他要是和黑李慢慢的商量，必定要费许多动感情的话，要讲许多弟兄间的情义；即使他不讲，黑李总要讲的。与其这样，还不如吵，省得拖泥带水，他要一刀两断，各自奔前程。再说，慢慢的商议。老二决不肯干脆的答应。老四先吵嚷出来，老二若还不干，便是显着要霸占弟弟的财产了。猜到这里，我心中忽然一亮：

“你是不是叫我对老二去说？”

“一点不错。省得再吵。”他又笑了。“不愿叫老二太难堪了，究竟是弟兄。”似乎他很不喜说这末后的两个字——弟兄。

我答应了给他办。

“把话说得越坚决越好。二十年内，我俩不能作弟兄。”他停了一会儿，嘴角上挤出点笑来。“也给老二想了，顶好赶快结婚，生个胖娃娃就容易把弟弟忘了。二十年后，我当然也落伍了，那时候，假如还活着的话，好回家作叔叔。不过，告诉他，讲恋爱的时候要多吻少磕头，要死追，别死跪着。”他立起来，又想了想，“谢谢你呀”。他叫我明明的觉出来，这一句是特意为我说的，他并不负要说的责任。

为这件事，我天天找黑李去。天天他给我预备好莲花白。吃完喝完说完，无结果而散。至少有半个多月的工夫是这样。我说的，他都明白，而且愿意老四去闯练闯练。可是临完的一句老是“舍不得老四呀！”

“老四的计划？计划？”他走过来，走过去，这么念道。眉上的黑痣夹陷在脑门的皱纹里，看着好似缩小了些。“什么计划呢？你问问他，问明白我就放心了。”

“他不说，”我已经这么回答过五十多次了。

“不说便是有危险性！我只有这么一个弟弟！叫他跟我吵吧，吵也是好的。从前他不这样，就是近来和我吵。大概还是为那个女的！劝我结婚？没结婚就闹成这样，还结婚！什么计划呢？真！分家？他爱要什么拿什么好了。大概是我得罪了他，我虽不跟他吵，我知道我也有我的主张。什么计划呢？他要怎样就怎样好了，何必分家……”

这样来回磨，一磨就是一点多钟。他的小玩艺也一天比一天增多：占课，打卦，测字，研究宗教……什么也没能帮助他推测出老四的计划，只添了不少小恐怖。这可并不是说，他显着怎样的慌张。不，他依旧是那么婆婆慢慢的。他的举止动作好像老追不上他的感情，无论心中怎着急，他的动作是慢的，慢得仿佛是拿生命当作玩艺儿似的逗弄着。

我说老四的计划是指着将来的事业而言，不是现在有什么具体的办法。他摇头。

就这么耽延着，差不多又过了一个多月。

“你看，”我抓住了点理，“老四也不催我，显然他说的是长久之计，不是马上要干什么。”

他还是摇头。

时间越长，他的故事越多。有一个礼拜天的早晨，我看见他进了礼拜堂。也许是看朋友，我想。在外面等了他会儿。他没出来。不便再等了，我一边走一边想：老李必是受了大的刺激——失恋，弟兄不和，或者还有别的。只就我知道的这两件事说，大概他已经支持不下去。他的动作仿佛是拿生命当作小玩艺，那正是因他对任何小事都要慎重的考虑。茶碗上的花纹摆不齐都觉得不舒服。那一件小事也得在他心中摆好，摆得使良心上舒服。上礼拜堂去祷告，为是坚定良心。良心是古圣先贤给他制备好了的，可是他又不愿将一切新事新精神一笔抹杀。结果，他"想"怎样老不如"已是"怎样来得现成，他不知怎样才好。他大概是真爱她，可是为弟弟不能不放弃她，而且失恋是说不出口的。他常对我说，"咱们也坐一回飞机"。说完，他一笑，不是他笑呢，是"身体发肤，受之父母"笑呢。

过了晌午，我去找他。按说一见面就得谈老四，在过去的一个多月都是这样。这次他变了花样，眼睛很亮，脸上有点极静适的笑意，好像是又买着一册善本的旧书。

"看见你了"，我先发了言。

他点了点头，又笑了一下，"也很有意思"！

什么老事情被他头次遇上，他总是说这句。对他讲个闹鬼的笑话，也是"很有意思"！他不和人家辩论鬼的有无，他信那个故事，"说不定世上还有比这更奇怪的事"。据他看，什么事都是可能的。因此，他接受的容易，可就没有什么精到的见解。他不是不想多明白些，但是每每在该用脑子的时候，他用了感情。

"道理都是一样的，"他说，"总是劝人为别人牺牲。"

"你不是已经牺牲了个爱人？"我愿多说些事实。

"那不算，那是消极的割舍，并非由自己身上拿出点什么来。这十来天，我已经读完'四福音书'。我也想好了，我应当分担老四的事，不应当只不准他离开我。你想想吧，设若他真是专为分家产，为什么不来跟我明说？"

“他怕你不干，”我回答。

“不是！这几天我用心想过了，他必是真有个计划，而且是有危险性的。所以他要一刀两断，以免连累了我。你以为他年青，一冲子性？他正是利用这个骗咱们；他实在是体谅我，不肯使我受屈。把我放在安全的地方，他好独作独当的去干。必定是这样！我不能撒手他，我得为他牺牲！母亲临去世的时候——”他没往下说，因为知道我已听熟了那一套。

我真没想到这一层。可是还不深信他的话；焉知他不是受了点宗教的刺激而要充分的发泄感情呢？

我决定去找白李，万一黑李猜得不错呢！是，我不深信他的话，可也不敢要悬虚。

怎么找也找不到白李。学校，宿舍，图书馆，网球场，小饭铺，都看到了，没有他的影儿。和人们打听，都说好几天没见着他。这又是白李之所以为白李；黑李要是离家几天，连好朋友们他也要通知一声。白李就这么人不知鬼不觉的不见了。我急出一个主意来——上“她”那里打听打听。

她也认识我，因为我常和黑李在一块儿。她也好几天没见着白李。她似乎很不满意李家兄弟，特别是对黑李。我和她打听白李，她偏跟我谈论黑李。我看出来，她确是注意——假如不是爱——黑李。大概她是要圈住黑李，作个标本。有比他强的呢，就把他免了职；始终找不到比他高明的呢，最后也许就跟了他。这么一想，虽然只是一想，我就没乘这个机会给他和她再撮合一下；按理说应当这么办，可是我太爱老李，总觉得他值得娶个天上的仙女。

从她那里出来，我心中打开了鼓。白李上哪儿去了呢？不能告诉黑李！一叫他知道了，他能立刻登报找弟弟，而且要在半夜里起来占课测字。可是，不说吧，我心中又痒痒。干脆不找他去？也不行。

走到他的书房外边，听见他在里面哼唧呢。他非高兴的时候不哼唧着玩。可是平日他哼唧，不是诗便是那句代表一切歌曲的“深闺内，端的是玉无瑕”。这次的哼唧不是这些。我细听了听，他是练习圣诗呢。他没有音乐的耳朵，无论什么，到他耳中都是一个味儿。他唱出的时候，自然也还是一个味儿。无论怎样吧，反正我知道他现在是很高兴。为什么事高兴呢？

我进到屋中，他赶紧放下手中的圣诗集，非常的快活：“来得正好，正想找你去呢！老四刚走。跟我要了一千块钱去。没提分家的事，没提！”

显然他是没问弟弟，那笔钱是干什么用。要不然他不能这么痛快。他必是只求弟弟和他同居，不再管弟弟的行动；好像即使弟弟有带危险的计划，自要不分家，便也没什么可怕的了。我看明白了这点。

“祷告确是有效，”他郑重的说。“这几天我天天祷告，果然老四就不提那回事了。即使他把钱都扔了，反正我还落下个弟弟！”

我提议喝我们照例的一壶莲花白。他笑着摇摇头：“你喝吧，我陪着吃菜，我戒了酒。”

我也就没喝，也没敢告诉他，我怎么各处去找老四。老四既然回来了，何必再说？可是我又提起“她”来。他连接碴儿也没接，只笑了笑。

对于老四和“她”，似乎全没什么可说的了。他给我讲了些圣经上的故事。我一面听着，一面心中嘀咕——老李对弟弟与爱人所取的态度似乎有点不大对；可是我说不出所以然来。我心中不十分安定，一直到回在家中还是这样。

又过了四五天，这点事还在我心中悬着。有一天晚上，王五来了。他是在李家拉车，已经有四年了。

王五是个诚实可靠的人，三十多岁，头上有块疤——据说是小时候被驴给啃了一口。除了有时候爱喝口酒，他没有别的毛病。

他又喝多了点，头上的疤都有点发红。

"干吗来了，王五？"我和他的交情不错，每逢我由李家回来得晚些，他总张罗把我拉回来，我自然也老给他点酒钱。

"来看看你，"说着便坐下了。

我知道他是来告诉我点什么。"刚沏上的茶，来碗？"

"那敢情好；我自己倒；还真有点渴！"

我给了他支烟卷，给他提了个头儿："有什么事吧？"

"哼，又喝了两壶，心里痒痒；本来是不应当说的事！"他用力吸了口烟。

"要是李家的事，你对我说了准保没错。"

"我也这么想，"他又停顿了会儿，可是被酒气催着，似乎不能不说："我在李家四年零三十五天了！现在叫我很难。二爷待我不错，四爷呢，简直是我的朋友。所以不好办。四爷的事，不准我告诉二爷；二爷又是那么傻好的人。对二爷说吧，又对不起四爷——我的朋友。心里别提多么为难了！论理说呢，我应当向着四爷。二爷是个好人，不错；可究竟是个主人。多么好的主人也还是主人，不能肩膀齐为弟兄。他真待我不错，比如说吧，在这老热天，我拉二爷出去，他总设法在半道上耽搁会儿，什么买包洋火呀，什么看看书摊呀，为什么？为是叫我歇歇，喘喘气。要不怎说，他是好主人呢，他好，咱也得敬重他，这叫作以好换好。久在街上混，还能不懂这个？"

我又让了他碗茶，显出我不是不懂"外面"的人。他喝完，用烟卷指着胸口说："这儿，咱这儿可是爱四爷。怎么呢？四爷年青，不拿我当个拉车的看。他们哥儿俩的劲儿——心里的劲儿——不一样。

二爷吧，一看天气热就多叫我歇会儿，四爷就不管这一套，多么热的天也说拉着他飞跑。可是四爷和我聊起来的时候；他就说，证什么人应当拉着人呢？他是为我们拉车的——天下的拉车的都算在一块儿——抱不平。二爷对‘我’不错，可想不到大家伙儿。所以你看，二爷来的小，四爷来的大。四爷不管我的腿，可是管我的心；二爷是家长里短，可怜我的腿，可不管这儿。”他又指了指心口。

我晓得他还有话呢，直怕他的酒气被酽茶给解去，所以又紧他一板：“往下说呀，王五！都说了吧，反正我还能拉老婆舌头，把你搁里！”

他摸了摸头上的疤，低头想了会儿。然后把椅子往前拉了拉，声音放得很低：“你知道，电车道快修完了？电车一开，我们拉车的全玩完！这可不是为我自个儿发愁，是为大家伙儿。”他看了我一眼。

我点了点头。

“四爷明白这个；要不怎么我俩是朋友呢。四爷说：王五，想个办法呀！我说：四爷，我就有一个主意，揍！四爷说：王五，这就对了，揍！一来二去，我们可就商量好了。这我不能告诉你。我要说的是这个，”他把声音放得很低了，“我看见了，侦探跟上了四爷！未必然是为这件事，可是叫侦探跟着总不妥当。这就来到坐蜡的地方了：我要告诉二爷吧：对不起四爷；不告诉吧，又怕把二爷也饶在里面。简直的没法儿！”

把王五支走，我自己琢磨开了。

黑李猜的不错，白李确是有个带危险性的计划。计划大概不一定就是打电车，他必定还有厉害的呢。所以要分家，省得把哥哥拉扯在内。他当然是不怕牺牲，也不怕牺牲别人，可是还不肯一声不发的牺牲了哥哥——把黑李牺牲了并无济于事。电车的事来到眼前，连哥哥也顾不得了。

我怎办呢？警告黑李是适足以激起他的爱弟弟的热情。劝白李，不但没用，而且把王四搁在里边。

事情越来越紧了，电车公司已宣布出开车的日子。我不能再耗着了，得告诉黑李去。

他没在家，可是王五没出去。

“二爷呢？”

“出去了。”

“没坐车？”

“好几天了，天天出去不坐车？”

由王五的神气，我猜着了：“王五，你告诉了他？”

王五头上的疤都紫了：“又多喝了两盅不由的就说了。”

“他呢？”

“他直要落泪。”

“说什么来着？”

“问了我一句——老五，你怎样？我说，王五听四爷的。他说了声，好。别的没说，天天出去，也不坐车。”

我足足的等了三点钟，天已大黑，他才回来。

“怎样？”我用这两个字问到了一切。

他笑了笑，“不怎样。”

决没想到他这么回答我。我无须再问了，他已决定了办法。我觉得非喝点酒不可，但是独自喝有什么味呢。我只好走吧。临别的时候，我题了句：“跟我出去玩几天，好不好？”

“过两天再说吧。”他没说别的。

感情到了最热的时候是会最冷的。想不到他会这样对待我。

电车开车的头天晚上，我又去看他。他没在家，直等到半夜，他还没回来。大概是故意的躲我。

王五回来了，向我笑了笑，“明天！”

“二爷呢?”

“不知道。那天你走后，他用了不知什么东西，把眉毛上的黑痦子烧去了，对着镜子直出神。”

完了，没了黑痣，便是没有了黑李。不必再等他了。

我已经走出大门，王五把我叫住：“明天我要是——”他摸了摸头上的疤，“你可照应着点我的老娘！”

约摸五点多钟吧，王五跑进来，跑得连裤子都湿了。“全——揍了！”他再也说不出话来。直喘了不知有多大工夫，他才缓过气来，抄起茶壶对着嘴喝了一气。“啊！全揍了！马队冲下来，我们才散。小马六叫他们拿去了，看得真真的。我们吃亏没有家伙，专仗着砖头哪行！小马六要玩完。”

“四爷呢?”我问。

“没看见。”他咬着嘴唇想了想，“哼，事闹得不小！要是拿的话呀，准保是拿四爷。他是头目。可也别说，四爷并不傻，别看他青年。小马六要玩完，四爷也许不能。”

“也没看见二爷?”

“他昨天就没回家。”他又想了想，“我得在这儿藏两天。”

“那行。”

第二天早晨，报纸上登出——砸车暴徒首领李——当场被获一同被获的还有一个学生，五个车夫。

王五看着纸上那些字只认得一个“李”字，“四爷玩完了！四爷玩完了！”低着头假装抓那块疤，泪落在报上。

消息传遍了全城，枪毙李——和小马六，游街示众。

毒花花的太阳，把路上的石子晒得烫脚，街上可是还挤满了人。一辆敞车上坐着两个人，手在背后捆着。土黄制服的巡警，灰色制服的兵，前后押着，刀光在阳光下发着冷气。车越走越近了，两个白招子随着车轻轻的颤动。前面坐着的那个，闭着眼，额上有点汗，嘴唇微动，像是祷告呢。离我不远，他在我头前坐着摆动过去。我的泪迷住了我的心。等车过去半天，我才醒了过来，一直跟着车走到行刑场。他一路上连头也没抬一次。

他的眉皱着点，嘴微张着，胸上汪着血，好像死的时候还正在祷告。我收了他的尸。

过了几个月，我在上海遇见了白李，要不是我招呼他，他一定就跑过去了。

“老四！”我喊了他一声。

“啊？”他似乎受了一惊。“呕，你？我当是老二复活了呢。”

大概我叫得很像黑李的声调，并非有意的，或者是在我心中活着的黑李替我叫了一声。

白李显着老了一些，更像他的哥哥了。我们两并没说多少话，他好似不大愿意和我多谈。只记得他的这么两句：

“老二大概是进了天堂，他在那里顶合适了；我还在这儿砸地狱的门呢。”

原载1934年1月1日《文学季刊》创刊号

眼　镜

宋修身虽然是学着科学，可是在日常生活上不管什么科学科举的那一套。他相信饭馆里苍蝇都是消过毒的，所以吃芝麻酱拌面的时候不劳手挥目送的瞎讲究。他有对儿近视眼，也有对儿近视镜。可是他除非读书的时候不戴上它们。据老说法：越戴镜子眼越坏。他信这个。得不戴就不戴，譬如走路逛街，或参观运动会的时候，他的镜子是在手里拿着。即使什么也看不见，而且脑袋常常的发晕，那也活该。

他正往学校里走。溜着墙根，省得碰着人；不过有时候踩着狗腿。这回，眼镜盒子是卷在两本厚科学杂志里。他准知道这个办法不保险，所以走几步，站住摸一摸。把镜子丢了，上堂听课才叫抓瞎。况且自己的财力又不充足，买对眼镜说不定就会破产。本打算把盒子放在袋里，可是身上各处的口袋都没有空地方：笔记本，手绢，铅笔，橡皮，两个小瓶，一块吃剩下的烧饼，都占住了地盘。还是这么拿着吧，小心一点好了；好在盒子即使掉在地上也会有响声的。

一拐弯，碰上了个同学。人家招呼他，他自然不好不答应。站住说了几句。来了辆汽车，他本能的往里手一躲，本来没有躲的必要，可是眼力不济，得特别的留神，于是把鼻子按在墙上。汽车和朋友都过去了，他紧赶了几步，怕是迟到。走到了校门，一摸，眼镜盒子没啦！登时头上见了汗。抹回头去找，哪里有个影儿。拐弯的地方，老放着几辆洋车。问拉车的，他们都没看见，好像他们也都是近视眼似的。又往回找到校门，只摸了两手的土。心里算是别扭透了！掏出那块干烧饼狠命的摔在校门上，假如口袋里没这些零碎？假如不是遇上那个臭同学？假如不躲那辆闯丧的汽车？巧！越巧心里越堵得慌！一定是被车夫拾了去，瞪着眼不给，什么世界！天天走熟了的路，掉了东西会连告诉一声都不告诉，而捡起放在自己的袋里？一对近视镜有什么用？

宋修身的鼻子按在墙上的时候，眼镜盒子落在墙根。车夫王四看见了。

王四本想告诉一声，可是一看是"他"，一年到头老溜墙根，没坐过一回车。话到了嘴边，又回去了。汽车刚拐过去，他顺手捡起盒子，放在腰中。

当着别的车夫，不便细看，可是心中不由得很痛快，坐在车上舒舒服服的微笑。

他看见宋修身回来了，满头是汗，怪可怜的。很想拿出来还给他。可是别人都说没看见，自己要是招认了，吃了又吐，怪不好意思的。况且给他也是白给，他还能给点报酬？白叫他拿去，而且还得叫朋友们奚落一场——喝，拾了东西连一声都不出，怕我们抢你的？喝，拾了又白给了人家，真大方？莫若也说没看见。拾了就是拾了，活该。学生反正比拉车的阔。

宋修身往回走，王四拉起车来，搭讪着说，"别这儿耗着啦，东边去搁会儿。"心里可是说，"今儿个咱算票不了啦，连盒子带镜子还不卖个块儿八七的？！"到了个僻静地方，放下车，把盒子掏出来。

好破的盒子，大概换洋火也就是换上一小包。盒子上面的布全磨没了，倒好，油汪汪的，上边还好像粘着点柿子汁儿。打开，眼镜框子还不坏，挺粗挺黑——王四就是不喜欢细铁丝似的那路镜框，看见戴稀软活软的镜框的人，他连“车”也不问一声。用手弹了弹耳插子，不像是铁的，可也不是木头的——许是玳瑁的！他心中一跳。

镜子真脏，往外凸着，上面净是一圈一圈的纹，腻着一圈圈的土，越到镜边上越厚。镜子底下还压着半根火柴。他把火柴划着，扔在地上。从车厢里拿出小破蓝布掸子来。给镜子哈了两口气，开始用掸子布擦。连哈了四次气，镜子才有个样儿；又沾了一回唾沫，才完全擦干净。自己戴了戴，不行，架子太小，戴不上；宋修身本是个小头小脸的人。“卖不出去，连自己戴着玩都不行！”王四未免有点失望。可是继而一想：拉车戴眼镜，不大像样儿；再说，怎能卖不出去呢？

拉着车，找着一个破货摊。“嗐，卖给你这个。”

“不要。”摆摊的人——一个红鼻子黄眼的家伙——连看也没看，虽然他的摊上有许多眼镜，而且有老式绣花的镜套子呢。

王四不想打架，连“妈的真和气！”都没说出声来。

又遇上个挑筐买卖破烂的，“嗐，卖给你这个，玳瑁框子！”

“没见过这样的玳瑁！”挑筐的看了一眼，“干脆要多少钱？”

“干脆你给多少？”王四把镜子递过去。

“二十子儿。”

“什么？”王四把镜子抢回来。

“给的不少。平光好卖，老花镜也好卖；这是近视镜。框子是化学的，说不定挑来挑去就弄碎了；白赔二十枚。”

王四的心凉了，可是还不肯卖；二十子？早知道还送给那个溜墙根的学生呢！

不卖了，他决定第二天把镜子送归原主；也许倒能得几毛钱的报酬。

第二天早晨，王四把车放在拐弯的地方。学校打了钟，溜墙根的近视眼还没来。一直等到十点多，还是没他的影儿。拉了趟买卖，约摸有十二点多了，又特意放回来。学生下了课，只是不见那个近视眼。

宋修身没来上课。

眼镜丢了以后，他来到教室里。虽然坐在前面，黑板上的字还是模糊不清。越看不清，越用力看；下了课，他的脑袋直抽着疼。他越发心里堵得慌。第二堂是算术习题。他把眼差不多贴在纸上，算了两三个题，他的心口直发痒，脑门非常的热。他好像把自己丢失了。平日最欢喜算术，现在他看着那些字码心里起急。心中熟记的那些公式，都加上了点新东西——眼镜，汽车，车夫。公式和懊恼搀杂在一块，把最喜爱的一门功课变成了最讨厌的一些气人的东西。他不能再安坐在课室里，他想跑到空旷的地方去嚷一顿才痛快。平日所不爱想的事，例如生命观等，这时候都在心中冒出来。一个破近视镜，拾去有什么用？可是竟自拾去！经济的压迫，白拾一根劈柴也是好的。不怨那个车夫。虽然想到这个，心中究竟是难过。今天的功课交不上。明天当然还是头疼。配镜子去，作不到。学期开始的时候，只由家中拿来七十几块钱，下俩月的饭费还没有着落。家中打的粮不少，可是卖不出去。想到了父亲，哥哥，一天到头受苦受累，粮可是卖不出去。平日他没工夫想这些问题，也不肯想这些问题；今天，算术的公式好像给它们匀出来点地方。他想不出一个办法，他头一次觉得生命没着落，好像一切稳定的东西都随着眼镜丢了，眼前事事模糊不清。他不想退学，也想不出继续求学的意义。

长极了的一点钟，好容易才过去。下课的钟声好像不和平日一样，好像有点特别的声调，是一种把大家都叫到野地去喊叫的口令。他出了教室，有一股怨气引着他走出校门；第三堂不上了，也没去请假。他就没想到还有什么第三堂，什么请假的规则。

溜着墙根，他什么也没想，又像想着点什么。到了拐弯的地方，他想起眼镜。几个车夫在那儿说话呢，他想再过去问问他们，可是低着头走了过去。

第二天，他没去上课。

王四没有等到那个近视眼。一天的工夫，心老在车箱里——那里有那个破眼镜盒子。不知道为什么老忘不了它。

将要收车的时候，小赵来了。小赵家里开着个小杂货铺，可是他不大管铺子里的事。他的父亲很希望他能管点事，可是叫他管事他就偷钱；儿子还不如伙计可靠呢。小赵的父亲每逢行个人情，或到庙里烧香，必定戴上平光的眼镜——八毛钱在小摊儿上买的。大铺户的掌柜和先生们都戴平光的眼镜，以便在戏馆中，庙会上，表示身分。所以小铺掌柜也不能落伍。小赵并不希望他父亲一病身亡，虽然死了也并没大关系。假如父亲马上死了，他想不出怎样表示出他变成了正式的掌柜，除非他也戴上平光的眼镜。八毛钱买的眼镜，价值不限于八毛。那是掌权立业，袋中老带着几块现洋的象征。

他常和王四们在一块儿。每逢由小铺摸出几毛来，他便和王四们押个宝，或者有时候也去逛个土窑子。车夫们都管他叫"小赵"，除非赌急红了脸才称呼他"少掌柜"，而在这种争斗的时节，他自己也开始觉到身分。平日，他没有什么脾气，对王四们都很"自己"。

"押押？我的庄？"小赵叫他们看了看手中的红而脏的毛票，然后掏出烟卷，吸着。

王四从耳朵上取下半截烟，就着小赵的火儿吸着。

大家都蹲在车后面。

不大一会儿，王四那点铜子全另找到了主人。他脑袋上的筋全不服气的涨起来。想往回捞一捞——“嗐，红眼，借给我几个子儿！”

红眼把手中的铜子押上，押了五道；手中既空，自然不便再回答什么，挤着红眼专等看骰子。

王四想不出招儿来。赌气子立起来，向四外看了看，看有巡警往这里来没有。虽然自己是输了，可是巡警要抓的话，他也跑不了。

小赵赢了，问大家还接着干不。大家还愿意干，可是小赵得借给他们资本。小赵满手是土，把铜子和毛票一齐放在腰里：“别套着烂，要干，拿钱。”

大家快要称呼他“少掌柜”了。卖烧白薯的李六过来了。“每人一块，赵掌柜的给钱！”小赵要宴请众朋友。“这还不离，小赵！”大家围上了白薯挑子。王四也弄了块，深呼吸的吃着。

吃完白薯，王四想起来了：“小赵，给你这个。”从车厢里把眼镜找出来：“别看盒子破，里面有好玩艺儿。”

小赵一见眼镜，“掌柜的”在心中放大起来；把没吃完的白薯扔在地上，请了野狗的客。果然是体面的镜子，比父亲的还好。戴上试试。不行，“这是近视镜，戴上发晕！”

“戴惯就好了，”王四笑着说。

“戴惯？为戴它，还得变成近视眼？”小赵觉得不上算，可是又真爱眼镜。试着走了几步。然后，摘下来，看看大家。大家都觉得戴上镜子确是体面。王四领着头说：

“真有个样儿！”

“就是发晕呢！”小赵还不肯撒手它。

“戴惯就好了！”王四觉得只有这一句还像话。

小赵又戴上镜子，看了看天。“不行，还是发晕！”

“你拿着吧，拿着吧。”王四透着很“自己”。“送给你的，我拿着没用。拿着吧，等过二年，你的眼神不这么足了，再戴也就合适了。”

“送给我的?”小赵钉了一句。“真的?操!换个盒子还得好几毛!”

“真送给你,我拿着没用;卖,也不过卖个块儿八七的!”王四更显着“自己”了。

“等我数数,”小赵把毛票都掏出来,给了李六白薯钱。“还有六毛,才他妈的赢了两毛!”

“你还有铜子呢!”有人提醒他一声。

“至多也就有一毛来钱的铜子,”小赵可是没往外掏它们,大家也不就深信他的话。小赵可是并不因为赢得少而不高兴;他的确很欢喜。往常,他每耍必输。输几毛原不算什么,不过被大家拿他当“大头”,有些难堪。今天总算恢复了名誉,虽然连铜子算上才三毛来钱——也许是三毛多,铜子的分量怪沉的吗。“王四,我也不白要你的。看见没?有六毛。你三毛,我三毛,像回事儿不像?”

王四没想到他能给三毛。他既然开通,不妨再挤一下:“把铜子再掏出点来,反正是赢去的。”

“吹!吉祥钱,腰里带着好。明儿个还得跟你们干呢!”小赵觉得明天再来,一定还要赢的。这两天运气必是不坏。

“好啦,三毛。三毛买那么好的镜子!”王四把票子接过来。放在贴肉的小兜里。

“你不是说送给我吗?这小子!”

“好啦,好啦,朋友们过得多,不在乎这个。”

小赵把眼镜放在盒子里,走开。“明儿再干!”走了几步,又把盒子打开。回头看了看,拉车的们并没把眼看着他。把镜子又戴上,眼前成了模糊的一片。可是不肯马上摘下来——戴惯就好了。他觉得王四的话有理。有眼镜不戴,心中难过。况且掌柜们都必须戴镜子的。眼镜,手表,再安上一个金门牙;南岗子的小凤要不跟我才怪呢!

刚一拐弯，猛的听见一声喇叭。他看不清，不知往哪面儿躲。他急于摘镜子……

学校附近，这些日子了，不见了溜墙根的近视学生，不见了小赵，不见了王四。“王四这些日子老在南城搁车，”李六告诉大家。

原载 1934 年 1 月《青年界》第五卷第一号

铁牛和病鸭

王明远的乳名叫“铁柱子”。在学校里他是“铁牛”。好像他总离不开铁。这个家伙也真是有点“铁”。大概他是不大爱吃石头罢了；真要吃上几块的话，那一定也会照常的消化。

他的浑身上下，看哪儿有哪儿，整像匹名马。他可比名马还泼辣一些，既不娇贵，又没脾气。一年到头，他老笑着。两排牙，齐整洁白，像个小孩儿的。可是由他说话的时候看，他的嘴动得那么有力量，你会承认这两排牙，看着那么白嫩好玩，实在能啃碎石头子儿。

认识他的人们都知道这么一句——老王也得咧嘴。这是形容一件最累人的事。王铁牛几乎不懂什么叫累得慌。他要是咧了嘴，别人就不用想干了。

铁牛不念《红楼梦》——“受不了那套妞儿气！”他永远不闹小脾气，真的。“看看这个，”他把袖子搂到肘部，敲着筋粗肉满的胳臂，“这么粗的小棒锤，还闹小性，羞不羞？”顺势砸自己的胸口两拳，咚咚的响。

他有个志愿，要和和平平的作点大事。他的意思大概是说，作点对别人有益的事，而且要自自然然作成，既不锣鼓喧天，也不杀人流血。

由他的谈吐举动上看，谁也看不出他曾留过洋，念过整本的洋书，他说话的时候永不夹杂着洋字。他看见洋餐就挠头，虽然请他吃，他也吃得不比别人少。不服洋服，不会跳舞，不因为街上脏而堵上鼻子，不必一定吃美国橘子。总而言之，他既不闹中国脾气，也不闹外国脾气。比如看电影，《火烧红莲寺》和《三剑客》，对他，并没有多少分别。除了“妞儿气”的片子，都“不坏”。

他是学农的。这与他那个“和和平平的作点大事”颇有关系。他的态度大致是这样：无论政治上怎样革命，人反正得吃饭。农业改良是件大事。他不对人们用农学上的专名词；他研究的是农业，所以心中想的是农民，他的感情把研究室的工作与农民的生活联成一气。他不自居为学者。遇上好转文的人，他有句善意的玩笑话：“好不好由武松打虎说起?”《水浒传》是他的“文学”。

自从留学回来，他就在一个官办的农场作选种的研究与试验。这个农场的成立，本是由几个开明官儿偶然灵机一动，想要关心民瘼，所以经费永远没有一定的着落。场长呢，是照例每七八个月换一位，好像场长的来去与气候有关系似的。这些来来往往的场长们，人物不同，可是风格极相似，颇似秀才们作的八股儿。他们都是咧着嘴来，咧着嘴去，设若不是“场长”二字在履历上有点作用，他们似乎还应当痛哭一番。场长既是来熬资格，自然还有愿在他们手下熬更小一些资格的人。所以农场虽成立多年，农场试验可并没有作过。要是有的话，就是铁牛自己那点事儿。

为他，这个农场在用人上开了个官界所不许的例子——场长到任，照例不撤换铁牛。这已有五六年的样子了。

铁牛不大记得场长们的姓名，可是他知道怎样央告场长。在他心中，场长，不管姓甚名谁，是必须央告的。“我的试验需要长的时间。我爱我的工作。能不撤换我，是感激不尽的！请看看我的工作来，请来看看！”场长当然是不去看的；提到经费的困难；铁牛请场长放心，“减薪我也乐意干，我爱这个工作！”场长手下的人怎么安置呢？铁牛也有办法：“只要准我在这儿工作，名义倒不拘。”薪水真减了，他照常的工作，而且作得颇高兴。

可有一回，他几乎落了泪。场长无论如何非撤他不可。可是头天免了职，第二天他照常去作试验，并且拉着场长去看他的工作：“场长，这是我的命！再有些日子，我必能得到好成绩；这不是一天半天能作成的。请准我上这里作试验好了，什么我也不要。到别处去，我得从头另作，前功尽弃。况且我和这个地方有了感情，这里的一切是我的手，我的脚。我永不对它们发脾气，它们也老爱我。这些标本，这些仪器，都是我的好朋友！”他笑着，眼角里有个泪珠。耶稣收税吏作门徒①必是真事，要不然场长怎会心一软，又留下了铁牛呢？从此以后，他的地位稳固多了，虽然每次减薪，他还是跑不了。“你就是把钱都减了去，反正你减不去铁牛！”他对知己的朋友总这样说。

他虽不记得场长们的姓名，他们可是记住了他的。在他们天良偶尔发现的时候，他们便想起铁牛。因此，很有几位场长在高升了之后，偶尔凭良心作某件事，便不由的想“借重”铁牛一下，向他打个招呼。铁牛对这种“抬爱”老回答这么一句：“谢谢善意，可是我爱我的工作，这是我的命！”他不能离开那个农场，正像小孩离不开母亲。

为维持农场的存在，总得作点什么给人们瞧瞧，所以每年必开一次农品展览会。职员们在开会以前，对铁牛特别的和气。“王先生，多偏劳！开完会请你吃饭！”吃饭不吃饭，铁牛倒不在乎；这是和农民与社会接触的好机会。他忙开了：征集，编制，陈列，讲演，

---

① 耶稣收税吏作门徒，见《新约·马太福音》第九章第九节至十三节。

招待，全是他，累得“四脖子汗流”。有的职员在旁边看着，有点不大好意思。所以过来指摘出点毛病，以便表示他们虽没动手，可是眼睛没闲着。铁牛一边擦汗一边道歉：“幸亏你告诉我！幸亏你告诉我！”对于来参观的农民，他只恨长着一张嘴，没法儿给人人掰开揉碎的讲。

有长官们坐在中间，好像兔儿爷摊子的开会纪念像片里，十回有九回没铁牛。他顾不得照像。这一点，有些职员实在是佩服了他。所以会开完了，总有几位过来招呼一声：“你可真累了，这两天！”铁牛笑得像小姑娘穿新鞋似的：“不累，一年才开一次会，还能说累？”

因此，好朋友有时候对他说，“你也太好脾性了，老王！”

他笑着，似乎是要害羞：“左不是多卖点力气，好在身体棒。”他又搂起袖子来，展览他的胳臂。他决听不出朋友那句话是有不满而故意欺侮他的意思。他自己的话永远是从正面说，所以想不到别人会说偏锋话。有的时候招得朋友不能不给他解释一下，他这才听明白。可是“谁有工夫想那么些个弯子！我告诉你，我的头一放在枕头上，就睡得像个球；要是心中老绕弯儿，怎能睡得着？人就仗着身体棒；身体棒，睁开眼就唱。”他笑开了。

铁牛的同学李文也是个学农的。李文的腿很短，嘴很长，脸很瘦，心眼很多。被同学们封为“病鸭”。病鸭是牢骚的结晶，袋中老带着点“补丸”之类的小药，未曾吃饭先叹口气。他很热心的研究农学，而且深信改良农事是最要紧的。可是他始终没有成绩。他倒不愁得不到地位，而是事事人人总跟他闹别扭。就了一个事，至多半年就得散伙。即使事事人人都很顺心，他所坐的椅子，或头上戴的帽子，或作试验用的器具，总会跟他捣乱；于是他不能继续工作。世界上好像没有给他预备下一个可爱的东西，一个顺眼的地方，一个可以交往的人；他只看他自己好，而人人事事和样样东西都跟他过不去。不是他作不出成绩来，是到处受人们的排挤，没法子再作下去。比如他刚要动手作工，旁边有位先生说了句：“天很冷啊！”于是他的脑中转开了螺丝：什么意思呢，这句话？是不是说我刚才没有把门关严呢？他没法安心工作下去。受了欺侮是不能再作工的。早晚他要报复这个，可是马上就得想办法，他和这位说天气太冷的先生势不两立。

他有时候也能交下一两位朋友，可是交过了三个月，他开始怀疑，然后更进一步去试探，结果是看出许多破绽，连朋友那天穿了件蓝大衫都有作用。三几个月的交情于是吵散。一来二去，他不再想交友。他慢慢把人分成三等，一等是比他位分高的，一等是比他矮的，一等是和他一样儿高的。他也决定了，他可以成功，假如他能只交比他高的人，不理和他肩膀齐的，管辖着役使着比他矮的。“人”既选定，对“事”便也有了办法。“拿过来”成了他的口号。非自己拿到一种或多种事业，终身便一无所成。拿过来自己办，才能不受别人的气。拿过来自己办，椅子要是成心捣乱，砸碎了兔崽子！非这样不可，他是热心于改良农事的；不能因受闲气而抛弃了一生的事业；打算不受闲气，自己得站在高处。

有志者事竟成，几年的工夫他成了个重要的人物，“拿过来”不少的事业。原先本是想拿过来便去由自己作，可是既拿过来一样，还觉得不稳固。还有斜眼看他的人呢！于是再去拿。越拿越多，越多越复杂，各处的椅子不同，一种椅子有一种气人的办法。他要统一椅子都得费许多时间。因此，每拿过来一个地方，他先把椅子都漆白了，为是省得有污点不易看见。椅子倒是都漆白了，别的呢？他不能太累了，虽然小药老在袋中，到底应当珍惜自己；世界上就是这样，除了你自己爱你自己，别人不会关心。

他和铁牛有好几年没见了。

正赶上开农业学会年会。堂中坐满了农业专家。台上正当中坐着病鸭，头发挺长，脸色灰绿，长嘴放在胸前，眼睛时开时闭，活像个半睡的鸭子。他自己当然不承认是个鸭子；时开时闭的眼，大有不屑于多看台下那群人的意思。他明知道他们的学问比他强，可是他坐在台上，他们坐在台下；无论怎说，他是个人物，学问不学问的，他们不过是些小兵小将。他是主席，到底他是主人。他不能不觉着得意，可是还要露出有涵养，所以眼睛不能老睁着，好像天下最不要紧的事就是作主席。可是，眼睛也不能老闭着，也得留神下边有斜眼看他的人没有。假如有的话，得设法收拾他。就是在这么一睁眼的工夫，他看见了铁牛。

铁牛仿佛不是来赴会，而是料理自家的丧事或喜事呢。出来进去，好似世上就忙了他一个人了。

有人在台上宣读论文。病鸭的眼闭死了，每隔一分多钟点一次头，他表示对论文的欣赏，其实他是琢磨铁牛呢。他不愿承认他和铁牛同过学，他在台上闭目养神，铁牛在台下当“碎催”，好像他们不能作过学友；现在距离这么远，原先也似乎相离不应当那么近。他又不能不承认铁牛确是他的同学，这使他很难堪：是可怜铁牛好呢，还是夸奖自己好呢？铁牛是不是看见了他而故意的躲着他？或者也许铁牛自惭形秽不敢上前？是不是他应当显着大度包容而先招呼铁牛？他不能决定，而越发觉得“同学”是件别扭事。

台下一阵掌声，主席睁开了眼。到了休息的时间。

病鸭走到会场的门口，迎面碰上了铁牛。病鸭刚看见他，便赶紧拿着尺寸一低头，理铁牛不理呢？得想一想。可是他还没想出主意，就觉出右手像掩在门缝里那么疼了一阵。一抽手的工夫，他听见了：“老李！还是这么瘦？老李——”

病鸭把手藏在衣袋里，去暗中舒展舒展；翻眼看了铁牛一下，铁牛脸上的笑意像个开花弹似的，从脸上射到空中。病鸭一时找不到相当的话说。他觉得铁牛有点过于亲热。可又觉得他或者没有什么恶意——“还是这么瘦”打动了自怜的心，急于找话说，往往就说了不负责任的话。“老王，跟我吃饭去吧？”说完很后悔，只希望对方客气一下。可是铁牛点了头。病鸭脸上的绿色加深了些。“几年没有见了，咱们得谈一谈！”铁牛这个家伙是赏不得脸的。

两个老同学一块儿吃饭，在铁牛看，是最有意思的。病鸭可不这样看——两个人吵起来才没法下台呢！他并不希望吵，可是朋友到一块儿，有时候不由的不吵。脑子里一转弯，不能不吵；谁还能禁止得住脑子转弯？

铁牛是看见什么吃什么，病鸭要了不少的菜。病鸭自己可是不吃，他的筷子只偶尔的夹起一小块锅贴豆腐。“我只能吃点豆腐，”他说。他把“豆腐”两个字说得不像国音，也不像任何方音，听着怪像是外国字。他有好些字这么说出来。表示他是走南闯北，自己另制了一份儿“国语”。

“哎？”铁牛听不懂这两个字。继而一看他夹的是豆腐，才明白过来：“咱可不行；豆腐要是加上点牛肉或者还沉重点儿。我说，老李，你得注意身体呀。那么瘦还行？”

太过火了！提一回正足以打动自怜的情感。紧自说人家瘦，这是看不起人！病鸭的脑子里皱上了眉。不便往下接着说，换换题目吧：

“老王，这几年净在哪儿呢？”

“——农场，不坏的小地方。”

“场长是谁？”

幸而铁牛这回没忘了——“赵次江。”

病鸭微微点了点头，唯恐怕伤了气。“他呀？待你怎样？”

“无所谓，他干他的，我干我的；只希望他别撤换我。”铁牛为是显着和气。也动了一块豆腐。

“拿过来好了。”病鸭觉得说了这半天，只有这一句还痛快些。“老王，你干吧！”

“我当然是干哪，我就怕干不下去，前功尽弃。咱们这种工作要是没有长时间，是等于把钱打了水漂儿。”

“我是让你干场长。现成的事，为什么不拿过来？拿过来，你爱怎办怎办；赵次江是什么玩艺！”

“我当场长，”铁牛好像听见了一件奇事。“等过个半年来的，好被别人顶了？”

有点给脸不兜着！病鸭心里默演对话：“你这小子还不晓得李老爷有多大势力？轻看我？你不放心哪，我给你一手儿看看。”他略微一笑，说出声来：“你不干也好，反正咱们把它拿过来好了。咱们有的是人。你帮忙好了。你看看，我说不叫赵次江干，他就干不了！这话可不用对别人说。”

铁牛莫名其妙。

病鸭又补上一句：“你想好了，愿意干呢，我还是把场长给你。”

“我只求能继续作我的试验；别的我不管。”铁牛想不出别的话。

“好吧，”病鸭又“那么”说了这两个字，好像德国人在梦里练习华语呢。

直到年会开完，他们俩没再坐在一块谈什么。从铁牛那面儿说，他觉得病鸭是拿着一点精神病作事呢。“身体弱，见了喜神也不乐。”编好了这么句唱儿，就把病鸭忘了。

铁牛回到农场不久，场长果然换了。新场长对他很客气，头一天到任便请他去谈话：

“王先生，李先生的老同学。请多帮忙，我们得合作。老实不客气的讲，兄弟对于农学是一窍不通。不过呢，和李先生的关系还那个。王先生帮忙就是了，合作，我们合作。”

铁牛想不出，他怎能和个不懂农学的人合作。“精神病!”他想到这么三个字，就顺口说出来。

新场长好像很明白这三个字的意思，脸沉下去：“兄弟老实不客气的讲，王先生，这路话以后请少说为是。这倒与我没关系，是为你好。你看，李先生打发我到这儿来的时候，跟我谈了几句那天你怎么与他一同吃饭，说了什么。李先生露出一点意思，好像是说你有不合作的表示。不过他决不因为这个便想——啊，同学的面子总得顾到。请原谅我这样太不客气！据我看呢，大家既是朋友，总得合作。我们对于李先生呢，也理当拥护。自然我们不拥护他，那也没什么。不过是我们——不是李先生——先吃亏罢了。”

铁牛莫名其妙。

新场长到任后第一件事是撤换人，第二件事是把椅子都漆白了。第一件与铁牛无关，因为他没被撤职。第二件可不这样，场长派他办理油饰椅子，因这是李先生视为最重要的事，所以选派铁牛，以表示合作的精神。

铁牛既没那个工夫，又看不出漆刷椅子的重要，所以不管。

新场长告诉了他：“我接收你的战书；不过，你既是李先生的同学，我还得留个面子，请李先生自己处置这回事。李先生要是——什么呢，那我可也就爱莫能助了!”

“老李——”铁牛刚一张嘴，被场长给截住：

“你说的是李先生？原谅我这样爽直，李先生大概不甚喜欢你这个‘老李’。”

“好吧，李先生知道我的工作，他也是学农的。场长就是告诉他，我不管这回事，他自然会晓得我什么不管。假如他真不晓得，他那才真是精神病呢。”铁牛似乎说高了兴：“我一见他的面，就看出来，他的脸是绿的。他不是坏人，我知道他；同学好几年，还能不知道这个？假如他现在变了的话，那一定是因为身体不好。我看见不是一位了，因为身体弱常闹小性。我一见面就劝了他一顿，身体弱，脑子就爱转弯。看我，身体棒，睁开眼就唱。”他哈哈的笑起来。

场长一声没出。

过了一个星期，铁牛被撤了差。

他以为这一定不能是病鸭的主意，因此他并不着慌。他计划好：援据前例，第二天还照常来工作；场长真禁止他进去呢，再找老李——老李当然要维持老同学的。

可是，他临出来的时候，有人来告诉他：“场长交派下来，你要明天是——的话，可别说用巡警抓你。”

他要求见场长，不见。

他又回到试验室，呆呆的坐了半天，几年的心血……

不能，不能是老李的主意，老李也是学农的，还能不明白我的工作的重要？他必定能原谅咱铁牛，即使真得罪了他。什么地方得罪了他呢？想不出来。除非他真是精神病。不能，他那天不是还请我吃饭来着？不论怎着吧，找老李去，他必定能原谅我。

铁牛越这样想越心宽，一见到病鸭，必能回职继续工作。他看着试验室内东西，心中想象着将来的成功——再有一二年，把试验的结果拿到农村去实地应用，该收一个粮的便收两个……和和平平的作了件大事！他到农场去绕了一圈，地里的每一棵谷每一个小木牌，都是他的儿女。回到屋内，给老李写了封顶知己的信，告诉他在某天去见他。把信发了，他觉得已经是一天云雾散。

按着信上规定的时间去见病鸭，病鸭没在家。可是铁牛不肯走，等一等好了。

等到第四个钟头上，来了个仆人：“请不用等我们老爷了，刚才来了电话，中途上暴病，入了医院。”

铁牛顾不得去吃饭，一直跑到医院去。

病人不能接见客人。

“什么病呢?”铁牛和门上的人打听。

“没病，我们这儿的病人都没病。”门上的人倒还和气。

“没病干吗住院?”

“那咱们就不晓得了，也别说，他们也多少有点病。”

铁牛托那个人送进张名片。

待了一会，那个人把名片拿起来，上面有几个铅笔写的字：“不用再来，咱们不合作。”

“和和平平的作件大事!”铁牛一边走一面低声的念道。

原载 1934 年 1 月 1 日《文学》第二卷第一号

也是三角

从前线上溃退下来，马得胜和孙占元发了五百多块钱的财。两支快枪，几对镯子，几个表……都出了手，就发了那笔财。在城里关帝庙租了一间房，两人享受着手里老觉着痒痒的生活。一人作了一身洋缎的衣裤，一件天蓝的大夹袄，城里城外任意的逛着，脸都洗得发光，都留下平头。不到两个月的工夫，钱已出去快一半。回乡下是万不肯的；作买卖又没经验，而且资本也似乎太少。钱花光再去当兵好像是唯一的，而且并非完全不好的途径。两个人都看出这一步。可是，再一想，生活也许能换个样，假如别等钱都花完，而给自己一个大的变动。从前，身子是和军衣刺刀长在一块，没事的时候便在操场上摔脚，有了事便朝着枪弹走。性命似乎一向不由自己管着，老随着口令活动。什么是大变动？安稳的活几天，比夜间住关帝庙，白天逛大街，还得安稳些。得安份儿家！有了家，也许生活自自然然的就起了变化。因此而永不再当兵也未可知，虽然在行伍里不完全是件坏事。两人也都想到这一步，他们不能不想到这一步，为人要没成过家，总是一辈子的大缺点。成家的事儿还得赶快的办，因为钱的出手仿佛比军队出发还快。钱出手不能不快，弟兄们是热心肠的，见着朋友，遇上叫化子多央告几句，钱便不由的出了手。婚事要办得马上就办，别等到袋里只剩了铜子的时候。两个人也都想到这一步，可是没法儿彼此商议。论交情，二人是盟兄弟，一块儿上过阵，一块儿入过伤兵医院，一块儿吃过睡过抢过，现在一块儿住着关帝庙。衣裳袜子可以不分；只是这件事没法商议。衣裳吃喝越不分彼此，越显着义气。可是俩人不能娶一个老婆，无论怎说。钱，就是那一些；一人娶一房是办不到的。还不能口袋底朝上，把洋钱都办了喜事。刚入了洞房就白瞪眼，要空拳头玩，不像句话。那么，只好一个娶妻，一个照旧打光棍。叫谁打光棍呢，可是？论岁数，都三十多了；谁也不是小孩子。论交情，过得着命；谁肯自己成了家，叫朋友楞着翻白眼？把钱平分了，各自为政；谁也不能这么说。十几年的朋友，一旦忽然散伙，连想也不能这么想。简直的没办法。越没办法越都常想到：三十多了；钱快完了；也该另换点事作了，当兵不是坏事，可是早晚准碰上一两个枪弹。逛窑子还不能哥儿俩挑一个“人儿”呢，何况是娶老婆？俩人都喝上四两白干，把什么知心话都说了，就是“这个”不能出口。

马得胜——新印的名片，字国藩，算命先生给起的——是哥，头像个木瓜，脸皮并不很粗，只是七棱八瓣的不整庄。孙占元是弟，肥头大耳朵的，是猪肉铺的标准美男子。马大哥要发善心的时候先把眉毛立起来，有时候想起死去的老母就一边落泪一边骂街。孙老弟永远很和气，穿着便衣问路的时节也给人行举手礼。为“那件事”，马大哥的眉毛已经立了三天，孙老弟越发的和气，谁也不肯先开口。

马得胜躺在床上，手托着自己那个木瓜，怎么也琢磨不透“国藩”到底是什么意思。其实心里本不想琢磨这个。孙占元就着煤油灯念《大八义》，遇上有女字旁的字，眼前就来了一顶红轿子，轿子过去了，他也忘了念到哪一行。赌气子不念了，把背后贴着金玉兰像片的小圆镜拿起来，细看自己的牙。牙很齐，很白，很没劲，翻过来看金玉兰，也没劲，胖娘们一个。不知怎么想起来：“大哥，小洋凤的《玉堂春》妈的才没劲！”

“野娘们都妈的没劲！”大哥的眉毛立起来，表示同情于盟弟。

盟弟又翻过镜子看牙，这回是专看两个上门牙，大而白亮亮的不顺眼。

俩人全不再言语，全想着野娘们没劲，全想起和野娘们完全不同的一种女的——沏茶灌水的，洗衣裳作饭，老跟着自己，生儿养女，死了埋在一块。由这个又想到不好意思想的事，野娘们没劲，还是有个正经的老婆。马大哥的木瓜有点发痒，孙老弟有点要坐不住。更进一步的想到，哪怕是合伙娶一个呢。不行，不能这么想。可是全都这么想了，而且想到一些更不好意思想的光景。虽然不好意思，但也有趣。虽然有趣，究竟是不好意思。马大哥打了个很勉强的哈欠，孙老弟陪了一个更勉强的。关帝庙里住的卖猪头肉的回来了。孙占元出去买了个压筐的猪舌头。两个弟兄，一人点心了一半猪舌头，一饭碗开水，还是没劲。

他们二位是庙里的财主。这倒不是说庙里都是穷人。以猪头肉作坊的老板说，炕里头就埋着七八百油腻很厚的洋钱。可是老板的钱老在炕里埋着。以后殿的张先生说，人家曾作过县知事，手里有过十来万。可是知事全把钱抽了烟，姨太太也跟人跑了。谁也比不上这兄弟俩，有钱肯花，而且不抽大烟。猪头肉作坊卖得着他们的钱，而且永远不驳价儿，该多少给多少，并不因为同住在关老爷面前而想打点折扣。庙里的人没有不爱他们的。

最爱他们哥俩的是李永和先生。李先生大概自幼就长得像汉奸，要不怎么，谁一看见他就马上想起“汉奸”这两个字来呢。细高身量，尖脑袋，脖子像棵葱，老穿着通天扯地的瘦长大衫。脚上穿着缎子鞋，走道儿没一点响声。他老穿着长衣服，而且是瘦长。据说，他也有时候手里很紧，正像庙里的别人一样。可是不论怎么困难，他老穿着长衣服；没有法子的时候，他能把贴身的衣袄当了或是卖了，但是总保存着外边的那件。所以他的长衣服很瘦，大概是为穿空心大袄的时候，好不太显着里边空空如也，而且实际上也可以保存些暖气。这种办法与他的职业大有关系。他必须穿长袍和缎子鞋。说媒拉纤，介绍典房卖地倒铺底，他要不穿长袍便没法博得人家信仰。他的自己的信仰是成三破四的“佣钱”，长袍是他的招牌与水印。

自从二位财主一搬进庙来，李永和把他们看透了。他的眼看人看房看地看货全没多少分别，不管人的鼻子有无，他看你值多少钱，然后算计好“佣钱”的比例数。他与人们的交情止于佣钱到手那一天——他准知道人们不再用他。他不大答理庙里的住户们，因为他们差不多都曾用过他，而不敢再领教。就是张知事照顾他的次数多些，抽烟的人是楞吃亏也不愿起来的。可是近来连张知事都不大招呼他了，因为他太不客气。有一次他把张知事的紫羔皮袍拿出去，而只带回几粒戒烟丸来。“顶好是把烟断了，”他教训张知事，“省得叫我拿羊皮皮袄满街去丢人；现在没人穿羊皮，连狐腿都没人屑于穿！”张知事自然不会一赌气子上街去看看，于是躺在床上差点没瘾死过去。

李永和已经吃过二位弟兄好几顿饭。第一顿吃完，他已把二位的脉都诊过了。假装给他们设计想个生意，二位的钱数已在他的心中登记备了案。他继续着白吃他们，几盅酒的工夫把二位的心事全看得和写出来那么清楚。他知道他们是萤火虫的屁股，亮儿不大，再说当兵不比张知事，他们急了会开打。所以他并不勒紧了他们，好在先白吃几顿也不坏。等到他们找上门来的时候，再勒他们一下，虽然是一对萤火虫，到底亮儿是个亮儿；多吧少吧，哪怕只闹新缎子鞋穿呢，也不能得罪财神爷——他每到新年必上财神庙去借个头号的纸元宝。

二位弟兄不好意思彼此商议那件事，所以都偷偷的向李先生谈论过。李先生一张嘴就使他们觉到天下的事还有许多他们不晓得的呢。

"上阵打仗，立正预备放的事儿，你们弟兄是内行；行伍出身，那不是瞎说的！"李先生说，然后把声音放低了些："至于娶妻成家的事儿，我姓李的说句大话，这里边的深沉你们大概还差点经验。"

这一来，马孙二位更觉非经验一下不可了。这必是件极有味道，极重要，极其"妈的"的事。必定和立正开步走完全不同。一个人要没尝这个味儿，就是打过一百回胜仗也是瞎掰！

得多少钱呢，那么？

谈到了这个，李先生自自然然的成了圣人。一句话就把他们问住了："要什么样的人呢？"

他们无言答对，李先生才正好拿出心里那部"三国志"。原来女人也有三六九等，价钱自然不都一样。比如李先生给陈团长说的那位，专说放定时候用的喜果就是一千二百包，每包三毛五分大洋。三毛五；十包三块五；一百包三十五；一千包三百五；一共四百二十块大洋，专说喜果！此外，还有"小香水"、"金刚钻"的金刚钻戒指，四个！此外……

二位兄弟心中几乎完全凉了。幸而李先生转了个大弯：咱们弟兄自然是图个会洗衣裳作饭的，不挑吃不挑喝的，不拉舌头扯簸箕的，不偷不摸的，不叫咱们戴绿帽子的，家贫志气高的大姑娘。

这样大姑娘得多少钱一个呢？

也得三四百，岳父还得是拉洋车的。

老丈人拉洋车或是赶驴倒没大要紧；"三四百"有点噎得慌。二弟兄全觉得噎得慌，也都勾起那个"合伙娶"。

李先生——穿着长袍缎子鞋——要是不笑话这个办法，也许这个办法根本就不错。李先生不但没摇头，而且拿出几个证据，这并不是他们的新发明。就是阔人们也有这么办的，不过手续上略有不同而已。比如丁督办的太太常上方将军家里去住着，虽然方将军府并不是她的娘家。

况且李先生还有更动人的道理：咱们弟兄不能不往远处想，可也不能太往远处想。该办的也就得办，谁知道今儿个脱了鞋，明天还穿不穿！生儿养女，谁不想生儿养女？可是那是后话，目下先乐下子是真的。

二位全想起枪弹满天飞的光景。先前没死，活该；以后谁敢保不死？死了不也是活该？合伙娶不也是活该？难处自然不少，比如生了儿子算谁的？可是也不能“太往远处想”，李先生是圣人，配作个师部的参谋长！

有肯这么干的姑娘没有呢？

这比当窑姐强不强？李先生又问住了他们。就手儿二位不约而同的——他俩这种讨教本是单独的举动——把全权交给李先生。管他舅子的，先这么干了再说吧。他们无须当面商量，自有李先生给从中斡旋与传达意见。

事实越来越像真的了，二位弟兄没法再彼此用眼神交换意见；娶妻，即使是用有限公司的办法，多少得预备一下。二位费了不少的汗才打破这个羞脸，可是既经打破，原来并不过火的难堪，反倒觉得弟兄的交情更厚了——没想到的事！二位决定只花一百二十块的彩礼，多一个也不行。其次，庙里的房别辞退，再在外边租一间，以便轮流入洞房的时候，好让换下班来的有地方驻扎。至于谁先上前线，孙老弟无条件的让给马大哥。马大哥极力主张抓阄决定，孙老弟无论如何也不服从命令。

吉期是十月初二。弟兄们全作了件天蓝大棉袍，和青缎子马褂。

李先生除接了十元的酬金之外，从一百二十元的彩礼内又留下七十。

老林四不是卖女儿的人。可是两个儿子都不孝顺，一个住小店，一个不知下落，老头子还说得上来不自己去拉车？女儿也已经二十了。老林四并不是不想给她提人家，可是看要把女儿再撒了手，自己还混个什么劲？这不纯是自私，因为一个车夫的女儿还能嫁个阔人？跟着自己呢，好吧歹吧，究竟是跟着父亲；嫁个拉车的小伙子，还未必赶上在家里好呢。自然这个想法究竟不算顶高明，可是事儿不办，光阴便会走得很快，一晃儿姑娘已经二十了。

他最恨李先生，每逢他有点病不能去拉车，李先生必定来递嘻和[①]。他知道李先生的眼睛是看着姑娘。老林四的价值，在李先生眼中：就在乎他有个女儿。老林四有一回把李先生一个嘴巴打出门外。李先生也没着急，也没生气，反倒更和气了，而且似乎下了决心，林姑娘的婚事必须由他给办。

林老头子病了。李先生来看他好几趟。李先生自动的借给老林四钱，叫老林四给扔在当地。

病到七天头上，林姑娘已经两天没有吃什么。当没的当，卖没的卖，借没地方去借。老林四只求一死，可是知道即使死了也不会安心——扔下个已经两天没吃饭的女儿。不死，病好了也不能马上就拉车去，吃什么呢？

李先生又来了，五十块现洋放在老林四的头前："你有了棺材本，姑娘有了吃饭的地方——明媒正娶。要你一句干脆话。行，钱是你的。"他把洋钱往前推一推。"不行，吹！"

老林四说不出话来，他看着女儿，嘴动了动——你为什么生在我家里呢？他似乎是说。

"死，爸爸，咱们死在一块儿！"她看着那些洋钱说，恨不能把那

---

① 递嘻和，装和气，讨好于人。

些银块子都看碎了，看到底谁——人还是钱——更有力量。

老林四闭上了眼。

李先生微笑着，一块一块的慢慢往起拿那些洋钱，微微的有点铮铮的响声。

他拿到十块钱上，老林四忽然睁开眼了，不知什么地方来的力量，“拿来！”他的两只手按在钱上。“拿来！”他要李先生手中的那十块。

老林四就那么趴着，好像死了过去。待了好久，他抬起点头来：“姑娘，你找活路吧，只当你没有过这个爸爸。”

“你卖了女儿？”她问。连半个眼泪也没有。

老林四没作声。

“好吧，我都听爸爸的。”

“我不是你爸爸。”老林四还按着那些钱。

李先生非常的痛快，颇想夸奖他们父女一顿，可是只说了一句：“十月初二娶。”

林姑娘并不觉得有什么可羞的，早晚也得这个样，不要卖给人贩子就是好事。她看不出面前有什么光明，只觉得性命像更钉死了些；好歹，命是钉在了个不可知的地方。那里必是黑洞洞的，和家里一样，可是已经被那五十块白花花的洋钱给钉在那里，也就无法。那些洋钱是父亲的棺材与自己将来的黑洞。

马大哥在关帝庙附近的大杂院里租定了一间小北屋，门上贴了喜字。打发了一顶红轿把林姑娘运了来。

林姑娘没有可落泪的，也没有可兴奋的。她坐在炕上，看见个木瓜脑袋的人。她知道她变成木瓜太太，她的命钉在了木瓜上。她不喜欢这个木瓜，也说不上讨厌他来，她的命本来不是她自己的，她与父亲的棺材一共才值五十块钱。

木瓜的口里有很大的酒味。她忍受着；男人都喝酒，她知道。她记得父亲喝醉了曾打过妈妈。木瓜的眉毛立着，她不怕；木瓜并不十分厉害，她也不喜欢。她只知道这个天上掉下来的木瓜和她有些关系，也许是好，也许是歹。她承认了这点关系，不大愿想关系的好歹。她在固定的关系上觉得生命的渺茫。

马大哥可是觉得很有劲。扛了十几年的枪杆，现在才抓到一件比枪杆还活软可爱的东西。枪弹满天飞的光景，和这间小屋里的暖气，绝对的不同。木瓜旁边有个会呼吸的，会服从他的，活东西。他不再想和盟弟共享这个福气，这必须是个人的，不然便丢失了一切。他不能把生命刚放在肥美的土里，又拔出来；种豆子也不能这么办！

第二天早晨，他不想起来，不愿再见孙老弟。他盘算着以前不会想到的事。他要把终身的事画出一条线来，这条线是与她那一条并行的。因为并行，这两条线的前进有许多复杂的交叉与变化，好像打秋操时摆阵式那样。他是头道防线，她是第二道，将来会有第三道，营垒必定一天比一天稳固。不能再见盟弟。

但是他不能不上关帝庙去，虽然极难堪。由北小屋到庙里去，是由打秋操改成游戏，是由高唱军歌改成打哈哈凑趣，已经画好了的线，一到关帝庙便涂抹净尽。然而不能不去，朋友们的话不能说了不算。这样的话根本不应当说，后悔似乎是太晚了。或者还不太晚，假如盟弟能让步呢？

盟弟没有让步的表示！孙老弟的态度还是拿这事当个笑话看。既然是笑话似的约定好，怎能翻脸不承认呢？是谁更要紧呢，朋友还是那个娘们？不能决定。眼前什么也没有了。只剩下晚上得睡在关帝庙，叫盟弟去住那间小北屋。这不是换防，是退却，是把营地让给敌人！马大哥在庙里懊睡了一下半天。

晚上，孙占元朝着有喜字的小屋去了。

屋门快到了，他身上的轻松劲儿不知怎的自己销灭了。他站住了，觉得不舒服。这不同逛窑子一样。天下没有这样的事。他想起马大哥，马大哥昨天夜里成了亲。她应当是马大嫂。他不能进去！

他不能不进去，怎知道事情就必定难堪呢？他进去了。

林姑娘呢——或者马大嫂合适些——在炕沿上对着小煤油灯发楞呢。

他说什么呢？

他能强奸她吗？不能。这不是在前线上；现在他很清醒。他木在那里。

把实话告诉她？他头上出了汗。

可是他始终想不起磨回头①就走，她到底"也"是他的，那一百二十块钱有他的一半。

他坐下了。

她以为他是木瓜的朋友，说了句："他还没回来呢。"

她一出声，他立刻觉出她应该是他的。她不甚好看，可是到底是个女的。他有点恨马大哥。像马大哥那样的朋友，军营里有的是；女的，妻，这是头一回。他不能退让。他知道他比马大哥长得漂亮，比马大哥会说话。成家立业应该是他的事，不是马大哥的。他有心问问她到底爱谁，不好意思出口，他就那么坐着，没话可说。

坐得工夫很大了，她起了疑。

他越看她，越舍不得走。甚至于有时候想过去硬搂她一下；打破了羞脸，大概就容易办了。可是他坐着没动。

不，不要她，她已经是破货。还是得走。不，不能走；不能把便宜全让给马得胜；马得胜已经占了不小的便宜！

---

① 磨回头，转过头来，也作抹回头。

她看他老坐着不动，而且一个劲儿的看着她，她不由的脸上红了。他确是比那个木瓜好看，体面，而且相当的规矩。同时，她也有点怕他，或者因为他好看。

她的脸红了。他凑过来。他不能再思想，不能再管束自己。他的眼中冒了火。她是女的，女的，女的，没工夫想别的了。他把事情全放在一边，只剩下男与女；男与女，不管什么夫与妻，不管什么朋友与朋友。没有将来，只有现在，现在他要施展出男子的威势。她的脸红得可爱！

她往炕里边退，脸白了。她对于木瓜，完全听其自然，因为婚事本是为解决自己的三顿饭与爸爸的一口棺材；木瓜也好，铁梨也好，她没有自由。可是她没预备下更进一步的随遇而安。这个男的确是比木瓜顺眼，但是她已经变成木瓜太太！

见她一躲，他痛快了。她设若坐着不动，他似乎没法儿进攻。她动了，他好像抓着了点儿什么，好像她有些该被人追击的错处。当军队乘胜追迫的时候，谁也不拿前面溃败着的兵当作人看，孙占元又尝着了这个滋味。她已不是任何人，也不和任何人有什么关系。她是使人心里痒痒的一个东西，追！他也张开了口，这是个习惯，跑步的时候得喊一二三——四，追敌人得不干不净的卷着。一进攻，嘴自自然然的张开了：“不用躲，我也是——”说到这儿，他忽然的站定了，好像得了什么暴病，眼看着棚。

他后悔了。为什么事前不计议一下呢！？比如说，事前计议好：马大哥缠她一天，到晚间九点来钟吹了灯，假装出去撒尿，乘机把我换进来，何必费这些事，为这些难呢？马大哥大概不会没想到这一层，哼，想到了可是不明告诉我，故意来叫我碰钉子。她既是成了马大嫂，难道还能承认她是马大嫂外兼孙大嫂？

她乘他这么发楞的当儿，又凑到炕沿，想抽冷子跑出去。可是她没法能脱身而不碰他一下。她既不敢碰他，又不敢老那么不动。她正想主意，他忽然又醒过来，好像是。

“不用怕，我走。”他笑了。“你是我们俩娶的，我上了当。我走。”

她万也没想到这个。他真走了。她怎么办呢？他不会就这么完了，木瓜也当然不肯撒手。假如他们俩全来了呢？去和父亲要主意，他病病歪歪的还能有主意？找李先生去，有什么凭据？她楞一会子，又在屋里转几个小圈。离开这间小屋，上哪里去？在这儿，他们俩要一同回来呢？转了几个圈，又在炕沿上楞着。

约摸着有十点多钟了，院中住的卖柿子的已经回来了。

她更怕起来，他们不来便罢，要是来必定是一对儿！

她想出来：他们谁也不能退让，谁也不能因此拚命。他们必会说好了。和和气气的，一齐来打破了羞脸，然后……

她想到这里，顾不得拿点什么，站起就往外走，找爸爸去。她刚推开门，门口立着一对，一个头像木瓜，一个肥头大耳朵的，都露着白牙向她笑，笑出很大的酒味。

原载1934年1月1日《文艺月刊》（新年特大号）第五卷第一期